智囊故事

智·囊·故·事

【白话点评版】

下册

（明）冯梦龙/著

苏肄海 王媛/编译

中国铁道出版社

CHINA RAILWAY PUBLISHING HOUSE

图书在版编目（CIP）数据

智囊故事：白话点评版：全二册/（明）冯梦龙著；苏肄海，王媛编译. —北京：中国铁道出版社，2018.9

ISBN 978-7-113-24348-7

Ⅰ.①智… Ⅱ.①冯… ②苏… ③王… Ⅲ.①笔记小说-小说集-中国-明代 ②《智囊》-译文 Ⅳ.①I242.1

中国版本图书馆CIP数据核字（2018）第051057号

书　　名： 智囊故事（白话点评版）
作　　者：（明）冯梦龙　著　苏肄海　王　媛　编译

责任编辑： 奚　源　　**电话：**（010）83545974
封面设计： 闰江文化
责任印制： 赵星辰

出版发行： 中国铁道出版社（100054，北京市西城区右安门西街8号）
印　　刷： 三河市宏盛印务有限公司
版　　次： 2018年9月第1版　　2018年9月第1次印刷
开　　本： 700 mm×1000 mm　1/16　**印张：** 38.5　**字数：** 678千
书　　号： ISBN 978-7-113-24348-7
定　　价： 88.00元（全二册）

胆智部

卷一　威克

履虎不咥，鞭龙得珠．岂曰溟涬，厥有奇谋．集“威克”。

442. 侯嬴

战国时期有四位贵族公子，他们都礼贤下士乐善好施，广招宾客，时人称之为“战国四公子”。他们分别是魏国的信陵君魏无忌、齐国的孟尝君田文、赵国的平原君赵胜、楚国的春申君黄歇。本文讲的就是魏国的信陵君魏无忌的故事。

公元前 260 年秦军在长平之战中全歼赵军主力四十五万人，赵国的青壮年男子几乎全部战死。国内家家出殡，户户发丧。第二年秦军趁长平之战的余威又大举伐赵，兵锋直抵赵国首都邯郸城下。邯郸岌岌可危，朝不保夕，赵国向魏国紧急求援。出于唇亡齿寒的考虑，魏王派大将晋鄙率领十万大军救援赵国。秦王知道魏国前来救援赵国后，就给魏王写了一封信，“赵国眼看就要完蛋了！谁要是敢救赵国，等灭了赵国后我就打他！”

魏王被吓得屁滚尿流，紧急下令让晋鄙暂停进军。赵国人眼看就要扛不住了，日夜盼望魏国救兵快来，但魏国大军却始终不肯前进一步。

赵国的平原君赵胜的妻子是信陵君魏无忌的姐姐，赵胜就给魏无忌写信，“我一直认为你有救人于危困之高义，但如今赵国危在旦夕，公子却坐视不顾！你不管我的死活也就算了，难道连你亲姐也不管？”

魏无忌接到信后不由得更加愁肠满腹。他一直在竭力劝说魏王紧急救援赵国，但魏王早就被秦王的恐吓吓破了胆，无论信陵君再怎么说就是不肯出兵！

魏无忌无奈，决心率领自己的门客三千人救援赵国。虽然他知道此举无疑是以羊饲虎，但他不能坐视自己的好友赵胜于死地而不顾！在经过魏国首都大梁的东门时，他的好友侯嬴在得知他要率领自己的门客与秦军作战后，只是淡淡说了句：“公子努力吧！我年老了，不能随公子前往了！”

魏无忌心里很不痛快！这个侯嬴不过是大梁东门一个看守城门的小吏，魏无忌听说侯嬴素有贤名后，对他礼遇有加，二人遂成好友。如今自己就要去赴死了，侯嬴怎么就轻飘飘说了这么句话？魏无忌越想越觉得不对头，就调转车头回去问问侯嬴到底是怎么回事！

谁知侯嬴早就料到魏无忌会回来，正在路口等着他呢，“公子此去不过是以肉饲虎罢了！不但救不了赵国还会搭上自己的性命！”

魏无忌知道侯嬴还有话说，便屏退左右，侯嬴这才说：“我听说调动军队的兵符就藏在大王的寝宫内。如今如姬最得大王宠爱，她一定能偷到兵符！当初如姬的父亲被人所杀，是公子让自己的门客杀了仇人，提着仇人的脑袋献给如姬。如姬常想报答公子只是一直都没有机会，如今只要公子开口如姬一定会答应的！公子拿到兵符就能调动晋鄙的大军，如此则可救赵破秦建功立业！”

魏无忌大喜，请如姬窃符。如姬不但貌美如花而且重情重义胆大心细，果然盗出了兵符。拿到兵符后，魏无忌来向侯嬴告辞。侯嬴说：“将在外君命有所不受！公子虽然拿到了兵符，但万一晋鄙不信，要请示大王怎么办？我的朋友朱亥是个屠夫，力大无比，公子可带他同行。晋鄙愿意交出兵权就罢了，如果不愿意就让朱亥杀了他！”

这个朱亥魏无忌也认识，对他也很礼遇。朱亥听魏无忌邀请他同行后笑道：“我不过是个杀猪的，公子却对我礼遇有加，之所以从来没有谢过公子是因为这些繁文缛节没什么用！如今公子有难正是我报答您的时候！”痛痛快快地答应与魏无忌同行。

到了晋鄙的军中，魏无忌假传王命要接管兵权。晋鄙看他拿的兵符虽然是真的，但还是非常怀疑，不想交出兵权。魏无忌早有准备，一个眼色，朱亥拿出藏在袖子中的大铁锤一下就把晋鄙的脑袋砸开了花！

魏无忌带着魏国的大军紧急驰援赵国，在邯郸城下大破秦军，解了邯郸之围！

443. 班超

东汉初年班超随大将军窦宪出征匈奴。出于把匈奴的势力从西域诸国赶出去的目的，窦宪命令班超和从事郭恂出使西域。班超此次出使西域的第一站便来到了鄯善国。

当时东汉国力强盛，在大将军窦宪率领下，汉军对匈奴的战事屡战屡胜。有了强大的武力作为后盾，班超受到鄯善国王极为隆重的礼遇。但没过多久班超就发现鄯善国王对自己不像以前那么恭敬了，不但礼数有所懈怠就连言辞也隐约带有轻慢的意思。班超就对随从说："你们没感到鄯善国王近来对咱们礼数渐薄了吗？这肯定是因为匈奴的使节到了，他不知道到底该站在哪一边的缘故！聪明的人能够见微知著，更何况现在形势已经很明朗了！"

为了验证自己的判断，班超把负责照顾自己的鄯善小吏叫来，诈他说："匈奴使者都来了好几天了，他们住在哪里？"

鄯善小吏吓了一跳，以为班超早已知晓匈奴使者到来的事情，惊慌之下就说出了匈奴使者的住处。班超怕他走漏消息，就把他关了起来。然后把东汉使团三十六人全都召集起来请他们喝酒，喝到酒酣处班超大声说："你们和我不辞辛苦远行西域，难道不想建功立业以求富贵吗？如今匈奴使者已经来了数日，鄯善国王对我们礼数渐薄，如此下去恐怕他就要把我们绑起来送给匈奴人了！到时候只怕我们要死在戈壁荒漠，尸首都要被豺狼所食！大家说该怎么办？"

众人都说："如今生死不过一念之间，我等愿听大人号令！"

班超摔杯，语气慷慨激昂，"不入虎穴，焉得虎子！为今之计，只有趁夜火攻匈奴使者营地！他们不知道我们人数多寡必然惊慌失措，可趁此机会全歼敌众！只要杀了匈奴使者鄯善国王必定心胆俱破，我等大事可成！（苏曰：杀了匈奴使者，鄯善国王也就没有选择了，只能跟着班超一条道儿走到底！）"

众人一听要去杀匈奴使者都有些犹豫，"是不是和郭从事商量一下再说？"

班超大怒，"生死决于今日！郭从事一介书生俗吏，肯定胆怯不敢行事！计谋一旦泄露，我等死无葬身之地，非壮士也！"

众人被班超的气概感染，齐声道："善！"

入夜后，班超亲率随从三十六人前往偷袭匈奴使者。当时狂风大作，班超命令十个人拿着鼓藏在匈奴营地后面，对他们说："看到火起便击鼓大呼！"剩下的人都随班超手持弓弩埋伏在营门口。准备停当后班超下令顺风纵火，火起后鼓声大作，人声鼎沸。匈奴人毫无准备惊慌失措，班超亲手格杀三人，随从斩杀三十余人。剩下的一百多匈奴人全都被火烧死！

第二天班超才把昨夜偷袭匈奴使者营地的事情告诉了郭恂。郭恂先是大惊，而后便是愤恨。班超知道郭恂的意思，笑道："大人虽然没有同行，但我不会独占功劳的！"郭恂这才喜笑颜开。

搞定了郭恂后，班超随即请见鄯善国王。鄯善国王来后，班超也没多说什么，直接把匈奴使者的脑袋提出来给他看。鄯善国王当即精神崩溃，班超再以好言相劝，鄯善国王没有办法，只好把自己的儿子送到洛阳作为人质，从此死心塌地跟随东汉。

收降了鄯善后，窦宪大喜，上报朝廷给班超请功。汉明帝想不到班超不过一个芝麻官竟立下如此大功，下诏嘉奖。并令他再次出使西域，还要给他增添人手。

班超说："我还是带以前的那三十六人去吧！如果真有不测，人手再多也没用！"

当时于阗国王广德投靠匈奴，匈奴派大臣监护于阗。在匈奴的支持下，广德打败了莎车国，称雄于西域南部。班超来到于阗后，广德对班超礼数甚薄。广德最崇信国中的一个巫师，这个巫师假传神的旨意说："你为什么又想投靠汉？汉使班超有一匹黑马，赶快取来给我！"

广德赶紧就派人去向班超要马。班超知道了这个情况，就对来人说马可以给，但要巫师亲自来取。过了一会儿巫师果然来了，班超二话不说直接就砍了他的脑袋派人送给了广德，并且严厉斥责他投靠匈奴的卑劣行径！

广德这时想起班超在鄯善诛杀匈奴使者的事情，不由得浑身发抖，当即表示要跟随大汉，海枯石烂心不变！为表示自己的诚意，广德当即下令斩杀匈奴使者！班超打开于阗的国库大肆赏赐于阗的大臣，于是于阗上上下下无不心悦诚服！

冯子曰：辽东有户姓管的人家。有一次他出门办事，回来的时候发现女真人洗劫了他家，把他老婆孩子以及财产全都抢走了。他无以为生，走投无路，打算做仆人混口饭吃但却没人要他。

没想到连做仆人都没人要，他一怒之下决定到后金（注：努尔哈赤建立，后改名为清）去找自己的老婆。也是机缘巧合，居然正好碰到老婆出来打水。他就和老婆约好夜里在女真人房前屋后堆满柴火，放火烧女真人的家，他则拿着弓箭在屋外埋伏。

晚上火起的时候，那个女真人光着身子从屋子里跑了出来，他一箭把那个女真人射死。屋子里不停有女真人跑出来，他一箭一箭把他们全部射死。然后带着老婆和女真人的金银财宝回家了。

从此女真人再也不敢到他所在的村子抢劫，宁肯绕道也不敢经过他的村庄。此人的胆勇不亚于班超，假使当初家中无恙，或者当了佣人，恐怕他也就庸庸碌碌过此一生了！

444. 耿纯

东汉刚刚建国的时候，真定王刘杨企图造反。汉光武帝刘秀派大臣耿纯前去逮捕刘杨。耿纯受命后来到真定住在驿馆里，就好像是朝廷派出巡视各州郡的使节一样，并无异常。

按照礼节，刘杨应当来拜访代表朝廷出巡的耿纯。但刘杨却给耿纯写了一封信，信中说自己有病在身，不便前往，请耿纯屈尊来自己府上一见。耿纯回信说："我代表朝廷出巡州郡,按照朝廷法令不应当主动拜访地方上的州牧太守及藩王。大王虽然多有不便，但也应当遵从朝廷的法令，来驿馆见我！"

当时刘杨的弟弟刘让，以及他的堂兄刘绀都拥兵万余人。刘杨估计耿纯不敢把他怎么样，而且看耿纯的样子也不像是来收拾他的。于是就让他的两个兄弟带兵守在驿馆外，自己带了随从来见耿纯。

刘杨进到驿馆后，耿纯待之以礼，二人相谈甚欢。耿纯就趁势请刘让、刘绀也进来一聚。刘杨仗着自己有兵，又被耿纯的恭敬所麻痹竟让这二人也进来了。这二人刚一进门，耿纯立即下令紧密大门，伏兵四起，把刘杨兄弟三人全部斩首！

杀了这三人后，耿纯即带兵冲出。消息传开整个真定人人震恐，没一个人敢乱说乱动！一场叛乱就这样被耿纯消弭于无形。

445. 温造

苏曰：唐朝自从"安史之乱"后由盛而衰，不但国力江河日下，地方上也是藩镇割据。手里有刀有枪的骄兵悍将根本就不把朝廷放在眼里，动辄驱逐甚至杀害朝廷委派的官员。朝廷也没有办法，往往只好忍气吞声。本文讲的就是一个叫温造的大臣是如何设计消灭这些骄兵悍将的。不过消灭不服从朝廷号令的骄兵悍将还需要用计，这个朝廷离完蛋恐怕也不远了！

唐文宗太和年间，朝廷下诏征调南梁士卒五千人征讨南诏。南梁士卒不愿出征，竟然发动兵变驱逐了朝廷委派的大将，从此割据自守。

唐文宗深以为患，但却是无可奈何。时任京兆尹的大臣温造自告奋勇，请求单骑出使南梁。一听朝廷派人来了，南梁军士都不由得紧张起来。但一看温造不过是个文质彬彬的儒生，军士们都松了一口气，觉得这个温造不能把他们怎样。

温造来后只是宣读了一下皇上抚慰军士们的诏书，然后就再也没有过问任何事情。南梁军士知道自己犯的是杀头灭门的大罪，所以随时都拿着兵器，即使是来拜见温造也是刀不离身。温造也从来没说过什么。

有一天温造说要犒劳将士，让大家都去校场集合，在校场旁的长廊下已摆下盛宴。军士们一听说有大餐吃个个欢欣喜悦。到了长廊下，温造说让大家把兵器挂在旁边的两条长绳上。军士们吃饭要端碗拿筷子，自然是拿不了刀枪的，于是纷纷把刀枪挂在长绳上。

正在军士们吃得开心喝得高兴的时候，只听一声大喝，长绳突然升起，刹那间已离地三丈有余。军士们知道不妙，马上跳将起来，但无奈都是赤手空拳。这时伏兵四起，把南梁军士五千余人全数诛杀。从此南梁人再也不敢反叛。

446. 哥舒翰、李光弼

唐朝名将哥舒翰担任安西节度使的时候，派他的部将兵马使张擢到长安办事。办完事后张擢却不肯回去复命，而是留在了长安倾力结交权贵杨国忠（注：哥舒翰与杨国忠不和，杨国忠是杨玉环的堂兄，靠着这层裙带关系爬上了宰相宝座）。

过了一段时间，哥舒翰也来到了长安。张擢知道哥舒翰为人性情刚烈，是不会放过他的，于是就送给杨国忠一大笔银子，请他让唐玄宗下诏给自己封个官。这样见了哥舒翰也好说一些，不是不愿意回安西而是朝廷另行委派新职了。

杨国忠收了张擢的银子果然就把事办了，唐玄宗下诏任命张擢为御史大夫兼剑南西川节度使。得到了皇帝的任命，张擢觉得可以去见哥舒翰了。谁知刚进哥舒翰家的大门，哥舒翰就下令把他抓住！然后一边数落他的罪行，一边让部下用棍子狠狠地打，竟把张擢给活活打死了！

打死张擢后，哥舒翰上奏唐玄宗报告了事情的原委。唐玄宗下诏褒奖了哥舒翰的做法，还下令把张擢的尸体赐给哥舒翰，让他再打一百棍！

苏曰：哥舒翰是开元和天宝时期的大唐名将，虽是突厥人但却忠于唐室，威震西域和吐蕃。时人有诗赞曰：

北斗七星高，哥舒夜带刀。

至今窥胡马，不敢过临洮！

又曰：

李唐重防秋，哥舒节陇右。
浩气扶西倾，英名壮北斗。
带刀夜夜行，牧马潜遁走。
至今西陲人，歌咏遍童叟。

安史之乱时哥舒翰受命镇守潼关，却遭杨国忠陷害，被迫在不利的条件下率兵出战，结果大败，丢掉了关中的屏障潼关。唐玄宗被迫逃往四川，哥舒翰本人被俘，投降安禄山，但仍被杀害。

太原节度使王承业治军散漫，皇帝下诏由御史崔众接管他的兵权，然后把太原的军队移交给河东节度使李光弼。

崔众依仗着自己的钦差身份行事极为张狂，每每当众侮辱王承业。甚至率领全副武装的军士，闯入王承业的官衙当众拿王承业取乐。

李光弼听说后极为气愤。按理说节度使的官衔大于御史，崔众在见李光弼的时候应当让自己的仪仗队伍回避，然后亲身前往拜见。但崔众一向骄狂，李光弼来迎接他的时候竟然毫不回避，也不肯移交兵权。

李光弼可不是王承业，立即下令逮捕这个不知天高地厚的崔众。恰在此时皇帝的诏书到了，任命崔众为御史中丞。前来宣旨的太监拿着诏书问李光弼崔众在哪里，李光弼答道：“崔众有罪，已被我逮捕！”

太监大惊，赶忙拿出诏书给李光弼看。李光弼说：“本来我今天只是杀个御史，不过按照诏书所说那我就要杀御史中丞了！如果诏书任命崔众担任宰相，那我就要杀宰相！”

太监哪里见过这阵势，顿时吓得屁滚尿流抱头鼠窜而去。第二天李光弼下令处斩崔众，军中将士无不震恐。杀了崔众后，李光弼传令让家属来给他后事。

苏曰：当时安史乱兵一路势如破竹，唐军屡战屡败，皇帝不得不依仗李光弼等武将为他效命疆场，所以才会曲意笼络。如在承平时节，李光弼胆敢斩杀以钦差身份出使地方的朝廷高官那无异于造反！

447. 柴克宏

南唐名将柴克宏奉命驰援被吴越军包围的常州。南唐主管军事的枢密副使李征古根本看不起他，所以只调派给他几千老弱残兵，配发的盔甲刀枪也都是朽烂生锈的。

柴克宏率领着这些老弱残兵一路急进眼看就要来到常州。这时李征古却派出使节传令柴克宏，让他把兵权交给另外一员大将朱匡业。

柴克宏大怒，对使节说："我眼看就要破敌，你却让我交出兵权，定是吴越派来的奸细！"说罢下令把使节拖出去砍了！使节万万没有想到柴克宏竟会来这一招，慌忙说："这是李枢密的命令！"

柴克宏冷笑道："就算是李枢密亲自来，我也要砍了他的脑袋！"说罢传令用幕布蒙船，让将士们藏在船中突袭吴越军，斩杀万余，活捉吴越大将数十人，终解常州之围！

448. 杨素

隋朝大将杨素率军出发前，下令留三百人看守大营。将士们害怕敌军，有畏战的情绪，都想尽办法留下来看守大营。杨素听说后把留在营中的三百人全部处斩，然后问还有谁愿意留在营中，将士们都说愿意冲锋陷阵，不愿留在营中。

杨素与敌军对垒时，常先派一二百人杀入敌军阵中，凡是有逃回来的一律处斩。这一二百人全部阵亡后，再派二三百人冲锋，有逃回来的仍然处斩。将士们吓得两腿发抖，人人都有必死之心，毫无后退之念，所以是战必胜攻必取！

苏曰：杨素是隋朝名将，辅佐隋文帝杨坚统一天下，立下不世之功！本文的记载只是杨素的一面，其实与之相辅相成的还有另一面，否则杨素也不会每战必胜了！《隋书·杨素传》记载："其从素征伐者，微功必录。至于他将，虽有大功，多为文吏所谴却。故素虽严忍，士亦以此愿从焉。"

这段话的意思是说，凡是跟随杨素出征的将士就算是只立下一点点功劳，杨素也会加以封赏。而其他大将手下的将士虽然立下大功，却往往被舞文弄墨的小吏们隐没。所以杨素虽然严厉残忍，但真正有本事的将士还是愿意追随他。

449. 安禄山

安禄山造反前的两三天，在府上设宴招待手下的十余员大将。大厅上挂着一幅巨大的大唐地图，地图上详细地标注了各处的山川险要，并标注出在座每位将领的行军路线。宴会完毕后，安禄山对他们大加赏赐，交给他们每人一幅缩小的地图，对众将说："你们按地图标出的行军路线进军，在洛阳会师，违令者斩！"

诸将领命，不敢多问一言！（苏曰：这哪里是大唐的官军？分明是安禄山的家丁！如此大唐如何不乱？）叛军以破竹之势一路杀到洛阳，完全按照安禄山事先的计划，竟丝毫不差！

450. 吕公弼、张咏

北宋大臣吕公弼治理成都时凡事以宽，时议都认为他没有官威不够果断。有个士卒犯法按律应当杖责，那个士卒叫道："宁愿被剑砍死也不愿受杖！"

吕公弼就说："杖责是国法，我不能宽宥。受剑可是你自己说的！"说罢下令先行杖责然后处斩，从此再也没人说他没有官威不够果断。

北宋大臣张咏担任崇阳县令的时候，看到一个小吏从府库中出来，头发中藏了一枚铜钱。张咏就问他这枚铜钱是怎么回事。小吏说是从府库中拿的。

张咏很恼火，下令杖责。小吏不服气，叫道："不过是一个铜钱而已竟然就杖责我！你能杖责我，恐怕不能杀我吧！"

看来这个小吏确实是不了解张咏，张咏听后便决定要砍了他的脑袋，亲笔写下判词："一日一钱，千日千钱，绳锯木断，水滴石穿。"然后亲自挥剑砍下了他的脑袋！

苏曰：这就是"水滴石穿"这个成语的出处。

张咏担任益州知州的时候，有个小吏顶撞他，张咏下令给他戴上木枷以示惩戒。那个小吏非常恼火，喊道："给我戴上木枷容易，摘掉就难了！"

张咏说："这有什么难的？"一剑就砍下了他的脑袋。

有个人犯法逃亡，张咏劝他自首，并把他母亲抓来扣为人质。过了十天这人还是不来，张咏就把他母亲放了，又把他老婆抓来。没想到第二天这小子就来自首了，张咏说："把你妈扣了十天你都不来，只扣了你老婆一晚上你就来了！看来在你心目中，你老婆比你亲妈重要多了！"说罢就把这小子给砍了。

苏曰：张咏的媳妇肯定不用问自己和他妈掉进水里，张咏先救哪个！

451. 黄盖、况钟

三国时吴国的大将黄盖曾担任石城县令。石城的小吏一向以狡猾奸险难以统御著称。黄盖到任后，从小吏中挑选了二人让他们替自己处理政事，并对他们说："我没有什么才德，只不过是靠着军功才得到这个官职，对于政事并不了解。如今天下大乱军务繁忙，一切往来文书都交由你二人处理。你们要严格管理众吏，纠正他们的错误！你们尽管放手去干，就算是有偷奸耍滑，我发现了也不会用鞭子抽你们！"

刚开始的时候小吏们都还谨小慎微，日子久了，小吏们看黄盖从来不理政事便开始偷奸耍滑了。黄盖就抓住这二人的不法之事，把众小吏召集起来，当众责问他们。这二人大惊，叩头谢罪，黄盖说："我当初曾说过，不会用鞭子抽你们的！"然后下令把这二人斩首，众小吏吓得屁滚尿流，从此再也不敢欺瞒黄盖，吏治为之一清。

明朝官员况钟被朝廷任命为苏州太守，临行前明宣宗特地颁下圣旨允许他便宜行事。到了苏州后，凡是掌管文书的小吏呈报文书，况钟不管是否恰当都判"可"。小吏们认为况钟无能，不把他放在眼里，大胆地作奸犯科。苏州通判赵忱虽然是他的下级，但却百端欺凌于他，况钟也只是唯唯诺诺。

过了一个月况钟突然让人准备香烛，召集所有的僚属到苏州府衙集合。人到齐后，况钟说："我这里还有圣旨未曾宣读，今天就宣读给大家听听！"圣旨中有"僚属不法，径自拿问"一句，众人听后不由得大惊失色。

圣旨宣读完后，况钟对一个小吏说："某一天某一事你欺骗我，拿了别人的贿赂！是不是？某一天你也一样！是不是？"

众小吏吓得战战兢兢，况钟又说："我没工夫和你们细细纠缠！"说罢下令把最恶劣的六个小吏脱光衣服活活摔死，把尸体扔在大街上示众。在场的官吏无不震恐，从此苏州官场为之一清！

况钟担任苏州太守时太守府失火，所有的档案文书全都被烧毁。失火的原因是因为一个小吏用火不小心。大火熄灭后，况钟喝令把失火的小吏痛打一百大板，然后就让他回家去了。自己坐在瓦砾堆上起草奏章，把全部的过失都揽在自己身上，一点儿也没有牵扯到失火的小吏。

刚开始的时候，那个失火的小吏还以为自己必死无疑，况钟对他说："这么大的事情哪能归罪于一个小吏呢？当然是太守的过错了！"

况钟弹劾自己的奏章上奏后，仅仅被处以罚俸。况钟一向为手下人着想，所以秉公执法众人都无怨言。现今却是即使是自己的过错还想尽办法推给下属，更何况是代人受过呢？

452. 杨守礼

大明嘉靖年间，直隶的安州发生地震。暴民趁乱抢劫杀人，官员镇压不住，竟然望风而逃不知所踪。已经退休二十余年的原少保杨守礼贴出安民告示，陈述朝廷法令让暴民引以为戒。但过了两天暴民仍然抢劫杀人如故，杨守礼就派家丁会同地方维持治安的官吏斩杀了四个暴徒，把他们的头分别挂在四个城门上。局势这才算安定下来。

453. 苏不韦

东汉官员苏谦因曾查办官员李暠贪污一案而与他结仇。李暠后来担任司隶校尉，遂公报私仇把苏谦逮捕下狱。苏谦不胜愤怒死于狱中，李暠仍不解恨，肆意侮辱苏谦的尸体以泄其愤！

苏谦的儿子苏不韦当时只有十八岁，把父亲的灵柩运回家乡后，只是草草掩埋而没有举行任何仪式。而后仰天叹道："伍子胥是何等样人！"说罢把母亲藏在了深山老林中。

安顿好母亲后，苏不韦改名换姓散尽家财招募刺客。估计李暠要到先帝诸陵来祭拜，所以苏不韦就带着刺客整日游走在诸陵间，希望可以碰到李暠。但李暠一直都没来。

过了一段时间，李暠又升为大司农。苏不韦更加愤恨，下决心不再被动等候而要主动出击！苏不韦和他的几个堂兄弟潜入李暠家旁边一个储存草料的仓库，白天躲起来睡觉，晚上挖掘地道。整整挖了一个月，一直把地道挖到了李畗的卧室，出口就在李畗的床下！

苏不韦从地道中潜出，不巧李畗却正好上厕所去了。没有杀成李畗苏不韦极为恼火，顺手杀了他的小妾和他的儿子。然后留下一封书信，告诉李畗不砍下你的脑袋誓不罢休！

李畗上完厕所回来，看到自己的小妾和儿子被杀大惊失色，又看了苏不韦留下的书信不由得浑身发抖！从此李畗就成了一个神经病，在他的卧室外插满荆棘，在卧室内铺满地板。一夕数惊，每晚要换九个睡觉的地方！

苏不韦知道李畗现在已是高度戒备，自己恐怕很难得手了，就连夜赶到李畗的老家，把李畗老爸的坟墓挖开。破棺戮尸，砍下李畗老爸的脑袋祭奠自己的父亲。祭奠完后，苏不韦又把李畗老爸的脑袋扔到大街上，并在上面写下“李畗父头”！

李畗受此奇耻大辱却不敢声张，在极度的恐惧与屈辱中吐血而亡。苏不韦这才为父亲举行了隆重的葬礼，重新安葬了父亲。

春秋时楚国的宰相吴起得到楚悼王的信任，推行一系列富国强兵的改革从而得罪了楚国的贵族。楚悼王死后，楚国的贵族作乱，率兵攻击吴起。吴起逃到了楚悼王的尸体旁，趴在楚悼王的尸体上。

叛乱的贵族用箭把吴起射死，有些箭就射在了楚悼王的尸体上。楚悼王的儿子楚肃王即位后，追究箭射王尸之罪，参与作乱的七十多家贵族被满门抄斩！

战国时的纵横家苏秦极受齐王的宠爱，在齐国权势熏天。一个齐国的大夫对他嫉妒得发狂，便派刺客刺杀了苏秦。苏秦临死前挣扎着来见齐王，对他说：“臣马上就要死了，臣死后请大王车裂臣的尸体，并宣布臣企图谋反！如此就可以抓到刺客！”

齐王按照苏秦的话做了，那个刺客还以为自己立下大功喜滋滋跳出来领赏。当然就被砍了脑袋！

454. 张咏、柳仲途

北宋官员张咏少年时好侠任勇，有次在长安投宿客店时，听到隔壁的人在夜间哭泣。张咏就问他是为何故。那人说自己当官时曾挪用过一笔公款，他的仆人以此要挟他，非要娶他的长女为妻。

第二天张咏说要去拜访一个亲戚，要借那人的仆人一用。仆人磨磨蹭蹭不想去，张咏厉声呵斥，逼着他跟自己走了。二人出城后来到了一片密林中，张咏就问他有没有要挟自己的主人要强娶其女为妻？仆人大惊，结结巴巴说不出话来。张咏就抽出藏在袖中的铁锤一锤砸去，仆人躲闪不及被铁锤击中，坠崖而死。

杀了仆人后，张咏回到了客店，对那人说："你的仇家不会再来找你的麻烦了！你赶快回家去吧，以后做事千万要小心！"

北宋官员柳仲途进京赶考时到一家客店投宿，晚上听到一个少女在哭泣。柳仲途便问她发生什么事情了。少女说自己是前任临淮县令的女儿，父亲当官时贪污受贿被一个仆人抓住把柄。如今父亲卸任了，那仆人逼迫要娶自己为妻，否则就要到官府去告发。

第二天柳仲途便去拜访那少女的父亲，要借仆人一用。仆人到后柳仲途就打发他到集市上去置办酒水果蔬，一直忙活到深夜柳仲途才把他叫来，问他是不是要强娶小姐。不等仆人答话，柳仲途便举起匕首杀了那个仆人，然后把他的尸体扔在一口大锅里煮。第二天柳仲途请同住的各位客人喝酒吃肉，大家都说这肉很香，柳仲途说这是驴肉当然很香啦。

吃饱喝足后，大家各自散去，柳仲途结了房钱也打算上路。少女的父亲就问怎么没看到仆人，柳仲途说："刚才我们吃的就是！"

张咏少年时曾去拜访荡阴县令，县令送给他一大笔钱财。辞别县令后，张咏就打算上路回家了。有人对他说天色已晚，加之一路上人烟稀少，还是晚走几日结伴同行才好。

张咏说："已是深秋，我没有冬衣，还是尽早上路吧。"就只带了一柄短剑出发了。走了大约有三十里地，看到一家孤零零的客店，店中只有一个老头和他的两个儿子。日头已落，张咏只好在此投宿。

黎明时分，大儿子来叫门，"公鸡已经打鸣，秀才可以上路了。"张咏不说话，大儿子就开始用力推门。张咏用床把左半扇门死死顶住，然后用手扣住右半扇门。大儿子见推不开便用身子撞门。张咏突然打开右半扇门，大儿子收不住脚步，一下子摔倒在房内。张咏顺势上前用短剑把他刺死。然后又用同样的办法杀死了小儿子。

杀了两个儿子后，张咏手持短剑走了出来，看到那个老头正在生火烧水。张咏一剑砍下他的脑袋，然后一把大火烧了这个黑店。

455. 窦建德

隋末农民起义军领袖窦建德未发迹前有一伙强盗来他家抢劫，窦建德站在房中一连杀了三个。剩下的强盗站在屋顶不敢下来，对窦建德说让他们把那三人的尸体带回去。

窦建德答："把绳子扔下来，我把尸首绑上，你们吊上去吧！"

强盗们把绳子扔了下来，窦建德就把绳子捆在自己身上。强盗刚把他吊到屋顶，窦建德一个鹞子翻身挥刀又把剩下的强盗全部杀光！从此窦建德名声大噪。

苏曰：这群毛贼遇到真正的强人了！窦建德后来起兵河北，建国号曰夏，自称皇帝。这几个毛贼又算得了什么？不过小菜一碟而已！

456. 李福

唐朝官员李福担任南梁地方长官的时候，境内有很多权贵子弟依仗父祖的庇护横行不法。历任官员都对他们无可奈何，当地百姓苦不堪言。

李福到任后，让人编了一个大竹笼，然后挑了一个品行恶劣的恶少把他叫来，问他的家世门第，以及在朝当官的亲戚。恶少答完后，李福说："你家世如此显贵，为何自身却劣迹斑斑？简直就是辱没祖先！我今天就要为你的家族除害，想必他们也会闻之而后快！"说罢下令把恶少装入大笼沉到了汉江里！其余的恶少被吓得屁滚尿流，从此再也不敢为非作歹。

457. 薛元赏

苏曰：大唐自安史之乱后国势日衰，地方上是藩镇割据，朝廷中是朋党之争，但实际上却是宦官专权。由于宦官掌握了驻防首都长安的神策军的兵权，所以不但能以武力影响朝政，甚至能够决定皇帝的废立。由于神策军的地位极为重要，所以掌权的宦官对于神策军往往曲意回护，不但发给他们优厚的军饷，而且对于他们的不法行径也不闻不问。这就导致神策军将士有恃无恐骄纵不法，甚至敢于凌辱朝廷重臣。

京兆尹薛元赏到宰相李石的府邸去拜访他，听到李石正在与人争吵。薛元赏很奇怪，便问宰相府的下人，“宰相大人在和谁争吵？”

下人说：“神策军的将领。”

薛元赏大怒，推开客厅的大门喝道：“李大人是天子委任的朝廷重臣，一个小小的武将竟敢如此无礼！如今天下大乱，天下翘首以盼宰相整顿纲纪恢复朝廷法度，你竟敢在宰相面前不讲规矩？”说罢喝令左右：“拿下！”

当时是宦官仇士良掌权，早就有人把薛元赏逮捕神策军将领的事情通报了他。仇士良派了一个宦官对薛元赏说：“中尉（注：仇士良时任神策左军中尉）请薛大人屈尊到府上相会。”

薛元赏并不答话，当即下令把那个将领用板子活活打死。

然后薛元赏穿着一身平民百姓的衣服求见仇士良。仇士良听说薛元赏活活打死了自己手下的将领当然大怒，问道：“你为什么擅杀军中大将？”

薛元赏就把他对宰相是如何无礼的事情说了，并说：“宰相是朝廷重臣，中尉也是朝廷重臣。他既然可以对宰相无礼那自然也会对中尉无礼，中尉大人应当维护国家的法度呀！法度一旦败坏要想恢复可就难了！我薛元赏知道自己犯下大罪，所以特地穿了百姓的衣服前来领罪！”

仇士良为他的气度和言辞所动，命令左右进酒与薛元赏同饮，这件事就这么过去了。

458. 罗点

南宋时的平江府有个人到官府告他以前的仆人欠债不还。当时是官员罗点代理平江知府。仆人承认自己确实欠了钱，但却想恶心自己的前主人一下，就说自己和主人的小妾有奸情，搞得前主人很是羞愧。

经过一番调查，罗点发现仆人和小妾根本就没有什么奸情，纯粹是仆人胡说八道。对付这样的混蛋，罗点当然有办法。他判决：“仆人欠债不还已经查实，确有此事。与小妾通奸一事虽无证据，但仆人既然已经承认就按律处置，判处仆人发配流放。至于小妾，待日后其夫上告再做理会！”

卷二 识断

智生识，识生断。当断不断，反受其乱。集“识断”。

459. 齐桓公

宁戚是春秋时期的卫国人，以放牛为生。他在放牛的时候常常敲着牛角唱歌，有次齐桓公从旁边经过听到他的歌声，知道此人胸有大志，便想重用他。群臣纷纷劝谏：“卫国离齐国不远，大王不妨先派个人到卫国调查调查，如果宁戚果然是个贤人大王再重用他不迟。”

齐桓公说：“如果派人去查，万一查出来他有小过失，寡人担心就会因此而错失贤才！以小弃大，这就是错失贤才的原因啊！”说罢下令当夜就进行仪式，拜宁戚为上卿（注：大致相当于宰相）。

三国时蜀汉丞相诸葛亮起兵伐魏，计划翻过秦岭进攻关中。当时魏国驻守长安的是安西将军夏侯楙。这个夏侯楙无勇无谋，之所以能爬上安西将军这个位子，完全是因为他娶了曹操的女儿清河公主（苏曰：偏偏这个夏侯楙又是个好色之徒，结果搞得清河公主醋意大发，夫妻间竟反目成仇）。

蜀汉大将魏延就向诸葛亮献计：“夏侯楙无勇无谋，请丞相给我五千精兵，我从褒中出发顺着秦岭向东，不过十日即可由子午谷直捣长安！夏侯楙听到我军突然杀到，必定心胆俱裂弃城而逃。等消息传到洛阳，洛阳再派出援军最少也要二十天！那时丞相率领的主力也已由斜谷到达，如此则咸阳以西可一举而定！”

但诸葛亮认为魏延此计太过冒险而没有采纳。

春秋时晋国赵氏的家臣任登担任赵氏封地中牟的长官，他向赵襄子推荐贤人瞻胥已。赵襄子立即就任命瞻胥已担任中大夫。有人劝他：“大人为什么只有耳朵而没有眼睛呢？为什么这么轻易就任命中大夫呢？”

赵襄子说：“我任用任登就是要他既做我的耳朵也做我的眼睛。既然任登已经向我推荐他了，那就说明任登不但考察过他而且也见过他了！如果我再考察他面试他，如此事必躬亲事情哪还有办完的时候？”

460. 卫嗣君

战国时卫国有个罪犯逃亡到魏国去了，卫嗣君请求用一百两黄金赎回这名罪犯。但这名罪犯是个很优秀的妇科大夫，治好了魏国王后多年的难言之隐，所以魏王不答应。

卫嗣君竟请求用左氏这块地来交换这名罪犯。群臣大惊，纷纷赶来劝阻："左氏每年的税赋可达一百两黄金，用这块膏腴之地去换一个罪犯实在是划不来啊！"

卫嗣君一本正经说道："即使是小国也要好好治理！如果用教化来劝谕百姓，即使是只有三百户人家的小国也可以治理得很好！百姓寡廉鲜耻，即使是有十个左氏又有何益？"

苏曰：最后魏国人被卫嗣君这种锲而不舍的精神感动了，还是把这个罪犯送了回来，也没要左氏。卫国地方很小，卫嗣君竟然要用一块地去交换一个罪犯，划得来吗？要是多出几个逃亡的罪犯卫国就只好亡国了！

461. 高洋

南北朝时北齐神武帝高欢的儿子高洋极为聪明，但他外表却表现得十分懒散，所以大家并不觉得高洋有什么特别之处。只有他的父亲高欢十分看重他，曾说："这个孩子的谋略和见识都比我强！"

有一次高欢想考考他的儿子们，就交给他们每人一团乱麻，让他们解开。就在别的儿子抓耳挠腮的时候，高洋挥刀把那一团乱麻斩断，并说："乱的东西就当斩！"

苏曰：这就是成语"快刀斩乱麻"的出处。高洋挥刀斩乱麻的故事与亚历山大大帝解开高尔丁死结的故事很相似。亚历山大大帝在打到小亚细亚的时候，听到了一个古老的传说。那就是在当地的神庙中供奉着一辆古代皇帝的战车，战车上有一个绳子打成的结，称为"高尔丁死结"，谁要是能解开谁就是亚洲之王！曾有无数的人试图解开这个死结，但是都失败了。亚历山大大帝挥剑把高尔丁死结砍做两段，结果他成了亚洲之王！

462. 王素

北宋时驻守原州（**注：今甘肃省镇原县**）的守将蒋偕建议修建一座城堡以抵御西夏，时任宣抚使的王素接受了他的建议。但城堡尚未筑成西夏就派兵来攻，蒋偕抵挡不住，只得弃城而逃，来向王素请罪。

王素说："如果惩罚你的话，那就正好落入西夏人的圈套！"说罢下令蒋偕继续修建。

总管狄青说："蒋偕这次去了恐怕还是要失败，不能再派他去了。"

王素说："蒋偕失败了那总管就去！总管要是失败了，本官亲身前往！"狄青不敢再说什么，蒋偕最终建成了城堡。

463. 种世衡

北宋大将种世衡在宽州筑了一座城，城筑好后却苦于没有水井。工匠们凿地一百五十余尺仍不见水，却遇到了岩层。工匠们对种世衡说："这地方无法打井。"

种世衡却说："穿过岩层，底下难道没水吗？你们把岩石凿碎运出来，在井口一簸箕碎石换一两金子！"

工匠们大喜，无不尽心竭力，连续穿过好几重岩层，果然掘出了丰沛的地下水。朝廷闻报后就将此城改称为清涧城。

苏曰：清涧的地名一直沿用至今，如今陕西省榆林市的清涧县就得名于此。当地自古以石材闻名，陕北一带有民谣"米脂的婆姨绥德的汉，清涧的石板瓦窑堡的炭"，说的就是清涧的石材。至于米脂的婆姨，最出名的是就是东汉末年的貂蝉了。

464. 韩浩

三国时吕布派人诈降曹操的大将夏侯惇，趁夏侯惇不注意的时候把他绑架了，然后向夏侯惇的手下索要大量钱财。

夏侯惇手下众将一看自己的统帅被绑架全都傻眼了，不知道该怎么办。只有韩浩带着本部人马守在营门口，让众将切勿轻举妄动，然后自己去见绑匪，大声呵斥他们说："你们这些狂徒竟敢劫持大将军，还想活命吗？我受命讨贼，怎么能因为一个大将就放过你们？"然后对夏侯惇哭道："国法如此，末将不得不为之！"说罢就下令攻击！

劫匪自以为有夏侯惇在手可保万无一失，万万没有想到韩浩竟会来这手，当即精神崩溃，跪地叩头请求给些钱财即可。韩浩根本不作理会，下令把劫匪全数推出去砍头！夏侯惇本人也安然无恙。

曹操知道这件事情后对韩浩大加赞扬，并因此下令以后有劫持人质的一定要攻击劫匪，不得因顾及人质的安危不敢上。从此再也没人敢劫持人质了。

465. 寇恂

东汉初年，割据甘肃东部一带的军阀隗嚣败亡后，他的部将高峻坚守高平城不降，东汉大军围攻一年仍然无法攻克。

汉光武帝刘秀派大臣寇恂拿着圣旨来招降高峻。高峻派他的军师皇甫文出城拜见，言辞多有不逊，毫无投降的意思。寇恂大怒，下令处斩皇甫文。汉军众将大惊，纷纷劝谏"两国交兵不斩来使"。寇恂不为所动，还是砍了皇甫文的脑袋，让副使回去给高峻带话："你的军师皇甫文无礼，我已经砍了他的脑袋！你要是打算投降就赶快投降，要不然就好好防守！"

高峻被吓得屁滚尿流，当天就打开城门投降了。众将纷纷来给寇恂道贺，并问："为什么大人杀了高峻的使者他还会投降呢？"

寇恂笑道："皇甫文是高峻的心腹，高峻有勇无谋全指望皇甫文给他拿主意！我看皇甫文言辞不逊必无降意，不过是来探听朝廷的意图，如此怎能放他回去？如今皇甫文死了高峻六神无主，当然只好投降了！"

唐朝末年黄巢率领的起义军攻入长安，唐僖宗被迫逃到了成都。到成都后虽说暂时摆脱了黄巢的起义军，但南诏（注：位置在云南及周边的部分地区）的军事压力却陡增。

怎么办呢？当然是老办法啦！唐僖宗答应南诏王，只要你不来打我，我就把公主送给你当老婆。南诏王当然乐不可支，派出包括三位宰相赵隆眉、杨奇鲲、段义宗在内的最高规格的使团前来朝觐唐僖宗，并顺便迎娶公主。

时任淮南节度使的高骈飞马上奏："南诏的智囊唯此三人，请陛下趁机除掉他们！”唐僖宗舍不得公主远嫁，也顾不上什么信义不信义的就把这三人给杀了。结果直到唐僖宗回到长安，南诏也没敢出兵来骚扰他。

苏曰：堂堂一国之君说话如此不讲信用如何治理天下？故事中的两个主角，一个是大唐的皇帝其行径却好似大街上的小混混；一个是南诏的国王，其反应却是个典型的窝囊废。

466. 刘玺、唐侃

大明嘉靖年间权贵郭勋依仗皇帝的恩宠，派遣恶仆到南方大肆采购紧俏物资，威逼大运河的漕船运往京师谋取暴利，结果整个漕运全被郭勋搞得乱七八糟。

刘玺接任漕运总兵后，在自己的船中放了一口棺材，右手持刀左手招呼郭勋的恶仆，“你们要是不要命就来！我杀了你们然后就自杀，就用这口棺材装我的尸首！我今天就是要告诉你们，以后少来骚扰我的船，我的船不能因为装你们的货物而影响漕运！”

诸位恶仆面面相觑，只得退下，郭勋也为刘玺所慑，不敢加害于他。

冯子曰：刘玺，字国信，为官清廉，外号“刘穷”，又外号“刘青菜”。被推荐担任漕运总兵时，嘉靖皇帝看到他的名字笑道：“就是那个刘穷鬼吗？”立即批准了对他的任命。

嘉靖皇帝的生母死后，灵柩由京师转运到安陆（注：今湖北省安陆市）安葬，途经山东德州。护送太后灵柩的太监趁机向沿途所经的地方大肆搜刮，百姓和地方官苦不堪言！（苏曰：难得官员们也苦不堪言哪！）

时任武定知州的唐侃大怒，抬了一口棺材放在驿馆自己的房间中。护送太后灵柩的太监正在怒骂山东的各位官员，有些知府知县更是被太监们当众鞭打。太监们边打边说：“征发的物品如不能按时办齐，就把你们这些狗官一律处死！”

和唐侃一起来的官员一看这阵势当即全部抱头鼠窜而去，只剩下唐侃一个人。太监们就逼唐侃，向他要钱，唐侃被逼没有办法就对太监们说：“你们跟我到我的房间去拿钱！”然后就把太监们带到了自己的房间，指着棺材对太监们说：“我来的时候已经把后事都安排好了，别想从我这儿拿一文钱！”

太监们被唐侃要钱不要命的气势所震慑，再也没敢为难他！事后凡是当场逃跑的官员都被罢免，只有唐侃受到表扬。

467. 段秀实

平定“安史之乱”，为大唐中兴立下不世之功的有三员大将，分别是郭子仪、李光弼和仆固怀恩。其中仆固怀恩因遭小人陷害被迫造反而很少为后人提及。

郭子仪的儿子郭晞领兵屯驻在邠州。当地的地痞恶霸投奔到郭晞军中，大白天就敢胡作非为，稍不如意动辄伤人，甚至连孕妇都不放过！当地官员根本不敢管，时任泾州刺史的段秀实正好来到邠州，看到郭晞手下的军士竟如此横行不法不由得大怒，自请担任负责纠察的都虞候一职。

很快就有人来报，说是郭晞手下有十七名军士到集市上买酒，不但杀了卖酒的老头还把酿酒的作坊也砸了！段秀实立即带兵前往，把闹事的十七名军士全部斩首，脑袋插在长矛上排在集市的门口示众！

郭晞营中的将士听说自己的兄弟被杀鼓噪起来，纷纷披上盔甲准备来杀段秀实。没想到段秀实却解下佩刀，只带了一个老头牵马径直来到了郭晞的大营中。

郭晞营中的将士一听段秀实来了纷纷全副武装涌出来，段秀实笑道：“杀一个老兵而已，何用披甲？我这不是带着脑袋来了吗？”

将士们被段秀实的镇定所震慑，竟没人敢动手。过了一会儿郭晞出来了，段秀实义正词严对他说：“大人的父亲功比天高，但如今大人却放纵士卒恣意为暴，让边疆地区陷于混乱，这是谁的罪过？恐怕会牵连到你的父亲哪！如今邠州的恶霸暴徒都混迹于大人的军中，杀人越货者比比皆是，人们都说：‘这是因为大人仗着父亲的势力而不约束士卒！’令尊大人的威名如今还剩下多少？”

郭晞大惊，向段秀实下拜，“幸得大人教诲！”说罢下令将士解甲。段秀实说：“我还没吃饭呢，给我准备一顿晚饭吧！”吃完后段秀实又说：“我身体不大舒服，今晚就睡在这里吧！”

郭晞实在是没想到这个段秀实竟是如此胆大，反倒把自己吓住了，下令左右严密保护段秀实的安全。第二天郭晞亲自到邠州地方官那里谢罪，邠州这才算是恢复了往日的平静。

468. 文彦博

北宋大将刘平与西夏军作战，战事稍有不利监军黄德和即临阵脱逃。结果宋军大败，刘平力战不支最终以身殉国。

黄德和为开脱自己的罪名竟诬陷刘平投降西夏，又用重金贿赂刘平的奴仆，让他作伪证。刘平满门二百余口全部被逮捕下狱，宋仁宗下诏御史文彦博调查此案。

文彦博很快就把案情调查清楚了，但黄德和手眼通天，竟然通过党羽上下活动使朝廷另派了一位御史取代文彦博审理此案。文彦博对前来接替他的御史说："朝廷考虑到此案案情重大我无法做出判决故而才派大人来。但如今我已经裁决，无论对错都由我负责，与大人无关！"

黄德和与刘平的奴仆都被处死。

469. 陆光祖

明朝大臣陆光祖担任浚县县令的时候，发现有个富户蒙冤入狱数十年。更让他惊讶的是，历任县令都知道该富户是被冤枉的，但因为他家很有钱，害怕被别人怀疑是收了富户的银子才替他昭雪的，所以都不敢替他申冤。

陆光祖调查清楚后，当天就把那富户释放了，然后才把这事报告给上司。上司说："大家都知道这个人很有钱哪！"

陆光祖说："应当只看他冤枉不冤枉，不应当管他有没有钱！如果不冤枉，就算是穷得像伯夷叔齐那样也照样砍头；如果确实冤枉，就算是富得像陶朱公那样也要放他一条生路！"

上司对他的回答很满意，从此非常器重他。

陆光祖后来担任吏部尚书，官员的任免全都由自己决定，并不向中书省汇报。大臣孙丕扬正在中书省为官，弹劾他专权自任，陆光祖因此被免职。

陆光祖走的时候正好遇到孙丕扬，向他作揖说道："大人见教的是！但如今吏部人情往来请托者甚众，我不把关如何伸张公道？大人此次弹劾我确实有些考虑不周呀！"

孙丕扬考虑了很久，说："你说得很对！我错了！"当天就起草奏章，弹劾自己的过失，并且力荐陆光祖，陆光祖因此得以官复原职。

冯子曰：明朝官员葛守礼曾担任陕西布政使。他到京师朝觐的时候，在吏部看到属下有个小吏的考评为“年老体弱”，应当去职。葛守礼向吏部尚书请求留任该人。吏部尚书说：“这个评语来自陕西，就是大人的衙门做出的，大人难道忘记了吗？”

葛守礼说：“此人在边远地方任职离省城很远，评语都是根据文书做出的。我来京师前曾亲眼见过此人身强体健正是为国效力的时候，方知评语错了。过错在我，怎么能让一个小吏受冤枉呢？”

吏部尚书大惊，“谁能在吏部大堂上承认自己有错呢？就凭这一点大人的贤能就是第一啊！”

大明万历年间，福建布政使黄琮为一个主簿鸣冤，惹得上司大不高兴，“一个堂堂的二品大员竟为一个九品官费尽口舌，你就这水平？”

苏曰：人和人的差别极大！

470. 陆树声

明朝时，分封在山西的晋王很喜欢他府上的一个乐工。乐工的儿子想读书，当地官员就让乐工的儿子免试入学了。

陆树声担任山西提学后，立即开除了乐工的儿子。晋王再三再四向陆树声谈到此事，希望他能通融一下。陆树声说：“我宁肯让学宫里少一个人，也不能让一个人玷污了学宫！”坚决不同意！

471. 韩琦

宋英宗刚刚驾崩，众大臣急召太子入宫继位。太子还没到，宋英宗的手忽然又动了一下。曾公亮大惊，马上对宰相韩琦说不要召太子入宫了。韩琦说：“先帝如果复苏就是太上皇！”说罢又派人催太子紧急入宫。

苏曰：当时是国不可一日无君。宋英宗已经驾崩，太子如不能及时继位，不知会发生什么不测之事呢！

由于宋仁宗无子，所以他死后皇位由养子宋英宗继承。皇太后曹氏对这个继位的养子不大满意，时任内都知的太监任守忠看到了机会，不断在皇太后曹氏和宋英宗之间挑拨是非，妄图从中取利。

宰相韩琦一天忽然拿给枢密使赵概一道空白的圣旨，请他在上面署名。赵概看到参知政事（注：参知政事大致相当于于副宰相）欧阳修已经署名了，但还是面露难色。欧阳修就对他说："大人尽管署名，韩公自有道理！"赵概勉为其难地签下了自己的名字。

赵概署名后，韩琦立即下令召见任守忠，对他说："你犯下死罪！暂且饶你一条狗命，贬为蕲州团练副使！即刻出发去蕲州！"说罢填下了那道空白圣旨，当天就把任守忠押解上路了。

472. 吕端

宋太宗的长子楚王赵元佐在残酷的权力斗争中受了刺激而发疯，从而失去了继承皇位的资格；次子赵元僖病故，所以太子的宝座就轮到了第三个儿子赵恒。

宋太宗病危后，大太监王继恩与参知政事李昌龄等人因与太子赵恒不和而企图拥戴已经发疯的赵元佐继位。宰相吕端来探视宋太宗的时候，惊讶地发现太子竟然没有在一旁随侍，他马上就察觉到肯定有阴谋。于是在自己的笏板上写下"大渐（注：大渐，病危的意思）"二字，派了一个心腹拿着笏板催促太子立即进宫。

宋太宗驾崩后，李皇后命王继恩召吕端进宫。吕端知道这一定是因为宋太宗驾崩了，就骗王继恩到书阁里查找一份宋太宗的诏书，然后把王继恩锁在了书阁里。

入宫后李皇后对吕端说："先帝已经驾崩，让长子继位方顺情合理！"

吕端说："先帝之所以立太子就是为了给今天做准备的。如今先帝刚刚弃天下而去，我们怎么就能违背他的命令呢？"

李皇后一介女流之辈懂得什么，全靠王继恩给她拿主意。如今王继恩不在，她早已是方寸大乱，只好听从了吕端的意见。

太子即位后，吕端带领群臣朝见。当时皇帝面前都有珠帘，吕端看不清新君的真面目，遂不下拜，请新君升起珠帘登上殿阶。等看清新君确实是赵恒后，吕端才率领群臣下拜，山呼"万岁"！

苏曰：高度赞扬吕端"大事不糊涂"！

473. 王安石

王安石担任宰相的时候，裁减发放给宗室的俸禄。宗室子弟拦住王安石的马求情说：“我等都是先帝子孙，请看在祖宗的面上不要裁减我们的俸禄！”

王安石厉声喝道：“天子的祖庙也只有七座，年代久远的祖宗都要迁移神位，更何况是你们这些人！”

474. 毛澄

大明嘉靖初年，皇上选妃，锦衣卫的卫千户上下打点，把自己的女儿也列入了候选名册。当时毛澄正在礼部为官，厉声说道：“卫千户是卫太监的奴仆，随卫太监改姓卫！他连自己的本姓都不知道，这样人的女儿怎么能列入后妃名册？此事礼部不敢承担责任，你们自己看着办吧！”

众人面面相觑，只好把卫千户的女儿从名册中勾掉。

苏曰：卫千户的女儿逃过一劫！

475. 祝知府

明朝时南昌的祝知府很有才干，当时宁王朱宸濠（注：朱宸濠后来造反，被剿灭）的王府就在南昌城中。宁王府上有一只鹤被百姓的狗咬死了，宁王不依不饶，把百姓告到了祝知府这里。（苏曰：这个宁王一天到晚都在忙着造反大计，竟然还有心思为一只鸟打官司！）

宁王府的奴仆说：“王府的鹤有金牌，是皇上御赐的！”

祝知府没理他这一套，“鹤带金牌，犬不识字；禽兽相伤，岂干人事？”说罢就放了那个百姓。

有两个百姓家的牛打架，结果一头牛死了，祝知府判决，“两牛相争，一死一生；死者同享，生者同耕。”

术智部

卷一　委蛇

道固委蛇，大成若缺。如莲在泥，入垢出洁。先号后笑，吉生凶灭。集“委蛇”。

476. 箕子

商纣王日夜痛饮连日期都搞不清楚了，问左右的随从，随从们也都不知道。又派人去问箕子，箕子叹道：“身为天下之主竟然连日期都不清楚，亡国之祸就在眼前哪！别人都不知道而只有我知道，我岂不危险？”就对来人说也喝醉了，不知道日期。

苏曰：屈原在跳江前曾说：“众人皆醉我独醒！”

477. 孔融

东汉末年割据荆州的荆州牧刘表不守臣道，多有僭越，竟然效法天子祭祀天地，所乘坐的车子穿的衣服也用的是天子的规格。汉献帝大怒，下诏斥责刘表。

孔融上疏说“当年齐桓公讨伐楚国不敢提及楚国擅自称王，而只是说楚国不进贡包茅。如今朝廷没有力量讨伐刘表，不如暂且忍耐，不要声张刘表的种种僭越之行以维护朝廷的体面。如果下诏斥责，四方诸侯纷纷起而效仿反更有失朝廷威严！”

478. 翟方进

西汉末年的大儒胡常和翟方进都以精通《左传》而闻名于当世。胡常虽然比翟方进出道早但声望反在翟方进之下。胡常自然对翟方进有些不满，言谈中常有不敬之语。

翟方进知道后，每当胡常聚集门徒讲学时，就派自己的学生去听讲，而且就经学大义向胡常请教，还把胡常的教诲记下来。日子久了，胡常知道翟方进这是在有意抬举自己，心里很是惭愧。以后与士大夫谈话总是称赞翟方进。

479. 魏勃

西汉大臣魏勃未发迹前想拜见齐国（**注：此齐国是西汉所分封的诸侯国，其国相相当于郡太守**）的国相曹参，但魏勃家境贫寒，没有钱贿赂曹参的左右为他引荐。

于是魏勃就每天清晨来到曹参一个门客的家门口为他扫地。那个门客每天早晨起来看到自己家门口都干干净净的，觉得很奇怪，就专门起了个大早躲在门后看是怎么回事。这才看到魏勃，问他为什么要来扫地。魏勃说："我想拜见曹大人但却没有门路，所以来为您洒扫，想您为我引荐！"

这个门客就把魏勃推荐给了曹参。

480. 叔孙通

楚汉相争时，儒士叔孙通去拜见汉王刘邦。刘邦是混混出身，最烦这些酸溜溜的儒生，所以就没给他好脸色。叔孙通马上就换了一身刘邦故乡楚地人的打扮，穿着短衣来见刘邦，刘邦这才转怒为喜。

叔孙通得宠后推荐了很多盗贼壮士到刘邦军中效力，但追随他的儒生们却一个都没有推荐当官。这些儒生们当然很恼火，叔孙通就对他们说："你们能披坚执锐冲锋陷阵吗？急什么？"

苏曰：本卷的卷名"委蛇"，就是通权达变、随机应变的意思。叔孙通可以说是委蛇大师了，在秦末动荡的时局中，叔孙通投靠的主子竟达十个之多！从秦二世胡亥到起义军领袖陈胜，最后是刘邦，基本上牛过一阵子的人叔孙通全都去投奔过，也算是乱世中的奇人了！至于他的法宝，他的弟子一针见血指出，"公所事者且十主，皆面谀以得亲贵"。

秦二世胡亥自己欺骗自己，不喜欢听起义军连战连胜的消息。叔孙通就说哪里有什么起义军，不过是些盗贼而已，让地方官把他们逮捕下狱就是了。秦二世大喜，把那些忠言直谏的大臣统统下狱，反倒升了叔孙通的官。刘邦不喜欢儒生，他就换了楚地百姓的衣服。知道当时正在打仗，他们这些儒生没什么用，所以就推荐盗贼壮士给刘邦。后来刘邦当了皇帝，叔孙通就给他制定了一套礼仪，以凸显皇帝的威严，深得刘邦的欢心。当然他自己也就大富大贵了，跟着他的那帮儒生也鸡犬升天了。

481. 王守仁

明朝哲学家王畿年少时放浪形骸，整日混迹于酒肆赌场中。但王守仁（注：王守仁，明朝人，大哲学家，儒家学派“心学”集大成者）独具慧眼，知道王畿是个难得的人才，所以很想结识他。不过王畿对王守仁却没什么兴趣，整日忙于喝酒赌博，根本没工夫搭理王守仁。

王守仁就让自己的弟子也喝酒赌博。过了一段日子等弟子们都是个中高手了，王阳明就派了一个弟子尾随王畿来到酒馆，邀他一赌。王畿大笑，“你们这些书呆子也会赌博吗？”

弟子说：“老师带着我们天天赌！”

王畿大惊，立即求见王守仁，不过三言两语就对王守仁佩服得五体投地。当即就拜王守仁为师，终成大器。

482. 王曾

北宋宰相丁谓是个奸臣，他担心大臣们会揭发他的劣迹，所以每次退朝后都不许大臣留下来单独面见皇帝。

百官对丁谓多有不满，只有王曾对丁谓百依百顺，从来没有违背过丁谓的意思，所以丁谓对王曾比较放心。一天退朝后，王曾对丁谓说：“我没有儿子，打算从侄子中过继一个，有意面请圣上恩准又不敢单独留下来！”

丁谓随口说道：“像您这样的留下来没关系！”

王曾趁机向宋真宗面奏丁谓的种种恶行劣迹。刚刚离开朝堂丁谓就后悔了，隐隐约约感觉王曾有些不对劲，不过已经来不及了。没过几天一道圣旨颁下，丁谓被罢相贬作崖州（注：今海南省）司户参军，到天涯海角啃椰子晒日光浴去了。

483. 周忱、唐顺之

明朝大臣周忱担任江南巡抚的时候，正值宦官王振当权。周忱担心王振会给自己穿小鞋使绊子，不得不自降身段想办法和王振搞好关系。

王振新建了一所宅子，周忱想办法搞到了书房的尺寸，然后按照这个尺寸送了一块地毯给王振。王振大喜，以后凡是周忱上书言事王振都予以批准。有了王振的支持，周忱才得以在江南兴利除弊，造福百姓。

冯子曰：秦桧新建了一所阁楼，有个官员想拍秦桧的马屁，送了工匠一大笔钱套出了阁楼的尺寸，然后按照这个尺寸送了秦桧一块地毯。秦桧一看这块地毯与自己的阁楼竟然如此合适不由得大怒，怀疑这个官员知道自己很多秘事，找了个茬把这个倒霉的官员给撤了。

事情看似都一样，结果为什么如此不同？王振这个人没什么心机，只是贪财凶暴；而秦桧城府极深，阴险狡诈！王振知道自己名声很臭，又是太监出身，所以很想招揽君子以沽名钓誉；而秦桧本是文人出身，历经官场险恶，最是要防人害己。

明朝中后期，倭寇蹂躏东南沿海各省，甚至于用枪尖挑起婴儿取乐，百姓苦不堪言。被免职在家闲居的大臣唐顺之见此情景痛心疾首，但却无可奈何。当时主管征剿倭寇事务的是奸相严嵩的走狗赵文华。为了东南百姓的福祉，唐顺之亲自去见赵文华，向他面授机宜，并力荐胡宗宪。

唐顺之是嘉靖年间的状元，不但文采斐然而且也通晓军事。赵文华于是就推荐唐顺之负责浙江一带的军事，唐顺之上任后起用胡宗宪。胡宗宪知道要想讨平倭寇首先就要和奸相严嵩搞好关系，于是送给严嵩大笔金银财宝。胡宗宪这才得以大展拳脚，终于剿灭了浙江的倭寇！

苏曰：严嵩倒台后，胡宗宪被认为是严嵩的党羽，被迫自杀！

484. 许武

苏曰：东汉的时候还没有科举制，朝廷选拔官吏主要是“举孝廉”，就是由地方官推荐孝顺父母、廉洁不爱财的人做官。后来绝大部分都沦为作秀！当时的民谚就说："举秀才，不知书；举孝廉，父别居。"本文讲的就是一个为了当官而作秀的故事。

东汉阳羡人许武被举孝廉当了官，官还当得挺大。尝到了当官的种种好处，许武就想让自己的两个弟弟许晏、许普也当官。怎么让他们当官呢？孝廉哪！

有一天许武对他的两个弟弟说："咱们该分家啦！"然后就把家里的良田、长得好看的丫鬟，身体强健的奴仆都分到了自己名下，剩下的残羹冷炙分给了两个弟弟。两个弟弟事先早就和许武商量好了，所以啥话也不说，装出一副孝廉的嘴脸来。

事情一传开人们都称赞许晏、许普谦让，鄙视许武贪财。于是许晏、许普也被推荐为孝廉，当了官。

许晏、许普当官后，许武把许氏家族的人都集合起来开会，对他们说："当初两个弟弟都没当官，所以我才故意让他们吃亏以求孝廉。如今他们都当官了，就把财产重新分配一下吧！"然后就把自己多占的那份都分给了弟弟。

485. 晏婴

春秋时车辆的车轴会突出一部分，齐国人就以车轴相撞为乐。官府虽然屡次发文禁止，但民间依然我行我素。

晏子就乘了一辆新车故意与人车轴相撞，然后说："车轴相撞大不吉也！难道是我祭祀的时候不够虔诚，平日里待人接物不够谦和吗？"说罢弃车而去，齐国人这才改掉了这个坏毛病。

苏曰：晏婴有强大的人格魅力，是真正的仁人君子，所以才有强大的号召力和影响力！

486. 东方朔

苏曰：在中国历史中秦皇汉武常常一并提及。秦始皇统一了中国，但秦朝很快就崩溃了；汉武帝真正地巩固了中国的统一。他们二人都雄才大略，好大喜功，开疆拓土。为了求得长生，秦始皇派方士徐福带领数千童男童女下海求长生不死之药，当然被骗了。汉武帝也一样，迷信方士，乃至于屡屡被骗而不醒悟。本文讲的就是东方朔巧妙谏阻汉武帝迷信方士的故事。

武帝最是迷信方士，幻想着让方士给他求神仙、求长生不死之药。东方朔就对他说：“陛下让方士所取的不过是普通的药物，不能让人长生不死，只有天上才有不死之药！”

汉武帝说：“可是怎么才能到天上去呢？”

“臣能上天！”

汉武帝知道东方朔是胡说八道，想看看他到底能玩出什么新花样来，就说那好吧，你上天去取不死之药好了。东方朔就走了，刚出殿门又回来，“臣说臣能上天，陛下好像不大相信，请陛下派个人跟着我好做个证明！”

汉武帝就派了个方士随东方朔一同上天，并约定三十天后回来交差。从宫里出来后，东方朔绝口不提上天之事，整日里只是狂喝滥饮。眼看期限就要到了，那个方士每每催他，东方朔却说：“神鬼之事不好说，会有神仙来接我的！”

这个方士也就懈怠了，大白天也呼呼大睡。睡醒后东方朔对他说：“刚才怎么叫也叫不醒你，我已经从天上回来了！”

方士大惊失色，不过东方朔既然已经从天上回来了，就只好去见汉武帝交差了。汉武帝又不是傻瓜，哪里肯信方士的汇报，就吓唬他说要把他逮捕下狱。

东方朔挤出几滴泪来，“臣刚才差点儿就死了！”

“怎么回事？”

“天帝问臣：‘世间的人们都穿什么衣服？’臣说：‘穿虫子！’天帝问：‘什么虫子？’臣说：‘那种虫子嘴长有像马鬃般的触须，身上有虎皮般彩色斑纹。’天帝大怒，以为臣在欺骗他，就派使者到人间来查访。使者回去后说：‘有这种虫子，叫蚕。’天帝这才放过了臣！陛下如果不信就请派人上天查证！”

汉武帝大笑，“不错！齐地多狡诈之士，朕知道你是想让朕远离方士！”于是就把方士们都赶走了！

487. 梁储

大明正德年间，秦王朱惟焯上书请求把陕西边境一带的土地封给他。宠臣朱宁、江彬等人收了秦王的银子，都赞成此事。正德皇帝是有名的花花大少，没什么脑子，一看自己的亲信都赞成也就批准了，下令让内阁草拟诏书。

内阁大学士杨廷和、蒋冕这哥俩心想万一以后秦王造反，自己草拟加封秦王土地的诏书岂不是要受到牵连？可不写吧，岂不是有违圣意？他俩最后的决定是声称身体微恙，请病假开溜了。

这俩跑了，草拟诏书的任务就落到了大学士梁储头上。梁储苦思冥想，终于在一个风雨交加电闪雷鸣的夜晚来了灵感，写下了一份诏书，“当初太祖皇帝曾说：‘这块土地不能封给藩王。’不是舍不得而是这块土地广阔肥沃，顾虑藩王得到这块土地一定会多养人马，一旦被心怀叵测的奸人误导就会危及社稷。如今大王请求把这块地封给自己，千万不要招揽奸人，不要多养人马，不要听信奸人的谗言，不要危害社稷！否则到时候想要保全家族就不可能了！大王千万谨慎小心！”

正德皇帝一看吓坏了，“要是这么可怕还是不要给他了！”就没有把这块地封给秦王。

488. 傅珪

已经说过明武宗正德皇帝是个非常典型的花花大少式的皇帝，根本就把国家大事当儿戏，怎么好玩怎么来。他信奉藏传佛教，不过要是以为明武宗是吃斋念佛的善男那可就大错特错！他不过是打着佛教的名号在寺院里花天酒地胡吃海喝！

明武宗自称“大庆法王”，还传旨要求礼部拨给西藏僧人良田千亩用来建造大庆法王下院，圣旨上还写着“大庆法王与圣旨”。礼部尚书傅珪假装不知道，上奏说：“大庆法王是谁？竟敢与圣旨相提并论？这是亵渎天子，破坏祖宗成法！此乃大不敬！”

明武宗一看玩笑开大了，就下诏说算了。

489. 洪武中老胥吏

明太祖洪武年间，驸马都尉欧阳伦带着四个妓女寻欢作乐被人告发。官府四处搜捕妓女，妓女估计这次是必死无疑，情急之下竟打算毁容以求侥幸。

一个老胥吏知道后就对那四个妓女说：“给我一千两金子，我能保住你们的性命！”

妓女马上就给了他五百两金子，老胥吏说：“当今天子圣明岂能不知你们这些人平时过的是什么日子？万勿欺君，打扮就和平常一样，只管哭泣哀号，或许圣上会放过你们！”

“具体该怎么办？”

“你们把自己洗得干干净净，穿上最华丽的衣裙，涂脂抹粉，戴上最漂亮的首饰，一定要做到让人意乱神迷才好！圣上如果问话不要作答，只管哭泣哀呼即可！”

明太祖朱元璋对自己女婿在外边寻花问柳的事情极为恼火，要亲自出马为女儿出气。堂堂的开国之君竟要亲自审理这几个妓女。妓女们来后只是哭泣哀呼，朱元璋就不耐烦了，喝令左右：“绑起来杀了！”

左右赶紧就上去脱妓女的衣裙，一层一层都极其华丽，脱下的首饰也艳丽无比！衣服脱完后，身体洁白如玉，香沁心肺！见过无数大场面的朱元璋也有些把持不住了，笑道：“这些小妖精差点连我也迷惑了，更何况是欧阳伦那小子！”说罢就下令把她们赶出去了！

490. 满宠、郭元振

东汉末年，太尉杨彪与反对曹操的袁术结成儿女亲家。曹操非常恼火，诬陷杨彪企图废掉汉献帝另立新君，把杨彪逮捕下狱，下令由满宠审理此案。

大臣孔融和荀彧知道杨彪是被诬陷的，就秘密嘱咐满宠：“千万不要刑讯拷问！”

满宠没有理会，按照规矩该打还是打。过了几天满宠去见曹操，“已经严刑逼供，但杨彪就是不招！杨彪名重天下，如今就这样不明不白关在狱中必然有失丞相的人望！卑职很替明公惋惜哪！”

曹操想想也是，当场下令释放杨彪。孔融和荀彧当初听说满宠竟敢给杨彪用刑不由得大怒，如今看到杨彪平安出狱方才明白满宠的苦心，从此更加敬重满宠。

唐朝大将郭元振担任安西大都护的时候，曾与西突厥突骑施部落酋长乌质勒在帐中言事。当时天气酷寒，下着鹅毛大雪，乌质勒年老体衰，回去后大病一场很快就死了。

乌质勒的儿子娑葛大怒，认为这是郭元振的阴谋，想故意冻死他老爸，打算发兵来攻打郭元振。唐朝官员得到消息劝郭元振赶紧连夜逃跑，郭元振不听，好像没事一般依旧睡在大营中。

第二天郭元振换了一身素服亲自前往祭拜乌质勒，哭得非常悲哀，并留在突骑施部落数十天帮助料理后事。娑葛非常感动，向大唐献马五千匹、驼二百、牛羊十余万。

491. 梅衡湘

明朝时的太监很多是固安县（**注：今河北省固安县**）人，所以固安的县令就很不好当。太监的亲戚们根本就不把一个小小的七品县令放在眼里。

梅衡湘担任固安县令的时候，有个太监就拿了个猪蹄子来找他，让梅衡湘帮他讨债。梅衡湘一看就知道自己惹不起，赶紧命人把猪蹄子炖了，又设宴招待这个太监。过了一会儿欠债的来了，梅衡湘就故意厉声呵斥，让他赶紧还钱。

欠债的一脸穷苦相，哀求说家贫实在无钱还债，求大人再宽限几日。

梅衡湘喝道："你也不看看你欠的是谁的债？还敢说没钱，今天必须还！要不然就把你打死在这公堂之上！"

欠债的不再说话，低头边走边哭。太监也动了恻隐之心，面色颇有不忍。梅衡湘一看就派人把欠债的叫回来，皱着眉头对他说："我也知道你确实没钱，但没有办法呀！这样吧，你回去把老婆孩子都卖了吧！我是你们的父母官，怎么忍心你们突然之间就骨肉分离？姑且宽限你一天，今晚回去和老婆孩子道别，从此永生不得相见矣！"

欠债的闻听此言再也忍不住悲痛，失声大哭，太监也被感染（苏曰：能去当太监的哪个不是贫寒子弟？），不觉流下泪来，对梅衡湘说这笔债他不要了，并且当场把债券撕了。此事传开后，太监们在索债时都不再像以前那么苛刻了。

492. 宁越

战国时齐国进攻赵国的廪丘，赵国派大将孔青抵御齐军。两军交战，齐军大败，主将被杀，赵军俘获战车两千辆，齐军将士三万余人横尸沙场。

孔青把齐军将士的尸体堆成两个大尸堆以炫耀武力。谋士宁越对孔青说："可惜了！不如把尸体还给齐国，还可以再打击齐国一次！不但要让齐国的战车盔甲在战争中损失殆尽，而且还要让齐国的府库因为安葬阵亡将士而为之一空！"

"可是齐国人如果不要这些尸体怎么办？"

"战而不胜，其罪一；把将士们带出去了却没有带回来，其罪二；还尸不受，其罪三！百姓以此三罪怨恨国君，国君还怎么治理百姓？百姓又怎么会接受国君的治理？所以我说这是再打击齐国一次！"

493. 慎子

楚顷襄王做太子的时候日子过得很安逸，要钱有钱要权有权，作为一个男人来说夫复何求啊？但他的老爸，就是那个让人无话可说的楚怀王，却因为被张仪欺骗而痛遭秦齐两国狂扁！楚怀王被秦国人打得屁滚尿流，只好向齐国求和，为了取信于齐国只得把太子送到齐国去当人质！

后来楚怀王又被秦国人骗去开会，结果被扣留，活活气死在了秦国。楚怀王一死楚国顿时大乱，大王死了，太子还在齐国当人质，这可如何是好？

听到了老爸归西的消息，太子就跑来向齐王辞行，说是要回去继承王位。齐王一听，好家伙，这岂不是一个好机会吗？我要是就这么放他回去天下人岂不都认为我是傻瓜？我不是傻瓜！我不要当傻瓜！我要狠狠敲楚国人一笔！

齐王先是向楚王的去世表达了最深切的哀悼，接着又劝太子节哀顺变。最后齐王擦着眼泪说："太子啊！你要是不把下东国（注：楚国靠近齐国的一片土地）五百里地割让给寡人，寡人就不放你回去！"

太子本来还很感动，一听这话几乎神经崩溃，这弯子也拐得太快了吧！太子一时间也不知道该怎么说，只好先拖一拖，说："臣想先回去请教一下师傅。"

齐王擤了一把鼻涕，心想："不信你还能飞出我的手掌心？"就让太子退下了。

太子回去把这事跟他的师傅慎子说了，慎子想了想说："割地是想脱困回国，不回国就不能安葬先王（注：楚怀王死后，秦国把他的尸体送回了楚国），这可是不义啊！臣的意思是答应割地！"

太子一心想回国，立马就去拜见齐王了，答应割地。齐王很高兴，就放太子回国了。

太子回国后即位，就是楚顷襄王。齐国派出五十辆车组成的豪华使团前来楚国接收下东国五百里地。楚王心疼了，召见慎子说："齐国使节来接收下东国啦，这可怎么办？"

慎子笑笑说："明日早朝的时候让各位大臣都发表发表意见嘛，看看大家怎么说。"

楚王想想也是，就先召见了副宰相子良。楚王说："寡人之所以忍屈受辱答应割地是为了回国安葬先王，安抚群臣，稳定楚国社稷啊！本来也就是说说而已的，没想到齐国人居然当真了，竟真的派人来接收下东国啦！这可如何是好？"

子良说："大王一定要把下东国割让给齐国！大王金口玉言，答应割地给强大的齐国，如果不给的话就要失信于天下，以后还怎么和诸侯们打交道呢？"

说到这里，子良话锋一转，声调变得高亢起来，"咱们先割让给他，然后再派兵夺回来！给他是守信用，夺回来是我们的能耐！所以臣以为应当给他！"

楚王想了想觉得太折腾，就把大臣昭常叫进来了。昭常说："不能给！我们楚国之所以能够成为大国，就是因为我们的地盘大！如今一下子就丢了五百里，损失太大了！坚决不能给！"

楚王想这么粗暴拒绝齐国，面子上过不去啊，就又把宰相景鲤找来了。景鲤说："给是不能给的！但单凭楚国一国之力恐怕也守不住下东国，何况大王君无戏言，已经答应齐国了，要是不给的话以后也不好取信于天下。这样吧，臣愿意到秦国走一遭，看看能不能请秦国从中斡旋。"

楚王听了三个人的主意自己倒没主意了，不知道该听谁的，就把自己的师傅慎子叫来了。把这三个人的想法都告诉了慎子，让慎子帮他拿个主意。慎子听完后故作深沉说："大王不妨同时采纳他们三人的意见！"

楚王气坏了，以为慎子是在戏弄他，"师傅这是什么意思？"

慎子说："大王且听臣慢慢道来。大王派子良以车五十乘出使齐国交割下东国五百里地；子良出发的第二天就派昭常为大将军镇守下东国；昭常出发的第二天派景鲤以车五十乘出使秦国，请秦国调停此事！"

楚王到底是个聪明人，马上就明白了慎子的意思，开心地拍着巴掌连叫："好！好！就按师傅说的办！"

子良到了齐国很快就办完了交割下东国五百里土地的手续，齐王就派军队来接收下东国了。下东国的守将昭常对齐国人说："我的职责就是镇守下东国，愿与下东国同生共死！我已经征发了下东国所有的男人，一共三十余万，愿意和您较量较量！"

齐国人一听这话差点疯了，不是都说好了吗，怎么全都动员起来了，这是想和我们玩命啊！连忙回禀齐王，齐王立马叫来子良问话，"您来交割下东国，怎么昭常还镇守在那里？"

子良一脸的无辜（苏曰：子良当然无辜啦！昭常是他走后才来的嘛！），很真诚地说："臣确实是受我王之命来交割下东国的，昭常肯定是假传王命，请大王讨伐昭常！"

齐王一听子良确实是很真诚，人家都让我打了，自己能不打吗？不打以后还怎么混？于是齐王就大举兴兵讨伐昭常了，可大军还没出齐国呢，秦国的五十万大军就已经开到齐国边境了！秦王发话了，“不让楚太子回国继承王位就是不仁！又想抢下东国地盘这是不义！齐军要是乖乖地回国去也就算了，要不然咱们就来较量较量！”

齐王吓得屁滚尿流，赶忙礼送子良回国，又派人到秦国去承认错误保证以后绝不再犯！就这样，没有打仗，下东国这块地就保住了！

苏曰：当初答应人家的又不想给了，不想给吧还不想丢面子！绕了一大圈，总算是又保住了地盘又保住了面子！

既然当初是被迫答应的，那不遵守也无所谓。当初孔子曾被蒲人围困，蒲人逼他发誓不去卫国，孔子答应了。结果蒲人刚刚放了他，他就直奔卫国了。子贡问他：“誓言可以违背吗？”孔子说：“被迫发的誓，神是不会理睬的！”

494. 颜真卿

大唐天宝十四年，身兼平卢、范阳、河东三镇节度使的安禄山造反的迹象已经越来越明显了，但大唐的君臣们却仍沉醉在“开元盛世”的幻境中。一片歌舞升平，根本就不相信天下即将大乱！

只有时任平原太守的颜真卿看出安禄山造反的意图，而自己所在的平原将是安禄山叛军南下的必经之地！他借口大雨重修了城墙，疏浚了护城河，秘密清查户口拣选丁壮，并大量储备粮草。但在表面上颜真卿却和一班文人墨客整日里饮酒赋诗游山逛水，安禄山因此认为颜真卿不过是一介书生不足为虑。

安禄山造反后河北山东一带顷刻间土崩瓦解，地方官们不是弃城而逃就是跪地投降，只有颜真卿镇守的平原岿然不动，成为抗击叛军的中流砥柱！

苏曰：第一次知道颜真卿是因为学毛笔字，他创立了“颜体”，与赵孟頫、柳公权、欧阳询并称“楷书四大家”。

颜真卿不但是中国最有名的书法大家，而且其为人正直刚烈。在“安史之乱”期间，他与其堂兄颜杲卿率兵二十余万与叛军作战，以一介书生慨赴国难！“安史之乱”平定后藩镇割据，叛将李希烈造反。唐德宗被奸相卢杞蛊惑竟派颜真卿前去说降李希烈。李希烈百般威胁利诱，颜真卿始终不为所动，结果被李希烈杀害！

495. 李允则

北宋是中国历史上统一王朝中版图最小的一个，其北部的边境线只到现在的河北省北部一带，雄州（注：今河北省保定市雄县）就已经是边防重镇了。

雄州刺史李允则想重修北门一带的城墙，但当时宋辽两方已经讲和，此时重修城墙辽可能会有意见。北门外有个东岳祠，李允则就用银子做了一个大香炉，一路吹吹打打送到了东岳祠里，却故意不加看护。不消说，大香炉很快就被盗了，李允则四处张榜捉拿盗贼，声势搞得十分浩大，连辽人都知道了。盗贼当然抓不到，但李允则就借口说要保护东岳祠，趁机重修了城墙，辽人也没在意。

李允则还在界河上大搞龙舟赛事，辽人也常跑来看热闹，其实他是在操练水军。辽骑兵战斗力很强，为了抗击辽军宋军曾挖了很多陷马坑，并修建了瞭望台，可以看到十里之遥。李允则说："两国既然已经讲和还要这些东西干什么？"下令把陷马坑填平，拆掉瞭望台。然后把这些土地分给将士们，让他们种菜。每块菜地都打井修渠，并且修筑矮墙，四周还种植荆棘，骑兵再也无法纵横驰骋了！

李允则还在北门外修建了一座佛塔，成为当地一道风景。百姓时常登塔游玩，可以看到三十里之外的景物。

李允则还下令在雄州所有的空地上都种植榆树。日子一久雄州境内全是榆树，连一块开阔的地方都没有。他对左右的随从说："从此雄州就成为步兵的战地，骑兵是无从施展了！我种这些树岂是仅仅用来盖房子的？"

苏曰：由于失去了西北，北宋军队基本以步兵为主，骑兵数量很少。这就使北宋军队在与辽、西夏、金以骑兵为主的军队的战争中处处陷于被动。只有了解了这一大的背景因素，我们才能理解李允则的一片苦心！

496. 何承矩

北宋的边境重镇瓦桥关地处平原，与辽之间没有任何山脉河流等天然屏障。何承矩打算在边境一带挖塘修池以阻挡辽的骑兵。但又担心辽人看出他的意图而从中作梗，所以就建了一个爱景台。在台下遍植水蓼花，日日与僚佐相会于台上，泛舟饮酒，并做《蓼花吟》数篇。他还让人把他观赏水蓼花的场景绘成图册传到东京汴梁，搞得人人都知道何承矩喜欢水蓼花，但却不知道他的真实意图。

挖塘修池就在以种植何大人喜欢的水蓼花的名义下不断延伸，从保定一直到海边全都是水池河塘！北宋就靠着这些水池河塘抵御辽军。

497. 苏秦

战国时的纵横家苏秦和张仪是同学，都师从于鬼谷子。苏秦发迹早一些，靠着自己的三寸不烂之舌说服六国合纵，当上了赵国的宰相。但苏秦知道自己的合纵政策其实是很脆弱的，只要秦国以武力恐吓，合纵立刻就会瓦解！所以他就想派个自己人去秦国掌权，以维护自己的合纵政策。最合适的人选自然就是张仪了，同学嘛，当然信得过。更重要的是张仪极为聪明，到了秦国后一定会被重用。

于是苏秦就派人对张仪说，你的老同学苏秦如今发达了，你还不赶快去投奔他弄个一官半职的？张仪当时穷困潦倒，所以就高高兴兴地来找苏秦了。

苏秦事先告诉手下人不要为张仪通禀，然后又交代客店的老板不要让张仪走。张仪是个穷光蛋，本来就没带多少盘缠，好几天见不到苏秦，欠了客店老板好几天的店钱，想走还走不了，真是失望之极！

过了几天，苏秦终于答应见张仪了，张仪感觉简直就是绝处逢生，以为好日子就要来了！谁知苏秦对他极为冷淡，让他坐在堂下，吃的是奴仆的饭食，还夹枪带棒地说："你自己没本事才弄到今天这么惨，怪谁呀？我倒是能让你富贵，只是你不值得我这么做罢了！"说罢就把张仪赶走了！

张仪愤恨到了极点，老同学来投奔你不收留也就罢了，说这些话羞辱我有意思吗？你不是在赵国当宰相吗？那我就去秦国，游说秦王出兵伐赵，看你这个宰相还能干几天？

主意已定，但张仪还是不能去秦国。为什么？因为欠着好几天的店钱还没结呢！况且去秦国的盘缠又从何而来呢？就在此时恰好有个人说是要去秦国，愿意带着张仪一起去，还帮着张仪付了店钱。到了秦国后，这人又四处打点，让张仪有机会面见秦王。张仪果然有才，一番言谈下来秦王就拜张仪为客卿，谋划发兵攻打诸侯。

张仪刚刚当了官那人就来辞行了，张仪大惊，"我靠您才有今天的富贵，如今正是我报答您的时候，您怎么能离我而去呢？"

那人笑道："哪里是我帮先生啊！帮先生的是苏秦苏大人！苏大人担心秦国

会出兵伐赵败坏合纵大业，而只有先生您才能执掌秦国大权，所以才激怒大人让您来秦国！所有的花销都是苏大人给的！如今先生已经得到秦王的重用，我也要回去交差啦！”

张仪这才恍然大悟，叹道：“我坠入苏君的计中而不自知，我赶不上苏君哪！我刚刚得到重用，怎么会攻打赵国呢？请为我转告苏君，有苏君在赵国一日，我张仪绝不敢出兵伐赵！况且有苏君在，哪里轮得到我张仪逞能呢？”

498. 王尼

苏曰：魏晋南北朝时天下大乱，战争频仍，有战斗经验的老兵就成为朝廷的宝贵资源。朝廷为了牢牢掌控这些老兵就单独为他们设立军籍，严禁他们迁徙或改行。朝廷一有战事就按照户口征发这些老兵出征，而这些落入军籍的老兵及其家人就被称为军户。刚开始的时候，朝廷对这些军户的待遇还说得过去。但日子久了，他们的长官就忍不住要奴役剥削这些军户了。结果军户不但要在战时冒着生命危险去给朝廷打仗，平时还要承受长官的奴役和剥削，简直就是比平民还要低等了！正因为如此，再加之当时社会重文轻武的风气，平民就更加不愿意当兵了！如此一来朝廷的兵源就成了问题！老兵总是会老会死的呀！

为了保证有充足的兵源，朝廷又下令军户的子弟不得出籍，必须世世代代为朝廷当兵！这样强征来的士兵其士气和战斗力可想而知。

清朝规定所有的旗人男子不得从事农工商等职业，必须全部当兵，由朝廷发给军饷。结果旗人拿着朝廷的军饷游手好闲，不但不能为朝廷出力反而成了朝廷严重的财政负担！老北京的玩意儿，其实大多都是八旗子弟闲来无事闹出来的。

西晋人王尼因为祖上落为军籍，所以自己也被迫在护军府当了一个养马的小兵。当时的社会风气普遍重文轻武，当兵的在人们眼中和罪犯差不多。王尼虽然只是一个小兵但却博学多才，很为当时的名士胡母辅之、王澄及傅畅等人所看重，这些人就向官府请求解除王尼的军籍，但却被官府拒绝。

有一天，这些名士拿着羊肉和美酒来到王尼当兵的护军府。看门的小吏一看来了这么多名士，赶紧向护军将军通禀。护军将军大喜，赶忙出来迎接。谁知这些名士却直奔马厩，和正在喂马的王尼烤肉喝酒，大醉而去，根本就没理护军将军！护军将军大惊，虽然没有解除王尼的军籍但却给他放了长假，以后不用再服兵役了。

明朝大臣杨士奇（**注：时任内阁大学士，类似于宰相之职**）的女婿来京探望他。有个犯了贪污罪的知府正被审查，这个知府就送了杨士奇女婿数千两白银，请他帮忙开脱。等杨士奇知道这个事情的时候，这个知府已经被关押在了都察院的大牢里。

杨士奇没有办法，就在审问知府的那天派了一个小吏给知府送了一顿饭。小吏对主审官员说："这是杨大人送给某知府的饭菜！"主审官员大惊，当即卸下知府的刑具让他吃饭，吃完饭后立即为他"平冤昭雪"。这个知府竟然就这样官复原职了！

苏曰：杨士奇啊，你太让人失望了！

499. 王随

北宋大臣王随年轻的时候家里很穷，有一次在山西翼城游玩的时候，因为吃了饭没钱付账而被饭馆老板押到了县衙。石务均的父亲当时正在县衙做一名小吏，看王随器宇不凡，便替他付了饭钱，还让他住在自己家里。石务均的母亲对王随更是礼遇，招待非常殷勤。偏偏石务均是个混蛋，有一次喝得大醉非要王随给他跳舞，又嫌他跳得不好把王随痛打了一顿。

王随不堪其辱就离开了石家，第二年就考中了进士，后来又担任了河东转运使，而翼城正在其治下。石务均一听说王随来了吓得赶紧溜了。王随走后石务均才敢回家，后来石务均又因为作奸犯科而被翼城县令追捕。石务均走投无路只好厚着脸皮来求王随。王随当时已是御史中丞，就交给翼城县衙一封银子，让县衙代为安葬石务均的父亲。翼城县令大惊，就放过了石务均。

苏曰：记人之恩而忘人之过！

500. 王忠嗣

安禄山在飞狐关修建了雄武城，请大将王忠嗣派兵驻守，其实是想趁机吞并王忠嗣的部队。当时安禄山正得宠于唐玄宗，王忠嗣无法直接拒绝，就提前赶到雄武城，然后借口没见到安禄山又带兵走了。安禄山也无话可说。

501. 谢安、李郃

东晋权臣桓温得了重病，在病榻上请求朝廷颁赐九锡（注：**九锡是古代帝王赐给国之重臣的九种器物，后来成为野心家篡位前的例行公事**）。大臣谢安让袁宏起草颁赐九锡的诏书，袁宏写完后谢安说不好，要修改。修改完还说不好，还要修改，就这么改来改去，拖了半个月诏书也没写好。桓温可等不及了，终于死了，颁赐九锡的事情也就不了了之了。

冯子曰：袁宏对谢安非常不满，拿着自己写的草稿去给大臣王彪看。王彪看完后说："你写得非常好，但这样的文章怎么能给人看？谢安之所以要你改来改去是有原因的呀！"

东汉的大将军窦宪娶媳妇，天下各郡国哪肯放过这个拍马屁的大好机会，都派人去祝贺。汉中太守也不肯示弱，要派人给窦宪送礼。他手下一个叫李郃的官员劝他："窦氏一族骄纵不法，马上就要完蛋了！希望大人不要和窦宪来往！"

太守哪里肯听？执意要派人去，李郃就请求自己去。一路上晚起早睡，慢慢吞吞的，才走到扶风县窦氏被灭族的消息就已经传到。凡是与窦氏来往的官员都受到牵连，只有汉中太守得以侥幸逃脱。

502. 段秀实、冯瓒

军官王童之计划发动叛乱，和他的同伙约定在辛酉日击鼓报晓时一同发难。辛酉日前一天，有人把王童之即将作乱的消息告诉了刺史段秀实。段秀实就把执掌更漏的士卒叫来痛骂了一番，怒斥他报时不准！让他每次打更前都要来向他汇报！

执掌更漏的士卒吓得要死，只好每次都乖乖来报道。而段秀实就故意拖延时间，结果打四更鼓的时候天已大亮了。王童之只好临时取消了叛乱的计划。

503. 仆散忠义

金朝官员仆散忠义担任博州防御使时，监狱内的囚犯在夜间相聚打算作乱。将士们都惊慌失措，只有仆散忠义镇定自若，只是下令打更的小吏击鼓鸣角。囚犯们以为天就要亮了不敢作乱，自行戴上了刑具老老实实回到了监舍。

504. 鸱夷子皮

春秋时齐国大臣田成子因为获罪而逃往燕国避难，他的门客鸱夷子皮背着行李带着通关文牒随他一起逃亡。来到了一座大城，鸱夷子皮对田成子说："大人没有听说过涸泽之蛇的故事吗？沼泽干涸了，有两条蛇打算搬家，小蛇对大蛇说：'我如果跟着您走，人们都会认为我们只不过是普普通通的两条蛇而已，必定会杀了您！不如您背着我走，人们必定以为我是神蛇，就不敢杀咱们了！'大人器宇轩昂一表人才，臣则貌丑身矮，如果臣做您的随从，别人只会认为大人是小国之君；但如果大人做臣的随从，别人一定认为臣是大国的宰相！不如大人做我的随从吧！"

田成子觉得有理，就背起行李拿着通关文牒跟在鸱夷子皮身后。到了客店，客店主人一看随从如此仪表不凡却对一个丑八怪毕恭毕敬，想必这个丑八怪是大有来头的！对他俩招待得格外殷勤，还献上酒肉。

505. 严讷

明朝大臣严讷想在城中建一所宅子，地皮都已经选定，但却遇到了搬迁难题，有户人家不肯搬迁。这户人家以卖豆腐为生，房子是祖传的，即使出高价都不肯卖。管家没有办法只好来找严讷，严讷说："不用担心！先修另外三面吧！"

工程开始后，严讷让工地所需的豆腐都从这家购买，而且每次都是先付款。这户人家生意陡然火爆，夫妻二人忙不过来了，又请了几个人帮忙。随着工程的进展，所雇的工匠也越来越多，所需的豆腐也越来越多！这户人家的房子本来就不大，如今堆满了豆子和大缸，都已经放不下了。

夫妻二人挣了严讷不少钱，感到很不好意思，就主动提出搬迁。严讷在临近处给他们换了一间稍大点儿的房子，夫妻二人大喜，很快就搬走了。

506. 周玄素

明太祖朱元璋让画家周玄素在殿内画一幅壁画，“天下江山图”。朱元璋是有名的喜怒无常，这样的画作一旦不合他的心意恐怕自己的脑袋都保不住呀！想到这里，周玄素叩头说道：“臣没有走遍九州，不敢奉诏，请陛下勾勒轮廓，臣稍做润色即可！”

朱元璋一听也有理，就拿起画笔画出了个轮廓。画完后让周玄素润色，周玄素立即叩头，“陛下江山已定，臣岂敢更改？”

朱元璋大笑，点头称是，让周玄素退下了。

507. 唐太宗

唐太宗的女儿丹阳公主下嫁给了大将薛万彻。这个薛万彻是武将出身，又来自乡野所以显得有些土里土气的。唐太宗就开玩笑说：“薛驸马是个土包子！”

丹阳公主一听这话羞愧不已，竟然好几个月不和薛万彻同床共枕。唐太宗听说后大笑不已，摆下酒宴请公主和薛万彻同饮。在酒桌上和薛万彻比赛握槊（注：一种棋类游戏），唐太宗有意让着薛万彻，还把自己的佩刀输给了他。公主一看自己的老公这么厉害，把皇帝都赢了，开心得不得了。酒席宴罢，薛万彻还没上马呢，公主就派人来请他与自己一起坐车回家。夫妻俩的感情从此很好！

苏曰：唐太宗没当皇帝前出将入相，驰骋疆场，连破劲敌王世充、窦建德、刘黑闼等。当了皇帝更是开创“贞观之治”，没想到当老丈人也很有水准呢！

508. 狄青

北宋时的豪侠之士刘易经常到边境一带游玩。他喜好谈论兵法，很得时任陕西四路经略安抚招讨使的韩琦的赏识。刘易喜欢吃苦马菜，每次吃饭的时候只要吃不到苦马菜就叫骂不已。但边境一带根本就不出产苦马菜，为了招待他，当地的官员可是吃了不少苦头。大将狄青为了治他这个毛病，专门派人到内地买了很多苦马菜，每次请刘易吃饭的时候就只请他吃苦马菜，别的菜一样也没有！日子一久刘易终于受不了了，狄青这才请他吃大餐。

509. 王安石

王安石的夫人吴氏有洁癖，但王安石却不拘小节，常常不洗脸不洗澡，两人因此不和。王安石卸任宰相后要回江宁老家去。搬家的时候，吴氏借官家的一张藤床没有归还，当地官府派人来要，左右却没人敢向吴氏张口。

王安石知道后光着脚在藤床上踩来踩去，吴氏看到后立即命人把藤床送回去了。

卷二　权奇

尧趋禹步，父传师导。三人言虎，逾垣叫跳，亦念非仪，虞其我暴。诞信递君，正奇争效，嗤彼迂儒，漫云立教。集“权奇”。

510. 孔子

孔子周游列国的时候经过卫国的蒲地（注：今河南省长垣县境内）到卫国的都城帝丘（注：今河南省濮阳市）去。不想卫国的贵族公叔氏正占据蒲地造反，蒲人抓住孔子一行，对他们说：“你们要是不去帝丘，我就放了你们！”

孔子答应了，蒲人还不放心，又要孔子在神灵前发誓。孔子就发誓不去帝丘，蒲人这才算放过了孔子一行。孔子刚被释放就吩咐弟子去帝丘，子贡就问：“您不是才发过誓吗？”

孔子说：“被迫发下的誓言神灵是不会听的！”

511. 淮南相

汉景帝三年，吴楚七国造反。吴王刘濞派使者劝说淮南王刘安一同造反，刘安答应了。淮南国相对刘安说：“大王如果响应吴楚，臣愿意为大王统军作战！”

刘安大喜，就把兵权交给了他。淮南国相拿到兵权后立即软禁刘安，登城据守抵御吴军。吴楚七国的叛乱被平定后，刘安因此保住了性命和封国。

苏曰：这个淮南王就是写《淮南子》的刘安，这家伙虽然此次逃过一劫但后来还是贼心不死，因为谋反而被迫自杀。刘安迷信道教，一心想修炼成仙，整日筑炉炼丹，无意间发明了我们经常吃的豆腐。刘安自杀后民间一直流传着他吞服丹药得道成仙的传言，并说他家的鸡犬因为吃了他剩下的丹药也都升天了。后来这个传言成为一句成语，“一人得道鸡犬升天”。

512. 宋太祖

苏曰："杯酒释兵权"的故事我们都知道，不过要是以为宋太祖赵匡胤只是削掉武将们的兵权就算完了那可就大错特错了！赵匡胤不但要削掉武将们的兵权，还要掏空他们的口袋！在赵匡胤看来，没兵没钱的武将才是好的武将！不过比起汉高祖刘邦和明太祖朱元璋来说，赵匡胤还算是厚道的。

赵匡胤给被削掉兵权的节度使们每人一大块地让他们盖房子。节度使们哪敢有违圣意？房子盖下来每人都花了不少银子。赵匡胤觉得还很不够，还是要让他们再花钱！有次赵匡胤请他们喝酒，节度使们喝醉后，赵匡胤就派人找他们的儿子扶他们回家。赵匡胤亲自送到皇宫门口，然后对儿子们说："你们的老爸答应每人献给朝廷十万贯钱，高风亮节值得我们大宋每个子民学习呀！"

第二天节度使们酒醒了，儿子们流着泪说老爸你是不是发疯了，竟然答应献给朝廷十万贯！节度使们也不敢相信自己竟然一下子变得这么慷慨大方，不过当时酒醉也记不清是不是真的答应了。但不管是不是真的答应了，既然皇上都说了，咱敢不给吗？马上忍痛献给朝廷十万贯！

513. 宋太宗

北宋初年，东京汴梁城中有个乞丐到一个富户家行乞，嫌给得太少，在富户家门口咒骂不已。围观的众人都愤愤不平，这时候从人群中忽然跳出一个军官，一刀就把乞丐砍死，然后扔下刀扬长而去了。

事发突然，众人都没有反应过来。巡逻的士卒把这事报告给了衙门，并且呈上刀作为证据。官员按照杀人罪就把富户逮捕，审讯完毕后问成死罪上报宋太宗。

宋太宗就问："那个富户招了吗？"

"招了！"

宋太宗就让主审官员把刀呈上来，看后对他说："这是我的刀！杀人的是我，怎么冤枉别人呢？我现在才知道酷刑之下何罪不成？冤案不仅仅是在乱世才有！"于是处罚了主审官员，把富户无罪释放。并下诏全国从今往后审理案件一定要谨慎小心，不得滥施刑罚！

苏曰：不能屈打成招这是对的，不过那个乞丐不过是骂人而已，至于要被一刀砍死吗？乞丐的命不是命啊？

514. 装神弄鬼的朱元璋

明太祖朱元璋是从投奔起义军领袖郭子兴开始发家的。朱元璋的才干比起他的同伙来当然是强太多了，随着朱元璋的威望和地位不断上升就引起了郭子兴两个儿子的嫉恨。这两个混蛋打算在酒中下毒毒死朱元璋。不过这两人实在是太差劲儿，居然事先就被朱元璋知道了！

这两人来请朱元璋喝酒，朱元璋装作毫不知情上马就走。这两人一看朱元璋来了心里还美滋滋的。走到半路朱元璋突然从马上跃起，仰天长望好像是看到了什么东西似的。过了一会儿调转马头，怒骂那两个混蛋："你们这两个混蛋竟如此歹毒！"

这俩人竭力装出一副纯真无辜的样子，"此话是从何说起？"

"刚才老天爷对我说，你们两个混蛋要毒死我！我不去了！"

这俩人当即精神崩溃，连忙下马拱手施礼，"岂敢！岂敢！"从此真的以为朱元璋有老天保佑，再也不敢谋害朱元璋了！

515. 吴官童

大明正统年间，明英宗朱祁镇亲率五十万大军讨伐瓦剌部的也先，结果被也先所率的骑兵团团包围在土木堡。明军全线崩溃，明英宗被俘，随驾出征的高官几乎被一网打尽。这就是著名的"土木堡之变"！也先在得胜后围攻北京，要不是于谦处变不惊，沉着应战，明朝很有可能就完蛋了，蒙古人就要第二次进占中原了！

明英宗被俘后被也先带回了蒙古草原。对于明朝的这个皇帝也先也还是有些敬畏的，把自己的妹妹送来给明英宗当老婆。明英宗不知道该怎么办，就问身边的一个叫吴官童的大臣。吴官童说："哪有天子却当胡人的女婿的？史书会怎么记载？但是又不好直接推辞。陛下就这样对也先说：'你妹妹朕收下了，但天子不能野合，等朕归国后再礼聘你妹妹吧！'"

也先听后想想也是，就把妹子带回家去了。亲妹子虽然走了，也先又给明英宗送来了几个蒙古女孩，明英宗也推掉了，“等你妹妹嫁过来的时候，她们算是陪嫁吧！”

此后也先对明英宗更加敬重了！

516. 公孙申

晋国在举行诸侯盟会时，指责郑成公在晋楚两国间首鼠两端，背地里和楚国人眉来眼去实在是该死，就把郑成公给扣下了。

这下郑国人可就慌了，国君让人家给扣了，打又打不过，要又要不回，这可如何是好？公孙申说：“不如出兵讨伐许国，向晋国人表示我们根本不在乎郑成公，我们要改立新君了！要不怎么还有闲工夫讨伐许国呢？”（苏曰：许国好可怜好无辜！）

这下轮到晋国人慌神了，晋国宰相栾书说：“郑国要是改立新君了，那咱们扣下的不就是个老百姓吗？有什么好处？不如出兵护送郑成公回去，然后和郑国结盟！”

于是晋国人就会同诸侯共同出兵讨伐郑国，要求郑国接受郑成公继续当国君！

苏曰：晋国人真是吃饱了撑的！

517. 狄青

宋仁宗皇祐元年广西侬智高不堪忍受官府的压榨，率兵起事，一路攻城略地占据了两广的大部分地盘。宋军屡战屡败，畏侬智高如虎！

时任枢密副使的大将狄青上奏请求出征。大军行进到桂林附近的时候，狄青发现将士们的畏战情绪越来越重。狄青就拿了一百个铜钱对将士们说：“此次出征也不知道是胜是败。现在我与神约定，如果能够得胜那就让铜钱有字的一面全部朝上！”

左右的幕僚吓坏了，连忙劝阻：“万一不如所愿恐怕会动摇军心哪！”

狄青不听，挥手把铜钱洒出，一百个铜钱居然全都是有字的一面朝上！全军将士欢欣鼓舞，欢呼之声震动山野！狄青也非常高兴，让人用钉子把铜钱钉在地上，然后还亲手用青纱制成的笼子罩在钱上，随后说："凯旋之日再谢神取钱！"

经此一番将士们士气大振，很快就打败了侬智高。凯旋的时候，狄青请他的幕僚们一起来取钱，幕僚们这才发现这些铜钱两面都是有字的！

518. 杨云才

杨云才这个人颇有心机，尤其是在工程建设方面常有精妙的构思。刚开始的时候人们都不理解他的意图，等建成后才发现他构思之巧妙。他担任荆州同知的时候，恰赶上荆州城墙的扩建工程。本来按照工程预算官府已经准备好了钱粮，但上司突然下令要求把城墙再增厚两尺，这样一来预算就不够了。就在当地官员为额外的开销而头疼的时候，杨云才说："我自有主张，不必多花一个钱！"

第二天他来到砖厂，让砖厂取来城墙所用砖块的样品来看，看罢后怒道："统统不好！"把这些样品砸了个稀巴烂！然后拿出自己的样品交给砖厂，"就按照这个样式烧制！"

砖厂的人一看好像和自己的样品也没什么不同，就赶忙答应了。其实杨云才的样品比以前的厚了二分多，累积下来城墙就厚了两尺！

苏曰：砖头比以前的厚了，成本自然增加，官府却没有相应加价，官府确实是没有多花钱就把事办了，那是因为多花的钱由砖厂老板掏了！

519. 种世衡

北宋大将种世衡曾担任渑池县令。县城旁边的山上有座庙年久失修，种世衡想把这座庙重新修葺。工程进展得一切顺利，就是用作大梁的一根木头非常沉重，工匠们无法抬上山。

种世衡就让小吏打扮成相扑手的样子，然后对百姓们说："要到庙里举行相扑比赛。"

老百姓一听说有相扑比赛都赶来观看。到了山下，种世衡对百姓说："你们先帮我把大梁抬到山上，我再请你们观看比赛。"

大家都高高兴兴去抬大梁，人多力量大，很快就把大梁抬到山上去了。

520. 雄山智僧

江西省的大庾县有座山唤作雄山，山上有块巨石名叫飞瓦岩。相传当初有位僧人想在雄山上修建一所寺院，但却苦于山高瓦片难运。这位僧人就把瓦片堆积在山下，扬言可以作法飞瓦砌屋，不用工匠。到了说好作法的日子，来围观的百姓人山人海，僧人却雇了几个人慢腾腾挑瓦上山。百姓想尽快看到僧人作法就帮着一起挑瓦，很快就把瓦片都运上山了，僧人笑道："我飞瓦的法术就是这样的呀！"

苏曰：好奇不但能害死猫，而且还要白干活！

521. 李抱贞、刘元佐

唐朝大将李抱真担任潞州留后的时候发生财政困难，没钱给部队发军饷了。有位德高望重的老和尚很受当地百姓的尊崇，李抱真就对他说："借用您的威名筹措一些军饷好吗？"

老和尚哪敢得罪这些人，只好答应。

李抱真就接着说："您就说要择日自焚，我挖一条地道，等火起的时候您从地道逃走即可！"

老和尚只好点头称是。李抱真于是大造声势，四处宣扬老和尚要自焚，还在自焚的场所堆满了油和柴火。在自焚的前七天就开始大作水陆道场，昼夜点灯诵经，老和尚也升坛说法。李抱真率领一大批官员在坛下膜拜，并且率先布施大量钱财堆在旁边。当地百姓闻风而动，纷纷布施，布施的钱财以亿计。

李抱真怕老和尚有后顾之忧，还亲自带领他查看地道。到了约定自焚的那天，李抱真却命人把地道堵死，火光一起老和尚竟真的被活活烧死了！李抱真的财政困难一下子就解决了，他命人从灰烬中找出一些骨骸，说是舍利，造了一座塔供奉这些所谓的舍利。

苏曰：不觉得他弄钱的办法有多聪明，只是惊讶于他的残忍！

唐德宗建中年间，汴州的百姓忽然传言说大相国寺的佛像有汗流出。时任汴宋节度使的刘玄佐赶忙驾到，布施了大笔钱财。当天中午刘玄佐的老婆也来了，当然也少不了布施钱财。大相国寺立马做起水陆道场诵经念佛，汴州一带的百姓商贾官吏奔走相告，唯恐钱财布施得少了。刘玄佐趁机派人造册登记。过了十天，刘玄佐觉得已经弄了不少钱了，再闹下去可能会出乱子，就关闭了寺门，宣布："佛像不再出汗了！"

522. 文彦博

苏曰：中国古代普遍流通的都是铜钱，但由于铜的产量较小，所以有时也用铁钱。但铁的价值远远低于铜，所以一有风吹草动铁钱的信用就会受到怀疑，从而影响流通。

宋仁宗至和年间，大臣毋湜上疏请求废除陕西一带流通的铁钱。虽然朝廷最终没有采纳毋湜的意见，但陕西一带已是谣言满天飞，纷纷谣传朝廷就要废除铁钱了！于是百姓纷纷拿出铁钱购物，但商家却不肯接受，整个长安都骚动不安，很多商家不得不关门歇业。

官员们纷纷请求文彦博下令商家不得关门，文彦博笑道："如此一来就更乱啦！"他找来一个丝绸商人把自家的数百匹绸缎交给他代卖，并且特意嘱咐："只要铁钱不要铜钱！"

百姓们这才相信铁钱不会作废，长安也重归平静。

苏曰：文彦博的智慧固然可赞，也见官员和政府对经济的影响力是如此之大！

523. 秦桧

南宋都城临安市面上突然缺少铜钱，百姓都人心惶惶。宰相秦桧找来了一个理发匠为他梳头（注：清朝以前的古人是不剪发的，因为古人认为"身体发肤受之父母，毁之不孝"），工钱只是两个铜钱但秦桧却给了他五千钱。还对他说："朝廷有旨，这钱过几日便要作废，你赶紧花了吧！"

理发匠回去就和老婆说了，女人嘛，不过三天整个临安就都知道啦！临安城中一下就冒出来了不少铜钱。

临安城中又缺铜钱了以至于严重影响了百姓的日常生活。临安知府禀告了宰相秦桧，秦桧笑道："这个事情好办！"说罢就下令召见负责铸钱的文思院官员，没过多久又接连派了好几个人去催。

文思院的官员一路狂奔来到相府，秦桧对他说："我刚刚得到圣旨，朝廷要改变铜钱的样式，你赶快铸造新钱的样品呈上！现在的铜钱立即停止流通！"还限令第二天中午前就要把新钱的样品交上来！

文思院的官员回去后，立即召集工匠开始铸造新钱的样品。同时现行铜钱即将作废的消息也传了出去，富豪们纷纷拿出铜钱疯狂购物以至于物价大涨，市面上到处都是钱！

第二天中午文思院的官员按时把新钱的样品交了上来，秦桧却把这事放在一边不再理会了。

苏曰：秦桧被骂了近一千年，我对他也没什么好感，但这家伙确实很聪明！

524. 令狐楚

唐朝官员令狐楚担任兖州刺史的时候，兖州刚刚经历了大旱灾，米价飞涨。令狐楚就叫来负责府库的官员，问他如今的米价是多少？州里有几座粮仓？每座粮仓储存了多少大米？然后扳着指头自言自语道："原来的米价是多少多少，只要按旧价售出多少多少，就足以平抑米价渡过饥荒了！"

左右的随从一听，赶紧把这情报报告给了富商大户。（苏曰：收了人家的钱，怎么会跑得不快？）富商大户们一听官府要按旧价大规模出售官米，立马出售自己所囤积的大米，米价一下子就掉了下来！

苏曰：这些富商大户真是可恶！竟然在大荒之年故意囤积大米抬高粮价以谋取暴利！

525. 徐道覆

东晋人徐道覆是卢循的妹夫，这二人对朝廷非常不满意，决定造反。东晋统治的地域大多在南方，所以要造反就得有水军。徐道覆就派人上山砍树，说是要贩运到外地。树砍下后又说本钱不够了，就在城中降价出售。百姓一看徐道覆的木头又好又便宜就都争着买。如此再三，用来造船的木头就都储存在城中了。等徐道覆起事的时候，按照当初登记的名册到各家去取木头，不过旬日之间就造好了船！

526. 秦王祯、马燧、丁谓

北魏官员元祯曾担任南豫州刺史。南豫州的部族经常下山袭扰抢劫，元祯就把部族的酋长请来观赏射箭。元祯事先选了二十来个神箭手，然后又挑了一个死囚换上军士的衣服混杂在神箭手当中。

元祯和神箭手们当然是百发百中，酋长已是暗自惊恐。轮到了死囚射箭，当然没射中靶子。元祯当即喝令拉下去砍头！酋长吓坏了，没想到元祯的军令竟如此严酷！

就在此时有微风拂过，元祯举头望天，对酋长说："风中带有杀气，应该是有贼人入寇。不过好像只有十几个人，就在西南方向五十里处！"说罢就下令骑兵追捕，过了一阵子骑兵果然抓来了十个身穿部族服装的匪徒。元祯对酋长说："这些都是你的族人吧！当贼应不应该处死？"说罢不等酋长回答就喝令将那十人斩首，酋长以为元祯有天神保佑吓得屁滚尿流，从此再也不敢下山抢劫。其实那十个人也是元祯安排死囚装扮的。

回纥军帮助唐军平定了安史之乱，依仗着自己军力强大又为唐朝立下大功，所以在归去的路上骄横不法。州县供应的伙食稍不如意就杀人出气，在经过大将李抱玉的辖区时竟没有官吏敢接待回纥大军。

名将马遂那时还只是一个小小的县尉，自告奋勇愿意接下这个要命的苦差事。他先重金贿赂回纥统帅，约定：凡是树立回纥统帅旗帜的地方，回纥将士不得骚扰，有敢犯者唐军有权诛杀！马遂又从监狱里挑选死囚假扮随从小吏，稍有过失就下令斩首。回纥人吓坏了，这个马遂比自己还狠啊！直到走出李抱玉的辖境，回纥人都老老实实，没一个敢以身试法的！

辽军大举内犯，百姓惊恐不已，纷纷扶老携幼渡过黄河逃命。船家居然趁火打劫坐地起价，不但索要高额船费而且还故意慢慢划船，企图不断抬高船费。丁谓大怒，从监狱中挑了几个死囚假扮船家当众斩首。这下可把船家吓坏了，开始抢运百姓渡河。丁谓又派人沿着黄河巡逻守卫，维护渡河秩序。辽军一看丁谓早有防备也就退走了。

527. 杨琎

明朝官员杨琎担任丹徒知县的时候，朝廷派太监到浙江公干。这个太监极为蛮横无理，每到一处就把当地官员绑起来关在船里，交了银子才放回去。

杨琎就挑了两个游泳好手穿上官服去迎接这个太监。太监一看来的不是知县顿时大怒，“县令呢？你俩是什么东西，也敢来迎接我？”说罢下令左右把这二人绑起来。

这两个人按照杨琎的嘱咐跳入江中，潜水而去了。过了一会儿杨琎才来，对太监说：“听说大人把两个小吏赶入江中淹死了！皇上圣明律法森严，这人命官司可如何了得？”

太监也吓坏了，慌忙谢罪，从此收敛了许多。

528. 韩雍

明宪宗时韩雍以左副都御史的身份提督两广军务。韩雍对自身安全极为重视，除了心腹的一两个人外，别人绝对不许登堂入室。当时两广的百姓迷信鬼神，所以韩雍多用小花样来震慑他们。

有次韩雍请人饮宴，酒罢就在堂后蹴鞠（注：近似于足球的一种游戏）为乐。散场后韩雍就让人悄悄抱来一块圆圆的大石头，对人说：“这就是刚才韩公踢的球！”当地百姓吓坏了，以为韩雍力大无穷。

韩雍还在伞盖上安置磁铁，然后在自己的胡子上用糨糊刷上铁屑，每次外出坐在伞盖下胡子都一根根竖起来，看着就好像画像中的怒神！百姓看后还真以为韩雍是神呢！

冯子曰：当地既悍又昧，所以韩雍才耍这些小花样。

529. 王导

东晋大将王敦手握重兵野心膨胀，以清君侧的名义率兵进攻首都建康（注：今江苏省南京市）。由于王敦一向能征惯战，所以朝廷上下是人心惶惶。但王敦此时已身染重病，他的堂弟，时任宰相的王导就诈称王敦已死，带领家族子弟为王敦发丧举哀。大家一听王敦死了这才安下心来，重新恢复了士气。

530. 太史慈

东汉末年著名的才子孔融曾担任东汉所分封的诸侯国——北海国的国相（**注：其级别与职权类似于郡太守**）。日后成为吴国大将的太史慈因为得罪了权贵而在辽东避难，家中老母无人照顾。孔融颇为敬重太史慈的为人，所以屡次派人问候太史慈的母亲，并送去不少东西。

后来北海城被黄巾军包围，太史慈正好回家，得知孔融有难就从黄巾军包围圈的缝隙中潜入了北海城，见到了孔融。孔融请太史慈向时任平原国相的刘备求救，但此时黄巾军已加强了封锁，再想潜出包围圈已经不可能了。

太史慈就带着弓箭让两个随从拿着靶子，在城外的壕沟里练习射箭，射完后就回城。刚开始黄巾军还很紧张，严阵以待。但太史慈每天都是这样，射完箭后就回城，过了几天后黄巾军就懈怠了，全都躺在地上看他射箭。

太史慈看敌人已不再戒备就突然狠狠抽了战马一鞭，风驰电掣般冲出重围，等黄巾军反应过来太史慈早已走远了！刘备虽然逢人就说自己是汉室宗亲，其实不过是个卖草鞋的出身，一听天下闻名的孔融来向他求救竟是受宠若惊，“孔北海知世间有刘备耶？”赶忙派兵来救，解了北海之围。

531. 陈子昂

唐朝大才子陈子昂刚刚来到长安的时候还没什么名气。当时的长安城中大家最关心的是一个关于胡琴的传说，这把胡琴竟然要价百万！附庸风雅的富豪权贵把这把琴看了个遍，也说不出到底值不值。

陈子昂挺身而出，对左右的随从说：“给他一百万，这把琴我买了！”

众人大惊，问他是怎么想的？是不是发疯了？或是感情受挫购名琴消解心中的苦闷？陈子昂答道：“我善于弹奏此乐呀！”

众人忙说：“能否有幸听先生弹奏？”

陈子昂说：“好啊！明天到宣阳里来吧！”

第二天大家早早就赶去准备一饱耳福。陈子昂在琴案前摆下酒食，吃完后捧着胡琴对众人说：“蜀人陈子昂有文章百篇，来到京师却不为人所知！弹琴奏乐不过是卑贱的乐工所为，我岂会留意于此？”说罢就把胡琴砸了个稀巴烂，然后把自己的文章赠给众人，一日之内长安城中无人不知陈子昂！

苏曰：陈子昂的文才还是很不错的，附他所作《登幽州台歌》，以飨读者。

前不见古人，
后不见来者。
念天地之悠悠，
独怆然而涕下。

532. 爰种、温峤、高欢

汉景帝时的大臣袁盎为人正直，坚持原则。宦官赵谈靠着善于溜须拍马阿谀奉承而得到汉景帝的欢心。赵谈这种人自然看不惯袁盎，经常在汉景帝面前打袁盎的小报告。袁盎很是为此头疼。

他的侄子袁种就给他出主意，“大人不如当众羞辱赵谈，这样一来以后赵谈再说大人的坏话皇上就不会相信了！”

有一次汉景帝出行，赵谈与汉景帝同坐一辆车。袁盎就跪在车前对汉景帝说：“臣听说有幸能与天子同车的都是天下的豪杰。如今我大汉虽然缺少英雄豪杰之士，陛下也不能和一个受过阉割的宦官同车呀！”

汉景帝大笑，就让赵谈下车了。赵谈受此羞辱当场就哭了起来，以后更加疯狂地打袁盎的小报告。但汉景帝总是认为赵谈这是因私人恩怨报复，所以并不相信。

东晋大将王敦一直阴谋作乱，忠于朝廷的官员温峤很是为此忧虑。在取得王敦的信任后，温峤被任命为丹阳尹。从此就可以跳出王敦的势力范围了，温峤暗自高兴。

赴任前王敦为温峤设宴送别，温峤担心王敦的军师钱凤会劝王敦扣下自己。在给钱凤敬酒的时候，还没等钱凤饮下就假装发酒疯，用手板敲钱凤的头，把头巾都敲下来了，怒喝道：“你钱凤是个什么东西？我给你敬酒你都敢不喝？”

钱凤面露怒色，王敦以为温峤真的喝醉了，赶忙温言相劝。第二天钱凤对王敦说：“温峤一向与朝廷走得很近，恐怕未必可靠，大人是不是再考虑一下？”

王敦说：“温峤昨天喝醉了，是对你有所不敬，不过你也不至于为了这点儿小事就在背后难为他吧！”

钱凤无话可说，只是摇头叹息。温峤由此得以顺利来到建康，把王敦打算作乱的计划全都报告给了晋明帝。

北魏为抵御来自草原的柔然人的侵扰，在北部边境地区设立了六个军镇。但戍守六镇的士卒不堪忍受长官的虐待，不断造反，搞得北魏权臣尔朱兆头疼不已，问计于高欢。

高欢就劝尔朱兆选派心腹将领出任六镇统帅，再有变故就拿统帅是问。尔朱兆说：“这个主意不错！但谁是合适的人选呢？”

当时高欢的好友贺拔允也在座，就劝尔朱兆委任高欢出任此职。高欢一听这话二话不说照着贺拔允就是一拳，当场就把贺拔允的门牙打掉了一颗！高欢边打边骂：“如今天下都要受大王的安排，哪有你说话的份儿？”

尔朱兆被高欢的表演深深打动，还真以为高欢是忠于他的，当场就委任高欢出任六镇统帅。当时他们正在饮酒，尔朱兆已经有些醉意了。高欢担心尔朱兆酒醒后会后悔，所以立即就把这道命令发下去，让征召的镇兵到汾东集结。由于高欢一向爱兵如子，所以士卒们都愿意追随高欢，立即全都开到了汾东。高欢从此掌握了兵权，由割据冀州开始终于灭掉了尔朱家族，并进一步灭掉了北魏，建立北齐政权。

533. 王珣

东晋权臣王国宝的堂弟王绪经常在王国宝面前说大臣殷仲堪的坏话。殷仲堪没办法只好向王珣求教。

王珣说：“大人可经常去拜访王绪，谈话的时候一定要屏退左右。但不要说什么正经事，只管胡说八道即可！如此一来二王必定相互猜疑离心离德！”

殷仲堪从其计。王国宝听说殷仲堪经常来拜访王绪，每次谈话都屏退左右，就问他们都谈些什么。王绪说没谈什么正经事，都是些低级趣味的东西。王国宝就怀疑王绪和殷仲堪在背着他搞阴谋诡计，从此不再信任王绪。

苏曰：读过《三国演义》的朋友应该能想到这和曹操离间韩遂、马超的手法简直如出一辙！

534. 吴质

杨修一直积极支持曹植做曹操的继承人，曹丕非常着急就找自己的心腹吴质商量该怎么办。又怕消息泄露，所以就用一个大筐把吴质藏在里面，对外宣称筐里装的是绸缎。

杨修知道后觉得这是打击曹丕的大好机会，就报告给了曹操。曹丕知道后大为恐慌，吴质却说："不怕！"然后第二天照旧用车拉着大筐运往曹丕家，不过这次大筐里装的真是丝绸。杨修得到消息后赶紧报告曹操，曹操下令立即搜查，结果当然找不到吴质了。从此曹操就不再怀疑曹丕了，却疑心杨修有意陷害曹丕。最终曹操找了个"鸡肋"的借口杀掉了杨修，为曹丕的顺利继位铲除障碍。

535. 司马懿、杨行密、孙坚、仇钺

魏明帝临终时指定大将军曹爽和司马懿共同辅佐幼主曹芳。但曹爽逐渐排挤了司马懿，自己独揽大权。司马懿不想和曹爽搞什么口舌之争，打算一举干掉他但时机尚未成熟，所以一直隐忍不发，称病在家。

曹爽对司马懿也不放心。他的心腹李胜被任命为荆州刺史，在上任前就假借辞别的机会来探听司马懿的虚实。司马懿当然知道李胜的来意，让两个丫鬟扶着颤颤巍巍地出来见李胜。刚一见面就说口渴，丫鬟端来一碗粥，司马懿手抖得厉害，大半碗粥都流到衣服前襟上了。

李胜假作关切，"外间传闻大人旧病复发，没想到竟这么严重！"

司马懿假装糊涂，"你要去并州做刺史呀！并州靠近胡人，你要小心！我活不了几天了，咱们恐怕再也见不到了！我今天就把犬子司马师、司马昭托付给你了，你以后要多多照顾他俩！"（苏曰：瞧这话说的，后来李胜被司马懿砍了脑袋，到底是谁照顾谁呀？）

李胜说："我不是去并州，是去本州（注：李胜是荆州人，所以称荆州为本州）！"

"什么？你刚刚到并州？"

"是去荆州！"

"唉！我年纪大了，听不懂你说什么！"

李胜回去后告诉曹爽，“司马懿活不了几天了，如今已是典型的老朽不足为虑！”

曹爽大喜，从此放松了警惕，结果司马懿发动变乱一举剪除了曹爽及其党羽，从此魏国政权落入司马懿父子手中！经过父子两代人的经营，到了司马懿的孙子司马炎时候正式篡位，建立西晋！

五代十国时期的吴王杨行密占据了淮南各州县。他手下的大将安仁义、朱延寿自觉立下大功骄纵不法，后来更是野心膨胀竟想取杨行密而代之。朱延寿的姐姐还是杨行密的夫人，所以为了除掉这两个家伙杨行密很是下了一番功夫的。

杨行密先是假装得了眼病，每次接见朱延寿的使者都假装看错东西，走路还故意撞在柱子上摔倒在地。朱夫人赶来搀扶，他还假装过了很久才醒过来，哭着对朱夫人说：“我大业刚成就瞎了，这是老天爷要让我下台呀！我的儿子们都不足以承此大任，只有把大权交给朱延寿我才放心哪！”

朱夫人大喜，赶忙派人去叫朱延寿。朱延寿闻听此言顿时乐开了花，没带多少人马连忙从自己的老窝赶到了王宫。就在王宫门口，杨行密一刀把朱延寿砍翻在地，转身就把朱夫人赶出了王宫。杀了朱延寿，安仁义也跟着被杀了。

东汉末年长沙太守孙坚响应袁绍的号召率领军队讨伐董卓。大军走到南阳的时候，孙坚给南阳太守张咨发去了一道公文，请张咨供应军粮。张咨说：“孙坚和我都是太守，我又不受他管，不给！”

孙坚请求面见张咨，张咨也不见。孙坚大怒，“我这才刚刚举兵就有人从中作梗，以后怎么办？”随后诈称得了疾病一卧不起，军中将士大惊，又是请巫师又是向山川祷告，搞得人人都知道孙坚快死了。然后孙坚派心腹对张咨说想把自己的这支队伍交给张咨。

张咨大喜，马上带了五百人马挑着米酒来看望孙坚了。孙坚设下酒宴款待张咨，正喝在兴头上的时候，长沙主簿进来报告说：“大军行至南阳，南阳道路没有修整也不提供军粮，分明是南阳太守张咨与国贼董卓串通一气妄图阻碍义军！请按军法处置！”

张咨大惊，起身就要走，可哪里还走得了？四周全是孙坚布置下的人马！孙坚下令就在辕门外把张咨斩首！南阳全郡无不震恐，孙坚要什么就给什么。非但南阳如此，孙坚大军一路上经过的郡县全都不要孙坚操心，自己就准备好了军粮在路边等候。

536. 曹冲

曹操的一副马鞍放在府库里被老鼠咬了，看守府库的小吏吓坏了，想把自己绑起来向曹操请罪。

曹冲知道后对他说："等三天后再去。"然后曹冲就用小刀把自己的衣服刺破了，看着就好像是被老鼠咬烂的。

见到曹操后，曹冲故意装出愁眉不展的样子。曹操问他怎么了。曹冲就说："相传衣服被老鼠咬了不吉利，我的衣服被老鼠咬破了所以很担心。"

曹操说："这都是胡说八道的，我儿不必担忧！"过了一会儿那个看守府库的小吏来了，说是马鞍被老鼠咬了，特地前来请罪。

曹操笑道："我儿穿的衣服就放在身旁还被老鼠咬破了，何况是挂在柱子上的马鞍呢？"就没有责罚那个小吏。

苏曰：曹冲不但聪慧异常，五六岁就能称象，而且天性善良仁爱，只可惜天不假年，十三岁时便故去了，殊为可叹！曹冲死后曹操非常悲痛。后来继承帝位的曹丕去劝曹操不要太过伤心，曹操对曹丕等儿子们说："这是我的不幸，但却是你们的大幸！"意思是说本来是要选曹冲做继承人的，你们根本没戏，现在好了，曹冲死了，你们有机会了。

537. 乔白岩

明武宗南巡的时候，奸臣江彬率领西北的边防军将士护驾南行。西北边防军将士个个都是彪形大汉，江彬因此也骄狂异常，根本不把南京的官员当人看。

南京兵部尚书（注：明朝自明成祖从南京迁都北京后，仍然在南京保留了一整套官僚机构）乔白岩就从南方军队的教头中选了一百个最短小精悍的与边防军较量。南方人机敏矫健，跳跃如飞，边防军将士则傻大粗笨，被打得屁滚尿流。江彬一看自己带的彪形大汉连最瘦小的南方人都打不过便收敛了许多。

冯子曰：时任应天府（注：今江苏省南京市）府丞的寇天叙代理太守的职位。

江彬狐假虎威，经常向当地官府勒索钱财。寇天叙每日升堂都不穿官服，只穿一件短衣连帽子都不戴，除了正常的供应外一文钱都不多给。江彬派人来敲诈勒索，寇天叙就说：“南京百姓穷苦，府库已空，没钱给你。我这个府丞只穿着短衣坐在衙里，就等着你们来抓我呢！”江彬每次派人来寇天叙都这么说，江彬也没有办法只好作罢了。

当时西北的边防军将士仗着有江彬撑腰，在南京的大街上骄纵不法强买强卖，百姓苦不堪言。寇天叙就选了些短小精悍武功高强的人跟着自己，只要看到边防军将士闹事就让他们上去打抱不平。边防军将士屡屡被打，还以为南京的百姓个个都是武功高手，以后就再也不敢闹事了。

538. 宗泽

北宋末期的名将宗泽担任文登县令的时候，收到好友黄荣的一封信。信中说黄荣因为犯法而被判编置（注：宋代官员犯的罪行如不很严重的话，就会被送到外地安置，受地方官的管制，不得自由行动，不同于流放或刺配）某地，途经文登黄荣得了病无法继续前行，但负责押送的衙役却不肯停留，送钱都不行。黄荣万般无奈，请宗泽帮忙。

宗泽接到信后马上赶到馆驿看望黄荣，并且请医生给他诊治，一直到黄荣完全康复也没看到衙役的影子。黄蓉觉得很奇怪，这个衙役不是一直催着他赶路吗？一打听才知道，原来宗泽一接到信就马上安排县衙的几个小吏请衙役在妓院里喝酒。把这衙役快活得乐不思蜀，连妓院的大门都不肯出。黄荣的病都好了他还不肯走，催了好几次才依依不舍离开了文登！

539. 张易

南唐歙州刺史宋匡业是个酒疯子，每次喝醉后就要发酒疯，稍有不如意就要杀人。州里的官吏们一个个都活得战战兢兢的，说不准哪天就要给宋匡业酒后砍了脑袋！

时任歙州通判的张易就想治治宋匡业这个毛病，当然了，张易知道和这种人好好说话是没用的。以后喝酒的时候张易就故意先喝，喝得差不多了就发酒疯，摔杯子砸盘子掀桌子，把在座的每个人包括宋匡业都骂个遍！宋匡业就给吓傻了，“通判喝多了真是势不可挡！”

张易不理他这一套，照样胡骂乱闹。张易闹够了说要走，宋匡业赶紧打发人扶他上马。从此宋匡业见了张易再也不敢发酒疯了，歙州官吏们的日子这才好过了一点儿。

540. 司马相如

西汉的大才子司马相如靠着一曲《凤求凰》打动了卓文君，再加上自己的才情和气度终于使得卓文君做出疯狂举动——和司马相如私奔了！

卓文君的老爸卓王孙那可是当时整个汉朝首屈一指的大富豪。自己的女儿竟做出如此伤风败俗的丑事，自然是大怒，放出话来，你们两个别想从我这儿拿到一文钱！

卓文君到了司马相如在成都的家才发现，司马相如是个穷光蛋！成语“家徒四壁”就是《史记·司马相如列传》对司马相如当时经济情况的描述，也是这个成语的出处。

卓文君和司马相如这一对儿在激情后终于开始为钱发愁了。思来想去没有办法，只好还是从卓文君的老爸身上打主意！

两口子回到了卓文君的老家临邛，把卓文君私奔时带的车马全都卖了，然后开了个小酒馆。卓文君当老板娘，站在柜台后给客人打酒收账。司马相如换上店小二的打扮，和一帮伙计给客人端盘子，还故意在大街上洗碗洗盘子。

卓王孙没想到这俩竟然会来这招儿！卓王孙脸上实在是挂不住，只好主动分给卓文君一百个奴仆、一百万钱！两口子这才兴高采烈地夫妻双双把家还！

541. 智医

唐朝时的长安城中，有位妇人不小心吃了一只虫子。从此这个妇人常常疑心虫子在她腹中作怪，时间一长竟然得病了，怎么也看不好。

有位医生得知病情后，就对妇人身旁一个谨慎稳重的丫鬟说：“我今天给夫人用药让她呕吐，你用一个痰盂接着。夫人吐的时候，你就说看到一个小癞蛤蟆跳出来跑了，但千万不要告诉她这是骗她的！”

结果这个妇人的病果然就好了。

有一位少年来向赵卿求诊，说是眼中总是看到有一面小镜子。赵卿没说什么，只是约他第二天早上到家里来吃鱼。

第二天一早少年来了，赵卿请他到内室等候，说是自己还有几个客人，稍后便来。内室中只有一瓶芥醋，少年久等赵卿不来，腹内甚是饥饿，闻到醋香忍不住就喝了几口。喝了几口后，少年突然觉得胸中豁然开朗，眼睛也不花了，于是把一整瓶醋都喝完了。

过了一会儿赵卿来了，少年有些不好意思。赵卿却说：“你是因为吃鱼太多，吃醋太少，有鱼鳞淤积于胸所以才会眼花。我准备下芥醋就是想让你饥饿的时候饮下，果然奏效！至于说请你吃鱼那是开玩笑的，你赶紧回家吃饭去吧！”

捷智部

卷一　灵变

一日百战，成败如丝。三年造车，覆于临时。去凶即吉，匪夷所思。集“灵变”。

542. 公子小白

春秋时的齐国国君齐襄公昏庸残暴，他的弟弟公子小白和公子纠害怕会遭他的毒手，分别逃往莒国和鲁国。

后来齐国发生政变，齐襄公被杀，国君的位子就空了出来。公子小白和公子纠都想回国继位，但莒国离齐国近。公子纠的师傅管仲担心公子小白会抢先回到齐国，就带了一队人马埋伏在小白的必经之路上，一箭射中了小白！小白当即口吐鲜血倒在车上。

管仲以为小白已经死了，回去告诉公子纠：“公子不必着急，小白已经死了！”公子纠一行就不再着急赶路，晃晃悠悠向齐国进发。

但其实管仲的那一箭只是射中了小白衣带上的带钩而已，小白怕管仲再来一箭，急中生智咬破了舌头口吐鲜血倒在车上装死。骗走了管仲小白疾行入齐，继承了君位，就是“春秋五霸”之首的齐桓公！

苏曰：虽然管仲差点儿就要了齐桓公的命，但齐桓公却并不计较反而任命管仲担任宰相。在管仲的辅佐下，齐桓公终于得以成就霸业！这份心胸和气度又有几个人能做到？

543. 管仲

公子小白回到齐国继位后对管仲恨得咬牙切齿，但他的师傅鲍叔牙却对他说管仲人才难得，并力劝他请管仲回来担任宰相。

齐桓公这个人最大的优点就是听得进去别人的意见，并且心胸开阔能够容人。听师傅这么一说，齐桓公就派人出使鲁国，要求鲁国把管仲送到齐国来，并且要活的！因为齐桓公要亲手杀了管仲这个混蛋。

鲁国因为帮助公子纠夺位刚刚被齐国打败不敢不从，就打算把管仲送回齐国去。但鲁国的大夫施伯一眼就看出齐桓公的真实意图，对鲁国国君说：“这是齐国要重用管仲呀！一旦齐国重用管仲，咱们鲁国可就危险了！不如把管仲杀掉，把他的尸体送回去！”

鲁国国君恍然大悟，管仲乃是人中龙凤，一旦被齐国重用鲁国还能有好日子过吗？点头称是，就想杀了管仲以绝后患。齐国使者看出鲁国君臣杀气腾腾，忙说：“我国国君一定要亲手杀了管仲方能解心头之恨！要是只得到一具尸体那就和没得到一样！”

鲁国国君没有办法，只好用囚车把管仲装在里面押往齐国。管仲知道齐桓公之所以非要他活着回去肯定是要重用他，害怕鲁国人过后后悔派人来追杀，就一路上不停地给押送的鲁国士卒唱歌。士卒听着他的歌忘记了疲倦，很快就赶到了齐国。

544. 延安老校头

宋仁宗宝元元年，西夏大军包围了延安城，日夜攻打。延安城好几次差点儿就被攻破了！当时镇守延安的范雍整日愁容满面，一副末日即将来临的哭丧样。

有个老兵就对他说：“我自幼生长在边境地区，经历过好几次围城了。西夏人不善于攻城，城池一定守得住，我敢用我的脑袋担保！要是西夏人能攻下延安城，请大人砍下我的项上人头！”

范雍为他的豪言壮语所激励，不再像以前那么忧虑了。后来延安城果然解围，范雍重赏了这个老兵，称赞他知己知彼，料敌如神！有人对老兵说：“你竟敢在范大人面前夸下海口，万一城池失陷你的人头可就保不住了！”

老兵笑道：“你也不好好想想，要是城池真的失陷了，谁还有工夫来取我的项上人头？我这么说只不过是宽慰人心罢了！”

545. 吴汉

两汉相交之际吴汉逃亡到渔阳，听说刘秀有长者风范，就想说服渔阳太守彭宠一起投奔刘秀。彭宠本人倾向于投靠刘秀，但他手下的将士却倾向于另一个人王郎。王郎冒充是汉室宗亲，占有河北大部分地盘，势力颇大。彭宠也无法说服他的手下，吴汉一看就退了出来，在衙门外的一个亭子里继续苦想对策。

这时正好走过来一个人，看样子是个儒生。吴汉就让人把他请来，问他一路上的见闻。儒生说："刘秀大军所过之处郡县纷纷归附。王郎不是汉室宗亲，是个冒牌货！"

吴汉大喜，假造了一封刘秀写给彭宠的信，让儒生冒充是刘秀的使者，把一路上的见闻说给彭宠听。然后自己随后跟进，继续游说彭宠。彭宠终于下定决心投靠刘秀。

546. 汉高祖

楚汉相争时，项羽曾对刘邦说："天下纷纷扰扰都是因为你我二人，我愿意与你单挑决斗以决雌雄。不要再让天下因为你我而不得安宁！"

刘邦那是无赖出身，平日里也就干些混吃混喝斗狗走马之类的营生，哪里会是项羽的对手？不过刘邦会说话呀，他说："我只愿斗智，不愿斗力！"

后来两军相对时，刘邦又在阵前滔滔不绝地数落项羽的十条大罪，项羽大怒埋伏弓箭手偷袭刘邦，一箭射在刘邦的胸口上！刘邦知道绝对不能让将士们知道自己身负重伤，否则必定军心动摇！于是摸着自己的脚大叫："我的脚中箭了！"

勉强回到大帐中，刘邦再也支持不住，一下子瘫倒在床上。但军中已有传言说刘邦伤重不起，说不定就要死了。张良劝刘邦无论如何也要起来劳军以稳定军心。刘邦强撑身体在将士们面前走过，向大家展示自己并无大碍，人心这才安定下来。

547. 晋明帝

东晋大将王敦企图举兵造反，晋明帝得知后微服私访，亲自来到王敦大营附近侦察敌情。有个士卒看晋明帝不像是普通人，就报告给了王敦。王敦当时正在睡午觉，梦到太阳正环绕在军营上空，听士卒这么一说猛然惊叫道："肯定是黄须鲜卑奴来了（注：**晋明帝的母亲是鲜卑人，故而发须皆黄，故有此说**）！"说罢立即派出五个骑兵前去追赶。

晋明帝感到情势不对，立即调转马头逃跑。看到路边有个卖小吃的老太太，晋明帝就把自己镶满宝石的马鞭交给她，对她说："如果后边有人来追我，你就把这根马鞭交给他们。"

过了一会儿追兵果然到了，问老太太可曾看到一个黄须人骑马经过。老太太说："已经走远了。"然后拿出那根马鞭。那五个骑兵哪里见过如此璀璨夺目的马鞭，拿着马鞭把玩了好久，晋明帝因此得以逃脱。

548. 尔朱敞

北魏大将高欢自取得兵权后不断扩充势力，终于打败了把持北魏政权的尔朱氏家族。在占领首都洛阳后，高欢下令族灭尔朱氏。

尔朱氏家族中一个叫尔朱敞的小孩当时才十二岁，因为自幼随母亲寄养在皇宫中暂时躲过一劫。高欢大开杀戒后，尔朱敞从狗洞中爬出来到大街上。看到一群小孩正在玩耍，尔朱敞就把自己穿的好衣服和一个小孩换了。追兵来到后把穿着尔朱敞衣服的小孩抓了起来。等弄清楚这个小孩不是尔朱敞的时候，天色已暗，尔朱敞因此得以逃脱。

549. 宗典、李穆、昙永

西晋"八王之乱"的时候，成都王司马颖曾短暂掌握了西晋的政权。东安王司马繇与司马颖不和，担心会被司马颖杀害就偷偷逃出了洛阳。来到黄河边的渡口却被把守渡口的小吏拦下，正在此时他的随从宗典赶到，用马鞭轻轻抽了司马繇几下，笑道："如今朝廷禁止贵人出城，你这个小小的舍长难道也在被禁之列吗？"把守渡口的小吏大笑，放过了司马繇。

北魏朝廷被高欢控制后，割据陕西一带的宇文泰打着支持北魏皇室的旗号与高欢对峙。北魏随即分裂成由高欢控制的东魏和由宇文泰控制的西魏，两魏打得不可开交。

宇文泰与东魏大将侯景作战的时候，他骑的马中箭受惊突然跃起。宇文泰猝不及防被掀翻于马下，东魏大军已经杀到，而四周连一个西魏士卒也没有！正在此时大将李穆赶到了，显然他一个人是无法救出宇文泰的。李穆急中生智跳下马来用马鞭敲宇文泰的脊背叫道："你家主公身在何处？你一个人待在这儿干吗呢？"

东魏追兵还以为宇文泰只是个小头头，就没拿他当回事，急匆匆去抓大鱼了。追兵走后，李穆把自己的马献给宇文泰，两个人一块儿逃了。

东晋大臣王廞在权力斗争中失败，对手四处捉拿他的家人。有个叫昙永的和尚收留了他的小儿子王华，让王华提着包裹跟着自己。巡逻的士卒看到他们起了疑心，昙永就故意大声责骂王华，“狗奴才还不快走？”说罢连打了王华几个大嘴巴，士卒以为王华真的只是个奴仆，就放他们过去了。

550. 王羲之

王羲之（苏曰：没错，就是那个毛笔字写得很好的王羲之）小的时候很得伯父大将军王敦的喜爱，王敦经常把王羲之带到自己的大帐中和自己一起睡。

有一次王敦早早起来和军师钱凤商议造反大计，谈得非常投入都忘了王羲之还在帐中睡觉。王羲之醒来后一听他们的谈话内容顿时吓得魂飞魄散，造反那可是灭九族的大罪！要是让王敦知道自己听到了这些话，自己哪里还有活路？情急之下王羲之吐出许多口水抹在脸上和被褥上，假装睡得很死。

王敦和钱凤谈着谈着突然想起王羲之还在帐中，大惊失色，“哎呀，不得不除掉他了！”说罢去看王羲之，只见王羲之睡得哈喇子流了一床。王敦这才相信王羲之确实是睡死了，没有杀他。

551. 吴郡卒

东晋初年大将苏峻作乱，攻占了吴郡，只有一个老兵跟着吴郡内史庾冰一起逃命。当时苏峻四处搜捕庾冰，那个老兵就把庾冰藏在一条小船上，自己喝得大醉对苏峻的士卒大喊：“你们还到哪里抓庾冰呢？庾冰就在我的船上！”

庾冰吓得屁滚尿流，但一动也不敢动。苏峻的士卒看这个老兵喝醉了，以为他是胡说八道，连搜也没搜就放他过去了。

苏峻之乱平息后，庾冰问老兵有什么愿望，老兵说：“我出身贫寒，不愿当官也不愿出名！平生只有一个愿望，那就是能痛痛快快地喝酒！只要能让我有生之年不缺酒喝就满意了！”

庾冰就给他盖了一间大房子，买了几个奴仆丫鬟伺候他，让他家随时保证最少有一百斛酒直到他去世。

552. 伯颜

元世祖忽必烈至元年间，有人揭发辽东王乃颜图谋造反，忽必烈就让伯颜去看看乃颜是不是真的要造反。

伯颜知道此行是凶多吉少就带了很多裘皮大衣，进入辽东后每到一个驿站就送给驿站的小吏。到了之后乃颜设宴招待伯颜，打算在酒宴上逮捕伯颜。伯颜察觉后与随从跳上马就一路狂奔逃往大都（注：今北京）。驿站的小吏收了伯颜的好处都争着把好马献给他，伯颜这才得以顺利逃脱。

553. 徐敬业

徐敬业是大唐开国名将徐勣的孙子，自幼喜好弓马骑射。按理说这是将门虎子，但徐勣却对这个孙子很不看好，常说："这个孩子面相不善，将来必会给徐家招来灭族大祸！"

有次打猎的时候徐勣就让徐敬业到山林里去，然后顺风防火想烧死徐敬业。徐敬业知道自己逃不出火海就杀了自己所乘的马，然后躲在马肚子里逃过一劫！大火过后徐敬业浑身血淋淋地出来，饱经战阵的徐勣也大吃一惊，从此对徐敬业另眼相看。

苏曰：徐勣本名徐世勣，字懋功（亦作茂公），就是《隋唐演义》《说唐》等通俗演义小说中的徐茂公。因为建立大唐立下汗马功劳而被赐姓李，又因避唐太宗李世民的讳而改名李勣。

武则天之所以能够被立为皇后李勣是立下功劳的。后来武则天篡唐的意图越来越明显，徐敬业打着恢复唐室的名号起兵造反，结果兵败被杀，被满门抄斩。御赐的李姓也被夺回，恢复徐姓。

大明弘治正德年间，大臣胡世宁担任江西按察副使。当时江西盗贼蜂起，胡世宁整日筹划剿匪事宜。有一天一个军官来向胡世宁汇报军情，胡世宁正好不在家，这个军官就和胡世宁的小儿子胡继聊了起来。胡继说："你的部队根本就没有训练，怎么好见我父亲？"

军官大惊，向胡继请教练兵之法，胡继就仔细地教他应当如何排兵布阵。过了三天胡世宁回来后一阅兵，发觉部队军容齐整进退有度不觉大吃一惊。想肯定不是军官所能为，就问他是谁教的。军官据实以对，胡世宁大惊，叹道："我有这样的儿子竟不自知！"

原来胡继不喜欢读书，胡世宁认为他顽愚不可救药，没想到竟有如此大才！从此凡是征剿盗贼都听从胡继的谋划。胡世宁打仗十次能胜七次，而胡继则百战百胜算无遗策！

宁王朱宸濠意图谋反，胡世宁上书朝廷请求以礼法裁制。胡继知道朱宸濠在朝中党羽甚众，此书一上父亲必死无疑，跪下劝胡世宁："此书一上必定招致大祸！"

胡世宁不听，结果果然被朝廷逮捕下狱，胡继为父亲担忧很快就得病而死。胡继死后他的母亲却不哭，"这个儿子要是活着必定作乱，胡氏灭族矣！"

554. 陈平

西汉开国功臣陈平开始的时候曾在项羽帐下，后来因为犯罪而投奔刘邦。他逃亡的时候曾乘船渡河。船夫看陈平器宇不凡怀疑他是逃亡的贵族，一定带有金银细软，一双贼眼不停在陈平身上扫来扫去。陈平知道船夫的意思，就脱下衣服光着膀子帮船夫一起划船。船夫看陈平确实没带什么值钱的东西才打消了害他的念头。

有人乘船远行，拿出一个黄色的石杯饮酒。船夫以为是金杯，盯着石杯看。这个人就俯下身洗杯子，装作不小心把杯子掉进了水里。船夫大惊，这人就对船夫说："不过是个石杯又不是金的，没什么可惜的。"

明朝人丘琥乘船经过丹阳，旁边船上有人不停往他船舱里看。丘琥知道是遇上盗贼了，他就假装一枚簪子丢在了船舱里，把带的东西都拿到甲板上解开装作寻找。然后又把衣服解开装作寻找簪子，其实是告诉盗贼自己没有什么值钱的东西。

盗贼一看丘琥确实没有什么值钱的东西就走了。没过几天这几个人因为在城中抢劫而被抓获，看到丘琥后对人说："我们差点儿就杀了这个人！"

555. 刘备

曹操对刘备一直很警惕，煮酒论英雄时，曹操对刘备说："如今天下的英雄只有你和我而已！袁绍之流不足道也！"

当时刘备手中拿着筷子正准备夹菜，闻听此言不觉大惊，连手中的筷子都掉了下来！恰在此时天空中电闪雷鸣，刘备趁势就说：“圣人云：‘迅雷风烈必变’，看来确实如此！一个闪电就把我吓成这样！”

苏曰：刘备被吕布打败后无处安身，只得投奔曹操。曹操此人对于甘心被自己驱使的文臣武将是不错的，但像刘备这样的人，他是必除之而后快的！刘备为了韬光养晦整日里就是忙着挑水种菜，显出一副胸无大志的样子。但曹操还是不放心，这才有了著名的煮酒论英雄！

此后曹操果然对刘备放松了警惕，居然把刘备当作自己人使唤，让他带兵攻打袁术！刘备遂杀了徐州刺史车胄，拥兵占据徐州。

556. 崔巨伦

北魏官员崔巨伦曾任殷州（注：今河北省隆尧县）长史，以才学著称于当世。殷州被叛军攻陷后，叛军领袖葛荣仰慕崔巨伦的才学想拜他为官。

但崔巨伦忠于朝廷，一心想逃出去。端午节那天葛荣大会百官，命崔巨伦作诗助兴。崔巨伦当即献诗一首，“五月五日时，天气已大热，狗便呀欲死，牛便吐出舌。”在场的无不瞠目结舌，这样的狗屁文字也能称其为诗？

葛荣也对他大失所望，从此对他的看管便放松了。崔巨伦就秘密联络了几个死士，趁着夜色潜出殷州一路向南狂奔（注：北魏首都洛阳在殷州以南）。路上遇到一队叛军的骑兵，大家都吓坏了不知如何是好。崔巨伦说：“宁可向南一寸而死，不愿向北一尺而活！”

然后就骗叛军说是自己受葛荣之命出来公干，说罢拿出一张纸递给叛军的头头。叛军的头头打起火把正在仔细观瞧的时候，崔巨伦突然抽剑砍死了他！其余的叛军大惊，四散奔逃，崔巨伦等人终于得以脱险顺利回到了洛阳。

大明嘉靖年间倭寇扰乱江南，昆山秀才夏生被倭寇抓住。夏生说自己会作诗，倭寇的头头就让他乘一顶竹轿每日跟在自己身边，与自己赋诗唱和，居然就保住了一条性命！日子久了夏生说想回家了，倭寇头头还送了他一大笔银子放他回家。夏生回来后说倭寇头头也会作诗，他写的《咏文菊》中有两句“五尺阑干遮不尽，还留一半与人看”。

557. 布商、吴生

有两个布商乘船出门做生意，一个和尚请求搭便船，布商看是佛门子弟就答应了。不曾想到了湖中间，和尚却突然抽出一把刀插在桌子上，“你们是要好死还是赖死？”（苏曰：不由想起《水浒传》中张横对宋江说：“却是要吃板刀面？却是要吃馄饨？”）

布商大惊，“这是怎么了？”

和尚狞笑道：“我本不是什么好人，今天就是想要你们的钱财！快快跳入湖中还能落个全尸！”

两个布商哭道：“师父可容我等饱餐而死，死亦无恨！”

“好吧！那就让你们做个饱死鬼！”

船夫就炖了一大锅肉汤，做好后假意呼唤布商来吃，趁和尚不注意把一大锅肉汤一下子浇在和尚头上！和尚被烫得大呼小叫，赶忙去推扣在头上的大锅。布商趁机拔出插在桌上的刀砍死了和尚，把尸体扔在湖里，把船洗干净接着做生意去了。

苏州有个书生借住在一所寺院里读书。寺院很小只有一个和尚，书生看和尚每次外出都把房门锁得紧紧的，就觉得有些奇怪。有一次和尚忘了锁门，书生忍不住就进去看看。和尚的房间曲曲折折，几案上还放着一个石磬。书生就敲了几下，没想到从旁边的小门中竟走出一个美艳的少妇！

少妇一看不是和尚大惊失色，忙转身回到小房中！书生也大惊，转身便向外走。恰在此时和尚拿了一坛酒回来，看到书生便问：“你刚才看到什么了？”

“小生什么也没看到！”

和尚大怒，抽出一把明晃晃的钢刀架在书生的脖子上，“不杀了你我就活不了！”

书生哭道：“请师父让小生醉后再死，也好减少一些痛苦！”

和尚答应了，书生又说能不能麻烦师父给弄点下酒菜。和尚虽然烦躁，但还是到厨房拿菜去了。书生一看和尚走了便用长衫塞在坛口，高高举起酒坛躲在门后。和尚一进门书生就用酒坛狠狠砸在和尚头上，连砸了数十下，把和尚的脑袋砸了个稀巴烂。书生这才松了一口气，叫出少妇问她是怎么回事。少妇说这个和尚杀了自己的丈夫霸占了自己。书生就把和尚的财物分了一些给她让她走了。

558. 张佳胤

明朝大臣张佳胤长于诗文，与王世贞等共称“嘉靖七子”。但如果只当张佳胤是个手无缚鸡之力的书生那可就大错特错了。他在滑县县令任上可是经历过一场惊心动魄的劫持案的，而且被劫持的正是张佳胤本人！

巨盗任敬、高章冒充是钦差大臣直奔滑县县衙。当时张佳胤正在审案，看到这二人有些奇怪但也没有多问，审案如故。

任敬厉声喝道："你敢怠慢钦差吗？"

张佳胤虽然不大相信他们就是钦差，但还是起身相迎，"有旨意要逮捕下官吗？"说罢命人摆设香案。任敬凑在张佳胤耳边悄声说："不是，我等此次前来是为另外一位官员的事情。"

张佳胤看这二人举止粗俗根本不像是钦差，但也不敢确定，只好把他们请入后堂议事。刚一进入后堂，任敬就死死抓住张佳胤的左手，高章搂着他的背，三人一起坐到了床上。

坐定后任敬笑道："大人还不认识我吧！听说贵地府库中有官银万两，我二人想借用几天！"说罢抽出一把匕首架在张佳胤的脖子上。

张佳胤毫不慌张，不动声色说道："我和你们无冤无仇，既然是为银子而来那就好说！我就算是再笨也不会舍命保财的！"然后笑着对任敬说："我不过一介书生，你就算不拿匕首我也打不过你们呀！况且你们诈称钦差，如今却凶相毕露，如果让人知道了可就麻烦了！"

任敬想想也是，就收回了匕首。张佳胤接着说："滑县是个小地方，哪里有那么许多银子？"

万万没有想到任敬竟然拿出一个账本，里面详细开列了滑县县衙的各项收支。张佳胤就不再辩解，只是恳请不要拿得太多，否则自己不好交差。

任敬看张佳胤说得可怜，便道："我们这次一共来了五个人，一人一千两，给我五千两就行了！"

"如此甚好！只是五千两银子你们二人哪里拿得动？又怎么出我这个衙门呢？"

"你说的也是！"任敬想了想说，"你给我准备一辆大车，把银子放在上面！然后假装我们是来奉诏逮捕你的，你和我们一起走！不许一人跟从，否则就先杀了你！到了安全的地方自然会放你回来。"

"如果逮捕我百姓不知就里肯定会围观，就算是杀了我你们也走不掉！不如晚上再走！"

任敬和高章觉得张佳胤说得很有道理，就同意了。张佳胤又说："官银都铸有官府的印章，你们就算是拿到了也不好花呀！不如从县中的富户家中借五千两银子给你，你们拿着好花我也好应付！”

任敬和高章点头称是。张佳胤就让高章把一个叫刘相的小吏叫来，假意对他说：“我犯罪要被逮捕下狱，恐怕是性命难保！幸亏二位钦差愿意从中周旋我才逃过一劫！我想送二位钦差大人五千两银子，你赶快去办！”

刘相一向为人机灵谨慎，一看这情势就感到不对，又听张佳胤如此说心里已经明白七八分了，所以就故意说：“仓促间哪里能弄到这么多银子？”

张佳胤装作很生气的样子，跺脚吼道：“县里的富户和我关系都不错，你就以我的名义去找他们借！”然后拿来纸笔，写上借某人若干银子，某人若干，一共是九位，共是五千两。其实这九个人都是县里的捕头。

写完后张佳胤又交代刘相，“钦差大人在此，你让他们穿戴整齐再来！”刘相走后，张佳胤命人准备酒食与二人同饮，还一再嘱咐他们不要多喝，以免误事。这两个贼人看张佳胤为他们考虑得如此细致周到，甚至都有些感激他了。

过了一会儿那九个人都来了，一个个穿得都像是富户的样子，用纸包着铁器捧在手中，好像是一封封银子一样。二人一看来的都是员外富户就更加没有疑心了。张佳胤让人拿天平来称银子，天平拿来后又说桌子太小放不下。来回折腾了几次，把任敬和高章弄得很烦躁。终于开始称银子了，张佳胤让那九人捧着银子上来。任敬在桌子对面看银子，高章则紧紧跟着张佳胤。

张佳胤拿着砝码对高章说：“还是你自已称吧！”高章也没多想拿起砝码就去称银子，张佳胤趁势逃脱，大喊抓贼！任敬跳起来抓张佳胤，但没有抓到，知道跑不掉就自杀了。高章则被生擒活捉，一番严刑拷打把等着接应的三个也抓住了！

苏曰：生死不过呼吸之间，难得张佳胤竟能从容谋划！佩服佩服！

559. 沈括

北宋大臣沈括（苏曰：没错，就是写《梦溪笔谈》的那个沈括）担任延州知州的时候有一次天降大雪，供应边军粮饷的道路断绝。边军将领刘归仁不但不安抚将士，反倒率领边军三万余人溃散南奔进入延州，一时间人心惶惶。

沈括知道后带了粮饷在延州城东郊迎接溃兵，假意对他们说：“你们是刘将军派来领粮饷的吧！带队的在哪里？”

溃兵胡乱说："在后头呢！"沈括发给他们粮饷，然后让他们回去，不过旬日之间，三万余溃兵全都回到了各自的营寨。局势安定下来后，沈括巡视边境，问刘归仁："上次回去领取粮饷为什么不带兵符？"说罢下令斩首示众。

560. 程颐

按照北宋时的律法，治理黄河的士卒不得调往他处。有个叫程昉的宦官被任命为河北水利官员，仗着皇上的宠信请求征调黄河士卒前往河北服役。程颢不同意，程昉就上书朝廷，皇上下诏征调八百名黄河士卒随程昉前往河北。

当时正值隆冬，程昉毫不体恤士卒辛苦反而肆意虐待。士卒不堪其苦一起逃了回来聚在城门下要求进城。众官员怕得罪程昉不敢开城门，程颢说："不放他们进城，他们必定作乱！程昉怪罪下来自有我程颢担当！"说罢亲自打开城门抚慰士卒，并且宣布给他们放三天假好好休息，三天后再来服役，士卒欢声雷动。

程颢把这事上奏朝廷，朝廷下旨重申以后黄河士卒不得再调往他处。后来程昉见到程颢就矮了一截，净说好话，黄河士卒的事情一个字也不敢提。过后程昉却扬言说："黄河士卒逃归一事全是因为程颢唆使所致，我一定要禀明圣上！"

同僚把程昉的话转告程颢，程颢笑道："这小子正怕我呢，哪敢如此？"程昉果然不敢再提此事。

561. 黄震

宋真宗时曾下诏赏赐西川和东川将士。诏书到了西川，西川的将士们都领了赏钱个个欢喜。但赏赐东川的诏书却迟迟不到，东川将士愤愤不平，居然相聚打算作乱！时任遂州通判的黄震对挑头闹事的说："朝廷哪会忘了东川将士？一定是诏书耽搁在路上了！"说罢打开府库按照西川将士的标准赏赐，将士们拿到了钱自然也就不闹了。

苏曰：没领到赏钱就敢造反作乱？骄兵悍将！这样的军队怎么能打仗？

562. 赵葵

南宋大将赵方担任荆湖制置使时有一次赏赐将士，不想将士们嫌赏钱太少鼓噪起来，局面眼看就要失控。

赵方的儿子赵葵当时才十二三岁，发现情势不对就代父亲大声说：“这只是朝廷的赏赐，本府另有赏赐！”将士们这才安静下来。

赵葵每次作战的时候，总是勇往直前深入敌阵。将士们害怕主帅的儿子死了没法交代就竭尽全力杀敌保护他，因此屡战屡胜。

563. 周金

明朝大臣周金担任宣化巡抚的时候，总督冯清因为苛暴寡恩而大失军心。将士们来总督府领取粮饷的时候，冯清故意抖威风，不但不发粮饷还要鞭打众将士。

众将士不胜愤懑，当面辱骂冯清，并且包围了总督府，一场兵变眼看就要爆发了！宣化的官员们吓得屁滚尿流，连滚带爬跑去给周金报信。当时周金因为身体不适正在家养病，宣化的官员们边哭边请周金想想办法！他们知道一旦兵变爆发，他们这些人一个也活不了！

周金安慰他们说：“有我在，你们不要害怕！”

说罢就穿了便衣来到总督府门前佯装呵斥把总道：“就是你们这些混蛋克扣粮饷，要不然众位将士怎么会如此不自爱？”说罢扬起鞭子就要抽把总。

众将士一看周金并没有怪罪自己，心情稍稍稳定了一些，跪在周金面前为把总求情：“不怪把总，实在是冯大人不体恤我等！”

周金这才为众将士陈说利害，将士们也知道事情闹大了无法收场。周金这么一说将士们高呼：“谢大人给我等指出一条生路！”然后就解围而去了。

564. 徐阶

明朝留守南京的振武军上书朝廷要求封赏，言辞狂悖无礼。朝中的大臣担心振武军会造反，为此忧心不已。大臣徐阶对负责长江防御的操江提督说：“调水军驻防龙江关（注：今南京下关），万一有事再调水军以防叛军占据孝陵（注：明太祖朱元璋的陵墓）。”并且说：“这事不用保密，就是要让振武军知道朝廷已经做好了准备，让他们好自为之！”

振武军果然不敢轻举妄动。

565. 顾蚧、耿定向

明朝时，海南岛文昌海面上漂来一艘船，船上满载金银财宝，还有金丝鹦鹉和黑人美女。当地官员大喜，把金银财宝分了，把黑人美女杀后掩埋（苏曰：可恨！）。然后填写公文，说除了鹦鹉船上什么也没有，还派人把鹦鹉送给上司。

上司也不是傻瓜，一艘船上能没有载什么值钱的东西？就只有一只鹦鹉？便派人来文昌督查，地方官员吓坏了，竟打算漂洋过海逃亡海外。时任儋耳太守的顾蚧正好来文昌公干，文昌的官员们就请顾蚧给想想办法。

顾蚧就问他们公文是怎么写的，然后把公文中“漂来船”一词改作“覆来船”。上司一看以为是沉船就没有再深究此事。

明朝官员耿定向担任益州太守的时候，有个男子因为打死了老婆而受审，诉状中谈到打死老婆的原因是“老婆骂老公是畜生”。

耿定向对那男子说：“你老婆骂你是畜生生的！”然后就在诉状中“老婆骂老公是畜生”一句后加了“生的”二字。那男子就被无罪释放了，因为按照律法，媳妇辱骂公婆就应当被处死。

566. 张咏、徐达

宋太宗时期四川一带爆发了王小波、李顺领导的农民起义。起义被镇压后，整个四川人心惶惶。时任益州知州的张咏检阅军队的时候，将士们突然三次高呼万岁。张咏随即下马，向着东京汴梁的方向也三次高呼万岁，然后继续上马检阅，就好像什么事都没发生一样。

明太祖朱元璋曾召大将徐达饮酒，喝到深夜还不放他回家，一直把徐达灌得大醉，然后命人把他扶到自己称帝前所住的吴王府休息。

徐达醒来后发觉不是在自己家，就问这是什么地方，旁边的人说：“吴王府。”徐达大惊，当即起床来到台阶下，三叩头后才出来。朱元璋知道后认为徐达没有野心，很高兴。

苏曰：朱元璋是个典型的对谁都不放心，对谁都不相信！最后徐达还是被朱元璋害死了！

567. 颜真卿、李揆

安禄山攻破东都洛阳后，派段子光带着唐朝洛阳守将李憕、卢奕、蒋清的脑袋去劝降在河北一带坚持抵抗的颜真卿。

颜真卿对众将说："我认识李憕等人，这三个首级不是他们的！"说罢喝令将段子光推出去斩首。

唐朝大臣李揆素来为奸相卢杞憎恶。当时吐蕃要与唐朝会盟，卢杞就想让李揆出使吐蕃，想借吐蕃之手除掉他。李揆上表唐德宗说自己年事已高，受不得旅途劳顿，担心万一死在路上则有辱圣命。唐德宗也很同情李揆，卢杞却说："和戎乃是国家大事，一定要选派经验丰富的老臣，非李揆不可！这次李揆去了以后比李揆年纪轻的就没有借口不去了！"

李揆无奈只得出使吐蕃。吐蕃官员问他："听说唐朝第一高人就叫李揆，是不是你？"

李揆担心吐蕃会扣留他，就说："不是的！那个李揆怎么肯来呢？"

568. 顾琛

南北朝时刘宋的宋文帝派大将到彦之率领五万大军进攻北魏，结果大败。到彦之仓皇南撤，武器盔甲损失殆尽，连朝廷的武库都为之一空！

宋文帝宴请投降过来的原北魏人，顺口问库部郎顾琛："武库中的甲仗还有多少？"

顾琛当然知道到彦之这个败家子儿几乎把朝廷的甲仗丢光了。但是有投降过来的人在场，无论如何不能失了朝廷的体面，所以就朗声说道："还有可以武装十万人的甲仗！旧库中的甲仗还未清点，尚不知有多少！"

其实宋文帝话一出口就后悔了，听顾琛这么一说才转忧为喜。

569. 李迪

宋真宗身染重病，大臣李迪和宰相以为皇上祈福祛灾的名义留值宫中。当时太子年幼，宋真宗的弟弟周王赵元俨也以探视宋真宗健康的名义留宿在宫中。

大臣们担心赵元俨有野心，但却没有办法把他赶出宫去。李迪看到有个小太监端来一盆热水就问他是谁要的，小太监说是周王要的。李迪顺手拿起一只毛笔在水里搅了搅，一盆清水顿时变得乌黑，然后就让小太监给周王端去了。

周王一看端来的竟是一盆黑水，不由得大吃一惊，还以为是有人要谋害他，跳上马就出宫了。

570. 曹玮、张浚

北宋大将曹玮镇守西北边境的时候，有一次正与诸将饮酒，突然有探马来报说是有数千士卒叛逃到西夏去了!

诸将相顾失色，曹玮却谈笑如常，慢慢对前来报告的探马说：“他们是奉我之命去的，你不要对别人说。”

在大庭广众之下这样的秘密当然保守不住，很快西夏人就知道了，以为这些叛逃的士卒是曹玮派来准备偷袭他们的，就把这些人全都杀了。

南宋初年武将郦琼率军投降了金人所扶植的傀儡刘豫。消息报来的时候，大将张浚正在和诸将饮宴，众人皆大惊失色，只有张浚依旧谈笑风生。一直喝到晚上，张浚才想出了办法，他给郦琼写了一封密信，“事情能办成就尽力去办！要是办不成就赶紧带着部队回来！”然后用蜡丸把密信封好派人给郦琼送去。

不出张浚所料，这封密信果然落入了金人手中。金人当然开始猜忌郦琼，把他的部队全部打散并且严密监视，边境地区没有因为郦琼的叛逃而出现动荡。

571. 太史慈

太史慈年少曾在东莱郡为吏。东莱郡太守和他的上司青州刺史有矛盾，双方都向朝廷上书攻击对方。当时已是东汉末年，朝政腐败不堪。类似于这种地方层面的矛盾，朝廷很少认真辨别是非曲直。基本上就是以谁的奏章先到谁就有理的原则来处理!

青州刺史动手比较早，已经派人把奏折送出去了。东莱郡太守忧心忡忡，一定要找一个精明能干的去朝廷把这事办好，就选中了太史慈。

太史慈一路狂奔直到洛阳就守在宫门口，看到青州来人后，就假装是朝廷的官吏，问他：“你是要上奏吗？”

青州来人说：“正是！”

“把奏折拿来我看看，别把格式写错了！”

青州来人不知是计就把奏折交给了太史慈，太史慈拿到奏折后就撕了个稀巴烂。青州来人气坏了，抓住太史慈就要打。太史慈说：“你要是不给我我也撕不了呀！如今咱们俩是一条绳上的蚂蚱，谁也跑不了！你打我也没用啊！”

青州来人一看奏折都已经撕得稀巴烂了，也没办法，只好和太史慈一块儿回去了。东莱郡在这次斗争中大获全胜！

572. 周忱

土木堡之变中明军主力五十万人全军覆没，瓦剌部的首领也先乘胜直逼北京，扬言要占据通州粮仓。朝中大臣忧心忡忡，担心这些粮食会落入也先之手，提议把通州粮仓烧掉。

大臣周忱坚决反对，但通州粮仓储存的粮食极多，一时间无法全部运进北京。周忱就建议预支驻京各部队半年的粮饷，让他们自行前往通州领取。于是道路上全都是来运粮的官兵，不过数日通州粮仓的粮食就全部运到北京了。

573. 韩雍

明朝官员韩雍很年轻的时候就担任了御史，被派往江西公干。皇帝给派驻江西的太监下了一份诏书，都御史没注意，还以为是给自己的。拆开后才发现不对，但已经来不及了，诏书的封条已被拆毁！

这可是重罪，都御史大惊，赶忙请韩雍给想想办法！韩雍就请那个太监赴宴，把诏书藏在怀里，让驿卒在吃饭的时候把一份伪造的空白诏书送给自己。韩雍接过伪造的诏书，当着太监的面拆开，装作读了一两句才发现不是给自己的。马上一个转身从怀里掏出真的诏书递给太监，然后满脸的无辜和真诚向太监谢罪，为了装得更像一些，还挽起袖子要打那个驿卒！

太监反倒觉得有些不好意思了，还为那个驿卒说情，最后两人尽欢而散。

冯子曰：宋神宗在位期间，大将王韶力图收复西北失地的计划得到了宰相王安石的支持，但王韶的上司郭逵却不同意轻启边衅。为了打消王韶的出兵计划，郭逵命人把西北边境地区战略物资的储备情况及当地民情的资料送给王韶，意思是让他知难而退。

王韶果然大怒，当着使者的面把资料摔在地上，过了很久才拾起来，装作很愤怒的样子急步走出大帐。过了一会儿又回来，当着使者的面把资料撕得粉碎。

王韶作为下级竟敢如此放肆，郭逵当即面奏宋神宗弹劾王韶。宋神宗也很生气，责问王韶怎么如此无礼。王韶竟是满脸的委屈，掏出资料递给宋神宗，说根本就没这回事，是郭逵故意造谣诬陷的。宋神宗一看资料完整齐备，竟真的以为是郭逵造谣诬陷，从此再也不信任他了。王韶终于得以大展拳脚，一举收复了河湟地区！

其实王韶当着郭逵使者的面撕的不过是些废纸而已。

574. 某教谕

明朝时有个县令得罪了御史，御史就想整这个县令。县令知道御史的特殊癖好就派了一个英俊的书童伺候御史，趁御史不注意把他的大印偷走了。

御史知道是县令捣的鬼但也没有办法。丢失官印可是重罪，御史也无法办公了，只好称病在家休息。他听说有位教谕有奇才就问他该怎么办，教谕便给他出了个主意。

当天晚上御史衙门突然失火，各级官员都赶来救火。御史便让官员们各自看管一摊东西，有的看管档案材料，有的看管文书账册，然后把装大印的盒子当众交给了县官。

等火灭了，御史让大家把各自看管的东西交上来，大印已经在盒子里了！

冯子曰：有人说这个教谕就是海瑞。

卷二　应卒

西江有水，遐不及汲。壶浆箪食，贵于拱璧。岂无永图，聊以纾急？集“应卒”。

575. 张良

汉高祖刘邦建立西汉后封了二十余位重要的功臣，剩下的暂时没有封赏。有一次刘邦看到众将坐在一起窃窃私语，就问张良他们在谈论什么。张良说：“陛下出身布衣，靠着这帮人才打下天下。如今陛下封赏的都是旧时故人，所杀的都是以前的仇人，这些人又怨又怕，所以相聚打算造反！”

刘邦大惊，“为之奈何？”

“众所周知的陛下最憎恨的人是谁？”

“雍齿数次背叛我让我陷入窘境，早就想杀他了！只是因为这个混蛋屡立大功有些不忍心！”

“恳请陛下先封雍齿！众将看到雍齿都受封了自然心安！”

刘邦就赶紧封雍齿为什邡侯，众将一看雍齿这个刘邦的老冤家都受封了，都高兴地说：“雍齿都封侯了我们还担心什么呢？”

576. 孔子

鲁国百姓在城外放火烧荒的时候风向突变，大火竟向城中烧来！鲁哀公亲自带人灭火，可是大家都忙着去追从火中逃出的野兽了，没人救火。还好孔圣人当时正在鲁国，鲁哀公自己是个没脑子的，可他知道孔圣人有办法呀，就问孔圣人该怎么办？

孔圣人说：“追野兽又好玩又不受罚又有实惠，救火的又危险又辛苦又没好处，大家当然不愿意去了！”

鲁哀公说：“仲尼，你说得太好了！可是该怎么办呢？”

“大火眼看就要烧到城里，如今来不及赏赐救火的人了！再说如果每个救火的都赏赐的话，掏空了国库也不够！所以只好来硬的了，不去救火的一律重重治罪！”

鲁哀公大喜，一拍大腿，尖叫道：“好！就这么办！”于是下令，“不救火的一律按投敌叛国治罪！抓野兽的一律按私闯禁地处理！”

命令还未传遍大火就已经被扑灭了。

577. 刘巴

刘备在攻打成都前为了鼓舞士气宣布：“如果攻占成都，府库的财物大家随便拿！”

攻下成都后将士们疯狂抢掠府库的财物，转瞬间就给搬了个干干净净！刘备这下可发愁了，愁什么？没钱啦！都给将士们抢光了！

大臣刘巴就说：“这个简单！请主公铸大钱，一个大钱值一百个铜钱！然后由官府出面设立官市！”

刘备听从了他的建议，数月间府库又充实了！

苏曰：刘备号称仁义爱民，一个大钱值一百个铜钱，不就是靠通货膨胀冲抵赤字吗？数月间府库就充实了！是啊，老百姓兜里没钱了。官府出面设立官市，不就是官府做生意嘛！相较之下曹操倒还率真些！

578. 黄炳

宋理宗嘉熙年间吉州有人造反，吉州下辖的万安知县黄炳整军备战。有一天五更时分探马突然来报：“反贼就要到了！”

黄炳立即下令官军出城迎战，但将士们都说还没吃饭呢，饿着肚子没力气打仗。（苏曰：毫无灭此朝食的气概！）

黄炳说：“你们先去，饭食马上就到！”说罢就亲自率领衙役拿着竹筐木桶沿街敲各家各户的大门，高呼：“知县买饭！”

当时正值清晨，家家户户都在做早饭。黄炳下令高价收购，用竹筐木桶装着送给将士。将士们吃饱了饭把反贼打得大败！战后论功行赏，黄炳被朝廷提拔为临川太守。

579. 赵从善、辛弃疾

南宋官员赵从善担任临安知府的时候得罪了宦官，宦官就找茬想整他。一天宫中突然下令，要赵从善一日之内办齐三百张祭祀用的红桌子。赵从善从酒肆茶坊借来三百张桌子，洗干净后糊上白纸，然后再涂上红漆，看着就像新的一样。

皇上和太后到聚景园游玩，晚上的时候要过一条山路，宦官让赵从善立即准备三千支火炬照明。赵从善下令把妓院酒馆等处的竹帘芦席统统取来卷成一卷，用绳子绑好，然后在里面灌上灯油绑在路两边的树上。点燃后灯火通明，亮如白昼。

宋高宗登基后一直被金兵追杀，一路从河南商丘逃到临安才算是暂时安定下来，想修建一所宫殿以安身。宫殿仓促建好后却没有瓦，当时天降大雨，主管官员忧心忡忡。一个小吏说："大人派兵到临安大街上把各商铺屋檐上的瓦片暂借若干，等新瓦到后如数归还就是了！"

主管官员大喜，立即照办，宋高宗终于住进了宫殿。

辛弃疾担任湖南安抚使的时候驻节长沙。辛弃疾下令在后花园建一座楼以供中秋赏月之用。当时已是八月初了，负责修建赏月楼的小吏说："别的材料都没问题，只有瓦片恐怕来不及置办了！"

辛弃疾就下令每家一百文钱，到每家租屋檐上的瓦二十片，限两日之内交齐。长沙的百姓一听有这好事都抢着来交，辛弃疾府中立即就堆满了瓦片。

苏曰：还是辛弃疾的办法比较好！拿钱办事，没有派兵去借！

580. 周忱

明英宗正统年间要重新描绘宫中梁柱上的图画，需用牛胶一万余斤，朝廷下旨让江南巡抚周忱紧急采办。恰好周忱要进京办事，在路上遇到了使者，周忱略一沉思就请使者回京，并说自己自有办法。

到了北京后，周忱对主管官员说："京师的府库中藏有大量的牛皮，时日已久朽烂不堪，请大人把这些牛皮拿出来熬胶。等我回江南后采购新牛皮再归还府库，以新换旧，你我都方便！"

主管官员大喜，欣然从命。

边境地区战事爆发，工部给江南发来紧急公文，要求赶造大量盔甲、腰刀，而且指明盔甲一定要水磨。周忱拿出历年积余的粮米，旬日之间就办成了。只是水磨盔甲需要时日，周忱就下令暂时给盔甲上镀一层锡，也很鲜亮。

581. 张恺

明朝官员张恺没有考中进士，而是以监生的身份担任江陵知县。朝廷征讨交趾的大军路过江陵，军方要求张恺立即提供数百个火炉和炉架。

张恺就让木匠把方桌的桌腿锯掉一半，然后在桌面上挖个大洞，把铁锅放在上面，火炉和炉架就都有了。

军方又要求张恺供应马槽一千个。张恺就让心灵手巧的妇女用棉布封成马槽，在四角系上绳子。喂马的时候只要把绳子绑在木桩上就行了，喂完后只要一卷就能带走。以后明军喂马都用张恺的办法。

冯子曰：后来张恺得到周忱的推荐担任工部主事，为明军的后勤供应立下大功！这人不过是监生，所以说用人万万不能拘泥于固定的条条框框呀！

582. 张彀

金朝人张彀担任同州观察判官的时候，朝廷下令同州上交十万支箭，而且规定一定要用雕雁的羽毛，于是雕雁羽毛价格暴涨。

张彀对统兵的将领说："箭射一次就收不回来了，什么鸟的羽毛不行啊，为什么非要雕雁的毛？"

统兵的将领也觉得朝廷的规定有些不合理，"但是这个事要奏报朝廷才行！"

张彀说："同州距京师两千余里，百姓已深受其苦！要是朝廷怪罪下来由下官一人承担！"

于是雕雁羽毛价格大跌，后来朝廷也认可了张彀的做法。

苏曰：非但是同州百姓当感谢张彀，就连雕雁也逃过了一劫呢！

583. 陶鲁

明朝时都御史韩雍下令在广东三日内征集一百头牛犒军，官员们吓坏了。当时的广东还是蛮荒之地，连人都不好找，三日内到哪里去弄一百头牛？

官员们都默不作声，时任新会县丞的陶鲁挺身应命。这可把他的上司们气坏了，纷纷骂他无耻狂妄，陶鲁说："事情办不好我一个人扛着，绝不连累诸公！"

陶鲁在城门贴出告示，"一头牛给五十两银子！"有人就交给陶鲁一头牛，陶鲁当场给了他五十两银子！第二天百姓们赶着牛争着抢着要卖给陶鲁，陶鲁在其中选了一百头肥壮的然后按市价给了钱，怕老百姓不服气吓唬他们说："这是韩大人的命令！"

老百姓明知被骗了也没办法，只好垂头丧气地回家去了。陶鲁却立了功，按期把牛交了上去。韩雍大为赞赏，调陶鲁到自己麾下，让他参与军事。后来在藤峡大破反贼陶鲁出力颇多，最后做到了湖广左布政使。

584. 韦丹

唐朝官员韦丹担任洪州太守的时候当地有人造反，洪州没有足够的兵器御敌。韦丹就下令砍树削成一千根大棒，然后在大棒头上钉满钉子，做成简易的狼牙棒发给车夫和衙役。大棒很快就造好了，而且用起来效果很好，不亚于刀剑。

585. 太宗卒

宋太宗率兵讨伐南唐的时候，南唐把淮河上所有的船只都集中在南岸，宋军一只船也找不到。有个士卒就从行囊里拿出十几个猪尿泡，吹满气后拴在腰间游泳渡过淮河，夺了船帮助大军过河。

586. 雷简夫

宋仁宗在位期间陕西暴发山洪，把一块大石头冲到山涧中阻塞了河道，结果河水横溢水患不止。这块石头大小如同一间房屋，人力根本无法移动。当地官员和百姓都很发愁，不知该如何是好。

雷简夫就让人在大石头下挖了一个大坑，大小和石头差不多，然后顺着水势把大石头推入坑中，从此水患平息。

587. 曹操

曹操率军讨伐割据宛城的张绣。时值盛夏，将士们没水喝个个渴得喉咙冒烟。曹操就骗大家说：“前面有一大片梅林，梅子又甜又酸正好解渴！”

将士们一听有梅子都流出口水来，感觉似乎不像之前那么渴了，靠着想象中的梅子的支撑，终于找到了水源。

588. 孙权

曹操亲率大军讨伐东吴，两军相持于濡须口。吴主孙权亲自乘船观察敌情，曹军万箭齐发，孙权的船上顿时扎满了箭，船身倾斜眼看就要沉了。

孙权下令调转船头，让船的另一侧受箭。结果另一面也扎满了箭，船身恢复平衡。

苏曰：孙权治军严正，曹操看到吴军军威整肃不由叹道：“生子当如孙仲谋！”后来这句话被辛弃疾填入词中，词曰：

南乡子·登京口北固亭有怀

何处望神州？
满眼风光北固楼。
千古兴亡多少事？
悠悠。
不尽长江滚滚流。

年少万兜鍪，坐断东南战未休。
天下英雄谁敌手？曹刘。
生子当如孙仲谋。

孙权回去后给曹操写了一封信，“春水方至，公宜速去。”又说，“足下不死，孤不得安！”英雄气魄哪！

589. 韩琦

宋英宗有精神病，宋仁宗驾崩后他继位为帝。正在给宋仁宗办理丧事的时候精神病突然发作，狂吼乱叫，大臣们都吓坏了不知道该怎么办。

韩琦一把抱住宋英宗把他交给太监，对太监说：“小心照料陛下！”然后对在场的众人说：“今天的事情你们知道就可以了，出去不要乱说！”然后照旧在宋仁宗的灵柩前哀哭，就好像什么事都没发生一样。

590. 邵溥

靖康之变后金人攻占了北宋都城东京汴梁，想把北宋皇室一网打尽以绝后患。立即就有奸人给金人献计，说是皇室的家谱就保存在宗正寺。只要拿到皇室家谱就可以按图索骥，把所有的皇室统统杀死！

金人大喜，立即派人去宗正寺取皇室家谱。使者刚到宗正寺却突然有别的事情，没来得及取家谱就走了。当时邵溥正在宗正寺，得知金人的阴谋后把所有的皇室家谱都取来，每翻过两三页便撕下一页投入火中，叹道：“可惜我不能全部保全你们哪！”

过了一会儿金人使者就来了，宗正寺的小吏赶紧把皇室家谱献了上去。金人遂按图索骥，凡是登记在册的宗室全都被一网打尽！只有少数漏网之鱼靠着邵溥的保护侥幸逃过一劫！

591. 盛度

北宋大臣盛度供职翰林院的时候，有一次宋仁宗请他入宫起草一份诏书。宋仁宗要得很急，盛度便说：“臣太胖，不能伏地写字，请陛下赐臣一张桌子！”

宋仁宗就让太监抬张桌子进来，盛度就利用这段时间打好了腹稿。桌子抬来后，盛度提起笔来文不加点一挥而就！宋仁宗非常满意，连一个字都没改就发了下去，并当场称赞他文思敏捷！

卷三　敏悟

剪彩成花，青阳笑之。人工则劳，大巧自如。不卜不筮，匪虑匪思。集“敏悟”。

592. 司马遹

晋惠帝司马衷是中国历史上有名的白痴皇帝。大臣向他上奏说天下饥荒，百姓没有饭吃，司马衷竟一脸天真地反问：“既然没饭吃怎么不吃肉呢？”

但这个白痴皇帝却有一个极为聪慧的儿子司马遹。有一次皇宫失火，他的爷爷晋武帝司马炎登楼观察火情，司马遹就拽着司马炎的衣服把他拉到暗处。司马炎就问他为什么，司马遹一脸稚气地说：“晚上宫中起火，陛下应当注意保护自己的安全以防万一，不能让别人看到陛下！”

当时司马遹才五岁，司马炎非常惊讶他竟有如此才智！有一次司马遹和司马炎参观猪圈，司马遹就说：“猪都这么肥了，为什么不杀了给士人吃却让它白白浪费粮食？”

司马炎拍着他的脊背说：“这个孩子以后一定能让我们司马家更加兴旺呢！”

苏曰：“小时了了，大未必佳！”　司马遹虽然幼时聪慧异常，长大后却不务正业，虽然被立为太子却最喜欢卖肉做生意。史书记载因为他母亲出身屠户，所以司马遹特别热衷于卖肉。他在宫中摆摊做生意，客人要多少肉他手起刀落竟然丝毫不差！卖肉的同时还兼卖鸡鸭米面等杂物，挣的钱都收归己有。

他的老师杜锡劝他好好读书远离小人，他竟然大怒，把钢针放进杜锡的坐垫里，把老师的屁股扎得鲜血淋漓！

后来司马遹被晋惠帝的皇后贾南风害死，死的时候才二十三岁。所以说对于一个人的成长来说，后天的教育更为重要。

593. 李德裕

唐朝宰相李德裕少年的时候神姿俊美聪慧异常，他的父亲李吉甫常常向同僚称赞儿子。宰相武元衡就问李德裕："你在家都读些什么书呀？"想借此探问他的志向。

李德裕却不回答。第二天武元衡就把这件事情告诉了李吉甫，李吉甫有些生气就责问李德裕。李德裕说："武公身为宰相不问我如何治理国家，却问我读的是什么书！读书这样的事情是礼部负责的，他问得不对，所以我不回答！"

李吉甫把儿子的话转告给了武元衡，武元衡大觉羞愧。

苏曰：李德裕当时还只是个年轻人，武元衡论年龄来说是他的父辈，问问他读什么书有什么不对？难道身为大唐宰相的武元衡和一个毛头小子讨论如何治理国家才对？

594. 贾嘉隐、王雱

唐朝神童贾嘉隐七岁的时候被唐太宗召见，大臣徐勣逗他说："我靠的这棵树是什么树呀？"

"松树！"

"明明是槐树，你怎么说是松树呢？"

"一个'木'再加一个'公'，不是'松'是什么？"

长孙无忌也靠在那棵树上问他："小娃娃，你看我靠的是什么树？"

"槐树！"

"这下你没的说了吧！"

"一个'木'再加一个'鬼'，我能说什么？"

王安石的儿子王雱年幼时，有人送给王安石一只獐一只鹿，看王安石的儿子王雱站在旁边便逗他说："你知道哪个是獐哪个是鹿吗？"

王雱其实不认识獐鹿，看了看说："獐旁边的就是鹿嘛！鹿旁边就是獐喽！"

595. 杜镐

北宋官员杜镐的哥哥是个法官，遇到一件儿子毁坏父亲画像的案子不知该如何审判，因为律法没有相关的条文。

杜镐当时尚年幼，看到哥哥满面愁容便说："就比照和尚毁坏佛祖的画像，道士毁坏天尊的画像的律法来判决就是了！"

596. 文彦博、司马光

北宋大臣文彦博小的时候和一群儿童在一起踢球玩，球掉到了一个洞里取不出来。文彦博用水把洞灌满，球就浮了上来。

司马光小时候和一群儿童在一起做游戏，有个小孩不小心掉进了一个大水缸中，水已经没过了小孩的头顶。小孩们吓得乱跑乱叫，司马光举起一块大石头把水缸砸破救了那个小孩。

597. 王戎

西晋大臣王戎七岁的时候和一群小朋友出去玩，看到路边有一颗李子树结满了李子。小孩们高兴坏了，抢着跑去摘李子吃，只有王戎不动。有人问他为什么不去摘李子，王戎说："大路旁边的李子树还有这么多李子挂在树上，肯定很苦！"

果然是苦的。

苏曰：王戎幼时聪慧异常，长大了却俗不可耐，为人极为贪鄙！每天和老婆在一起拿着筹码算计挣了多少钱。他家有棵李子树品种很好，结出的李子又大又甜。他怕别人拿核去种，竟然把每个李子的核钻破才拿出去卖！女婿跟他借了一笔钱没有及时还上，亲闺女回家省亲的时候他竟然就给女儿脸色看，直到女婿把钱还了才喜笑颜开！

王戎身为朝廷重臣却整日和一帮名士清谈，不理政务，居然还被称为"竹林七贤"之一，确是可笑！

冯子曰：元朝著名学者许衡少年时曾和同伴因逃避战乱在炎炎夏日中艰苦跋涉。看到路边有一棵梨树，同伴们纷纷摘梨来吃。许衡却只是坐在树下乘凉，一个梨也不摘。有人问他为什么不摘梨吃，他说："这不是我的，我不能吃！"那人说："现在天下大乱，这是无主之树！"许衡却说："梨无主，难道我的心也无主吗？"

598. 曹冲

三国时吴主孙权赠送给曹操一头大象，曹操就问臣下谁能知道这头大象有多重。众人哼哼唧唧了半天，谁也想不出办法来。

曹操的儿子曹冲当时才五六岁，对曹操说："把大象牵到船上，然后在船身上画一条线记下吃水的深度。再把大象牵下船，往船上放石头，直到船身沉至那条线为止。然后再称这些石头就知道大象的重量了！"

当时曹冲才五六岁！

599、张觷

南宋初年张觷担任处州知州的时候，有人想造一艘大船，但不知道要花多少钱。张觷就说："你可以先造一条小船，然后按比例计算，就可以知道大船的造价了。"

苏曰：这个张觷曾在北宋末年担任权相蔡京的家庭教师。张觷对蔡京的子弟们说："你们擅长长跑吗？"蔡京的子弟们都很奇怪，"不擅长。"

张觷说："天下事都坏在你们家老头子手里！大乱眼看就要爆发，一旦变乱爆发第一个倒霉的就是你们家！你们还不赶快练习长跑？或许到时候可以逃出一命！"

蔡京的子弟们大吃一惊，赶忙跑去报告蔡京。蔡京也知道自己恶贯满盈，想设法补救一下，就问张觷该怎么办。张觷劝他起用名士杨时，蔡京竟然就听从了他的意见，任用杨时为官。但蔡京的罪行罄竹难书，根本就不是这一点善行所能补救的。大宋已被蔡京等奸贼糟蹋得不成样子，金兵大举入侵，宋徽宗只得让位给宋钦宗。宋钦宗上台后蔡京被贬往岭南，死于途中。紧接着就是靖康之耻，北宋灭亡，和张觷当初所说的一模一样。

600. 戴颙

东汉初年佛教传入中原，各地开始兴建寺庙供奉佛祖。但佛祖的像到底是什么样，各地并没有固定的标准。南北朝时的刘宋有人铸了一尊佛祖的像，铸成后才发现佛祖的脸太瘦了，看着不匀称，但也无法修改。

隐士戴颙看后说：“不是脸瘦而是肩膀太肥了！”于是就把肩膀削去了一部分，再看果然就不觉得脸瘦了。

601. 尹见心

元朝的时候有棵大树长在河流的中间，过往的船只常有撞在树上，导致船毁人亡的惨剧发生。当地的知县尹见心决心要砍去这棵大树。他先派了一个善于潜水的人下水丈量大树的尺寸，然后造了一个巨大的木桶。木桶比大树稍高一些，两头都是空的。把木桶套在大树上，再让人用大瓢把木桶里的水舀干净，随后派人下去把大树锯断。

602. 怀丙

北宋时的河中府在黄河上架有一座浮桥，用八只铁牛系着，一只铁牛就重达数万斤。治平年间黄河河水暴涨，把铁牛冲入河中。当地官府重金悬赏要把铁牛捞出来，有个叫怀丙的和尚出了个主意：用两只大船装满土，在两船间架上一根巨木，把铁牛用绳子绑在巨木上。然后再把船上的土铲入河中，随着船身的上浮，铁牛也慢慢被拖了出来。

603. 明成祖

明成祖朱棣为他的老爸明太祖朱元璋造了一块巨大的功德碑，又造了一个巨大的龟形底座。造好后才发现底座造得太高了，功德碑又太大太重，放不上去。

有天晚上明成祖梦到有神人告诉他：“欲竖此碑，当令龟不见人，人不见龟。”醒来后明成祖终于想出了个办法。他命人用土筑成一个大斜坡，把底座埋在斜坡下，然后沿着斜坡把功德碑拖上去，功德碑竖起后再把土去掉。

604. 黄怀信

北宋初年浙江给皇上献了一条龙舟，长二十余丈，停泊在汴河上供皇上出游之用。过了几十年龙舟腹部朽坏了，由于在水下所以无法修理。

宋神宗熙宁年间，有个叫黄怀信的宦官出了个主意：先在汴河旁挖一条大沟，挖沟时保留大沟与汴河间的泥土以阻挡河水。然后在大沟底部打上木桩，在木桩上架上木梁。然后挖开泥土将汴河水引入大沟，把龙舟牵入大沟架在木梁上。然后再把大沟封死，把里面的水抽干，这样就可以开始修船了。待船修好后再引入汴河水，龙舟即可驶入汴河。

冯子曰：苏州城葑门外有座桥唤作灭渡桥。相传以前因水势湍急无法建桥，有人出主意，在河道附近的陆地上先造一座桥，桥造好后再开挖河道把河水引至桥下流过，然后再把原河道封闭。因新桥建成，行人往来不再需要摆渡，故名新桥为“灭渡”！

605. 虞世基

隋炀帝顺着大运河乘船游幸广陵（注：今江苏省扬州市），船过宁陵（注：今河南省宁陵县）后因河道淤塞，船只屡屡搁浅。

大臣虞世基说：“请造铁脚木鹅，长一丈二尺（注：想必是龙舟吃水的深度），从上游顺水放下。凡是木鹅停住的地方便是淤塞处！”

隋炀帝依计而行，从雍丘（注：今河南省杞县）到灌口（注：今江苏省涟水县东北）一共查出有一百二十九处淤塞。

606. 周之屏

大明万历年间的首辅（注：明朝自胡惟庸被杀后便不再设立宰相，首辅的职权接近于宰相）张居正以铁腕手段清丈田亩，彻底清查被豪强隐瞒的土地以增加朝廷的税收。

广东的官员提议广东一带都是部族，清丈田亩可能会引发变乱，请张居正考虑是否就不要在广东清丈田亩了。张居正却厉声喝道：“只管清丈！”

时任广东布政使参政的周之屏看出了张居正的意思，便退了出来。广东的官员还在发愁，生怕会引发变乱，但畏于张居正的权势又不敢说。张居正却笑道：“刚才走的那个人明白我的心思！”

广东的官员赶忙出来问周之屏张居正到底是什么意思，周之屏说：“张大人正在厉行推进清丈田亩，怎么能当众说某处的土地不能清丈呢？至于具体的标准把握就看我们这些人了！”

广东的官员们这才明白了。

607. 杨修

丞相府建成后曹操来看他的新居，看后在大门上写了个“活”字便走了。众人都不知道曹操是什么意思，正在疑惑间，杨修说：“门中一个‘活’字便是‘阔’，丞相嫌门太大了！”

有人献给曹操一杯乳酪，曹操喝了一点儿便在杯盖上写了个“合”字，把杯子传给大家。大家都不知道是什么意思，轮到杨修了，杨修二话不说就喝了一口，喝完后说：“大人让我们一人喝一口！”（注：“合”字拆开便是“人一口”。）

曹操曾路过曹娥碑，碑后题有“黄绢幼妇外孙齑臼”八个字。曹操就问杨修：“你明白这八个字的意思吗？”

杨修说：“明白。”

曹操说：“你先别说，等我想想！”

走出三十里后，曹操对杨修说：“我猜出来了！”说罢让杨修把自己的答案写下来，曹操也把自己的答案写下来。两人都写好后，杨修说：“‘黄绢’是有颜色的丝绸，当为‘绝’字；‘幼妇’，就是少女，当为‘妙’字；‘外孙’，就是女儿的儿子，当为‘好’字；‘齑臼’，是用来盛放五辛的器具，当为‘辭（注：‘辞’字的繁体字，拆开为‘受’‘辛’二字）’字。合起来就是‘绝妙好辞’！”

曹操写下的答案与杨修的相同，叹道：“我的才智比你差三十里呀！”

曹操在消灭了割据汉中一带的张鲁后陷入进退两难的境地。继续进攻割据四川的刘备吧，刘备已经做好了准备；固守汉中吧，自己一旦退军，汉中很可能就要被刘备夺走。众人也都不知道曹操是进是退，来问曹操，曹操只说：“鸡肋。”再无他言。众人都莫名其妙，杨修说：“鸡肋这个东西食之无味，弃之可惜！看来主公是打算撤军了！”就让大家收拾行装，果然曹操就下令班师了。

608. 刘显

南北朝时的梁武帝宠信佛教，有一次和尚和百姓为争夺一块地打官司，梁武帝写了个“貞（注：贞的繁体字）”字交给司法机构。司法机构的官员不知道梁武帝是什么意思，又不敢去问，正在疑惑间一个叫刘显的官员说：“‘貞’字拆开就是‘与上人’，陛下的意思是说把地判给和尚。”（注：当时和尚被尊称为上人。）

609. 开元寺沙弥

大唐乾符年间有人寄居在广陵的开元寺中，屡被寺中僧人羞辱，该人便在寺院的大门上写了一首诗后走了。诗曰：“龛龙去东涯，時（注：时的繁体字）日隐西斜，敬文今不在，碎石入流沙。”

众僧莫名其妙，不知道是什么意思，还是一个小沙弥看出了门道。原来每句诗都是一个字谜，合起来就是“合寺苟卒”，意思是说整个寺里的和尚们都去死吧！

610. 拆字

北宋宣和年间东京汴梁街头有位名叫谢石的测字先生。来人随手写下一字，谢石就能预测吉凶祸福，无不灵验！就连深居皇宫的宋徽宗都知道有个谢石，写下了一个“朝”字让太监拿去找谢石测字。

谢石看了看这个字，然后又仔细看了看这个太监，说道：“这不是大人亲手所书！”

太监有些惊讶，“先生测字就是了。”

“‘朝’字拆开就是‘十月十日’，如果不是那天所降生的天人写的，还能是谁？”（注：宋徽宗的生日是十月十日，定为“圣节”，天下皆知。）

太监大惊，立即飞马回宫禀报宋徽宗。第二天宋徽宗亲自接见谢石，让左右的随从和嫔妃写字来测，居然是毫厘不差。宋徽宗大喜，不但赏赐丰厚而且还封他了个承信郎的小官。谢石从此名震京师，前来测字算命的络绎不绝。

有一个在朝廷任职的官员，他的夫人怀孕已有十三个月，但还没有生产。这个官员就让夫人写个字去找谢石算算，夫人随手写了个“也”字。这个官员就拿去找谢石了，谢石仔细看了看，对官员说：“这个字是夫人所书吧！”

“先生怎么知道？”

“焉、哉、乎、也这些字都是助词，所以定是夫人所写！”

谢石随后又说：“大人今年三十一岁了吧！”

“正是！”

“‘也’这个字上半部分是‘三十’，下半部分是‘一’，所以我说大人三十一岁！”

那位官员看谢石竟是如此神奇，急切问道：“我一直想再升升官，先生看看怎么样啊？”

“怕是不行！‘也’字有水就是‘池’，有马则为‘驰’，如今大人想走水路却无水，陆地驰骋却无马，怕是升官无望哪！”

稍稍顿了顿，谢石又说：“大人的父母兄弟姐妹等近亲都去世了吧！‘也’字加人则为‘他’，如今只见‘也’不见‘人’，所以我才这么说！非但如此，大人的田产怕也是没有了吧！‘也’字加土则为‘地’，如今只见‘也’不见‘土’哪！”

那位官员早已是瞠目结舌，“先生说的都对！”擦了擦脑门上的汗，那位官员才说：“我夫人怀孕十三个月仍未生产，劳烦先生指点！”

“想必也是十三个月！‘也’字中有个‘十’字，再加上两旁的两竖和下面的一划就是十三！”说到这里谢石仔细端详了那位官员一会儿，“这事似乎很奇怪，本不待言，但大人所来正为此事，我能如实相告吗？”

官员请他但说无妨。谢石这才说：“‘也’字加虫就是‘虵（注：蛇的异体字）’，夫人所怀正是蛇妖！但请大人放心，如今不见虫，终不能为害！我略通医术，可为夫人下药一方！”

官员大惊，苦苦哀求谢石到家为夫人配药。吃了谢石的药，夫人果然产下数百条小蛇！

冯子曰：后来宰相秦桧请他测字，所测的是一个“春”字。谢石说“秦”的头压在“日”上，使日无光。秦桧大怒，将谢石发配充军，后来死于发配之所。

宋高宗建炎年间，杭州有位姓周的测字先生测得也很准。宋高宗被金国大将兀术一路追杀，到了杭州仍惊魂未定。宋高宗就随手写了个“杭”字，请周先生测测。周先生说：“恐怕兀术还要来！‘杭’字拆开，把‘亢’字的一点挪到‘木’字上就是‘兀术’。”

不过十天兀术的大军就杀到了！

南宋建立之初，宰相赵鼎和秦桧不和，两个人都写了个“退”字让周先生测。

周先生看后说："赵大人定会引退，秦大人必留！赵大人写的'退'字，'人'去'日'远（**注：'艮'字可拆为'人''日'二字**）；而秦大人写的'退'字，'人'字紧靠'日'字，就算是秦大人想退亦不得也！"果然如此。

有个书生写了个"串"字拿给测字先生，测字先生看后说："秀才不但此次乡试高中，就连会试也能金榜题名！'串'字就是两个'中'哪！"

另有位秀才正在一旁，听测字先生这么一说，也写了个"串"字。测字先生却说："秀才不但不能高中，还会得病！"

这位秀才吃了一惊，问他为什么。测字先生慢慢说道："他是无心所写，所以当就字论字；你是有心写下，所以还要在'串'字下加一个'心'字，就是'患'字。"

两人竟都如测字先生所说一个两榜高中，一个身患重病！

相传明成祖朱棣还是燕王的时候曾微服出行，看到街边有个测字先生就随手写了个"帛"字。测字先生看后大惊，立即倒头便拜，口称"死罪"。朱棣觉得很奇怪，便问他为何如此。测字先生说："'帛'字乃是'皇'之头与'帝'之脚，所以小人知道您必非常人，乃是九五之尊！"

事情传开后也有人写了个"帛"请这个测字先生来测，这个测字先生却没好气地说："你们家要死人了！'帛'字拆开就是'白巾'！"

语智部

卷一　辩才

侨童有辞，郑国赖焉；聊城一矢，名高鲁连；排难解纷，辩哉仙仙；百尔君子，毋易繇言。集“辩才”。

611. 子贡

苏曰：春秋时期体现霸主权威的一项重要内容就是召集诸侯开会，霸主在大会上尽情享受诸侯的称颂，并借机敲打不听话的诸侯。所以呢，对于弱小的诸侯来说，去参加霸主的盟会实在是一项苦差事。不但要曲意奉承霸主而且说不定还要被霸主给扣了，运气再差点儿的被砍了的可能性也是有的。

春秋时的吴国自打败楚国后实力急剧膨胀，吴王夫差也成为“春秋五霸”之一。既然做了霸主，吴王夫差自然也要召集诸侯来开会了。卫国的国君不知为什么竟然迟到了，这在霸主看来简直就是该死！太不拿霸主当回事儿了！须知，盟会不是请客吃饭，想来就来想走就走！卫侯居然迟到！夫差马上就派出大队人马把卫侯下榻的馆舍团团包围！

这时孔子的学生子贡对吴王夫差的宠臣太宰伯嚭说：“卫侯来的时候肯定是和群臣商议过的！群臣中有人说应该来，也有人说不应该来，所以卫侯才迟到了！那些认为卫侯应该来的就是亲吴派，那些认为卫侯不该来的就是仇吴派！如果吴国把卫侯扣了岂不是打击了亲吴派而让仇吴派洋洋自得？”

伯嚭一听觉得很有道理，就下令撤去了包围卫侯的部队。

苏曰：春秋时期有两个大国在进入战国时代后发生了巨变。一个是晋国，长期称霸春秋的晋国分裂成了韩、赵、魏三国，从而为日后秦国的东进敞开了门户。如果晋国没有分裂，秦国是否能统一天下尚未可知。第二个就是齐国，齐国本是周武王姬发分封给姜尚（注：也称吕尚，就是俗称的姜太公）的，国君以姜为姓。但后来权臣田常逐渐掌握齐国的实权，到田和时最终废掉了姜姓的齐王并自立为王，这就是田氏齐国。

田常想把持齐国的大权，但又忌惮齐国的贵族高、国、鲍、晏四家，所以就想出一个借刀杀人的办法来，想让这四家出兵讨伐鲁国，好让这四家的兵力统统消耗在伐鲁的战场上。

孔子一听齐国要讨伐鲁国就对弟子们说："鲁国是我的父母之邦，祖先坟墓之所在，你们谁有办法拯救鲁国？"

子路毛遂自荐，孔子没让他去。当然不能让子路去了，子路性情耿直而且有严重的暴力倾向，这种需要计谋的差事实在是不适合他去。子张、子石也表示愿意为老师分忧，但孔子也没有同意。

子贡说自己愿意辛苦一趟，孔子同意了。于是子贡就来到齐国见到了田常，"大人讨伐鲁国实在是打错了算盘！鲁国可不是个好打的国家，他的城墙又薄又低；地盘又小，国君又愚蠢又残暴；大臣们都是饭桶傻瓜，百姓又最怕打仗！所以说呢，您不应该讨伐鲁国！您应当讨伐吴国才对！吴国的城墙又高又厚，地盘也大，兵器精良，士气旺盛，守城的也都是有名的大将！所以说呢，打吴国正合适！"

田常眼睛瞪得老大，心想："到底是这个混蛋把我当傻子还是这根本就是个神经病啊！"愤然作色道："先生说不应该讨伐的却是常人认为应当讨伐的；先生说应当讨伐的却是常人认为不应当讨伐的！先生这么对我说，到底是为什么呢？"

"我听说'忧在内者攻强，忧在外者攻弱'。如今大人讨伐鲁国来壮大齐国，齐侯必定更加骄傲，大臣们的威望也更加提高！伐鲁胜利也没有大人您什么功劳，大人还想成就大事，可能吗？所以说不如讨伐吴国，讨伐吴国肯定失败！让大臣们的实力在伐吴之战中统统耗尽，大人您却没有任何损失，那时整个齐国不就要听命于您了吗？"

田常大喜（苏曰：为了自己什么事都做得出），"先生说得极是！但是齐军已经出发讨伐鲁国了，如果突然调转讨伐吴国恐怕会让大臣们生疑，这可怎么办？"

"大人先按兵不动，我去面见吴王，让他出兵救鲁，这样大人就能名正言顺和吴国开战了！"

田常满口答应。子贡又风尘仆仆地来到了吴国，对吴王夫差说："臣听说'王者不绝世，霸者无强敌'。如今齐国讨伐鲁国这明摆着就是要与吴国争锋，我很为大王担心哪！救鲁，可扬名天下；伐齐，可大获其利！一旦打败齐国那么淮河泗水一带的诸侯都将臣服于大王，就连强大的晋国也要对大王退避三分！名义是援救鲁国实际上却削弱了齐国，大王还犹豫什么呢？"

吴王夫差大喜，“先生说得极是！但吴国与越国有仇，越国一直蠢蠢欲动想报复我们吴国。先生容我先收拾了越国再讨伐齐国！”

“越国与鲁国大小强弱差不多，比齐国差远了！等大王平定了越国，齐国也早就攻破了鲁国！大王打着存亡继绝的旗号但却讨伐弱小的越国畏惧强大的齐国，非勇也！夫勇者不避难，仁者不穷约，智者不失时！请大王留越国一条小命以彰显大王的仁德，迅速出兵救鲁伐齐威震晋国。如此则诸侯必定相率前来朝见，大王的霸业必成！如果大王实在讨厌越国，臣愿意出使越国，让越国发兵随大王救鲁伐齐，如此则大王再无后顾之忧！”

吴王夫差大喜，委托子贡出使越国。越王勾践听说子贡来了忙赶到郊外迎接，亲自驾着马车把子贡送到馆舍休息，并谦虚地说：“越国乃是蛮夷之邦，先生不惜自降身价来到敝国有何见教啊？”

“臣劝说吴王救鲁伐齐，吴王本已听从了臣的意见但却担心越国会趁机偷袭，说：‘等我讨平了越国再救鲁国。’如此则越国危矣！如果大王没有报复吴国的意图但却让吴国怀疑，这就是拙；如果有报复吴国的意图但却让吴国知道了，那就是危；事情尚在筹划的时候就被人知道了，那就是困。这三种情况都是做大事要绝对避免的！”

勾践顿首再拜，“越国被吴国打得大败，我日夜都在想着复仇，情愿和夫差一起去死，恳请先生指教！”

“吴王为人凶暴，群臣畏之如虎，君臣早已是离心离德！况且吴王穷兵黩武，国家早已疲敝，士卒和百姓已是怨声载道！忠臣伍子胥被杀，伯嚭这样的奸臣却受宠，吴国的亡国已是指日可待！如今大王不如派兵助他伐齐以骄其志，赠以厚礼以悦其心，卑辞以尊其位，如此则吴王伐齐必矣！伐齐失败则是大王之福，伐齐得胜则吴王必定挥师直指晋国！臣请大王与晋国结盟，共同讨伐吴国，如此则吴国必亡！吴国的精兵猛将不是死在齐国就是被困在晋国，大王正可发动奇袭，亡吴必矣！”

越王勾践大喜，不住点头称是，送给子贡黄金两千四百两，宝剑一把，良矛二支。子贡没要，又风尘仆仆回到了吴国，对吴王夫差说：“臣把大王的话转告给了越王勾践，勾践吓得屁滚尿流，说：‘打死我也不敢有报复吴国的念头呀！’”

过了五天越国大夫文种出使吴国，对吴王夫差说：“我家大王愿意亲自率领三千精兵跟随大王讨伐齐国，并献上祖先留下的盔甲二十领、屈卢之矛、步光之剑！”

吴王夫差乐坏了，问子贡："越王勾践想亲自跟随寡人伐齐，先生看可以吗？"

"这样不大好吧。大王把东西留下，让越国出兵也就是了，越王本人就不必来了！"

吴王夫差想想也是，就同意了。解除了后顾之忧吴王夫差动员全国的兵力出兵伐齐。

看到吴国出兵后，子贡就又来到了晋国，对晋国国君说："臣听说'虑不先定，不可以应卒；兵不先辨，不可以胜敌'。如今吴国以倾国之兵伐齐，如果失败了越国必定出兵伐吴；如果吴国战胜则必定挥师直逼晋国！"

晋君吓坏了，"为之奈何？"

"赶紧整军备战哪！"

经过这么一连串的穿梭外交，子贡终于志得意满回到了鲁国。吴王夫差在艾陵把齐军打得大败！夫差的自信心再度急剧膨胀，果然兵锋直指晋国！越王勾践得知吴军主力被困在晋国后立即出兵伐吴，吴王夫差不得不紧急回撤，被以逸待劳的越军打得大败。吴王夫差被迫自杀！越王勾践继吴王夫差后也登上"春秋五霸"的宝座！

子贡这一趟出使保全了鲁国、搞乱了齐国、灭掉了吴国、强大了齐国而使越国称霸，实在是战国时纵横家的祖师，全不似孔子的作派！

612. 虞卿

秦国在长平之战中活埋了赵军四十五万人，赵国元气大伤，但秦国也付出了相当惨重的代价，无力再把战争打下去，所以并没有乘胜进攻赵国而是撤军回国了（苏曰：秦军之所以撤军还有一个原因就是时任秦国宰相的范雎担心大将白起的功劳太大危及自己的相位而坚决主张撤军）。

但秦王并不打算这么轻轻松松就放过赵国，他还要凭借长平战胜的余威再狠狠敲赵国一笔！他派人到赵国去要求赵王割让六座城池作为和谈的条件，否则就要再次大举兴兵伐赵！

赵国上下一片混乱，四十五万大军全军覆没，赵国是家家戴孝户户哭声，如今秦军又要大举伐赵这可如何是好？割地吧，谁知道能换来几天太平日子？过几天秦军又来了怎么办？不割吧，主力全数被歼，剩下的老弱残兵哪里是秦军的对手？

赵王正在举棋不定的时候正好楼缓从秦国归来，赵王就问楼缓："割地给秦国会怎么样？不割又会怎么样？”

楼缓知道兹事体大，万一说不好是要掉脑袋的，就推脱说：“这不是做臣子的应该说的！”

赵王知道楼缓有顾虑，就说：“寡人知道此事非同小可，但现在国家正在危急之时，爱卿但说无妨！”

楼缓这才说：“大王听说过公甫文伯母亲的故事吗？公甫文伯在鲁国当官的时候病死了，他的小妾中有两个人为他自杀殉葬。他的母亲听说这件事后就再也没有哭泣，他的管家觉得很奇怪，就问他母亲：‘哪里有儿子死了母亲却不哭的呢？’他的母亲回答说：‘孔子是贤人，被鲁国放逐的时候他不去追随。如今他死了却有两个女人为他而死！如此看来他只不过是个慢待贤人的好色之徒罢了！’这段话如果出自他母亲之口，那人们一定会认为这是一个深明大义的好母亲。但如果出自他老婆之口，那人们肯定会认为是因为他老婆妒忌他偏爱小妾才口出怨言！其实话都是一样的，但不同的人说出来人们的感受却是不一样的！如果不割地，此非明智之举，但臣刚刚从秦国回来，如果说同意割地的话则担心大王会以为臣是在为秦国谋利，所以臣不敢说什么！但臣为大王考虑还是割地为好！”

赵王说：“好吧！”嘴上虽这么说，但刚刚才丢掉了上党十七个县，如今又要割六座城给秦国，赵王实在是心疼！虞卿听说了这件事便急急忙忙来拜见赵王了，赵王就把楼缓的话原原本本转告给了虞卿，让他给参谋参谋。

虞卿听完后声色俱厉说道：“这是诡辩！”

赵王吃了一惊，“为什么？”

虞卿高声道：“秦国之所以撤军回国是因为秦军无力再进攻赵国了呢，还是因为秦国人喜欢大王才不来打的？”

赵王想了想说：“秦国打我们不遗余力，肯定是打不下去了才撤军的！”

虞卿紧接着说：“秦国人现在想要的正是他们打不下来的！大王要把他们打不下来的地方送给他们，这岂不是在帮秦国人打我们自己吗？来年秦国人又来打我们可怎么办？”

赵王一听觉得虞卿说得很对，但楼缓好像也很忠君爱国。两个人的意见是如此对立，赵王有点拿不定主意了，就把楼缓叫来了，又把虞卿的话原原本本转告给了楼缓。

楼缓略一思索，轻声道：“虞卿怎么知道秦国无力再进攻赵国了呢？臣可是知道秦国的实力远不止如此啊！这六座城只不过是区区弹丸之地，大王有什么舍不得的呢？如果惹恼了秦国人，秦军又来大举进犯那可就不是六座城能打发了的！”

赵王有点害怕了，试探着问：“那寡人听爱卿的话割地给秦国，爱卿能保证秦国人以后不来讨伐我们吗？”

楼缓说：“这个臣可保证不了！以往韩、赵、魏三国都与秦国交好，但如今秦国放过了韩国和魏国单单抓住赵国不放，这是为什么呢？是因为大王侍奉秦国不如韩国和魏国殷勤啊！如今臣愿意为大王交好秦国，使两国化干戈为玉帛，使秦赵关系与秦韩、秦魏关系相等。这样一来以后秦国就不会单单抓住赵国猛打了！现在秦国为什么不停找赵国的麻烦？就是因为秦赵关系不如秦韩、秦魏关系友好嘛！”

赵王糊涂了，怎么楼缓说的也很有道理啊？到底是听谁的呢？赵王现在是彻底没主意了，只好把楼缓的话又转告给了虞卿。

虞卿冷笑道：“楼缓说假如我们不割地求和，秦国人就要来攻打我们赵国，到时候我们就要割让更多的土地才能求和！但现在割地却又不能保证秦军以后不再来攻，那割地又有什么意义呢？明年来攻，我们又要割让秦军力所不及的土地给他们以求和，这岂不是自取灭亡吗？不如不要割地求和，秦军就算是善于攻城也占不了六座城；赵军就算是不善于防守却也不至于丢掉六座城！秦军顿兵坚城之下，年长日久锐气尽失就不得不撤军回国！我们此时再用六座城来贿赂诸侯合纵攻打疲惫的秦国，我们虽然损失了六座城，但却能从秦国身上补回来！我们还能捞点儿好处，怎么能傻乎乎割地给秦国呢？这岂不是削弱自己增强秦国吗？楼缓还胡说什么‘秦国放过了韩国和魏国单单抓住赵国不放，是因为大王侍奉秦国不如韩国和魏国殷勤’！他的意思是让大王每年都拿出六座城献给秦王，这不是自杀是什么？假如我们今年割六座城给秦国，明年秦国又要求割地我们怎么办？不给吧，用六座城才换回的和平就完蛋了；给吧，赵国哪里有那么多的土地献给秦国啊？圣人说：‘强者善攻，而弱者不能自守！’如今听了秦国的，秦国不费一兵一卒就得到六座城，这是使秦国强大而削弱赵国呀！越来越强大的秦国逼越来越弱小的赵国割地求和，这能有个尽头吗？况且秦国乃是虎狼之国，向来不讲礼义而推崇暴力，它的欲望无止境而大王的土地却有限！用有限的土地去满足无止境的欲望，这么做的结果必然就是赵国再也不复存在！所以臣说楼缓之言都是诡辩，大王万万不能割地！”

赵王觉得还是虞卿说得对，就说：“好！寡人听先生的！”

楼缓知道了就跑来拜见找赵王，赵王一看楼缓心里又没了主意，又把虞卿的话转告给了楼缓。

楼缓想了想说："虞卿只知其一不知其二！秦赵两国交战天下诸侯都很开心地看热闹，为什么？他们心里都在盘算着，'等这两国打出个分晓来，我就和打胜的一方结盟，一块儿收拾失败的倒霉蛋！'如今赵军主力尽失，天下诸侯等着和打胜一方结盟的恐怕都想去秦国吧！所以大王应该赶紧割地求和，以避免这种危险的局面！否则天下诸侯必将和秦国结盟，一块儿瓜分赵国！赵国眼看就要亡国了，哪里还谈得到图谋秦国（**注：指虞卿联合诸侯讨伐秦国的计策**）呢？大王就此下定决心吧，不要再思前想后啦！"

虞卿一直在关注楼缓的动向，得知楼缓又去赵王面前花言巧语便再次进宫面见赵王，"危险哪！楼缓肯定是秦国派来的卧底！我军主力四十五万人全军覆没，如今我们又要割地求和这正是我们赵国示弱于天下！况且臣所说的不割地并不是寸土不让的意思，秦国要求我们割六座城，我们就割五座城给齐国！齐国和秦国深仇大恨，又得到大王五座城的贿赂一定会与我们结盟共同进攻秦国！臣保证只要我们愿意割地给齐国，齐王还不等我们说完就会同意与我们结盟！大王虽然失地于齐但却能得偿于秦。只要我们坚决抵抗那韩魏两国也一定会遵照盟约来帮助我们的，再加上齐国，我们就得到了三个盟友，这就是和秦国谈判的本钱！"

赵王终于醒悟过来，立即命令虞卿出使齐国，商谈与齐国结盟进攻秦国的计划。

虞卿还没从齐国回来呢，秦国派来和谈的使节就到了，这次秦国的使节变得十分和蔼可亲。楼缓一看自己的阴谋被揭穿了就只好抱头鼠窜逃命去啦！

但软弱的赵王最终还是答应割让六座城给秦国！

苏曰：苏洵在其名篇《六国论》中曾对割地求和做出精辟的论断，"以地事秦，犹抱薪救火，薪不尽，火不灭。"

613. 苏代

苏曰：打仗不仅仅是士兵拿刀互砍这么简单，打仗是要花钱的。士兵要吃饭，那就得供应军队粮食；也不能让士兵空手去打仗呀，所以还要给他们装备刀枪；既然是军队，那就得统一着装，还要给士兵装备盔甲。

粮食、刀枪、军装以及盔甲哪样不得花钱？一个国家的经济实力是有限的，一旦这些物资供应不上，国家也就完蛋了。其实很多国家的败亡不是在战场上打不赢而是整个国家被战争的巨大消耗拖垮了，最明显的例子就是一战中的德国。所以孙子才会说："凡用兵之法，驰车千驷，革车千乘，带甲十万，千里馈粮。则内外之费，宾客之用，胶漆之材，车甲之奉，日费千金，然后十万之师举矣。"

楚国包围了韩国的雍城，双方相持不下，韩国在雍城战役中被拖得筋疲力尽，不得已向周征调盔甲和粮食。周君一听韩国要来摊派盔甲和粮食，当即吓得面如土色！给吧，这不是明摆着和楚国作对吗？楚国岂能轻饶？再说了，也心疼哪！不给吧，韩国又岂是好打发的？周君愁得是连玩的心思都没了，连忙找来苏代商量该怎么办。苏代就是苏秦的弟弟，看他大哥靠着一张嘴就发家致富了，也学着他哥游说诸侯。

苏代听周君哆哆嗦嗦说完，把脑袋一晃，"我还以为是什么事呢！大王且宽心，小人不但不让韩国来摊派，还能让韩国把高都这块地方割让给大王！"

周君一听，乐得口水都流出来了，"你要是能办成这事，以后周的事情我都听你的！"

苏代便紧急出访韩国宰相公仲朋，对公仲朋说："您没听说楚国的计划吗？楚国大臣昭应给楚王出主意说：'韩国的军队士气低落，粮仓也空了，没办法再坚守雍城了。我们就等着他们把粮食消耗完，不出一个月必定能攻下雍城！'如今楚国大军围困雍城已经五个月了但还是不能攻克，楚国也快撑不下去了。楚王一开始还不相信昭应的主意，现在您向周征调盔甲和粮食这不正好证明昭应说的是对的吗？昭应如果知道了一定会劝楚王继续攻打雍城的，那雍城可就保不住了！"

公仲朋想了想说："嗯，有道理！但是我派出征调盔甲和粮食的使者已经出发了！"

苏代近前一步，"您为什么不把高都这块地方割让给周呢？"

公仲朋一听这话顿时大怒，"不向你们征调盔甲和粮食已经不错了，你还想让我把高都割让给你？我看你小子是活得不耐烦了！"

苏代是不卑不亢、不慌不忙、不紧不慢地说："把高都割让给周，那么周一定会听命于韩国。秦国一定会大怒而与周断交，这样一来，您用一个小小的高都却换到了整个周，有什么舍不得的嘛！"

公仲朋略一沉思，"是这样的哦！"随即下令取消对周的摊派，并把高都割让给周。楚国也终于没有攻下雍城，不得不退兵回国。

田需一死他留下的魏国宰相一职马上成了张仪、孟尝君田文和公孙衍争夺的目标。就连远在千里之外的楚国宰相昭奚恤都密切关注着争夺的形势，想插手此事。

昭奚恤找来著名的阴谋家苏代，对他说："田需一死我担心魏国宰相一职会落入张仪、田文或是公孙衍的手里！"

苏代说："那大人觉得让谁出任魏国宰相对楚国更有利呢？"

昭奚恤恶狠狠说："这三个都是混蛋！没一个好东西！我真恨不得让他们三个都随田需而去！"

苏代没说话，他知道不用自己问，昭奚恤自己就会说的。过了一会儿昭奚恤的情绪稳定了，才慢慢地说："还是让魏国的太子出任魏相对楚国最有利！"

苏代笑笑说："小人不才愿意为大人跑一趟魏国，保证让魏太子出任魏相！"

昭奚恤有点惊讶，"先生怎么办成此事？"

苏代说："这样吧！我就把大人当成是魏王，我来说服您好不好？"

"好啊！"

苏代清了清嗓子，煞有其事地对昭奚恤扮演的魏王说："臣苏代刚刚从楚国来到魏国，楚国宰相昭奚恤很发愁。臣就问他：'大人为何事发愁呢？'昭奚恤说：'田需死了，我担心张仪、田文或是公孙衍出任魏相！'臣就说：'大人勿忧！魏王圣明绝对不会重用张仪的！张仪要是出任魏相，那他肯定会偏向秦国；要是田文出任魏相，那他肯定会偏向齐国；要是公孙衍出任魏相，那他肯定会偏向韩国！魏王英明神武，绝对不会重用这三个人的！'"

苏代看看听得入迷的昭奚恤，接着说："我此时再进一步说：'不如让太子出任宰相！这三个人一定都会认为太子出任宰相只是个过渡，势必要求自己的靠山支持魏国以便自己夺取宰相之职！以魏国之强，再加上三个大国的支持，那魏国的环境可就大大改观了！所以说，应该让太子出任宰相！'"

昭奚恤说："不管魏王信不信你的这套鬼话，反正我是信了！就这么办吧！"

苏代就按计划出发前去魏国了，把这些话一说，魏王果然心动，听苏代的话，让太子出任宰相了！

614. 陈轸

秦国大臣张仪非常厌恶他的同僚陈轸，为什么呢？"同行是冤家"嘛！这俩人都是靠嘴皮子谋取富贵的，自然是互相厌恶了！要是他们互相欣赏那才是怪事！

张仪对秦王说："陈轸是大王的臣子背地里却把秦国的机密透露给楚国。臣耻与和这种吃里爬外的家伙同朝为臣，希望大王把陈轸这个混蛋赶走！要是他企图投奔楚国的话那就干掉他！”

秦王听了张仪的话，半信半疑，对于陈轸是否真的一心一意地忠于自己，他也拿不准。毕竟陈轸是从楚国来的，说不定真的就是楚王派来的卧底呢！

秦王决定把陈轸叫来，当面问清楚，“寡人尊重爱卿的选择，你尽管对寡人说你想去哪里，寡人好给你安排车马。”

陈轸一听这话就知道是张仪这个混蛋在秦王面前打他的小报告了。作为一个成天玩弄阴谋诡计的人，陈轸平静的脸上一丝表情都没有，轻声说道：“臣想去楚国。”

秦王一声叹息，“张仪早就猜到你要去楚国，寡人也知道你想去楚国。况且你不去楚国又能去哪里呢？”

陈轸心里这个乐啊：秦王，您中招了！“我不去楚国又怎么能证明大王和张仪的神机妙算呢？也正好向世人表明臣到底是不是亲楚而背秦！”

陈轸顿了顿，接着说：“楚国有个人娶了两个老婆。他的邻居去勾引大老婆，大老婆把邻居痛骂了一番；邻居又去勾引小老婆，小老婆就和邻居勾搭成奸了。没多久那个楚人死了，邻居的朋友就问邻居：‘你想娶大老婆呢还是想娶小老婆？’邻居说：‘当然是娶大老婆了！’朋友觉得很奇怪，‘大老婆骂你，小老婆和你享尽鱼水之欢，怎么想娶大老婆呢？’邻居说：‘人家的老婆我当然希望个个风骚了，恨不得每个都能勾搭上；我自己的老婆我当然希望是贞节烈女！我还指望我老婆痛骂那些来勾引她的混蛋呢！’当今楚王是一代明君，昭阳又是著名的贤相，臣作为秦国的臣子却出卖秦国的机密给楚国，楚王又怎么会收留臣呢？就是昭阳也不会同意的！所以可证明臣是不会亲楚而背秦的！”

秦王说：“说得好啊！陈轸，你真是个大大的忠臣！”

615. 庸芮

秦宣太后非常宠爱一个叫魏丑夫的大臣，把个太后迷得是一天也离不开他！

这个故事发生的时候，秦宣太后的儿子秦昭襄王都已经即位四十二年了，也就是说秦昭襄王最少也已经四十二岁了。就算是太后十五岁生的秦昭襄王，那她现在也已经五十七岁了！魏丑夫既然能够得到太后的宠幸，那自然是年轻力壮而且是一表人才了！

宣太后到底是年纪大了，得了重病，眼看就要不行了。可是她舍不得魏丑夫啊，就下令说："我死之后一定要让魏丑夫给我殉葬！我们要在另一个世界继续我们惊天地泣鬼神的爱情！"

魏丑夫一听这话，吓得浑身一哆嗦，好悬没小便失禁！我的天！这可怎么办？难道真的要陪这个老太婆去死？

还好魏丑夫有个叫庸芮的朋友，魏丑夫知道自己别无所长所以就有意结交了几个脑袋瓜好使的朋友，这下可算是派上大用场了！

庸芮听魏丑夫结结巴巴把话说完，略一思索便笑道："大人不必过虑！看我的，您就静候佳音吧！"说罢便进宫面见太后了。

庸芮对太后说："太后觉得人死之后还能知晓人世间的事情吗？"

太后想了想说："不会知晓的。"

庸芮接着说："太后这么说很明智啊！明明知道人死之后不会知晓人世间的事情，那您为什么还要白白让您所爱的人为您殉葬呢？如果死者仍然知晓人世间的事情，那么先王他老人家恐怕对您的意见大了去了。太后给先王赔罪都来不及，哪里还有闲工夫和魏丑夫卿卿我我呢？"

太后嘿嘿一笑，有点不好意思，"那就算了吧！"

616. 狄仁杰

苏曰：武则天称帝后为巩固自己的权位对李唐皇室大开杀戒，就连自己的亲生儿子都不放过，不是被杀就是被流放外地。

在确立继承人的问题上，作为一个女人的武则天陷入了两难的境地。如果立自己的亲生儿子吧，血缘倒是最近，但按照宗法礼制，儿子是姓李的，是李家的人，自己死后儿子必定会恢复李氏唐朝，自己建立的大周就完蛋了！而且自己的历史评价估计也不会太好！如果立侄子吧，倒是和自己一个姓，都姓武，只可惜却只是侄子，是别人的儿子，和自己没多大关系！但侄子上台一定会延续大周，自己好歹也是开国之君呢！

武则天的侄子武承嗣和武三思都在积极谋取太子之位，武则天也一直犹豫不决。狄仁杰就对武则天说："姑侄与母子哪个更亲？陛下立儿子为太子即使是驾崩后也可在祖庙享受子孙后代的祭祀！如果立侄子为太子，臣还没有听说哪位天子把自己的姑姑供奉在祖庙里祭祀的！"

武则天这才恍然大悟，下定决心要立儿子为太子。

617. 厮养卒

陈胜起义后派大将武臣攻略原赵国的土地。武臣在占领原赵国的土地后自称赵王，搞起了割据。随后武臣又派大将韩广攻占原燕国的地盘，韩广有样学样，占领了原燕国的地盘后也自称燕王，不再服从武臣的指挥。

武臣大怒，亲自率兵要来教训韩广这个白眼狼！（苏曰：白眼狼最恨白眼狼！）没想到在一次外出的时候却被燕军给活捉了！

带兵抵御赵军的燕国大将狂喜，要求赵国割让一半的国土，否则就不放赵王武臣回去！赵国派人来求情燕将根本不见，来一个杀一个！这下可把赵国的大臣们愁坏了！

赵军中有个厮养卒（注：养马的士卒）对他的同伴说："我去游说燕国人，把咱们大王带回来！"同伴们都笑他是个神经病。这个厮养卒也不多说什么，径直来到了燕军中，对燕将说："将军可知我此行的目的何在？"

"不就是想把武臣带回去嘛！"

"将军可知道赵国大臣张耳和陈馀是何等样人？"

"贤人！"

"将军可知道他们正在想什么吗？"

"想把武臣弄回去呗！"

厮养卒诡秘地一笑，"将军差矣！张耳和陈馀运筹帷幄直下赵地两千里，岂是久居人下之辈？当臣子和大王的差别岂可同日而语？只是当初他们还是武臣的手下，赵国也才刚刚平定，所以才没有三分赵国各自为王，其实只是借武臣稳定局面而已。如今赵国已经完全归顺，这两个人早就打算分割赵国各自称王，只是没有合适的机会罢了！将军扣留了赵王，这两个人名义上要请赵王回国实际上巴不得您把赵王给宰了呢！然后正好各自称王！一个武臣的赵国燕国都对付不了，更何况是由两个贤人统治的赵国呢？他们再打着为武臣报仇的旗号出兵伐燕，燕国亡国指日可待！"

燕将听得目瞪口呆，想想觉得厮养卒说得很有道理，竟然就把武臣给放了，让厮养卒驾车带他回到了赵国！

618. 秦宓

苏曰：刘备称帝后打着为关羽报仇的旗号（其实主要目的还在于夺取荆州）出动大军七万进攻东吴，结果在夷陵之战中惨败。蜀汉大军几乎全军覆没，刘备本人也病死在了白帝城。

面对来自东吴和曹魏的双重压力，诸葛亮决定执行联吴抗曹的方针，竭力与东吴重修旧好。而吴国也顾忌曹魏的巨大压力，愿意与蜀汉联盟共同对付曹魏。于是就有了东吴使者张温出使蜀汉的一幕。作为战胜方的使者，张温的心理优势是不言而喻的，不过蜀汉也自有能人来对付他。

吴国大臣张温出使蜀汉，蜀汉百官群集隆重迎接张温，只有一个叫秦宓的姗姗来迟。张温有些不高兴，回头对诸葛亮说："这家伙是谁？"

诸葛亮答道："是学士秦宓。"

一听这个混蛋竟然还是个学士，张温就来了兴趣，问他："你读过书吗？"

"我们蜀汉五尺小儿尚且读书，何况是我？"

张温一看这个混蛋竟然对战胜方的使者非但不卑躬屈膝，竟然还敢不卑不亢，就想刁难刁难他，让他当众出丑！想到这里，张温就问："你知道天有头吗？"

"有！"

"在何方？"

"在西方（苏曰：蜀汉在东吴西方），《诗经》里说：'乃眷西顾！'"

"天有耳朵吗？"

"有！天虽然高远，但却能听到最细微的声音，《诗经》里说：'鹤鸣九皋，声闻于天。'"

"天有脚吗？"

"有！《诗经》里说：'天步艰难'，没有脚怎么走？又怎么会艰难？"

"天有姓吗？"

"有！"

"姓什么？"

"姓刘！"

"你怎么知道？"

"天子姓刘！"

"太阳不是在东方升起吗？"

"太阳虽然在东方升起，但却落在西方！"

卷二　善言

唯口有枢，智则善转。孟不云乎：言近指远。组以精神，出之密微。不烦寸铁，谈笑解围，集“善言”。

619. 孔子

春秋时的陈国国君修建凌阳之台，还没有修好就杀了好几个人，又把三个负责修建的官员关进了大牢里，陈国的大臣没有一个敢劝谏的。

孔子来到陈国后与陈侯一起登上了凌阳之台，对陈侯说：“美哉，台乎！贤哉，主也！自古以来就算是圣人修建高台，也不能不杀一个人就建得如此之好！”

陈侯听后沉默了良久，派人把那三个官员释放了。

620. 晏子

有个齐国人得罪了齐景公，齐景公勃然大怒，把他绑了扔在殿外的台阶下，让左右把这个人给肢解了！并且扬言：“有敢来劝谏寡人的一律杀头！”

大臣晏子一手抓住那人的头一手磨刀霍霍，抬起头一脸天真问齐景公：“不知道古代的圣君明主肢解人是从哪里开始的？”

齐景公有些不好意思，“算了吧！把那人放了，是寡人的错！”

齐景公为人残暴，经常使用刖刑（**注：把人的双脚砍掉**），以至于齐国的市场上出现了专门卖踊（**注：假肢**）的小商小贩。有一次他问晏子：“你家住得离市场比较近，知道最近什么东西涨价了，什么东西掉价了吗？”

“踊贵鞋贱！”

齐景公醒悟过来，从此不大用刑了。

楚王得知晏子要来出使楚国，就和左右商量了一下，决定羞辱羞辱他。来到楚国后，晏子正在和楚王谈话，突然出来一伙人绑着一条大汉推推搡搡走了过来。

楚王就问：“绑着的是什么人？”

那伙人答道：“一个齐国人！”

“犯了什么罪？”

“偷东西！”

楚王一脸的坏笑对晏子说：“齐国人生来就喜欢偷东西吗？”

晏子微微一笑，“如果把江南的橘子移栽到江北，那得到的就不是橘子而是枳。之所以会这样，那是因为水土不同。齐国人在齐国都是遵纪守法的良民，一来到楚国就偷东西，是不是也是因为楚国的水土使然哪？”

楚王尴尬笑笑，“不能和圣人开玩笑呀！只能自取其辱而已！”

吴王夫差得知晏子来出使就对礼宾官说：“我听说晏子口才极好又对周礼很熟悉，要是他来了你就称我为天子，看看他怎么办！”

第二天礼宾官就对晏子说：“天子传见你！”

晏子知道这是吴王在装神弄鬼，于是就长叹了三声，“臣受命于敝邑之君出使吴国，没想到却错入天子之所在，敢问吴王在哪里？”

夫差没有办法，只好说：“夫差请见！”晏子就用朝见诸侯的礼节拜见了夫差。

晏子出使楚国，楚王听说晏子身材矮小就在城门旁边开了个小门，然后请晏子从小门进城。晏子不进，“这是狗洞，出使狗国的人才从狗洞而进；我出使的是堂堂的楚国，不应当钻狗洞！”

礼宾官哑口无言，只好带晏子从大门进城。看到晏子后楚王傲慢地说：“齐国没人了吗？怎么把你派来了？”

晏子慢慢说道：“齐国的临淄有七千五百户人家，张袂成帷，挥汗成雨，怎么能说齐国没人呢？”

“那怎么把你给派来了？”

“齐国的规矩是派贤能的人出访贤能的君主，派不中用的出访无能的国君！我最无能，所以就来楚国了！”

621. 晏子、敬新磨

齐景公有匹马被掌管养马的官员给杀掉了。齐景公暴跳如雷，抓过一支戈就要亲手宰了他！晏子说：“还没宣布他的罪状呢？怎么能就让他就这么轻轻松松死了？臣请为陛下宣布他的罪状！”

齐景公说：“好！”

晏子拿着一支戈对这那个养马的官指指画画，“你为国君养马却把马杀了，罪该万死！你使国君因为马的缘故而要杀人，又是罪该万死！你使国君因马而杀人的恶名传闻天下诸侯，更是罪该万死！”

齐景公说：“把这家伙放了吧，不要因为一匹马就毁了我仁爱的名声！”

五代时的后唐皇帝庄宗李存勖在中牟打猎，肆意践踏百姓的庄稼。中牟县令拦住唐庄宗的马队，请求唐庄宗爱惜百姓，不要再践踏庄稼。

唐庄宗大怒，下令把这个不识趣的小小县令拖出去砍了！跟在他身边的伶人敬新磨带着一帮戏子马上就把中牟县令抓到了唐庄宗的马前，斥责道：“你这个县令难道不知道天子喜欢打猎吗？怎么还让百姓种庄稼每年给朝廷交纳赋税呢？还不赶快把庄稼都铲了，好让老百姓饿着肚子以供天子驰马纵横？你真是罪不容诛，请陛下立即下令把他斩首！”

跟在敬新磨旁边的一堆戏子也跟着起哄，唐庄宗大笑，就把中牟县令放了。

苏曰：李存勖最喜欢唱戏，还有个戏名，叫“李天下”，所以伶人敬新磨才敢如此进言，否则早就被砍了！

622. 郑涉

唐朝大将刘玄佐担任汴宋节度使的时候，曾听信谗言要杀将军翟行恭，他手下的将领没人敢为翟行恭求情。幕僚郑涉对刘玄佐说：“听说将军要杀翟行恭，请让我看看他的尸首！”

刘玄佐觉得很奇怪，问他看尸首干什么？郑涉说：“我听说含冤而死的人面相有异，这辈子还没见过，所以想看看。”

刘玄佐这才醒悟翟行恭是被冤枉的，就把他放了。

623. 李忠臣

唐朝大将辛京杲私自杖杀了部下而被弹劾，按律当死。唐肃宗本来都已经准备批准了，大臣李忠臣却说：“辛京杲早就该死了！”

唐肃宗问他为什么这么说，李忠臣说：“辛京杲的父亲兄弟都为朝廷战死在疆场之上，只剩下辛京杲一个人还活着，所以臣说他早就该死了！”

唐肃宗不由动了恻隐之心，免了他的死罪，只是降职了事。

苏曰：辛京杲倒是逃过一死了！被他活活打死的那个部下呢？他的冤屈又该找谁去说？为国家立下功劳的人多了去了，但“法律面前人人平等”！

624. 东方朔

汉武帝的奶妈犯了罪，汉武帝下令让司法部门按律处置。奶妈赶紧来找东方朔想办法，东方朔说：“这不是言辞所能办成的事情！你离去的时候只要屡屡回头看陛下，一句话也不要说，或许还有挽回的可能！”

奶妈就按照东方朔说的去做，东方朔假装呵斥她说：“你这个傻瓜！陛下已经长大了，不需要再吃你的奶了！”

汉武帝顿时感到一阵伤感，下令赦免了奶妈。

苏曰：就因为给皇上喂过几口奶，犯了罪就能不受惩罚？

625. 简雍

蜀汉大旱，粮食减产，刘备下令严禁用粮食酿酒。官吏们从老百姓家中搜出了一套酿酒的器具，上报给了刘备，刘备下令按照酿酒进行处罚。

这时大臣简雍正陪刘备在外出游，看到大街上男男女女来来往往就随手指着一个男人对刘备说：“这个家伙想要强奸女人，为什么不逮捕？”

刘备很惊讶，“你怎么知道？”

“他有强奸的器具呀！”

刘备大笑，放了那个百姓。

626. 魏征

唐太宗的皇后死后，唐太宗非常伤心，把她葬在昭陵，并且在宫中建了一座高台眺望皇后的陵墓。有一次唐太宗领着魏征一同登上高台远眺昭陵，魏征故意说：“臣老眼昏花，看不到！”

唐太宗就指给他看，魏征说：“是昭陵吗？”

唐太宗说：“是！”

魏征说：“臣以为陛下是眺望献陵（注：唐高祖李渊的陵墓），要是昭陵的话臣已经看到了。”

唐太宗想起自己的父亲不由得潸然泪下，下令毁掉了这座高台。

627. 长孙晟

隋炀帝出巡到榆林，大臣长孙晟护驾随行。看到隋炀帝的大帐中还有野草，长孙晟就想让突厥染干可汗亲自割草以彰显隋炀帝的威风，所以就故意指着帐前的一棵草说：“这根草很香！”

染干可汗不知是计，上前闻了闻，满脸的疑惑，“不香啊！”

长孙晟这才说：“天子巡幸四方，所到之处的诸侯都亲自洒水扫路，整修道路以示敬诚！如今圣上的大帐中还有野草，我还以为这是可汗有意留下的香草！”

染干可汗这才明白长孙晟的意思，“是我的罪过！”说罢拔出佩刀亲自割草，突厥各部落的酋长贵族也纷纷拔刀割草。从榆林一直到北京开出一条长三千里，宽一百步的御道！

628. 解缙

明成祖朱棣发动“靖难之役”，把侄儿建文帝朱允炆赶下台。在战争中，次子朱高煦立下大功，朱棣就有意废掉太子朱高炽而改立朱高煦。

有一次明成祖朱棣拿出了一张“虎顾众彪（注：彪，小老虎）图”，命各位大臣为画题诗。号称“明代三大才子”之一的解缙当时也在场，他的题诗为：“虎为百兽尊，谁敢触其怒。唯有父子情，一步一回顾。”明成祖朱棣看后触动了父子之情，不忍心再废掉太子，太子朱高炽的地位最终得以保全。

明成祖与解缙一同出游，在登一座桥的时候明成祖就问解缙，“这应该怎么说？”

解缙答道：“此谓‘一步高一步’。”

下桥的时候明成祖又问：“现在该怎么说？”

“此谓‘后面更高似前面’。”

629. 史丹

汉元帝刘奭非常不喜欢太子刘骜，却和他的小弟弟刘竟兄弟情深。刘竟虽然是汉元帝的弟弟，年龄却和他的太子刘骜差不多，从小和刘骜一起上学读书，是一起长大的伙伴。

但刘竟命不好，英年早逝，汉元帝非常悲痛。在给刘竟办丧事的时候，汉元帝发现太子刘骜竟然一点也不悲伤。汉元帝登时大怒，“这个不慈不仁的家伙以后也能当皇帝？也能为天下百姓的父母？”

太子的老师史丹赶忙跪下谢罪，“臣看陛下哀伤过度，有伤龙体，所以对太子说见到陛下后切勿悲泣以免陛下感伤！罪在臣下，死罪死罪！”

汉元帝一听这话还以为太子是真的关心他，才算没有深究。

630. 谷那律

唐高宗打猎的时候突然天降大雨，他就问大臣谷那律：“如果穿上油衣就不会淋雨了吧？”

谷那律随口答道：“还是用瓦更好！”

唐高宗知道谷那律的意思，从此就不再打猎了。

631. 裴度

唐宪宗打算游幸东都洛阳，大臣们竭力劝阻但唐宪宗根本不听，非去不可！宰相裴度说：“朝廷之所以设立东都就是为皇帝出游准备的，但自安史之乱以来东都屡经战乱，宫殿损毁荒草丛生！恳请陛下假以时日让有关官员重新修葺宫殿，然后陛下再行巡幸！如果现在就起驾，只怕有关官员会因此获罪！”

唐宪宗听了这话很高兴，“别的大臣都没有爱卿的见识高明！如果真如爱卿所言那就不去了吧！”

苏曰：凡是皇帝出游，忠臣们没有不竭力劝阻的！从隋炀帝出巡江都到乾隆帝六下江南都是如此！为什么？皇帝出游可不是一个人背着个包就走了，那随行的队伍少说几万，多了就得数十万人！沿途各郡县的百姓就得放下农活给皇帝整修道路，修葺宫殿而且工期催得极紧！非但如此，这几万几十万人的吃喝也全都要沿途的郡县供给，而且还都要吃好的！这些开销全都要摊到百姓头上，百姓的苦难也就可想而知了！

出行目的地的百姓应该是最惨的！为了迎接皇上的到来，当地的官员就要大兴土木，亭台楼阁庙堂殿宇湖光山色那是一样都不能少的！不知有多少百姓活活累死在工地上！宫殿建成后总不能空空荡荡吧，大选美女那是少不了的！不知多少少女的青春就这样在无尽的等待中被蹉跎了。

皇帝身边的一些太监官员也是绝不肯放过这个敲诈勒索的好机会的！他们动辄用道路不够平整、伙食供应不好、宫殿不够豪华、礼仪不够周到等借口疯狂敲诈勒索当地官员！官员们只能打掉牙齿往肚里吞，双手奉上大把大把的银子，只求买个平安！这些银子最后当然只能是羊毛出在羊身上！

这还不算，皇帝出外游玩心情一般都不错，既然皇上高兴了就难免赏赐各地的官员，这也是一笔极大的开销！

632. 施仁望

南唐官员周邺担任负责首都金陵治安的左衙使。但周邺并不是位尽忠职守的好官，有一次金陵大火而他却在一个女人家里鬼混，并且喝得烂醉，怎么叫也叫不起来。

南唐主李昪大怒，对亲信施仁望说：“你带十个人去火灾现场，要是看到周邺正在指挥灭火也就罢了！要不然就直接把他砍了！”

施仁望和周邺关系不错，俩人经常一起喝酒，一听这话出了门赶忙就派人去给周邺传话。周邺吓得屁滚尿流，慌忙中竟抓起一件女人的衣服披在身上跑了出来！

等火灭了施仁望带着周邺去见李昪，没想到却在皇宫门口看到了周邺的老冤家刘素。刘素听说皇帝对周邺很是恼火觉得这是个落井下石的大好机会，也赶来准备捅周邺一刀！

施仁望心中暗暗叫苦，要是周邺完蛋了这小子难保不会供出是自己给他通风报信的，那自己不也要完蛋吗？想到这里施仁望一把推开刘素，抢先冲进宫里见到了李昪，对李昪说：“大火已经扑灭，周邺正如陛下所说没有在现场指挥。”

李昪阴沉着脸说："那你把他杀了吗？"

"周邺的父亲周本正率军在外征战，臣不敢奉诏！"

李昪愣了一下，拍着桌子笑道："差点误了我的大事！"夸奖施仁望会办事，从此对他另眼相看，并提拔重用。周邺也因此逃过一劫。

633. 韩亿

北宋官员韩亿出使辽的时候，他的副使是太后的亲戚。副使无意间谈起太后希望宋辽能够世世代代友好下去，但韩亿并不知道。

辽帝有些不高兴就问韩亿："既然太后有旨让两国永远和好，正使怎么不说呢？"

韩亿说："我国每次派人出使贵国的时候，太后总叮嘱使者要保持两国的友好关系，这话并不是要传达给陛下的！"

辽帝这才转怒为喜，"太后有如此心意真是百姓的福分！"

副使还在为自己大意失言而惴惴不安，没想到韩亿一番言辞下来反而让辽帝转怒为喜，这才松了一口气。

634. 冯京

北宋大臣冯京非常欣赏王巩，在宋神宗面前竭力推荐。但宰相王安石却看不上王巩，"王巩不过是个乳臭未干的毛孩子，何堪大用？"

冯京大怒，喝道："王巩生于戊子年，怎么能说是乳臭未干的毛孩子？"

王安石大惊，原来宋神宗也是生于戊子年的！王安石知道自己说错了话，退到一旁再也不敢说话了。

635. 邵雍

北宋大臣富弼因反对王安石变法而称病去职，宋神宗虽然屡屡请他复职，但富弼坚称有病就是不肯出山。

富弼信仰佛教，当时有位高僧准备公开说法，富弼很高兴，打算去听听。邵雍听说后便对富弼说："听说陛下屡次想起用大人！"

富弼笑道："你看我这一身的病，哪里能够再为朝廷出力呢？"

"虽然是这样，不过要是有人对皇上说：'陛下请富弼请不动，和尚一讲法富弼就去了！'怎么办？"

富弼大惊，"我没想到这一点！"

636. 谢庄

南北朝时刘宋的宋武帝曾赐给大臣谢庄一把宝剑，谢庄后来又把这把剑转赠给了好友鲁爽。没想到鲁爽后来竟然造反，宋武帝后来问谢庄那把剑在哪里。

谢庄说："昔日与鲁爽告别的时候臣代陛下赐给他了，好让他自杀！"

637. 裴楷、王份、王景文、崔光

晋武帝司马炎篡夺了魏国后曾进行占卜，以预测晋室江山能够传多少代。没想到占卜的结果竟然是"一"！晋武帝非常恼怒，群臣也都吓得不敢说话。

一片寂静中大臣裴楷朗声说道："臣听说'天得一以清，地得一以宁，侯王得一以为天下正！'"

晋武帝这才转怒为喜，大臣们也松了口气。

南北朝时的梁武帝极为尊崇佛教，他曾问大臣王份："朕是有呢还是无呢？"

王份说："陛下与天下万物相呼应，这是有；体察世间至理，这是无！"

南北朝时的宋文帝有次钓鱼却没钓上来一条，心情很不好。大臣王景文就说："这是因为渔者清心寡欲，所以钓不到贪心的鱼儿！"

北魏孝文帝的四个儿子分别叫元恂、元愉、元悦、元怿。大臣崔光的三个儿子分别叫崔劭、崔勖、崔勉。孝文帝就对崔光说："我儿子的名字都有心，你儿子的名字都有力。"

崔光说："正所谓'君子劳心，小人劳力'！"

东晋大将桓玄篡位建立"桓楚"。这个乱臣贼子在初登宝座的时候，宝座下的土地却突然塌陷，这可不是个好兆头！刚刚投降桓玄的原东晋大臣殷仲文赶紧说："这都是因为陛下圣德深厚啊，大地根本无法承载！"

苏曰：殷仲文这话可把我恶心坏了！

梁武帝在位的时候宫门失火。梁武帝对群臣说："我正想换宫门呢！"

大臣何敬容说："陛下能先一步了解天意，而天也不敢违背陛下的意愿哪！"

梁武帝登上皇帝宝座的时候，有老虎来到建康外城，大象进入江陵城。梁武帝认为很不吉利，问大臣们有什么看法。大臣们都不敢说话，只有王莹说："当初舜敲击石块，百兽就随之起舞！如今陛下顺天应人登上帝位，老虎和大象争相前来朝贺，此乃吉兆！"

苏曰：这只说明那时的生态环境很好！

638. 宗泽

北宋名将宗泽担任掖县知县的时候，朝廷下旨征购牛黄，不但要的量非常大而且还催得很紧！各州县的百姓无奈只得纷纷宰牛取黄，但还是凑不够，只好又拿出大把的银子贿赂朝廷派来催征牛黄的官吏以求宽免。

只有宗泽上书朝廷，"牛只有在得病的时候才会有牛黄，如今天下太平，政通人和，卑职所在县境牛皆肥壮，无黄可取！"

朝廷派来的官吏也无话可说，只得作罢！全县的百姓听后无不感恩戴德！

639. 潘京

西晋人潘京被所在州县推荐到首都洛阳参加考试，所抽的题目是"不孝"。刺史就开玩笑说："州县推荐的贤良难道不孝吗？"

潘京随口答道："如今既要做忠臣就不得为孝子！"

640. 某布政司吏

明朝时有位布政使（注：管政务）请按察使（注：明朝时主管一省刑狱的长官）饮酒，席间布政使因为儿子太多而发愁，按察使却因为只有一个儿子而长吁短叹。

有个在旁边伺候的小吏就对按察使说："子好不须多！"

布政使就问那小吏："那我的儿子太多，你又怎么说？"

小吏张口就来："子好不愁多！"

这可正是搔到了这二位大人的痒处，二位大人非常欣赏这个机智的小吏，以后不断提拔他。

641. 朱熹

南宋著名理学家朱熹有位名叫廖德明的弟子。少年的时候，他曾梦到自己去拜见一位神仙，看门人向他索要名帖，他就从衣袖中抽出了一张，上面写着“宣教郎（**注：最小的官**）廖某”。后来廖德明金榜题名，竟真的被朝廷委派为福建的宣教郎。

廖德明想起自己以前做过的那个梦，担心自己这辈子恐怕只能当个宣教郎了，所以不想去。他的亲友就请朱熹劝劝他。

朱熹想了很久，指着书案上的笔砚对廖德明说：“人和器物不同，比如说笔只能是笔，不能当砚台来用；剑也只能是剑，不能当琴来弹。所以对于器物来说，无论存在的时间是长是短，但它的用途却是不变的！但人却不一样，有些人早上还是杀人如麻的江洋大盗，晚上却洗心革面成为尧舜那样的圣贤。其吉凶祸福也随之而变，没有定数的！如今你只管去做那个宣教郎，只要尽力做好事情，那个梦不足为虑！”

廖德明听从了老师的教诲，高高兴兴赴任了，后来一直做到了广州太守兼广东经略。

苏曰：子曰：君子不器。意思是说君子应当成为社会价值的承担者和引导者，而不是专业的技术人员。

642. 吴山

明朝大臣靳贵的继室还不到三十岁就守寡了。有官员上奏朝廷请求表彰靳夫人守节，其实其用意不过是看靳夫人年少，想以此彻底断绝靳夫人改嫁的念头罢了！

公文下发到礼部，礼部有位官员是靳家的亲戚，所以竭力促成此事。礼部尚书吴山说：“朝廷之所以表彰义夫节妇孝子贤孙，是为了让百姓都向他们学习，以移风易俗！但就士大夫而论哪个不节义孝顺？靳夫人已经受到朝廷的册封，怎么还和匹夫匹妇争什么名节？”

首辅徐阶也请求表彰靳夫人，吴山脸色一变，冷冷地说道：“大人也担心靳夫人改嫁吗？”

徐阶一时语塞，再也没敢提这事了。

苏曰：这个靳贵死的时候已经六十五岁了，他的夫人还不到三十岁，也就是说靳贵比他的夫人至少大了三十六岁！老夫少妻对靳夫人来说已是不幸，更不幸的是靳贵又死了，但最不幸的却是靳家人的冷血！让一个不到三十岁的少妇守一辈子寡！还要用此名义——“节妇”！

兵智部

卷一　不战

形逊声，策绌力；胜于庙堂，不于疆场；胜于疆场，不于矢石。庶可方行天下而无敌，集“不战”。

643. 荀罃、伍员

春秋时期，晋楚两国为争夺霸权而长期对抗。晋楚两国并不接壤，中间还夹着个郑国。为了留有余地作为缓冲，两国都不想吞并郑国，但却坚决要求郑国当自己的尾巴国。

郑国人从此就再也没有好日子过了。跟着晋国人混吧，楚国人就要来打！跟着楚国人混吧，晋国人就要来打！后来郑国人也想通了，谁的兵来了就跟谁混！

对郑国人的摇摆态度晋国人很不满意，决定出兵狠狠收拾郑国人。晋国国君晋悼公亲自率军攻打郑国，郑国人吓得屁滚尿流，赶紧按照谁来了跟谁混的原则遣使求和！

对于郑国人的求和晋国人早就烦透了！在晋国人的眼中，郑国人简直就是毫无廉耻，什么盟誓都是屁话！为了彻底征服郑国，晋国人决定直接拿楚国人开刀！

为此，晋国大臣荀偃献计说：“我们应该包围郑国的都城，等楚国人来救！然后以逸待劳，来个围城打援！不打掉楚国人的威风，郑国人是不会一心一意跟着我们的！”

荀罃不以为然，他知道楚国军力强大，硬碰硬晋国人未必能占到便宜。他说：“不如同意郑国的求和，然后与郑国结盟咱们就撤军！楚国人肯定不答应，就会派兵来打郑国。咱们就把全国的军队分成三军，每次出动一军攻打郑国，逼楚军来救！楚军一来我们就撤！我们三军轮番出战，楚军肥的被我们拖瘦，瘦的被我们拖死。不用打仗就能取胜！君子劳心，小人劳力，这是先王的制胜之道！”

晋国人就这么做了，楚国人果然被折腾得精疲力竭，最后只好默认郑国投入晋国人的怀抱！

吴王阖闾（**注：吴王夫差的父亲**）问伍子胥怎么才能打败楚国。伍子胥说：“楚国掌权的大臣众多但却个个乖张无能，谁也不肯承担责任。所以每次出军作战都是大家一起去，谁也别跑！我们应该把全国的部队分成三军，每次出动一军进攻楚国，楚国必定全军出动来救！楚军一到我们就撤，如此一来楚军必定疲于奔命，而且也会松懈！等楚军已完全疲惫，并彻底放松警惕后，我们就出动三军全力攻楚，如此必定大胜！”

吴王阖闾大喜，依计而行，楚军果然被折腾得疲惫不堪，最后被伍子胥和孙子指挥的吴军打得大败，差点儿就亡国！

冯子曰：南宋名将吴璘对付金兵用的也是这个办法。金兵单兵作战能力很强，而且坚决服从命令，一遇到敌军必定要斗个你死我活方才罢手！吴璘就选择有利地形，不断派出小股精锐袭扰金兵。金兵穷于应付始终不得休息，终于懈怠下来！吴璘立即派奇兵大举出击，终于取胜。

644. 高颎

隋文帝杨坚问大臣高颎如何才能消灭割据长江以南的陈国。高颎说：“江北气候寒冷，庄稼收获较晚；江南气候温暖，庄稼收获比较早。我们就在陈国的收获季节集结军队，扬言要进攻陈国，陈国必定紧急动员沿江防御，如此则耽误农时！等他们把军队都布置好了，我们就撤军回去收割庄稼。如此三番五次陈国人必定就会放松警惕，以后我们再集结军队，他们也不会相信我们是真的进攻了！我们正好可以杀他个出其不意，必定大破陈国！而且江南一带土层浅薄，粮食布帛等物资不是储存在地窖里而是放在竹木建成的房舍中。我们可以派人潜入陈国，顺风纵火烧毁他们的粮食物资！等他们修好后再烧，如此不出数年陈国的财力物力必定困顿！”

隋文帝大喜，依计而行，不出数年陈国果然疲敝。公元 589 年，隋军攻占陈国都城建康，俘虏陈国主陈叔宝，陈国灭亡。至此，魏晋南北朝以来近三百年的分裂局面终告统一！

苏曰：高颎的计策之所以能够成功，是因为强大的隋朝掌握了绝对的战略主动权，而相对弱小的陈国则处于被动挨打的不利地位。

645. 周德威

苏曰：唐朝自安史之乱后便陷入藩镇割据的乱局。各个藩镇根本就不服从朝廷的号令，反倒是互相攻伐扩大地盘。到了最后朱温灭亡唐朝，建立后梁，中国的历史也进入五代十国时期。但朱温所建立的后梁远远没能统一天下，割据的藩镇也并不服从朱温的指挥。与朱温对抗的藩镇中，最强的一个就是后来建立后唐的李存勖。

公元910年，梁太祖朱温派大将王景仁讨伐自称赵王的王镕。王镕打不过梁军，只好向李存勖求救。出于打击后梁的考虑，李存勖决定出兵援救王镕，并且在初战中打败了梁军。李存勖非常得意，决定乘胜追击，彻底消灭王景仁！

这时大将周德威说："梁军虽败但锐气未挫，我们应当按兵不动等梁军锐气丧尽后再行出击！"

李存勖不同意，"我孤军远来以救王镕之困，双方的联合并不稳固，所以利于速战速决！你说按兵不动是什么道理？"

"王镕的军队擅长守城而不善于野战！而我军又以骑兵见长，只有在平原旷野中骑兵才能发挥其优势。如今王景仁已龟缩入城内，骑兵无从施展，况且一旦让王景仁得知敌众我寡那我们就危险了！"

李存勖很不高兴，一言不发回到中军大帐睡觉去了。诸将虽然都知道周德威说的是对的但却不敢多言。周德威又去找德高望重的老臣张承业，"大王小胜就轻敌，不顾敌众我寡而想速战速决！如今我军和王景仁只不过隔着一条河而已，一旦王景仁建桥渡河我们就完蛋了！如今只有退军高邑（注：今河北省高邑县），诱使敌军离营。他们出来我们就回去，他们回去我们就出来，然后另遣一支精锐骑兵在敌后抄掠梁军的粮草，如此不超过一个月我们定能大破梁军！"

张承业很赞成周德威的计谋，直入中军大帐拍着李存勖说："现在岂是大王安枕的时候？周德威老将知兵，他的建议你要慎重考虑呀！"

李存勖一下跳起来说："我也正在想呢！"就在此时有个投降过来的梁军士卒报告说："王景仁正在大建浮桥。"

李存勖大吃一惊，对周德威说："竟真的如你所说！"

后来李存勖和王景仁在高邑附近进行决战，大败梁军！

646. 诸葛恪

三国时吴国的诸葛恪（**注：诸葛恪是诸葛亮的哥哥诸葛瑾的儿子，也就是诸葛亮的侄子**）少年的时候就以才学知名。孙权就想试试他到底有多大本事，让他当了个负责钱粮文书的小官。诸葛恪性情豪迈，钱粮文书这些琐碎小事实在非其所长，所以干得很郁闷，也没什么成绩。

诸葛亮知道后就给吴国大臣陆逊写了封信，让他帮忙给孙权说说，给诸葛恪换个工作。孙权接受了陆逊的意见，决定让诸葛恪带兵。

诸葛恪非常高兴，自告奋勇要担任民风最为彪悍的丹阳郡太守，“丹阳多山，民风彪悍。朝廷以前虽屡次发兵征讨，但只是征服了山下的百姓。山中的百姓仍然不在化内，臣请担任丹阳太守，三年之内可为朝廷得甲士四万！”

大臣们都认为丹阳百姓最是刁蛮，好勇斗狠，游走于山林中好似鱼儿水中游猿猴树上跳。朝廷屡次派兵征讨，都被山民以麻雀战打得屁滚尿流无功而返，诸葛恪真是大言不惭！

但诸葛恪却坚称必能得胜，孙权就正式委派他担任丹阳太守。诸葛恪到任后立即下令把山下的居民一律迁入村屯中，结堡自卫。各级官员只需按照所辖区域严密防守保护迁入村屯的居民即可，不得进攻山民。每到收获季节就派兵强行收割山民的庄稼，连种子都不给山民留！山民没有东西吃只好三三两两下山投降。

诸葛恪下令：“山民去恶向善皆为陛下赤子，各级官吏须多加抚慰，不得无故猜疑随意拘捕！”有个叫周遗的山民最为奸猾残暴，也因无粮而被迫投降，其实还是不服朝廷管教，一心一意想回山里。有个叫胡伉的小吏知道周遗不是真心投降就把他抓了起来送给了诸葛恪。

诸葛恪大怒，宣布胡伉违反自己的命令，竟敢擅自逮捕投降的山民，立即将胡伉斩首！消息传开，山民们才确信诸葛恪只是想让自己投降而已并不是要把他们斩尽杀绝，于是扶老携幼走出大山，成为东吴的子民。诸葛恪从中遴选丁壮，果然为朝廷征得四万精锐甲士。

苏曰：诸葛恪非要把山民逼出自己的家园，让他们为朝廷纳粮当差！诸葛恪后来被另一位权臣孙峻所杀，三族被灭！

647. 杨侃

北魏雍州刺史萧宝夤占据关中一带造反，自称齐帝，并且派大军围攻冯翊（注：今陕西省大荔县）。北魏朝廷立即派尚书仆射长孙稚率军镇压，他手下一个叫杨侃的官员对长孙稚说："当初曹操之所以与韩遂、马超在潼关长期对峙，就是因为韩遂、马超占据着有利地形。若论才干，这些人比曹操差远了！如今贼众已在潼关严密防守，大人不如向北攻占蒲坂（注：今山西省永济市），然后从蒲坂渡过黄河，兵锋直指长安。如此则冯翊之围可不战而解，长安也唾手可得！"

长孙稚说："你的计谋是很好！但如今叛匪薛修义围攻河东、薛凤贤占据安邑（注：今山西省夏县）、宗正珍孙占据虞坂（注：今山西省平陆县东北七十里）响应萧宝夤，通往蒲坂的道路已被封死，怎么办？"

"宗正珍孙不过一匹夫，因缘际会竟也做了将军！他这种人只配被人指挥哪能指挥别人？河东郡的治所就在蒲坂城，薛修义驱赶士民围攻郡城但这些士民的父母妻子都在家乡！大人大军一到，这些人自然就有后顾之忧，必定望风而溃！"

长孙稚觉得杨侃说得有理，就派自己的儿子长孙子彦和杨侃率领骑兵渡过黄河，占领了石锥壁（注：山西省运城市西南）。杨侃宣布："我军在此稍作停留等候步兵，顺便看看民心！继续效忠朝廷的村子，看我军中点起三堆烽火后也点起烽火响应！凡是不点烽火的村子一律视为叛贼，我军将全村诛戮，所有财物一律犒赏军士！"

当地村民辗转相告，有些还没有投降的村子也点起烽火，一夜之间数百里内全是火光！薛修义围城的军队顿时人心大乱，各自溃散奔逃回家！薛修义无奈，只得与薛凤贤一起请求投降。此时长孙稚率领的主力也已经攻克了天险潼关，并顺利进军河东，萧宝夤知道自己大势已去被迫放弃长安逃命去了！

648. 高仁厚

唐朝末年四川邛州人阡能、罗浑擎、勾胡僧、罗夫子、韩求起兵造反，连败官军，蜀中大乱，朝廷委派都招讨高仁厚率军平叛。

大军出发前一日抓住了一个阡能派来的探子，高仁厚下令给这个探子松绑，然后问他为什么不做良民而要做贼。探子说："小人本是农民，阡能把小人的父母妻子关在监狱逼我做探子，还说要是不能打听回消息就要杀小人全家！小人也是没有办法呀！”

高仁厚说：“如果真是这样，我怎么忍心杀你？放你一条生路，回去救你一家老小吧！见了阡能你就说：‘高仁厚明天就要出兵，只带了五百人！’我救了你一家老小，你也给我帮个忙吧！回去后对阡能手下的士卒说：‘高仁厚知道你们都是良民，不过是被阡能逼迫从贼而已！你们只要投降，高仁厚就会赦免你们，并在你们的背上写下‘归顺’二字，然后送你们回家！高仁厚只想要阡能、罗浑擎、勾胡僧、罗夫子、韩求这五人的脑袋，余皆不问！’”

探子一听高仁厚要放自己回去不由得大喜过望，“百姓谁人不愿安居乐业？大人如能赦免，哪个不欣然从命？”

第二天高仁厚率军挺进到双流，当地官员白文现出来迎接。高仁厚看双流四处都是壕沟栅栏大怒道：“阡能不过一介匹夫，率领的不过是一群农民而已！你指挥一府的兵力一年多都不能剿灭，反而深沟壁垒在其中安眠饱食，难道是想养寇邀功吗？”说罢下令把白文现推出去斩首！随军的监军大惊，竭力为他说情，高仁厚才算勉强免他一死。

高仁厚下令把所有的栅栏拆毁，填平壕沟，留五百人防守双流，征调附近的官军一起进剿阡能。阡能得知高仁厚来了便派手下大将罗浑擎率军在双流以西抵御，并且在野桥箐埋伏了一千人，准备邀击官军。

高仁厚得知阡能已做好了准备便不再进军，派人穿上百姓的衣服潜入罗浑擎军中，四处散布他昨天对探子所说的那些话。罗浑擎的士卒知道高仁厚打算赦免他们后无不欢呼雀跃，争相逃出营寨投降。高仁厚温言抚慰，在他们的后背上写下“归顺”二字，让他们回去劝降那些仍在营寨中的士卒。于是全营的士卒集体倒戈，罗浑擎瞬间就成了光杆司令！被自己手下的士卒捆绑起来献给了高仁厚！

高仁厚下令把武器和营寨全部烧毁，只留下罗浑擎的旗帜。

第二天早上高仁厚对降卒说：“本来我是想送你们回家的，但阡能手下的士卒还不知道我的心意。所以还要麻烦你们到穿口、新津走一趟，他们投降后你们就可以回家了！”于是就让投降的士卒每五十人为一队发给一面罗浑擎的旗帜，让领头的倒拿着对穿口的士卒大喊：“罗浑擎已被高大人生擒活捉，高大人的大军随后就到！你们快快和我们一样投降，高大人已下令赦免你们！”

穿口的士卒一看自己的同伴已经投降了，还说朝廷要赦免自己都争相出来归降。把守穿口的勾胡僧大惊，拔出宝剑亲手砍杀投降的士卒。士卒们群起而攻之，用石头瓦片砸他，然后把他捆得像个粽子似的献给了高仁厚。

然后高仁厚故伎重演，让穿口的士卒倒拿着勾胡僧的旗帜招降新津的士卒。新津的士卒临阵倒戈，把守新津的韩求在绝望中跳崖自尽。将士们打算放火烧了新津的营寨，高仁厚说：“投降的士卒还没吃饭，先把寨中的粮食运出来再烧！”新投降的士卒起火做饭与以前投降的士卒一起大吃大喝，欢声笑语彻夜不绝。

第二天早上高仁厚让双流、穿口投降的士卒回家，然后让新津的士卒倒拿着勾胡僧的旗帜招降延贡的士卒。延贡的士卒早已得到消息，昨晚看到新津的火光就已经决定投降。新津的士卒一到就立即投降了，把守延贡的罗夫子单枪匹马逃回邛州投奔阡能。

第二天阡能和罗夫子商议全军出动与高仁厚决战，还没有决定下来延贡的士卒就已经到了。为了稳定军心，阡能亲自骑马巡视各个营寨，下令出兵迎战，但士卒们都一动不动。第二天高仁厚的大军快到的时候，阡能的士卒集体倒戈，鼓噪着竞相奔出营寨投降，阡能和罗夫子也被活捉！

高仁厚出兵不过六天就剿灭了阡能等五人！

649. 岳飞

南宋初年杨幺在洞庭湖一带起义，有部众二十余万屡破官军，朝廷只得派大将岳飞率领所部前往镇压。正式交战前岳飞先派人潜入杨幺军中招降，杨幺的部将黄佐说：“岳将军军令如山，如果与他为敌断无生路！不如投降，岳将军必定善待于我！”于是向岳飞投降。

岳飞大喜，单人单马来到黄佐军中拍着他的后背说：“你知道什么是忠义什么是叛逆，如果能立下大功封侯岂足道哉？我派你到湖中，如有可擒者擒之，如有可劝降的就请劝降，你意下如何？”

黄佐对岳飞的信任非常感动，誓死以报！不久之后黄佐果然招降了杨幺的另一员部将杨钦，岳飞大喜，“杨钦骁勇彪悍，他既然来降说明杨幺的军心已经瓦解！”

然后上奏朝廷加封杨钦为武义大夫，礼遇极厚。然后又派杨钦继续招降杨幺的部将，过了两天全琮、刘锐等人又来投降。杨幺尚未与岳飞交战便损失了数员大将，心中极为恼怒，出动水军与岳飞决战。

杨幺的水军都是大船，不用桨而是用轮子驱动前进，来去如飞。船的旁边装巨木制成的撞杆用来撞击官军的船只，官军的船只遇之无不粉碎。岳飞就下令士卒砍伐巨木做成木筏，堵塞湖中的港汊以防杨幺的水军逃脱，然后又在上游顺流放下无数烂木水草。

做好这一切准备工作后，岳飞命人在水浅处大骂杨幺，且骂且走。杨幺大怒，出动水军来追，结果就中了岳飞的埋伏。轮子被上游漂下的烂木水草缠住无法转动，杨幺的水军顿时动弹不得，岳飞立即下令进攻。杨幺大败，转乘小船想躲入港汊，结果又被官军截住砍杀！官军乘着木筏撑着牛皮躲避弓箭，用巨木撞击杨幺的水军。杨幺的水军全军覆没，杨幺跳入水中结果被岳飞的大将牛皋捉住杀掉。

全歼杨幺的水军后，岳飞挥军直入杨幺的老窝，杨幺余众全部投降！岳飞温言抚慰，老弱全部遣回乡里，留下少壮从军。从开始进兵之日算起，到全部平定杨幺部众二十余万，用时不过八天！

冯子曰：杨幺占据洞庭湖一带，在陆地耕种在水中作战，屡破官军。杨幺所造的楼船高十余丈，官军只能仰视根本无法接近。岳飞也想造大船，时任湖南运判的薛弼劝他："如果大人也造大船恐怕就要迁延时日。况且用大船水战是彼之所长我之所短，只可避而不可斗！今年大旱，湖中水浅，与其造大船还不如重金收买杨幺的水军将领！然后用木筏阻断港汊，在上游放下水草，让他的长处无从施展！然后再派精锐骑兵直捣他的老巢，杨幺之败指日可待矣！"

岳飞听从薛弼的计谋，终于打败了杨幺。人们都知道岳飞用兵如神，在八日内就打败了杨幺，却不知道其实运筹帷幄之中的却是薛弼！自古以来的名将名臣从没有不借助他人的智慧就成功的！

岳飞善于以少击众，曾经以八百人大破王善五十万人；以八千人大破曹成十万大军；以八百人大破兀术于颍昌，在朱仙镇以五百人大破金军十余万！岳飞所有的军事行动都与诸将商议，谋定而后动，所以有战无败！部队号令严整训练有素，就算是仓促间遇到敌军也不慌乱，敌军称之为"撼山易，撼岳家军难"！

岳飞治军严正但却有恩，士卒胆敢抢百姓一缕线一束草的立即斩首示众！部队夜间宿营，百姓即使打开家门请士卒进屋休息也没人敢进。岳家军号称"冻死不拆屋，饿死不掳掠"！但士卒有得病的，岳飞亲自给他调药；手下将领有远征的，岳飞就让自己的妻子登门慰问其家眷；将领战死沙场的，岳飞亲自收养他的儿女，或者让自己的儿子娶其女为妻；朝廷有所奖赏，岳飞全部分给将士，自己分毫不取；但凡有功都归之于将士，这才是岳飞制胜之本！

650. 李愬

唐朝自安史之乱后藩镇割据，皇帝渐渐成了摆设。唐宪宗即位后决意改变这种耻辱的局面，开始以武力打击一部分骄横跋扈的藩镇。当时最为骄横的藩镇就是吴元济所割据的淮西，因此吴元济就成为唐宪宗重点打击的对象。

但吴元济也不是孬种，能在这乱世中站稳脚跟并猖狂叫板皇上，吴元济很是有两把刷子的，先后把唐宪宗派来征剿的官军高霞寓和袁滋打得屁滚尿流！唐宪宗手下再也无人可用，这时李愬自告奋勇愿意率军讨平吴元济。唐宪宗就任命他为随唐邓节度使，负责讨伐吴元济。

李愬到任后才悲哀地发现将士们已经被吴元济打怕了，垂头丧气毫无斗志。李愬就先休整队伍，连巡逻的部队都不派了。有人提出意见，李愬就说："贼众正因为袁滋的宽大（苏曰：就是无能！）而松懈，我不想让他们因为我严厉治军而提高警惕！"随后传令军中，"天子知道我李愬能含垢忍辱，所以派我来抚慰将士，至于打仗那不是我的事！"淮西将士本来就没听过李愬有什么名气，听他这么一说就更轻视他了。

李愬性情沉稳能够待人以诚，淮西将士有来投降的，李愬就随其所愿。想回家的就发一笔钱送他回家，还说："你也是陛下的子民，不要抛弃自己的亲戚。"来投降的淮西将士都很感动，把自己知道的情况都报告给了李愬。所以淮西的山川险要，以及其内部的情况李愬都了如指掌。

过了半年部队的士气渐渐恢复，李愬小试牛刀，攻占了淮西的几座城寨，还活捉了淮西大将丁士良。李愬爱惜他的才干，不但没有杀他反而任命他为捉生将。丁士良大为感动，主动献计，"淮西大将吴秀琳只有数千人马但却屡战屡胜，全靠陈光洽这个狗头军师给他出主意。小人不才，愿为大人生擒陈光洽！"于是就真的活捉了陈光洽。吴秀琳没了这个狗头军师不知该如何是好，也只好投降了李愬。

李愬就派吴秀琳率领自己的部众进攻吴房城，一直等吴秀琳攻破了外城才派官军出击。这时有个小吏说："今天日子不吉利，不宜出兵！"李愬说："他们也以为我不会来，所以才正好出兵！"说罢挥动大军全力攻杀，贼众崩溃。有人劝李愬趁机攻占吴房，李愬却说："不可！我军一旦攻占吴房，贼军就会全力防御蔡州！不妨留着吴房以分散敌军的兵力！"

当初吴秀琳投降的时候，李愬单骑来到吴秀琳军中，亲手给他松绑，当场任命他为大将。吴秀琳非常感动，为他献计道："要讨平淮西没有李祐便不可能成功！"李祐是淮西悍将，每每把官军打得屁滚尿流，所以非常看不起官军。李愬就利用他的轻敌思想设了个埋伏把他活捉了。官军各将领都吃过李祐不少苦头，所以纷纷请求杀了这个混蛋。但李愬不听，反而任命他为大将，并时常召见他和另一名降将李忠义，屏退众人密语到深夜。诸将常劝李愬不可信任这二人，但李愬却对他们越加亲近。

当时天降大雨，从五月到七月都不停，军中的将士都认为这是不杀李祐的缘故。李愬没有办法只好用囚车把李祐送到长安，请朝廷发落。临行前李愬拉着李祐的手哭道："老天不想让我平定淮西吗？为什么大家都容不下你呢？"送走李祐后，李愬给朝廷上奏，"如果杀了李祐就没有人和臣共商平定淮西的大计了！"

唐宪宗看到李愬的奏章后，下诏把李祐送还李愬。李愬任命李祐为六院兵马使，李祐感动地涕泪横流。众将看到赦免李祐是唐宪宗的意思也就不敢再多言了，由此李愬才确定了平定淮西的计谋。

当时另一路征讨淮西的官军李光颜部连连获胜，吴元济亲率精兵驻屯洄曲防备李光颜。李愬决定抓住淮西首府蔡州兵力空虚的机会，挥军直捣蔡州，一举平定淮西！为了保密李愬下令在夜晚出兵，命李祐率领三千敢死之士为先锋，李忠义为副先锋；李愬亲率三千精兵为中军；大将田进诚殿后。出发前李愬并没有告诉将士目的地，只是说："向东进发！"

走了六十里，大军突袭淮西军驻扎在张柴的一小股部队。战斗结束后李愬下令稍事休息，整理鞍马盔甲刀枪弓箭。随后李愬下令继续东进，当时天降大雪，一片晦暗，狂风肆虐，大旗也被撕破，将士们的手足都被冻破，战马都畏缩不前。将士们每十人中就有一两个被活活冻死！况且官军从未到过张柴以东，听到李愬继续东进的命令无不惊恐，有人问到底要去哪里，李愬轻轻说道："到蔡州活捉吴元济！"

闻听此言后将士们大惊失色，监军哭道："果然被李祐这小子给卖了！"但也没有办法，只好硬着头皮跟着李愬继续东进。李愬派兵毁掉了洄曲通往蔡州的桥梁，又分兵守住郎山道，以防这两地的淮西军回援蔡州。

大军又走了七十里到了悬瓠城，已是深夜，雪下得更大了。悬瓠城旁有一个水池，池中有鹅，李愬下令打鹅以鹅鸣掩盖行军的声音。大军顺利通过淮西军重兵把守的吴房、郎山，淮西军都浑然不觉。

到了蔡州城外，李祐率先登城，杀掉了看守城门的士卒打开城门放大军入城。李愬下令让打更的继续打更。直到黎明大雪才停，李愬的大军已经杀到吴元济的家门口了！直到这时蔡州人才发现官军已入蔡州！慌忙向吴元济报告，“蔡州已破！”吴元济还不相信，“这一定是驻防洄曲的士卒前来索要冬衣的！”

直到他听到外间有人大喊“常侍有令”方才大惊，“什么常侍竟来此地？”忙率左右登上牙城死守。李愬知道吴元济还指望大将董重质率兵来救他，就亲自来到董重质家加以抚慰，让他的家人不要害怕。然后写信招降董重质。董重质知道吴元济大势已去，遂放弃大军只身归降。吴元济彻底绝望，虽然他在洄曲和郎山都驻有重兵但却远水难解近渴，只好投降。李愬用囚车把他送到长安，唐宪宗下令将其斩首。

苏曰：讨平淮西、活捉吴元济是朝廷对藩镇最大的一次胜利！听到吴元济被活捉后各地的藩镇无不震恐，对朝廷也恭顺多了。大唐出现了自安史之乱以来难得的安定局面，史称“元和中兴（注：元和是唐宪宗的年号）”。如果唐宪宗能够再接再厉，不说恢复“开元盛世”那样的辉煌，但实现国家的安定还是很有可能的！但可惜的是唐宪宗晚年迷信神仙追求长生不老，又宠信宦官奸佞，最后自己也被宦官所害！唐宪宗之后唐朝陷入宦官专权和牛李党争中，朝廷再也无力控制藩镇，大唐遂在惨淡中走向灭亡！

651. 析公

苏曰：春秋时晋楚两国为了争夺霸权而长期对抗。但这两国也都明白，与对方进行决战的风险太大，所以虽然长期对抗但两国却很少正面冲突。更多的情况是你打我的盟国，我打你的盟国，或者就是指使自己的盟国打对方的盟国。于是夹在两国间的郑国就成为晋楚两国反复拉锯、打压和争取的对象。郑国人被这两国折腾得死去活来，一年到头难有几天安生日子过！

楚国人派大将子重出兵讨伐郑国，郑国人哪里是楚国人的对手？于是赶忙派人出使晋国求救，晋国人就派大将栾书出兵救郑。

其实晋国人和楚国人对抗真是应了那句俗话，“麻秆打狼——两头怕！”楚国大将子重吓得要死，栾书心里也没底！但为了面子还得硬着头皮往上冲哪！

晋国官员析公对晋楚两国的情况看得一清二楚，就对栾书说：“子重心理素质比较差，容易受到惊吓。我们在晚上擂鼓装出全军出击的样子，绝对能把他吓跑！”

栾书欣然从计，结果子重果然被吓跑了！

苏曰：敌人往往并没有想象的那么强大！这场战争就是一场意志的较量，栾书的胜利就是意志的胜利！

652. 王德用

北宋大将王德用担任定州路总管的时候整军备战，严厉训练部队，部队的战斗力迅速提高。这时有探马来报说是发现了辽间谍正在刺探我军的情报。有人请求把间谍抓来处死。王德用却说：“不必！我正想让他回去如实相告呢，百战百胜不如不战而胜！”

第二天王德用故意操演大军，将士们斗志昂扬，王德用故意说：“准备粮草，且看我军旗所向！”

辽间谍赶忙跑回去报告，“宋军就要来了！”辽人知道王德用难对付赶忙派人来议和了。

苏曰：能战方能言和！

653. 韩世忠

南宋初年曹成拥兵作乱，纵横在郴州（注：今湖南省郴州市）、邵州（注：今湖南省邵阳市）一带。韩世忠在讨平福建的反叛后即回师永嘉，好像是要休整部队的样子，曹成遂放松警惕。

但韩世忠却突然挥军直到豫章（注：今江西省南昌市），大军沿江扎营数十里。曹成万万没有想到韩世忠会突然杀到，顿时心胆俱裂。此时韩世忠派人前来招降，曹成情急之下计无所出就只好投降了。韩世忠一下子就得到了曹成的部众八万人。

654. 程昱

官渡之战中曹操派程昱率领七百人防守甄城。后来曹操得知袁绍要从黎阳渡过黄河，考虑到程昱兵力太少就打算再派三千人增援甄城。谁知程昱却不同意，“袁绍拥兵十万，自以为所向无敌，看到我只有七百人肯定不会放在心上，不会来攻我。如果主公派兵增援则袁绍必定来攻！袁绍只要来攻，甄城必破！”

不出程昱所料，袁绍果然认为程昱只有七百人马不足为虑没有来攻。事后曹操对贾诩说：“程昱的胆识比起孟贲、夏育（注：此二人都是古代著名的勇士）有过之而无不及呀！”

冯子曰：七百人和三千人都不是袁绍的对手，但派兵增援却可招致敌军，程昱的见识远远超过曹操哪！

655. 高仁厚

唐朝末年东川节度使杨师立起兵造反，朝廷派高仁厚和杨茂言率军征讨。杨师立的大将郑君雄半夜偷袭杨茂言的大营，杨茂言抵挡不住弃营而逃。其余各营一看副帅都逃跑了也跟着一路狂逃，大军顷刻间一哄而散，只剩下高仁厚所在的中军。

郑君雄一看官军大多都已溃散就移兵来攻高仁厚。高仁厚下令大开营门，四周插满火把，亲率士卒埋伏在营门两侧。郑君雄怀疑高仁厚有埋伏，没敢进去，领兵撤退。高仁厚随即率兵追击，把郑君雄打得大败。

高仁厚考虑到临阵脱逃的将领太多，要是严格按照军法从事那自己就成光杆司令了。思量再三他把军中颇有威望的孔目官张韶叫来，对他说：“你赶快以自己的名义派几十个人出去追赶逃跑的众将，跟他们说：‘高大人还不知道你们逃跑了，赶快回来！明天早上照常去参拜，不必担忧！’”

到了四更时分众将都回来了，只有杨茂言逃得最快，跑得最远，回来得最迟。高仁厚听到各营照常打更，知道他们都回来了高兴地说：“都回来了，太好了！”

第二天早上众将都来参拜高仁厚，还以为高仁厚真的不知道他们逃跑的事情。过了很久高仁厚才问杨茂言：“听说昨天副帅身先士卒临阵脱逃，有没有这回事？”

杨茂言说：“贼兵来攻中军大营，左右的人说大人已经先走了，我就赶紧去追！后来知道大人没走我就回来了。”

高仁厚冷笑道：“我与大人受天子诏命讨贼，如果我先跑了副帅大人自然应当将我以军法从事，然后奏闻天子！但如今副帅大人不但临阵脱逃而且巧言诡辩，应当如何处置？”

“当死。”

随即下令左右把杨茂言推出去斩首，众将吓得浑身哆嗦。高仁厚一看杀鸡儆猴的效果已经达到便不再深究，而且下令把昨天抓的几十个俘虏全部释放。

郑君雄听说此事后对高仁厚深感畏惧，“他军法如此严厉，我怕是打不过他！”自此以后再也不敢与高仁厚交战，后来郑君雄杀了杨师立投降了朝廷。

656. 李光弼

安史之乱中，史思明屯兵于河清（**注：今河南省孟州西南**）妄图截断唐朝大将李光弼的粮道，李光弼亲自率兵来救。到了晚上李光弼回到了河阳，令部将雍希颢领兵千人防守并对他说：“贼将高廷晖、李日越皆有万夫不当之勇，他们要是来了切勿出战，他们要是投降了就领他们来见我！”

众将听得此言不知道李光弼是什么意思，还以为他犯了神经病，纷纷窃笑不已，李光弼却并不在意。史思明听说李光弼来了就对李日越说：“李光弼长于守城短于野战，今天这个缩头乌龟终于出来了！你带骑兵去给我把他抓回来，要是抓不住他就不要回来了！”

李日越得令后就带了五百骑兵直扑唐军大营，点名要李光弼出来应战。雍希颢说：“李大人昨天晚上就走了！”李日越心中暗想：“就算是活捉了雍希颢这个毛毛虫也交不了差，史思明一向残暴军法严酷，自己没抓住李光弼断无生理！”于是就向雍希颢投降了。雍希颢大惊，万万没有想到李日越竟会向自己这条毛毛虫投降！这才想起李光弼临行前的吩咐，带着李日越去见李光弼了。

李光弼对李日越非常礼遇，把他当作自己的心腹。没过多久史思明的另一员猛将高廷晖也投降了。

有人就问李光弼：“怎么这两员大将这么容易就投降了？”

李光弼笑道：“史思明早就想和我在野外决战，听说我出来了以为机会难得志在必取！李日越没能抓到我所以不敢回去！高廷晖的才干又在李日越之上，其人又意气用事，听说我宠任李日越心中不服，想来我这里和李日越争个高下！”

卷二　制胜

危事无恒，方随病设。躁或胜寒，静或胜热。动于九天，入于九渊。风雨在手，百战无前。集“制胜”。

657. 孙膑

孙膑来到齐国后住在大将军田忌的家中。田忌常和齐威王赛马，他们赛马的规则是把各自的马分成上、中、下三等。上等马和上等马赛，中等马和中等马赛，下等马和下等马赛，最后以得胜的场次决定输赢。

孙膑发现田忌的马虽然不如齐威王的马好，但也相差不远。于是他就对田忌说：“下次赛马将军尽管加大赌注，我保证将军能赢！”

到比赛的时候孙膑对田忌说：“请将军用您的下等马和大王的上等马比赛；用上等马和大王的中等马赛；用中等马和大王的下等马赛！”

三场比赛下来田忌的下等马虽然输得很惨，但他的上等马和中等马却取得了胜利，最终赢得了比赛，赢了五千金！

苏曰：孙膑就是因为这场赛马而引起了齐威王的关注，率领齐军先后取得桂陵之战和马陵之战的胜利，把战国初期的强国魏国彻底打入二流国家的行列！

冯子曰：唐太宗李世民曾说：“我少年时即经略四方，很知道用兵之法，只要一观敌阵就知道是强是弱。我总是用我的弱兵对付敌人的精锐，用我的精锐对付敌人的弱兵。敌人的精锐打我的弱兵不过攻进数百步而已；而我的精锐打敌人的弱兵却必定冲破敌阵，然后再从敌人的后方攻击，所以敌军无不溃败！”这也是孙膑的办法。

苏曰：李世民的文治武功罕有匹敌！文治有“贞观之治”，武功则披坚执锐亲自冲锋陷阵，先后讨灭薛举、窦建德、王世充，中国历史上能和李世民相比的恐怕也只有清朝的康熙了！

宋高宗赵构曾问抗金名将吴璘制胜之术，吴璘说：“老弱打头阵，精锐跟进！”宋高宗就说：“这就是孙膑赛马的办法！”

魏国讨伐赵国，赵军连战连败，首都邯郸都被魏军包围，不得已向齐国求救。齐威王考虑到魏国如果吞并赵国就会更加强大，决定任命田忌为将出兵救赵，孙膑作为军师一同出征。

田忌打算挥军直抵赵国与魏军决战，以解赵国之围。孙膑说：“要解开纷乱的丝线双手就不能握拳，要劝架就不能让自己陷入其中。只有避实就虚抓住对方的要害，对方才不得不放手，争斗自然停歇。如今赵魏两国相争，魏国的精兵猛将都在国外，国内都是老弱，将军不如挥军直捣魏国首都大梁，魏军必定放下赵国回军自救！我们不但救了赵国而且还可以逸待劳大破魏军！”

田忌大喜欣然从计，魏军不得已只好撤围邯郸紧急回援大梁，在桂陵中了齐军的埋伏被打得大败！

658. 赵奢

秦国讨伐韩国，进军到了赵国所属的阏与（**注：今山西省和顺县**）。赵王问大将廉颇：“韩国可救否？”

廉颇说：“道路遥远而且狭窄险要，难救！”

赵王又问大将乐乘，乐乘的意见和廉颇相同，也认为韩国难救。赵王又问赵奢（**注：这个赵奢就是“纸上谈兵”的赵括的父亲**），赵奢说：“道路遥远且又狭窄险要，就好比两只老鼠在洞中相斗，勇者胜！”

赵王大喜，派赵奢领兵救韩。赵奢率领大军离开首都邯郸三十里即安营扎寨，传令军中，“有敢以军事谏者，死！”

秦军得知赵国出兵救韩派出大军驻扎在武安城西，擂鼓勒兵声响震天！军中有一人向赵奢建议驰援武安，赵奢立即将该人斩首，留在原地二十八天按兵不动，并且深沟壁垒做出一副要长期坚守的样子。

赵军抓住了秦国的间谍，赵奢不但不杀反而好吃好喝好招待一番放他回去了。秦国间谍把赵军的情况报告给了秦军将领，秦军将领大喜，“离开首都三十里就按兵不动深沟壁垒了，阏与不再是赵国的了！”

其实赵奢在释放秦国间谍后就立即拔营起寨，星夜赶往阏与，一天一夜的工夫就到了！赵奢命令弓弩手在离阏与五十里的地方驻扎，并且立即修建营垒。秦军万万没有想到赵奢竟会来到阏与，立即全军出动进攻赵奢。

有个叫许历的军士向赵奢请求提出建议，赵奢同意了。许历说："秦军万万没有想到我军神兵天降，此次前来攻击我军气势汹汹，请将军严阵以待，否则必败！"

赵奢点头称是，许历说自己已经犯了军法，请赵奢军法从事。赵奢笑道："以后再说吧！"两军就要开战之际许历又说："北山是战略制高点，谁占据北山谁便可得胜！"

赵奢深然其说，立即派一万人占领北山，秦军晚来了一步，拼死争夺北山。赵奢下令全军出击，秦军大败！遂解阏与之围。

659. 李牧

李牧是赵国北方边境地区雁门一带负责防御匈奴的大将，可以根据需要自己委派官吏，当地的赋税收入也全由李牧支配。李牧把所有的收入都用来犒赏士卒，每天杀牛饷士，让士卒练习骑马射箭，并且多多派出间谍打探匈奴大军的动向。到处设置烽火台，匈奴大军一出动就立即点燃烽火报警。并且传令全军，"匈奴大军入寇立即撤回城中，有敢与匈奴作战的一律处斩！"

就这样过了几年匈奴人都认为李牧是个窝囊废，就连赵军将士也认为李牧胆小如鼠。赵王派人责备李牧，李牧依旧我行我素。赵王大怒，撤了李牧的官另外找人接替了他的位子。

从此只要匈奴人来犯，新来的这个家伙就出兵作战，结果是屡战屡败，被匈奴人打得屁滚尿流。整个边境地区一片萧条，百姓们再也无法放牧耕种。赵王无奈只好请李牧出山，李牧说自己身体不好，无法上任，请赵王另选贤才。赵王不答应，非要李牧出山不可。李牧就说："大王一定要用臣的话，臣还是以前的那个做法，大王要是同意我就复职！"

赵王只好答应了。李牧复职后还是老调重弹，匈奴人再也抢不到东西，认为这个窝囊废实在是可恶！将士们每天好吃好喝还有赏赐却无所事事，纷纷请命愿与匈奴决一死战！李牧知道时机已到就选了战车一千三百辆，骑兵一万三千人，精兵五万，弓弩手十万，厉兵秣马准备与匈奴决战。一切准备停当后，李牧下令把牛羊统统放出去，遍布山野。匈奴小股人马来抢，赵军假装战败，被匈奴斩杀了数千人。（苏曰：以数千人作为诱饵，慈不掌兵哪！）匈奴单于听说后率大军准备来狠狠捞一把，李牧诱敌深入，把匈奴大军团团包围，一战就歼灭了匈奴骑兵十余万人！单于侥幸逃脱抱头鼠窜而去，从此十余年不敢侵犯赵国边境！

660. 周亚夫

吴楚七国之乱时，汉景帝拜太尉周亚夫为将出兵征讨。大军行进到灞桥时，有位叫赵涉的人拦马向周亚夫说道："吴王豢养亡命之徒已经很久了，他知道将军出征必定在崤山和渑池（**注：此二地皆在今河南省渑池县以西，地形险要，是长安通往洛阳镇压叛军的要道**）一带埋下伏兵。况且用兵贵在出其不意，将军何不由此向南，从蓝田（**注：今陕西省蓝田县**）经由武关（**注：今陕西省商县以南**）再到洛阳。不过多走一两日的路程，但却可出其不意！"

周亚夫深然其计，到洛阳后派兵搜索崤山和渑池一带，果然发现吴王派来的伏兵！

周亚夫进军到荥阳（**注：今河南省荥阳市**）后发现吴军士气正旺，遂坚壁不出。当时吴军正在进攻梁国，而梁王是汉景帝最宠爱的弟弟，但周亚夫的意图是用梁国的兵力消耗吴军，所以不肯发兵救援。汉景帝下诏命周亚夫救梁，但周亚夫却不肯奉诏。周亚夫一方面坚壁不出，使吴军求战不能，另一方面又派出精锐骑兵截断吴军的粮道。吴军进退两难，粮草不济只得撤退，周亚夫遂出动精兵奋勇追杀，大破吴军！

吴王刘濞造反的时候，他手下的大将田禄说："大王向西进军没有奇兵难以成功！愿大王给臣五万人马，臣率军沿长江淮河而上，攻破长沙，再由武关杀入关中与大王会师，这是一支奇兵！"

吴国太子却说："大王现在是造反，如果把军队交给别人，恐怕别人也会反大王！"于是吴王就没有采纳田禄的计策。

有位少年桓将军说："吴军多步兵，利于在险地作战；而汉军多战车骑兵，利于在平地作战。希望大王此去不要顿兵于坚城之下，而是一路向西，占据洛阳的武器库和敖仓的粮食，凭借黄河和崤山的险阻号令诸侯！虽然没有进入关中，但天下已定矣！如果大王一路攻城那汉军的骑兵就会直扑吴国和楚国，大事败矣！"

吴国的老将们说："这个少年冲锋陷阵还可以，哪里知道战略？"

于是吴王刘濞也没有采纳他的建议，如果这二人的建议被采纳，周亚夫恐怕就不能立此大功了！所以说周亚夫的功劳应该分一半给吴王，后世都称赞周亚夫的功劳，竟无人理会田、桓两位将军，真是可悲！

苏曰：任何战争的胜利除自身的努力外，敌人的愚蠢也是必不可少的！

661. 周访

东晋初年，杜曾率众造反屡破官军，威震汉江流域，晋元帝派大将周访率领八千人马前往镇压。两军在沔阳（**注：今湖北省武汉市汉阳区以西**）对峙，周访说："先发制人才能在气势上压到敌军！"把军队分成三部，让部将李常率领左军，许朝率领右军，自己亲自率领中军，然后大张旗鼓向杜曾进攻。

杜曾看出周访的中军最强，就先攻他的左右两军。杜曾勇冠三军，战事极为惨烈。为了稳定军心，周访在阵后打猎以示对杜曾并不在意。他传令下去，"一军败了鸣鼓三声；两军败了鸣鼓六声！"部将赵胤在左军，力战不退，部队被敌军打散后又重新集结浴血奋战。眼看部队就要被敌军全部消灭，赵胤飞马来找周访告急求援！周访大怒，大声斥骂赵胤，让他回去战至最后一兵一卒！赵胤大声号哭，含泪回去集结残兵继续力战，从早上一直打到下午竟未有片刻休息，周访的左右两军全部被打败！

周访听到六声鼓响后挑选了八百精锐，亲自倒酒给他们喝，下令没有命令不得妄动，听到鼓声后即行出击！杜曾的大军步步紧逼，离周访只有三十步了！周访亲自擂鼓，将士们如离弦之箭奋勇杀向敌军。杜曾本以为已是稳操胜券，没想到周访却来了个绝地反击，猝不及防被周访杀了个惨败，抱头鼠窜而去。周访下令追击，诸将苦战一天劳累不堪，请求明天再追。周访说："杜曾骁勇善战，今天的失败是因为我军以逸待劳，应当趁他气势已衰即行全歼！否则等他喘息已定就错失良机了！"说罢擂鼓号令全军奋勇追击，遂一举平定汉江流域。杜曾退保武当，周访出其不意再行攻击，活捉了杜曾。

662. 邓艾

三国时魏国大将邓艾和郭淮联兵对抗姜维，姜维引兵退去。郭淮就率军向西攻击羌人，邓艾说："姜维离去不远，或许还会回来，应当分兵把守各处。"于是邓艾就领军驻扎在白水以北。

过了三天姜维派大将廖化在河水南岸结营扎寨。邓艾对众将说："姜维突然杀回，我军人马又少，按理说应当渡河攻击我军才是，为什么却不建桥呢？必定是姜维派廖化牵制我，而他自己则率领主力向东袭取洮城！"

洮城在白水北岸，离邓艾的大营六十里。邓艾当晚悄悄地离开大营，紧急驰援洮城。不出邓艾所料，姜维果然亲率主力来攻洮城。但邓艾早有准备，姜维没有得手。

663. 唐太宗

秦王李世民亲率大军屡破占据洛阳的王世充，把王世充团团包围在洛阳城中。王世充派人向割据河北一带的夏主窦建德求救。窦建德考虑到如果王世充完蛋了下一个就会轮到自己，所以亲自率兵来救洛阳。

面对来势汹汹的窦建德，唐军众将有所畏惧，请求暂且避其锋芒。只有郭孝恪说："王世充已是穷途末路，马上就要完蛋了。窦建德前来援救，这是天意要让他们两个一起完蛋！请大王驻兵武牢关（**注：今河南省荥阳市汜水镇，地势险要，历来是兵家必争之地**），伺机而动，必定大破窦建德！"

记室薛收也说："王世充府库充实，部下皆是江淮一带的精锐，缺少的只是粮食，所以才为我军所困！窦建德远道前来大王应当予以迎头痛击以挫其锐！如果任由窦建德与王世充合兵，窦建德转运河北的粮草接济王世充，那就不知道什么时候才能消灭他们了！为今之计大王应当分兵围困洛阳，深沟壁垒不与王世充交战；大王亲率精锐先占据武牢关，以逸待劳，定能大破窦建德！窦建德完蛋了王世充自然投降！不出二十日这两个贼首就会被生擒活捉！"

李世民深然其计，率兵占据武牢关，窦建德的大军果然被唐军阻挡在武牢关前无法前行。

窦建德出征前凌敬对窦建德说："大王应当率主力渡过黄河，攻占怀州（**注：今河南省沁阳市**）、河阳（**注：今河南省孟州市**），派大将以重兵防守。唐军主力远在洛阳，晋地（**注：指现在的山西省**）、关中十分空虚，大王可越过太行山直扑上党（**注：今山西省上党县**），顺着汾河一路荡平晋地，直逼蒲坂（**注：今山西省永济市，与陕西省的关中隔黄河而相望**）！如此则关中震恐，李世民担忧根本不保定会撤军回援，洛阳之围可不战而解！”

窦建德的夫人曹氏也说：“凌敬之言极是！”但窦建德就是听不见去，执意要亲率主力到洛阳与唐军决战。

苏曰：凌敬的计策如果被采纳，立国不久的唐朝能不能继续存在都是个问题，最少会丢掉整个山西，被困在洛阳的王世充也能逃过一劫！如此则天下事尚未可知！

唐军的草料匮乏，李世民不得已下令把军马赶到河边水草丰美的地方放牧。这时探马来报：“窦建德打算趁唐军在河边牧马的时候突袭武牢关。”

李世民就故意在河边留下一千余匹军马引诱窦建德来攻。窦建德知道王世充在洛阳已经快坚持不住了，所以急于求战。大军列阵二十余里伴随着阵阵鼓声向武牢关进发。唐军诸将看到窦建德的大军阵势严正，军容威武都有些害怕。

李世民登高而望，对众将说：“窦建德在山东（注：指崤山以东）根本就没打过什么硬仗！身处险境士卒却喧闹不已，这是没有纪律；逼近武牢列阵，这是有轻敌之心！我偏偏按兵不动，他锐气自然衰竭！列阵久了将士们饥饿难耐必定撤退，那时我再追击必定大胜！”

窦建德的大军在武牢关外列阵，从早晨一直到中午，李世民就是不出战。将士们疲劳困顿，纷纷坐在地上休息。时值盛夏，烈日炎炎，将士们口渴难耐，开始争夺饮水，已是乱了阵脚。

李世民看时机已到便令大将宇文士及率领三百精锐骑兵从阵西一直冲杀到阵南，窦建德的阵脚大乱。李世民下令：“可以出击了！”身先士卒亲率精锐骑兵冲锋在前，大军随即跟进。

双方接阵后李世民又率大将史大奈冲入敌阵，直杀到敌军后方立起唐军的旗帜！窦建德的大军随即崩溃，窦建德本人也被俘虏！李世民押着窦建德到洛阳城下，告诉王世充窦建德已经完蛋，王世充顿时崩溃，开城投降！

苏曰：唐高祖李渊在太原起兵后进军关中，在长安建都，以关中为根据地开始了统一天下的战争。对于刚刚进入关中的李渊来说，最严重的威胁就来自于割据陇西一代的薛举、薛仁杲父子。

薛举父子二人本事不大，地盘很小，但野心却极大，只不过占据陇西一代就敢自称皇帝！为了消除后顾之忧，保证关中的安全，消灭薛举、薛仁杲父子成了李世民的当务之急。不巧的是李世民在阵前生病，大将殷开山擅自出击，被薛举打得大败。不过薛举运气也不好，得胜后没多久就病死了。薛仁杲继位后继续与李世民为敌，派大将宗罗睺抵御唐军，与李世民对峙于高墌（注：今陕西长武县北）。

鉴于唐军新败，李世民下令坚壁不出。诸将不服，纷纷请战，李世民说："我军新败，士气低落，贼众恃胜而骄有轻我之心，所以我拒不出战以养其骄！待我军士气高涨后可一举破之！"随即传令全军，"有敢言战者，斩！"

两军相持六十余日，宗罗睺粮草不继，将士们饿得受不了，纷纷投降来找大饼吃。李世民觉得时机已经成熟就让部将梁寔在浅水原扎营，诱使宗罗睺来攻。

宗罗睺粮草将尽急于求战，一看唐军终于出来了开心得不得了，率领精锐来攻，双方苦战数日未决胜负。过了几天李世民认为宗罗睺锐气已失，对众将说："可以一战了！"派大将庞玉在浅水原以南列阵，宗罗睺全力来攻。庞玉几乎不能支撑，就在此时，李世民突率骑兵从浅水原北侧向宗罗睺发动猛攻。宗罗睺的大军顿时崩溃，宗罗睺带领残部逃往折墌城（注：今甘肃省泾川县东北）投奔主子薛仁杲去了。

李世民率领骑兵紧追不舍。窦轨认为李世民只率领骑兵无法攻城，此去凶多吉少，跪在马前苦劝，李世民说："破竹之势，机不可失！"遂只率骑兵直逼折墌城下！

薛仁杲手下的将士得知宗罗睺在浅水原惨败后顿时魂飞魄散，看到李世民已进至城下纷纷出降。薛仁杲一看手下的将士都跑得差不多了，没有办法也只好投降，共计收降了薛仁杲精兵万人。

诸将都来道贺，并问："大王在浅水原一战得胜便舍弃步兵只率骑兵进抵城下，又没有攻城的器具，众人都认为不可能攻下折墌城，但最后竟占领了折墌，究竟是因为什么呢？"

李世民说："宗罗睺率领的都是陇西的骁将悍卒，我出其不意打败他，但斩获其实并不多。如果不紧追不舍，那些残兵败将入城后我们再想要攻城可就难了！我紧追不舍，那些残兵败将无法入城只好逃回故里！宗罗睺手下没有多少兵，薛仁杲被我吓破了胆，穷极无计不降何待？"

众人没有不心悦诚服的！

664. 李靖

隋朝末年天下大乱，南北朝时梁朝的皇族萧铣趁势起兵，占据了长江以南的广大地区，建国号“梁”，建都江陵（注：**今湖北省荆州市**）。唐高祖李渊下诏命大将李靖和河间王李孝恭联兵讨平萧铣。

李靖和李孝恭在夔州（注：**今重庆市奉节县**）集结。当时正值秋季，长江大水滔滔，萧铣认为唐军不可能此时进军，所以未加防备。众将也请求等水势平缓后再行进军，李靖说：“兵贵神速！我们大军刚刚集结，萧铣还不知道，顺流直下可收迅雷不及掩耳之效！萧铣仓促集结军队肯定无法抵御我军，定能破之！”

李孝恭也认为李靖说得有理，二人率战舰两千余艘顺着长江东下，接连攻占荆门（注：**今湖北省荆门市**）、宜都（注：**今湖北省宜都市**）两城。大军直抵夷陵（注：**今湖北省宜昌市**）。

秋天正是农忙季节，萧铣本以为长江大水李靖不会出兵，万万没有想到李靖不但出兵了，而且还来得如此之快！当时留在江陵的守军才不过数千人，萧铣紧急动员火速征兵，但士卒分散在各处，仓促间根本无法召集。

无奈之下，萧铣把手头能用的部队全部派出抵御李靖。李孝恭要出兵决战，李靖说：“这些部队都是萧铣仓促间召集的救亡之师，士气正旺但却不能持久。不如先在长江南岸驻扎下来，缓之一日。萧铣定会分兵，留一部分军队抵御我们，其余的撤回江陵守城！他一旦分兵我们就趁机掩杀，定能大破敌军！如果现在就决战他们一定会拼力死战，楚地将士一向彪悍勇猛，我军未必能胜！”

李孝恭不听，留李靖守营自率大军出战，果然大败而归！丢弃的粮食辎重到处都是！梁军大胜后得意忘形，四处抢夺李孝恭丢弃的辎重，人人都背着个大包袱。

李靖看梁军已不成阵列率军突然出击，把梁军打得大败，兵锋直抵江陵城下，并且缴获了大批战舰。李靖下令把这些战舰全部解开缆绳，任其顺流而下。众将大惑不解，“我们打败敌人俘获这些战舰应当留待后用，怎么能就这样丢弃给敌人呢？”

李靖说：“萧铣的地盘南到交趾（注：**今越南北部**），东到洞庭湖，我们孤军深入如果攻不下江陵，敌人的援军再陆续到达，我们腹背受敌进退失据，要这些战舰何用？现在把这些战舰丢掉，任其顺流而下，梁军的援兵看到后一定会认为江陵已破！必定不敢轻进！等他们弄清楚情况，最少也是十天半个月之后了，到那时我军必定早已攻破江陵！”

萧铣的援军看到这些无主的战舰顺流而下果然心生疑惧，止步不前。萧铣苦盼援兵不到，只好开城投降，后被斩首于长安。

665. 朱隽

东汉末年黄巾军大将韩忠率领十万大军驻守宛城，朝廷下诏派朱隽领兵八千征讨韩忠。朱隽把宛城团团包围，在城外垒起土山居高临下猛攻宛城西南角。韩忠急忙派兵增援西南，朱隽却亲率五千精兵从东北角攻入城中。

韩忠率领残部退到内城，遣使请降。司马张超等众将认为韩忠实力尚存，应该接受他的投降。朱隽说："不可！如今海内一统，只有黄巾逆贼造反扰动天下，要是接受了他们的投降只会是助长逆贼的嚣张气焰，不是长治久安的良策！"说罢下令猛攻内城，但却攻不下来。

朱隽登上土山瞭望敌情，回头对张超说："我知道了，贼众请降被拒又出不了城，所以拼死力战。应该把包围内城的部队撤走，韩忠必定出城而逃。他们一出城就只顾逃命了，我们再趁机掩杀！"

韩忠果然从城中逃出，朱隽随即挥动大军追杀，大破韩忠！

666. 耿弇

东汉建立之初汉光武帝刘秀下令大将耿弇征讨割据山东一带的军阀张步。张步派弟弟张蓝率领两万人马驻防西安（注：**今山东省桓台县东**），各地军马一万人驻防临淄（注：**今山东省淄博市临淄区**）抵御耿弇，两城相距大约四十里。

耿弇进军到两城之间，发现西安城虽小但却很坚固，临淄城虽大但其实防守并不紧密。心中有数后，耿弇传令全军五天后攻打西安。张蓝得知后是心惊肉跳，日夜警备，更加加强了防御。

第六天半夜的时候，耿弇下令全军将士用餐，天色一亮率军直扑临淄，半天就把临淄打了下来！张蓝闻知临淄陷落后顿时精神崩溃，弃城而逃。

诸将问耿弇，"将军下令攻西安，但却先攻临淄，居然连西安也一块儿拿下了，这是为什么呢？"

耿弇说："张蓝知道咱们要攻打西安必定严加防备，临淄自然放松戒备。咱们出其不意攻其无备，突然攻打临淄，临淄守军猝不及防所以很快就拿下！临淄一丢，西安孤立无援也无法坚守，这就是一石二鸟！如果先攻西安，我军顿兵于坚城之下死伤必多，就算是攻下了西安，我军孤军深入粮饷转运困难，用不了半个月就无法坚持了！”

667. 韦睿

南北朝时梁朝的梁武帝萧衍大举进攻北魏，任命大臣韦睿担任监军。梁军进至小岘（注：今安徽省含山县境内）城下，城中突然杀出数百北魏士卒。

韦睿说：“城中守军两千余人，固城自守绰绰有余。但这数百人却列阵城外，必定是勇武之士！只要打败了这些人，小岘自然也就不难攻下了！”

梁军众将还在疑惑不定，韦睿手指着自己符节喝道：“朝廷把这个交给我可不是为了好看！”众将只好奋力冲杀，一番浴血奋战终于把这些勇士打败。韦睿随即挥军猛攻，一鼓作气攻下了小岘城。

韦睿进攻合肥的时候查看四周的地形，发现合肥城旁有一条名叫淝水（苏曰：著名的“淝水之战”就发生在这条河边）的河流，心生一计决定要水淹合肥城。于是在淝水上修建堤堰蓄水。堤堰还未修好北魏的大批援兵就到了，梁军众将胆战心惊，请求上表朝廷派军增援。

韦睿笑道：“贼兵已至，此时请求增援哪还来得及？正所谓鞭长不及马腹！”与北魏军初次交战不利，众将有的请求退保巢湖，有的说应该退保三叉。韦睿大怒，“有进无退，有敢妄动者斩！”说罢取来自己的伞盖立在堤堰下，以示自己坚决不退。然后又下令在堤堰上修筑防御工事以抵御魏军的进攻。

堤堰修好后韦睿下令水淹合肥城。北魏援军被大水阻隔无法增援，梁军随即攻克了合肥。

北魏中山王元英率百万大军（苏曰：原文如此，只是惊疑哪里来的百万大军）进攻梁朝的北徐州，把刺史昌义之团团包围在钟离城（注：今安徽省凤阳县境内）中。

梁武帝萧衍下诏派大将曹景宗领兵增援，又命韦睿率军由合肥赶往钟离，与曹景宗会师同救钟离。韦睿领命后即刻出发。北魏军声势浩大，众将心里害怕，向韦睿请求慢慢走。韦睿大怒，“钟离急切盼望增援，我们人不卸甲马不离鞍还怕来不及，怎么能慢慢走？况且魏军孤军深入早已入吾彀中矣，你们不要害怕！”

不到十天韦睿的大军就赶到了钟离，在曹景宗的大军前二十里处安营扎寨。

连夜挖掘堑壕垒土为城，天明时分营寨已经扎好。元英大惊，以为梁军有神相助！

元英在淮河中的小岛邵阳洲上搭建桥梁沟通南北两岸。韦睿趁淮河水势暴涨的机会乘大船攻击魏军，用小船满载芦苇再浇上油脂顺风纵火直冲魏军大营。刹那间魏军大营烟火冲天，桥梁断裂，魏军被烧得哭爹叫妈。梁军趁势发动总攻，喊杀声震天，魏军彻底崩溃，只剩下主帅元英一个人逃了回去。

昌义之得知魏军大败，钟离解围的消息后，激动地直说："得救了！得救了！"

冯子曰：当时北魏人传唱一首民谣，曰："不畏萧娘与吕姥，但畏合肥有韦虎！"萧娘（注：此处的娘是女人的意思，萧宏人长得很漂亮）指的是梁朝的临川王萧宏，韦虎指的就是韦睿。

苏曰：萧宏直接被称作是女人，简直笑话！后来萧娘的称呼竟然流传开来，成为男子所钟情的女子的代称，女子则称自己的情郎为萧郎。

比萧宏稍晚一些的北齐的兰陵王高长恭也长得很漂亮，面白如玉容貌姣好，在战场上经常受到敌人的嘲弄。为了震慑敌人，高长恭每次上战场的时候就戴上狰狞的面具（注：当时称面具为"代面"），把敌人杀得大败！在救援洛阳的时候，高长恭只率五百骑兵突破周军的重重包围杀到洛阳城下。城上的守军认不出他是谁不敢开城门。高长恭摘下面具，城上的守军一看援兵到了欢声雷动！随即里应外合把围城的周军杀得大败，从邙山至谷水三十里之内堆满了周军丢弃的辎重营帐兵器！

得胜后的北齐将士为高长恭做了一曲《兰陵王入阵曲》以纪念他的战功，可惜此曲已经失传。

668. 子元、李晟

苏曰：大家对"春秋五霸"比较熟悉，但其实在春秋初期风头最劲的却是一个小国——郑国的国君郑庄公。郑国虽然是个小国，但在郑庄公的治理下居然也独领风骚数十年，就连齐国这样的大国也成了郑国的跟屁虫，史称郑庄公为"小霸"。

周朝自周平王东迁洛阳后就开始衰落，诸侯逐渐开始不再服从周天子的号令，而第一个以武力挑战周天子权威的就是郑庄公。郑庄公以诸侯的身份担任周朝的卿士，但他却并不去洛阳，反倒是把主要精力放在国内，并且对周桓王也很不恭敬。周桓王当然很不高兴，就纠集了蔡国、陈国和卫国的军队再加上王师亲自讨伐郑国。周桓王亲率王师担任中军；虢公林父率领蔡军和卫军为右军；周公黑肩率领陈军为左军。

面对气势汹汹的周天子，郑庄公是不慌不忙，从容调集军队准备狠狠地干一仗。他手下的大将子元出谋献策说："陈国内乱，士无斗志。如果首先进攻陈军，陈军肯定一触即溃！王师看到陈军崩溃也必定军心大乱！蔡军和卫军战斗力一向很弱，肯定也是一触即溃！这三国的军队完蛋了我们就集中兵力打击王师！"

郑庄公深然其计，双方在繻葛（**注：今河南省长葛北**）大战，三国军队果然一触即溃，把王师也冲得乱七八糟。郑国军队趁势发起总攻，把周桓王亲率的王师打得大败！周桓王本人也被郑将祝聃一箭射中肩膀，要不是郑庄公考虑到影响不好叫住了祝聃，周桓王就要被生擒活捉了！

苏曰：祝聃射中周桓王肩膀的这一箭极富象征意义，被射中肩膀的周天子再也担负不起治理天下的重任了！繻葛之战也是周王室为维护王室权威所做的最后一次努力。繻葛之战的惨败使周王室彻底放弃了"天下共主"的迷梦，从此老老实实待在洛阳再也不敢乱说乱动。有强大的诸侯需要他来装装门面的时候，周天子还得认认真真配合！从此波澜壮阔的春秋时代正式拉开了帷幕！

唐德宗贞元二年，吐蕃宰相尚结赞率兵侵入关中。唐朝大将李晟派部将王佖领兵三千埋伏在汧阳（**注：今陕西省陇县东**），告诫他说："吐蕃大军从城下经过的时候不要打他的前军和后军，前军和后军即使失败了，中军主力仍在。等他前军过去，看到五方旗、武豹衣装扮的就是吐蕃的中军，你出其不意突然进攻定可建奇功！"

王佖就按李晟交代的去做，果然大破吐蕃军。由于王佖的士卒都不认识尚结赞，这才让他逃过了一劫！

冯子曰：三国都不是郑国的对手，所以可以先打这三国的军队以瓦解对方的军心。吐蕃军队强悍，遇到小的挫败不足以瓦解其斗志，所以要全力攻打中军！

鄢陵之战的时候，楚国的叛臣苗贲皇对晋厉公说："楚军的精锐都在中军，请以精兵分击其左军和右军。击溃左右两军后再全力攻击其中军，必定大破楚军！"所以说关键在于知己知彼，灵活运用，兵法哪有固定不变的教条呢？

669. 曹玮

北宋大将曹玮担任渭州同知的时候年仅十九岁。有一次与西夏军交战获胜，西夏军退走了，曹玮等西夏军走远后下令赶着得来的牛马辎重缓缓回营。

西夏军眼馋曹玮的东西，又听说宋军尚未走远，队伍也不齐整，就又还军来打曹玮。曹玮派人对他们说："你们跑来跑去也挺辛苦，我不乘人之危，你们先稍事休息，然后咱们再战不迟！"

西夏军确实很累了，没想到曹玮居然这么关心他们，欣然从命。歇了好一会儿，曹玮才派人来说："你们休息好了吧，咱们可以开始了！"于是发动进攻，把西夏人打得屁滚尿流！

获胜后曹玮对部下说："我知道西夏人已经很疲倦了，所以故意用牛马辎重来引诱他们。这一去一来差不多有一百里了。如果他们趁着锐气尚存拼死一战胜败尚未可知。走远路的人只要稍微休息一下，腿脚就会发麻无法站立，人也没精神了，所以我才会故意让他们休息一下！"

曹玮在军中深得士心，将士皆愿为其效死。平日无事的时候非常清闲，指挥作战则用兵如神。有一天他大宴僚属，中间却突然不见了。第二天升堂问事的时候，敌将的首级已经扔在院中了！官员贾同来拜访曹玮，曹玮请他一起巡视边境。贾同就问："随从的士卒在哪儿？"曹玮说："他们都已经准备好了！"说罢请贾同上马，只见门外三千人马都已经列队随时准备出发，竟然听不到一点声音！

670. 王越

明朝官员王越任大同巡抚的时候一日天降大雪，王越正在帐中饮酒看歌姬跳舞。一个千户（**注：明朝时军官官名**）从蒙古人那里侦察回来，向王越汇报敌情。

这个千户汇报得非常详细，王越大喜，说："天气很冷啊！"就把自己金杯中的酒赏给千户喝。谈了一会儿，王越更加欣赏这个千户了，让歌姬为他弹奏琵琶并为他献酒，并且把金杯也赏给他。

又谈了一会儿，王越越发欣赏这个千户了，指着歌姬中最漂亮的一个对他说："你喜欢她吗？赏给你好了！"

从此只要王越有令这个千户无不竭尽所能，累积军功升到了指挥之职。

王越率军夜袭蒙古人的大营，快到的时候突然刮起狂风，尘土飞扬，连眼睛都睁不开。将士们都认为天时不利，想撤军回营。一个老兵站出来说："这是老天帮助我们！我军去的时候狂风大作，敌人无法察觉！回军的时候遇到抢劫归来的敌军，我军又正好处在上风口！"

王越闻听此言大喜，当即下马向这个老兵跪拜行礼。此战得胜后保荐这个老兵当了千户。

671. 尔朱荣

北魏末年边防军将士因不能忍受朝廷和官吏的压迫和虐待而屡次发动叛乱，其中规模最大的一次就是葛荣领导的。

葛荣率众百万向北魏首都洛阳进发。北魏朝廷急令大将尔朱荣率领七千精锐骑兵赶往相州（**注：今河北省临漳县西**）镇压。尔朱荣率领的骑兵虽然人数不多但却都是精锐，每个骑兵都配战马两匹，轮流骑乘，所以进展神速，很快就赶到了滏口（**注：今河北省武安县南**）。

葛荣列阵数十里，两翼突出，好像一弯新月一样向尔朱荣进逼。尔朱荣命三个部将各带数百骑兵在山谷中扬尘鼓噪虚张声势，让葛荣无法知道自己兵力有多少。又考虑到骑兵对付步兵战刀不如大棒用着顺手，密令士卒每人准备一根大棒，由于用大棒无法割下敌人的脑袋，所以特意下令不以敌军的首级记录军功。

尔朱荣亲自冲锋在前，直破敌阵，一直杀到敌阵背后，然后再从敌军后方杀回来！葛荣大军腹背受敌，终于崩溃！葛荣本人被活捉，剩下的敌军全部投降。

尔朱荣考虑到投降的敌军人数太多，如果当时就把他们分开管理，恐怕他们心生疑惧会出乱子，就下令任由他们自由组队，随其所愿想去哪里就去哪里。降军大喜，纷纷与同乡结伴离开，数十万降军一天之内就全部散尽！直到百里之外尔朱荣才安排官吏分道监押，随其所愿进行安置，降军都很满意。对于降军的将领，尔朱荣也量才录用，于是降军将领也都安下心来。当时的人都佩服尔朱荣处理降军事宜十分恰当神速。

苏曰：商鞅变法的时候规定在战场上割下一个敌军的脑袋晋爵一级，所以脑袋也叫首级。“首”就是脑袋的意思，“级”就是晋爵一级。这实在是个血淋淋的字眼！其初衷当然是鼓励士兵勇敢作战斩杀敌军，但因此被杀的老百姓也不少！以至于有一个专门的汉语名词来描述这种恶行，“杀良冒功”！

尔朱荣能够不杀投降的敌军实在是值得称颂！而且其才干也确实有过人之处！想当年白起竟然活埋了四十五万投降的赵军将士！

672. 马隆

西晋泰始年间，河西一带的鲜卑族首领秃发树机能发动叛乱，攻城略地连败官军，凉州刺史杨欣都被叛军杀死！整个河西走廊一带基本都被叛军控制，当时晋武帝司马炎正在筹划消灭东吴统一全国，却被秃发树机能的叛军牵制，有后顾之忧。司马炎上朝的时候常叹道：“有谁能为我讨平此贼，安定凉州？”

大臣马隆出列答道：“陛下如果用臣，臣能讨灭此贼！”当初凉州刺史杨欣在与叛军交战前，马隆就曾预言杨欣必败。司马炎因此对他刮目相看，如今看他毛遂自荐更是喜不自胜，“你能灭贼我为什么不用你？但不知爱卿如何灭贼？”

“陛下用臣就应当允许臣便宜行事。臣打算招募三千勇士，不问出处。带领他们一路向西，仰仗陛下的威德，反贼不足为虑！”

司马炎当即任命马隆为武威太守。大臣们都认为朝廷已有官军，不应当再另外招募勇士（苏曰：大臣们是担心招募来的勇士只服从马隆而不听朝廷的号令）。司马炎不听，坚决支持马隆。

马隆贴出告示，招募能拉开三十六钧强弩、四钧硬弓的勇士（**注：钧为重量单位，一钧合三十斤。由于能够用脚踏张弩而拉弓则完全依靠臂力，所以对于张弩的要求更高**）。当场面试，从早上到下午一共招募了三千五百人，马隆说：“够了。”然后请求到兵器库自行挑选兵器，并一次性发给三年的军饷。

准备停当后，马隆率领勇士们渡过温水，一路向西进发。秃发树机能率领大军一万余人或者凭险防御，或者设置埋伏。马隆依照“八阵图”制造偏箱车，在平地就设置鹿角凭车拒敌；在狭路上就在车上放置木屋，士卒躲在木屋内箭射敌军，敌军无不应弦而倒。期间马隆随机应变屡有奇谋，且战且行，转战千里，终于消灭了秃发树机能平定了河西。

673. 陶鲁

大明成化年间，大臣韩雍受命征讨广东的反贼。但反贼凭险据守，官军久攻不克，韩雍寝食难安。一天韩雍正在吃饭的时候，又想起这事不觉心生烦恼，看到新会县丞陶鲁正在旁侍立，便顺口问他："你猜我在想什么？"

陶鲁答道："是不是想着怎么剿灭反贼？"

"嗯！你能为我破贼否？"

"这些反贼没什么本事，消灭他们不是什么难事！"

韩雍大怒，"我部下有文武数百上千，我看来看去也没人能为我分忧！你要是敢胡言乱语，小心我用鞭子抽你！"

陶鲁倒是不慌不忙，"之所以无法剿灭反贼不是反贼厉害而是我军无能！而大人之所以会这么说，那是因为大人还不了解我的才干！"

韩雍不由得对这个小小的县丞刮目相看，怒气渐消，问道："你剿灭反贼需要多少人马？"

"三百人足矣！"

"这么少？"

"兵在精而不在多！"

"好！任你挑选！"

于是陶鲁定下标准，"招募能力举百钧，箭射二百步的勇士！"韩雍麾下有十五万人，能达到这个标准的却只有二百五十人。陶鲁说："还不够！"又招募了几天才凑够三百人。

韩雍任命陶鲁为别将，日夜给这些勇士操练阵法，每日都有牛酒犒赏。陶鲁与勇士们同甘共苦，深得士心。攻击反贼的时候，勇士们奋勇冲杀浴血奋战，终于大破反贼，杀敌无算！缴获的金银财宝陶鲁分毫不取，全部分给这三百勇士。从此反贼只要听到陶家军到了，不是望风而逃就是立即投降，没有敢交战的！俗话说："一个人不要命了，一万个人都挡不住（一夫决，万夫避）！"更何况是三百人呢！

674. 韩雍

韩雍征讨两广反贼的时候进军到大藤峡。大藤峡道路狭窄，两旁都是水田，当地的儒生和士绅数百人持香跪在路旁说："我们这些人可被反贼害苦了！有幸天兵到来，我等又能重做良民，愿做大军的先锋！"

韩雍喝道："这些人都是反贼，给我绑了！"左右都非常惊讶，但把这些人捆绑起来后，发现他们的衣袖中都藏着利刃。于是就把他们统统斩首，还把手足砍断，剖开肚腹拉出肠胃，把尸体挂在荆棘丛中！反贼得知后胆战心惊。

苏曰：斩首也就算了，砍断手足，剖开肚腹，拉出肠胃，把尸体挂在荆棘丛中，这些非常的暴力非做不可吗？

韩雍曾令一个部将五更出战。这个部将得知敌军已经知道了官军五更时分进攻的计划，就违反军令二更时分发动了进攻，大破敌军。韩雍奖赏了他的战功，却以违反军令的罪名把他斩首了。事后他向上级解释说："万一违反军令失败了怎么办？"人们都说韩雍用将得法。

苏曰：韩雍根本就不具备大智大勇的胸襟和气魄，不过是个死板的官僚！

675. 李继隆

苏曰：北宋是中国历史上统一王朝中版图最小的一个，其北部边境只到现在的河北、山西北部；西北的边境大体只到现在的陕西与甘肃、宁夏交界处。由于北宋的版图几乎全都处于农耕区，所以导致北宋骑兵部队规模很小。这也是北宋军队战斗力低下的一个重要原因。由于缺少骑兵，北宋不但在与辽、金的战争中屡遭败绩，甚至就连西夏也对付不了！

北宋初年，在宋太祖赵匡胤及宋太宗赵光义兄弟俩的努力下，天下已基本实现统一。为了彻底根除割据如今宁夏、陕北一带的世袭定难军节度使党项族李氏的势力，宋太宗赵光义下诏让李氏全族迁至东京汴梁。

时任定难军节度使的李继捧迫于北宋强大的压力被迫入京。但他的弟弟李继迁（注：**此人有勇有谋，奠定了西夏开国的基业**）知道自己一旦入京，就永无翻身之日，便只身逃脱，联合党项各部公开造反对抗朝廷。宋太宗出于分化瓦解党项各部的考虑，派李继捧重新担任定难军节度使讨伐李继迁。但李继捧很快便与李继迁阴谋勾结，打算造反。朝廷派大将李继隆（注：这个李继隆与李氏兄弟没有关系，只是名字相近而已）率兵讨伐。

李继隆率兵直扑李继捧所在的夏州。有人说夏州是李继捧的老窝，咱们的兵力太少恐怕攻不下来，不如先占据石堡观察敌情然后再作打算。

李继隆说："不然！正因为我军兵少所以才要直扑夏州，以收出其不意攻其不备之效！李继捧哪里会知道咱们兵少呢？如果先占据石堡，时间一长李继捧就会知道我军兵少，哪里还有机会再作打算呢？"

说罢率军直扑夏州，李继捧竟然丝毫未曾察觉。一直打到夏州城下，李继捧才发现宋军已到！此时李氏兄弟二人又爆发内讧，李继捧无力对付突如其来的宋军！万般无奈只得打开城门出迎李继隆，李继隆就把他押回了京师。

676. 吴成器

明朝官员吴成器本是一名小吏，后来担任了余姚主簿。当时倭寇侵犯绍兴，胡宗宪率兵前来征讨，想在当地官吏中挑选一人先行刺探敌情。县令就把这个任务交给了县丞，县丞吓得要死，不敢去。

吴成器慨然作色道："只不过是刺探敌情，就这么畏首畏尾，朝廷还能指望你冲锋陷阵吗？"县丞不但不生气反而很高兴（苏曰：无耻），心想：好呀！既然你这么牛，干脆你去好了！赶紧就把吴成器的话转告给了县令。县令也很高兴，就把吴成器推荐给了胡宗宪。

胡宗宪叫来吴成器问他，"吴主簿能刺探敌情？"

吴成器答道："能！"

"好！我给你两千人马听你指挥！"

"不用这么多，但请大人允许我自行挑选！"吴成器在军中挑选了五百勇士，率领他们前往绍兴。只见一路上所过的村庄都在收拾行装准备逃跑，吴成器就对他们说："不要害怕！朝廷的大军随后就到，但你们要听从我的号令！"

村民们大喜过望，纷纷表示愿意从命。吴成器就指着一堆一堆的草垛说："你们要是跑了这些东西也就不是你们的了，不如借我杀贼！你们听好了，只要听到炮声响起就举火焚烧草垛，我为你们杀贼！"

半夜行军到陶家畈，吴成器得知倭寇有十三只船停泊在河里。倭寇在村中掳掠狂饮后，正搂着妇女呼呼大睡（苏曰：想必也是抢来的妇女，可怜）。吴成器派人把守船的倭寇全部杀光，把船移走然后连连放炮。村民们听到炮声纷纷点燃草垛，一时间整个绍兴烟焰漫天，四处火光！倭寇在梦中惊醒以为明军大队人马杀到，纷纷逃窜到河边打算乘船逃跑。但船已被吴成器移走，哪里还逃得出去？正在倭寇惊惧疑惑间，吴成器率军杀到，倭寇猝不及防被斩首数百级！从此倭寇再也不敢侵犯绍兴！

胡宗宪大喜，上表为吴成器请功，提升他为绍兴府判，随后又升为佥事。

冯子曰：考中科举的官员中恐怕很少有吴成器这样的干才！

677. 沈希仪

明朝大将沈希仪曾担任右江（**注：今广西壮族自治区柳州市**）参将。当时右江一带的形势极为严峻，当地的部族纷纷叛乱，右江城外五里就是叛军的巢穴！官府中到处都是叛军的耳目，甚至妇女们在闺房中的悄悄话几百里之外的叛军都能立马知道得清清楚楚！

沈希仪到任后下令，凡是拥护朝廷的部民可以不受限制随意入城。然后找了数十个与部族做生意的小商贩，厚加赏赐，让他们为他刺探叛军的情报，于是叛军的动静沈希仪无不提前知晓。

沈希仪知道官府中到处都是叛军的耳目，所以每次出征从不告诉任何人。到了出兵的日子，沈希仪召集众将只说："出某门"，然后大军就随着军旗的引导出发。有人问掌旗官要去哪里，掌旗官也不知道。到了地方，沈希仪就下令安营扎寨，左右设伏。过不长时间，叛军就会到来，左右伏兵四起，把叛军杀得大败！叛军每攻打一地，沈希仪的大军总能先到一步。就算是非常偏远的村落，叛军估计沈希仪绝对想不到的地方，沈希仪也总能事先得到消息，领兵等着叛军来自投罗网！叛军屡屡被沈希仪杀得尸横遍野，却不知道是为什么，还以为沈希仪是神！即使是官军也不知道沈希仪为什么总是料敌如神！

沈希仪每次攻打叛军的老窝，都事先用管绳做下记号，所以从没有滥杀无辜。对于被叛军掳掠的妇女，沈希仪就放她们回家，缴获的牲畜也都归还原主。对于那些暗中帮助叛军的刁民，大军回来后必定立即剿灭，宣扬他们的罪状，"为什么暗中帮助叛军？"

有些刁民手持刀弩等兵器在门缝中偷眼观瞧，准备伺机而动。沈希仪也知道得一清二楚，罚他们每人五头牛，说："为什么手持刀弩张望我军？"由是右江百姓无不惊服，再也无人敢帮助叛军！

沈希仪想剿灭一股顽匪又担心走漏消息，就假装卧床不起，部将们来探望也一律不见。第二天部将们又来探望，沈希仪说："我身体不舒服，想吃点野味，你们和我一起去打猎吧！"于是立即起身上马，一直走到离匪巢只有一二里的地方，才停下安营扎寨。这时将士们才知道此行不是来打猎的！沈希仪用计生擒了顽匪中最骁勇狡猾的，把他肢解了挂在四个城门上，见到的人无不胆战心惊！

沈希仪还派人在狂风大雨夜色昏暗时潜入叛军营中，夜半时分突然放炮。叛军大惊，以为官军杀到，狂喊："老沈来啦！"带着老婆孩子就没命狂逃。小孩受不了一路折腾，或冻饿而死或跌落山崖摔死（苏曰：可怜）。叛军的老婆们指着自己的老公大骂："这就是你做贼的下场！"

叛军一路逃得辛苦，却发现没有官军追杀上来，壮着胆子回去看看，居然一个人也没有！相互一打听，才发现居然没有一个人看到一个官军！派人进城去打探消息才知道，沈希仪一直在自己的府上睡觉，根本就没出门！

叛军被沈希仪杀得没有办法，纷纷下山归降。右江一带就算是一个儿童牵着牛进入深山，也没人敢乱打主意。沈希仪征调投降的部民围剿别处的叛军，部民虽然不愿意但也不敢不去。有时大雨滂沱，部民害怕迟到，甚至泅渡暴涨的河水前来报到。当时的人们说到广西来的将领，如韩观、山云等人能够使人不叛乱，但沈希仪是前所未有哪！

678. 王式

唐朝大中年间，浙江东部裘甫作乱。朝廷派王式担任浙东观察使，专门负责镇压裘甫。王式一到任，就下令把浙东各地府库中的粮食分发给百姓。诸将不解，问王式："大人率大军刚刚来到浙东，军粮尚且匮乏，为什么要把府库中的粮食散发给百姓呢？"

王式说："反贼就是拿粮食来诱惑百姓从贼的。我把粮食散发给百姓，百姓就不会跟着裘甫做贼了！再说各地并无守军，贼兵一到，这些粮食反倒成了反贼的战利品！"

"大人为什么不设置烽火台呢？"

“烽火台是用来报警召唤救兵的！如今各地无兵，设置烽火台只能惊扰百姓！”

“大人为什么又派胆小的人担任警戒任务，而且每次派出的人数也很少呢？”

“勇敢的士兵遇到敌人就会不自量力奋勇冲杀，往往全都被敌人歼灭。结果敌军到了，我们都不知道！”

诸将心悦诚服，“大人深谋远虑，我等不及也！”

卷三　诡道

道取其平，兵不厌诡。实虚虚实，疑神疑鬼。彼暗我明，我生彼死。出奇无穷，莫知所以。集“诡道”。

679. 郑公子突

春秋初期北戎侵犯郑国，郑国国君郑庄公亲率大军抵御。北戎士卒的单兵战斗能力很强，郑庄公非常担忧，“戎人是步兵，机动灵活；我军是车兵，笨重迟缓。我担心戎人会用其所长击我之短！”

郑庄公的儿子公子突（苏曰：“公子”一词在春秋时特指诸侯的儿子，后来用得越来越多，凡是老爸有几个钱或是当个官的少年都被称为公子了）说：“国君设下三重伏兵，然后再派勇敢但却机智灵活的士卒去向戎人挑战。戎人一出战，就立即撤退，诱敌深入。等戎人进入包围圈后，就把他们一举消灭！戎人散漫且贪婪，互不相让。打了胜仗相互争夺战利品，打了败仗只顾各自逃命，从不相互救援！先头部队打了胜仗必定是紧追不舍，中了我军的埋伏一定溃逃！后面的部队一定不会相救，就和没有援兵一样！我军必定大胜！”

郑庄公深然其计。果然不出公子突所料，戎人的先头部队中了埋伏后掉头就跑，郑军大将祝聃率军追杀！三处伏兵齐出，把戎人的部队截为数段，前后夹击，几乎将来犯的戎人全部歼灭！残余的戎人抱头鼠窜而去！

680. 夫概

吴王阖闾在柏举（注：今湖北省麻城市东）大破楚军，一路追击楚军到了清发河。吴王阖闾准备就在清发河边一举全歼楚军，他的弟弟夫概说：“困兽犹斗，何况是人呢？如今楚军将士知道已无退路，抱必死之心，背水一战必定大破我军！我们不如先暂缓攻击，让楚军渡河。楚军渡过河的知道自己已逃过一劫，没过河的也只想渡河逃命，如此则斗志全无！我军等楚军渡河到一半的时候再发动攻击，必定大获全胜！”

吴王阖闾深然其计，半渡而击，再次大破楚军！一直打到楚国首都郢，几乎灭掉了楚国！

苏曰：吴国此次伐楚就是伍子胥一手策划的！如果不是楚国大臣申包胥从秦国请来救兵，楚国就亡国了！申包胥在秦国宫廷上连哭七天七夜，终于感动了秦哀公。秦哀公为他的爱国精神所感动，赋诗相赠，诗曰：

岂曰无衣？与子同袍。
王于兴师，修我戈矛。与子同仇！
岂曰无衣？与子同泽。
王于兴师，修我矛戟。与子偕作！
岂曰无衣？与子同裳。
王于兴师，修我甲兵。与子偕行！

这首诗本是秦地的民歌，后来被载入《诗经》，名为《无衣》。

681. 斗伯比、季梁

楚武王想向汉江以东扩充地盘，于是就把汉江以东实力最强的随国列为打击目标。作为奠定楚国基业的一代雄主，楚武王最明白武力和外交这两手的作用了！他先是亲率大军攻入随国，给随国人以强大的军事压力。然后又派出外交使节出使随国，强迫随国和楚国结盟！（苏曰：说是结盟，其实就是逼着随国当楚国的附庸。）

随国按照礼节也派少师董成回访楚王。楚国大臣斗伯比说：“我国之所以不得志于汉江以东，其实是我们自己造成的！我国总是以武力恫吓，结果汉东诸国心怀恐惧，团结一致共同对付我国！汉东诸国中随国最大，如果随国得意忘形了，众小国必然就会叛离他，这才是楚国之福！少师董成得宠于随侯，请大王隐藏我军精锐，尽以老弱示之，好让随国猖狂！”

楚武王依计而行。董成果然被骗，以为楚军羸弱，回去后就请随侯出兵攻击楚军。但楚国人的阴谋却被一个叫季梁的随国大臣看穿了，“楚军故意显示自己的软弱是想引诱我军出击！”

随侯想想有理，便没有出兵。

冯子曰：当时如果没有季梁的话，差点儿就要中了楚国的圈套了！楚国大将子反曾说：“被敌军围困，就应当显示城中的存粮尚多；敌国使者来了，就应当让他看到精兵肥马！”所以说，凡是故意示弱的都是诱敌之计！

西汉初年，汉高祖刘邦亲率三十万大军攻击匈奴。两军交战前，刘邦派人出使匈奴，匈奴的冒顿单于把精兵肥马全都隐藏起来，展示给汉朝使者的都是老弱瘦马。

出使匈奴的十余个使节都说匈奴羸弱，大汉天兵一到，匈奴必定土崩瓦解，只有跪地求饶的份儿！刘邦又派大臣刘敬出使，刘敬回来说：“两国相争，应当互相炫耀自己的实力才对！如今臣在匈奴军中看到的只有老弱瘦马，这必定是匈奴人故意展示给我们看的！这是他们的诱敌之计！他们隐藏精兵肥马，好给我军以突然一击，臣认为匈奴不可击！”

刘邦不听，结果被匈奴骑兵包围在白登山（注：今山西省大同市附近）整整七天七夜！

苏曰：真实的历史是刘邦狂怒，指责刘敬扰乱军心，下令把他投入大牢，说是等凯旋之后再宰了他。结果果然不出刘敬所料，刘邦连同汉军主力二十余万被匈奴精锐骑兵四十万团团包围在白登山！没有一支援军能救出刘邦！

这时刘邦手下的大臣陈平派人对冒顿单于的阏氏（注：相当于皇后）说，要送年轻貌美的汉朝公主向匈奴求和。公主一来您就要失宠了！冒顿单于的阏氏吓坏了，为了保住自己的地位，遂向冒顿单于狂吹枕头风，要求放了刘邦。冒顿单于脑子一晕，就听了老婆的话，放走了刘邦这条大鱼！

刘邦回去后对刘敬说：“我没听你的话结果被匈奴包围，凡是说匈奴可击的使者都被我砍了脑袋！”封刘敬为关内侯，食邑两千户，号曰建信侯！

虽然很不赞成刘邦杀了那些说匈奴可击的使者，但是刘邦豁达开阔的气度确实令人敬佩！再想起袁绍和田丰的故事来，令人扼腕唏嘘！

682. 蒍贾、师叔

楚国发生大饥荒，他的附庸国庸国（注：在今湖北省竹山县东）觉得有机可乘，于是就串通叛楚。麇国（注：在今湖北省郧县）也落井下石，串通百濮（注：濮是一个古代的部族，因为散居各地所以称为“百濮”），联兵聚于选地（注：今湖北省枝江市），准备讨伐楚国！楚国人大为惊恐，申城和息城北方的城门都不敢开了！面对如此糟糕的局势，楚国人想出的办法是迁都，先躲一阵子再说！

大臣芀贾坚决反对迁都的提议，“我们能去的地方敌人也能去！为今之计不如讨伐庸国！麇国和百濮认为我国歉收不能出兵，所以才敢侵犯我国。我军一旦出征，他们肯定吓得屁滚尿流，各自逃回老家去了！百濮散居各地，哪里还能对付我们？”于是楚军大举出动讨伐庸国，结果被庸国人打得大败，就连大将子扬窗也被庸国人俘虏了。

不过，子扬窗这家伙虽然打仗不行，越狱却很有一套，过了三天竟然逃回来了！回来后就说：“庸国部队很多，还有群蛮相助，我军兵力不足，还需再调援军方可一战！”

师叔说：“不可！只需再与庸国交战，然后故意败给他们！如此一来庸国人就会狂妄自大，我军将士则义愤填膺，彼骄我怒，必可大破之！当年先君蚡冒就是用这个办法征服了山林水泽中的各个部族！”

于是楚军又与庸国人交战，七战七败！庸国人笑道：“楚国人已不是我们的对手！”然后再也不以楚军为意，整日里大碗喝酒大块吃肉。

楚国大军于是兵分两路突然杀到，庸国人猝不及防连战连败，遂被灭国。

683. 田单

苏曰：燕国是战国七雄里最弱的一个。燕国的软弱是有传统的，早在春秋时期，燕国由于地处中原的最北方所以经常被山戎人欺负，有一次还差点亡国！幸亏齐桓公出兵，不但打败了入侵的山戎，还消灭了山戎人建立的两个国家令支国和孤竹国，并把这两个国家的地盘送给燕国。燕国由此才成为大国。

整个春秋时期史书对燕国的记载非常少，在印象中燕国似乎就是稀里糊涂过日子，别人懒得理它，它也不搭理别人。到了战国时期，燕国竟然也忝居“战国七雄”之一，简直是可笑。因为燕国人除燕昭王在位的一段时期外，从来就没有打过胜仗！燕国人还特别没有自知之明，动不动就去招惹真正的强国——赵国，每次都被赵国人打得屁滚尿流！就这还不长记性，好了伤疤，又去招惹人家，然后又是屁滚尿流！

不过燕国在战国时期却出了一个极品人物，或者说是战国时代的奇葩，那就是燕王哙！燕王哙是个书呆子，仰慕上古时期尧舜禅让权力给贤臣的壮举，把王位禅让给了宰相子之。这就引起了太子平的极度不满，两派势力水火不容，终于爆发内战。结果齐国人渔翁得利，一举灭了燕国，两派势力统统完蛋！

不过齐国人在燕国的统治极为残暴，各国也不愿意看到齐国的势力扩张。在燕国人的抵抗和诸侯的帮助下，燕国得以复国。当时在韩国充当人质的公子职继位为王，这就是大名鼎鼎的燕昭王！

燕昭王身怀家仇国恨，礼贤下士访贫问孤，与百姓同甘共苦，一心一意要报齐国灭国之仇！经过整整二十八年的励精图治，燕国终于强大起来！公元前 284 年，燕昭王派乐毅为主帅领兵伐齐，连下齐国七十余城，整个齐国只剩下莒和即墨两座城！乐毅考虑到不能一味靠武力来征服齐国，所以就对这两座城采取围而不攻的策略，希望齐国人能主动投降。但不幸的是信任他的燕昭王去世了，继位的燕惠王与乐毅有仇！

齐国的即墨守将田单得知燕昭王死后大喜，派人四处散播谣言，“乐毅之所以留着莒和即墨两座城不攻，是因为他和燕王有仇。害怕攻下了这两座城就没有借口继续留在齐国了，担心一回到燕国就会被燕王杀头！乐毅心里想的是继续在齐国收买人心，然后在齐国称王！如今齐国人还没有归附他，所以才留下即墨不攻！现在齐国人最害怕的就是燕国换别人来，要是这样即墨就完蛋了！”

燕惠王听到谣言觉得很有道理，就改派骑劫担任主帅。乐毅知道自己回到燕国后肯定没有好果子吃，于是就投奔赵国去了。乐毅在燕军中的威信极高，燕军将士对此次变动极为不满但也无可奈何！

得知乐毅被排挤走后，田单大喜，骑劫这个傻瓜显然好对付多了！为了鼓舞士气，田单决定大搞秘密活动。他每次吃饭的时候都在院中撒一些吃的，鸟儿就来吃。日子久了，鸟儿就学乖了。每次到了饭点儿，鸟儿就呼朋唤友来田单的院子吃饭。齐国人不明就里，看到每次吃饭的时候就有一大群鸟儿到田单的院子里翩翩起舞，觉得非常奇怪。田单就说：“这是因为有神仙下界来帮我！”

随后田单在城中宣扬，“当有神人为我师！”有一个士卒刚刚被老婆赶出家门，窝了一肚子火，听到田单这么胡说八道就随口说：“我就是你老师！”一说完才知道害怕，转身就跑！田单把他追回来，还真把他当老师看待！那个士卒根本就是个文盲哪里敢做田单的老师？吓得差点儿小便失禁，哆哆嗦嗦地说：“我是骗你的，其实，我是个文盲！”

田单压低声音，厉声喝道："闭嘴！"从此就把这个士卒当神仙一样给供起来，每次发布号令都说是神仙的旨意。然后田单又宣扬说："神仙最怕燕军把齐国降兵的鼻子给割了，然后把他们推到前线与我们交战！如此即墨必定不保！"

骑劫就真的信了，把齐国降兵降将的鼻子都给割了。即墨城中的齐国人一看投降燕国竟然是这个下场，更加坚定了坚守下去的决心。

田单又宣扬，"神仙最害怕燕国人刨齐国人的坟墓，侮辱祖先的尸体！要是这样，齐国人就心灰意冷无心再战了！"

以骑劫的智商，他又相信了！燕军挥舞镐锹把城外齐国人的坟墓挖了个遍，把尸体拽出来一把火给烧了！即墨城中的齐国人看到燕军竟如此侮辱自己的祖先涕泪交加，无不义愤填膺，纷纷表示要出城和齐国人玩命！（苏曰：可怜齐国人的祖先哪！）

田单一看士气可用，便把自己的老婆小妾都编入部队以鼓舞士气。下令让将士们吃饱喝足隐蔽起来，准备与燕军决一死战！把将士们撤下后，田单派老弱和妇女上城守城，以示即墨已无力再战！准备停当后，田单派人出使燕军大营，请求投降，燕军将士大喜，狂呼"万岁"！田单又搜刮城中的黄金两千四百两，让城中的富豪把这些金子送给燕军的将领，求情说："即墨投降后，请不要抢劫我家！"

燕将大喜，满口答应！由此燕军的戒备更加松懈，燕军将士们想的都是赶紧进城狠狠捞一把然后回家！田单搜集城中的牛，得到一千多头，然后给这些牛披上画满五彩龙纹的衣服，在牛角上绑上尖刀。再在城墙上凿出几十个大洞，把用油脂浸泡过的芦苇绑在牛尾巴上点着了，夜半时分从城墙的大洞中赶出来，直冲燕军大营！

牛被烧得疼痛难耐，疯了一样直冲燕军！燕军睡得正香，看到一群疯狂的怪物直直向自己冲来，身上是五彩龙纹，也不知道是什么东西，反正一碰非死即伤！即墨城中的五千齐军紧随其后，向乱作一团的燕军猛砍猛杀，城中的老弱妇女敲着锅碗瓢盆呐喊，助威声震动天地！燕军霎时崩溃，一路狂逃，主帅骑劫也死于乱军之中！齐军紧追不舍，收复了所有的失地！

冯子曰：陈胜吴广也曾靠着此类活动鼓动人心。陈胜和吴广想造反，造反的第一步当然就是发动群众了！陈胜先在一块布上用红字写下"陈胜王"三个大字，然后把这块布塞进一条大鱼的肚子里。同伴们破开鱼腹准备吃鱼的时候，突然发现了这块布，一读"陈胜王"三个字都大吃一惊！

陈胜又让吴广半夜的时候躲在祠堂旁的丛林里，点燃篝火装出狐狸叫的声音，大喊，“大楚兴，陈胜王！”同伴们半夜醒来都惊诧不已，第二天起床后相互窃窃私语，目光都盯着陈胜看。

陈胜和吴广借此点燃了反抗暴秦的熊熊烈火！

隋末割据洛阳一带的王世充也借此来鼓舞军心士气。当时王世充和李密领导的瓦岗军长期对峙，王世充败多胜少，将士们士气低落。王世充就胡说自己梦到了周公，派巫师对将士们说：“周公令仆射（注：王世充时任隋尚书左仆射，总督内外诸军事）火速讨灭李密，定会成功，否则就会在军中降下瘟疫！”

王世充还假模假样在洛河旁祭祀周公。王世充手下的将士都是楚地人，一向迷信，巫师一说就信了，纷纷主动请战！王世充大喜，带着斗志昂扬的将士如狼似虎一般杀向李密，把李密打得大败！

两宋之交的大将王德受命剿灭秀州（注：今浙江省嘉兴市）的反贼邵青。探马来报，说邵青打算在两军阵前用火牛冲击官军。王德笑道：“这是古法，可一不可再！他不知道变通就只能是死路一条！”

两军交战前，王德下令弓箭手全部箭上弦。邵青刚刚放出火牛，官军立即万箭齐发！火牛调转方向朝着邵青的部队猛冲，反而把邵青的阵形冲得乱七八糟！官军随即跟在火牛后发起冲锋，反贼大败！

684.康茂才

苏曰：元朝末年，天下大乱，各路义军蜂起。元朝廷刚开始镇压起义军还挺起劲儿，后来自己内部斗得一塌糊涂，就顾不上镇压了！到最后，出现了一个可笑的局面：北方是元朝内部各派在互相残杀争夺地盘；南方则是各支起义军之间为了争夺地盘而大打出手！元朝皇帝像个局外人似的待在北京看热闹。

当时的南方有三支义军最为强大。最强的是自称汉帝的陈友谅，占据现在江西、湖北、湖南一带；其次才是后来的明太祖朱元璋，占据现在的江苏省南部、安徽及浙江的一部分；最弱的是割据江浙一带的张士诚。张士诚这个人没什么大志向，仅仅满足于保住地盘。而陈友谅和朱元璋都雄心勃勃，梦想着统一天下，所以他俩是互相都看对方不顺眼，恨不得把对方一口吃掉！

首先发难的是陈友谅。由于朱元璋的地盘夹在陈友谅和张士诚之间，所以陈友谅请张士诚同时出兵夹击朱元璋，一举攻占朱元璋的老窝建康（注：今江苏省南京市）。有人就劝朱元璋亲自率兵抵御陈友谅，朱元璋说："陈友谅一旦得知我率主力出征，必定会以水师顺流直扑建康，半日就可到达！那时我再领兵回援，敌军以逸待劳，我军必败！此乃兵法之大忌！"

说罢就叫来大将康茂才，对他说："如果陈友谅和张士诚同时进兵则我危矣！为今之计只有先破陈友谅，陈友谅一败则张士诚必定胆破！你能想办法让陈友谅快点儿出兵吗？"

康茂才说："我家的看门老汉以前曾服侍过陈友谅，如果派他去，陈友谅一定会相信！"于是就让看门老汉拿着康茂才的亲笔书信去见陈友谅，说康茂才愿为内应。

陈友谅看过书信后大喜，问看门老汉，"康将军驻守在哪里？"

"驻守江东桥。"

"江东桥是什么桥？"

"木桥。"

陈友谅兴奋异常，嘱咐看门老汉说："我到江东桥后呼'老康'为号！"

看门老汉回来后如实禀报，朱元璋大喜，"陈友谅中了老子的圈套了！"命人连夜把江东桥改建成石桥。派大将冯胜、常遇春率三万人马埋伏在石灰山旁；又派大将徐达率军埋伏在南门外；大将杨璟驻防大胜港；张德胜、朱虎率水师停靠在龙江关外；朱元璋亲率主力驻防卢龙山，下令掌旗官带着黄旗在山右隐蔽，又带着红旗在山左隐蔽，并命令他们："敌军到了就举红旗！听我鼓声一响就举黄旗，伏兵皆起！"

当天陈友谅就亲率水军来到了江东桥，却惊讶地发现江东桥竟然是座石桥！陈友谅不肯死心，高呼："老康！老康！"但却始终无人回应！陈友谅这才感觉到不对，知道自己中了朱元璋的埋伏！不过陈友谅也是久经沙场的老将了，知道自己中了埋伏却并不惊慌，立即派水军杀往龙江，然后又派步卒万余上岸设立栅栏以作防备。

当时正值酷暑，朱元璋看出马上就要下大雨，就传令士卒先饱餐一顿。过了一会儿，暴雨突至，红旗举起，朱元璋的大军如猛虎一般扑向陈友谅。两军在栅栏前展开激战，这时暴雨已停，朱元璋下令击鼓举起黄旗，于是各路伏兵一起杀向陈友谅！陈友谅的大军腹背受敌，终于崩溃！

苏曰：陈友谅是朱元璋统一天下过程中最强有力的对手！江东桥之战，朱元璋虽然取胜，但却并没有消灭陈友谅的主力。真正彻底歼灭陈友谅主力是在后来的鄱阳湖之战。消灭了陈友谅后，就再也没人能够阻挡朱元璋统一天下的势头了！

685. 张良

秦朝末年，刘邦率领大军攻到了峣关（注：西安市蓝田县城南，距离秦朝首都咸阳仅三百里）。刘邦打算强攻，张良就说："秦军实力尚存不可轻视！臣听说峣关守将是屠夫的儿子，这种人可以动之以利，用不着打打杀杀的！请您在山上插满旗帜作为疑兵，然后再派郦食其（注：此人是刘邦手下著名的说客）拿着金银财宝去劝降秦将！"

秦将果然心动，表示愿意和刘邦合兵一处一起偷袭咸阳！刘邦非常高兴，打算接受秦将的投降。张良又说："只是守将一个人愿意投降而已，他手下的将士未必愿意！不如趁他们没有戒备发兵突然袭击！"

刘邦是有名的无赖啊，没有一点儿不好意思，当即下令出兵偷袭峣关。秦军毫无防备，被刘邦打得大败！刘邦就这样攻下了峣关。

苏曰：对于刘邦的背信弃义，我一点儿都不奇怪。这个连他老爸和亲生儿女都毫不在意的家伙，还有什么事是干不出来的？不过张良这一招确实有些过分了，虽说兵不厌诈，但人家已经答应投降了，还出兵突然袭击，不太好吧！

冯子曰：楚汉相争时，刘邦派郦食其游说齐王田广。田广被郦食其说动，表示愿意归附刘邦，为表示诚意还撤去了历下（注：今山东省济南市历下区）的守军，天天大宴郦食其。韩信得知齐军已不作防备，居然出兵偷袭齐国，齐国当然惨败！

苏曰：处在田广的位置上，任何一个正常理智的人都会认为他是被郦食其出卖了！被韩信打得屁滚尿流的齐王田广恼怒之极，亲自下令把郦食其扔进沸腾的大锅里！韩信是我最为欣赏的历史人物之一，但他的这一做法我却很不赞同！

唐太宗接连出兵进攻突厥，颉利可汗连战连败，不得已遣使求和。唐太宗派大臣唐俭回访突厥，双方展开和谈。正领军出征突厥的大将李靖得知后说："颉利虽然战败，但手下还有十余万大军。如果此次他得以逃脱，向北越过沙漠，那以后再想消灭他可就难了！如今唐俭出使突厥，突厥必定放松戒备。我如果率精骑一万突然袭击，定可生擒颉利！唐俭辈何足惜哉？"

说罢连夜出兵，突厥毫无防备，全军覆没！一万余人被杀，十几万人被俘，缴获牛羊数十万只，颉利可汗本人随后也被唐军活捉！东突厥汗国灭亡！

苏曰：李靖的大军离颉利可汗的牙帐只有七里了，才被突厥发现。颉利可汗大惊失色，慌忙来找唐俭，责问他两国不是正在和谈吗，怎么唐军竟会突然杀到！唐俭急中生智骗颉利说："这一定是有些将领还没有接到皇上与突厥和谈的旨意，待我去与他们说明情况即可！"颉利可汗也是被吓傻了，竟然就让唐俭去了！唐俭翻身上马一路狂奔，总算是捡得一条性命！

686. 李广、王越

西汉大将李广担任上郡太守的时候，有个宦官带领几十个骑兵偶遇三个匈奴人。宦官大喜，以为可以以多胜少！没想到这三个匈奴人箭法十分了得，竟然把汉军骑兵全部射死！宦官本人也被射中，带着箭逃回了大营！李广闻报后说："这三人必定是匈奴的射雕手！（苏曰：真正的射雕英雄！）"说罢就率领了一百多骑兵追了出去。那三个匈奴人没有骑马，所以很快就被李广追上！虽然是匈奴的射雕手，但论起箭法来比李广还是差远了！没多久其中两人就被李广射死，另外一人被活捉！消灭了匈奴的射雕手，大家都很高兴，没想到在回营的路上却与数千匈奴骑兵突然遭遇！匈奴人看李广只带了一百来人竟然就敢深入匈奴境内，非常惊讶，以为是诱敌之计。所以也没敢轻举妄动，而是上山列阵，严密观察汉军的动向！

李广手下的士卒一看竟遇到这么多匈奴人都吓坏了，掉头就想跑！李广说："我们离大军主力尚有数十里之遥，只要我们一跑匈奴人肯定来追！我们这一百多人只会落个被全部射死的下场！所以万万不能逃跑！只要我们不跑，匈奴人肯定会认为我们是一支疑兵，是来引诱他们的！他们反而不敢攻击我们！"为了装得更像一些，李广下令全军向着匈奴人的方向缓缓前进，一直走到离匈奴人只有二里地的地方才停下来。随后李广又下令："全体解鞍下马！"有人说："咱们离匈奴这么近，万一有变怎么办？"李广说："匈奴人以为我们会逃跑，但我们偏偏解鞍下马，摆明了告诉他们，我们不会逃跑！"

匈奴人更加疑惑，始终不敢出击。有位骑白马的匈奴将军按捺不住冲出阵来，李广立即率领十几个骑兵冲上去，一箭把他射死！然后又回到原地，解鞍下马，传令士卒全部卧地休息。双方就这么僵持着，谁也不敢发起攻击。到了半夜，匈奴人的心理防线终于崩溃，担心汉军的伏兵会偷袭他们，竟然全部偷偷溜了！到了早晨，李广带领大家顺利返回了大营！

苏曰：李广英勇善战，威名远播，号称“飞将军”。以至于凡是李广镇守的地方，匈奴人都不敢来侵犯，所以李广斩杀敌军首级的数量反而远远少于别的将领！按照当时的军功制度，功劳的大小是按照斩杀敌人首级的数量来计算的，故而李广始终未能封侯！这是李广最为遗憾的一件事情！此处附唐朝诗人王昌龄为李广所作的诗一首，以表对李广将军的敬意！

王昌龄《出塞》

秦时明月汉时关，万里长征人未还。
但使龙城飞将在，不教胡马度阴山。

明朝大臣王越和保国公朱永率领一千士卒巡视边境突然与蒙古大军遭遇。朱永转身就要逃（苏曰：这样的脓包真是愧对保国公的名号！），王越赶忙把他拦住，下令结阵自固。

蒙古人看明军人数这么少却并不逃跑，反倒显得是从容不迫，以为是诱敌之计，也不敢进攻。双方一直僵持到日暮时分，王越下令骑兵全部下马，全军保持肃静鱼贯而行，向着回城的方向进发，并严令士卒不许回头！王越亲自率领骁勇之士殿后，全军沿着山路缓缓而行。一直回到了城里，蒙古人都没有发现！

第二天，王越对朱永说：“当时我军只要一逃，蒙古大军立即就会追上来，我们必定全军覆没！我当时下令结阵自固，显示从容不迫的样子就是迷惑蒙古人。让大家下马鱼贯而行，就是为了不发出声音，让蒙古人察觉不到我军在悄悄地后撤。”

687. 吕蒙、马隆

苏曰：在三国时期，荆州的地理位置极为重要！对于东吴来说，荆州地处上游，敌军如果占领荆州，大军即可顺流而下，直扑东吴首都建康。在那个没有机械动力的时代，顺流而下在军事上无疑占有极大的优势！对于割据四川一带的蜀汉来说，荆州就更显得重要了！由于四川是个盆地，通往外界的道路极为险要难行，所以占有荆州就可以取得一块向东进攻东吴，向北进攻曹魏的战略根据地！事实上，诸葛亮《隆中对》的所有战略构想，都是建立在占领荆州的基础上！在丢掉了荆州后，诸葛亮只能选择从陆路越过秦岭进攻曹魏，后勤供应困难就成了制约其军事行动的瓶颈！对于曹魏而言，如果能够占领荆州，曹魏不但可以在战略上分隔东吴和蜀汉，而且还同时取得了进攻东吴和蜀汉的捷径。正是由于荆州在战略上的重要性，所以三方围绕荆州的争夺就显得尤为激烈。

经过一番激烈的斗争后，荆州由东吴和蜀汉两家分割占领。但双方都不满意，都想着要把对方给踢出去，自己独占荆州。东吴驻防荆州的大将是吕蒙，蜀汉是关羽。吕蒙知道关羽一直想吞并荆州，并且地处自己的上游，所以格外注意和关羽搞好关系。

后来关羽出兵攻打曹魏的樊城（**注：今湖北省襄樊市**），与曹魏的大将于禁对峙。虽然正在与曹魏作战，但关羽却并没有放松对吕蒙的戒备，留了重兵驻防公安（**注：今湖北省公安县**）、南郡（**注：今湖北省公安县东北**），专门防备东吴的吕蒙。

于是吕蒙给孙权上疏道："关羽攻打樊城却留重兵在荆州，这是因为他担心臣会偷袭他的后方！臣的身体一直不好，请陛下准许臣以治病为名返回建康。只要臣一离开荆州，关羽就一定会把驻防公安和南郡的军队调往樊城前线。我军则可趁机夺取南郡活捉关羽！"

孙权就以治病为名把吕蒙召回建康。吕蒙向孙权推荐陆逊接替自己，说陆逊才堪大用但尚不为人所知，关羽一定会轻视陆逊。陆逊到任后，给关羽写了一封信，极尽阿谀奉承之能事，把关羽捧上了天！关羽这人本来就比较骄傲，陆逊又没什么名气，看到这封书信，关羽更加确信陆逊是个无名小卒，绝没有胆量敢偷袭荆州。再加上前线兵力不足，关羽就下令把驻防公安和南郡的一部分军队调往樊城前线。

得到关羽抽调公安和南郡的军队增援樊城的消息后，孙权大喜，他知道吕蒙的骄敌之计已经成功！吕蒙迅速赶赴浔阳（**注：今湖北省黄梅县西南**）前线，把精兵藏在船中，让摇橹的士兵换上商人所穿的白衣，昼夜行进。一路上把关羽沿江所布置的哨兵全部活捉，所以关羽对于吕蒙的偷袭毫无察觉！

吕蒙的大军就这样悄无声息直抵南郡。南郡守将傅士仁、糜芳猝不及防，只得开门投降。关羽及其手下将士的家眷全都落到了吕蒙手中！吕蒙对他们温言抚尉，严令将士不得侵扰百姓以收民心。有一个士卒擅自取了百姓的一个斗笠，虽然这个士卒是吕蒙的同乡，但吕蒙还是挥泪把他斩首！将士们震恐不已，再也不敢侵扰百姓。南郡城中秩序井然，夜不闭户路不拾遗。

吕蒙每天都派左右的亲信问候南郡城中德高望重的士绅。城中的百姓有得病的，吕蒙就派人送去医药；有吃不饱穿不暖的，就派人送去衣服和粮食。城中的府库一律封存，等待朝廷接收。

关羽在樊城前线得知南郡已经陷落极为震惊，慌忙回军要夺回南郡。回军途中还屡次派人出使吕蒙以探听敌情。吕蒙对这些使节极为礼遇，带着他们在城中参观。城中的百姓看到使节就纷纷来与他攀谈，都说吕蒙待他们很好，有的还托使节捎书信给关羽军中的亲人。

使节回来后，关羽军中的将士挂念家人纷纷来问南郡城中的情况如何。使节如实作答，将士们知道自己的家眷很好，甚至比关羽在的时候还好就都放下心来。全军将士遂无斗志！关羽终于败走麦城，被东吴活捉！

西晋太康初年，西平（**注：今青海省西宁市**）一带的首领成奚屡次侵犯边境。朝廷任命马隆为西平太守，负责剿灭成奚。马隆率军出征，成奚却并不出战，只是凭险据守。马隆就让士卒手持农具装作要种地耕田的样子。日子久了，成奚以为马隆只是来开荒屯垦的就逐渐懈怠下来。马隆趁其不备突然发动攻击，成奚猝不及防，被马隆杀得大败！马隆在任期间再也不敢来侵犯边境。

688. 孙膑、虞诩

战国初期，魏国派大将庞涓率军攻打韩国。韩国屡战屡败，被迫向齐国求救。齐国出于遏制魏国扩张的战略考虑，派大将田忌为帅，孙膑为军师率军救韩。

此次齐军在孙膑的建议下采取围魏救赵之策，没有直奔韩国而是直扑魏国首都大梁。庞涓被迫率军回援。但孙膑的意图并不是与魏军决战，而是要设伏一举全歼魏军主力，所以在得知庞涓回援后即率军撤退。

由于孙膑接连两次采取围魏救赵之计，迫使庞涓率军回援国内，使得他攻赵和攻韩都功亏一篑。所以庞涓此次下定决心，一定要歼灭齐军主力，彻底扫除后患！得知齐军已经回撤，庞涓即下令追击。孙膑早已料到庞涓会追杀而来，就对田忌说："三晋（**注：韩赵魏三国都是由晋国分裂而来，故称为三晋**）之兵向来彪悍勇猛轻视齐军，认为齐军胆怯懦弱。善战者，因其势而利导之。兵法云：'百里而趣利者，蹶上将；五十里而趣利者，军半至。’”然后建议田忌实行减灶之计。

第一天，孙膑下令在宿营时建造十万人用的炉灶；第二天，只建造五万人用的炉灶；第三天，则只建造三万人用的炉灶。庞涓追击齐军，每天都数齐军的炉灶数量借以推断齐军的兵力。看到齐军的炉灶不断减少，庞涓不由得喜上眉梢，“我就知道齐国人都是胆小鬼窝囊废，才不过三天士卒就逃亡了一大半！”说罢下令步军和辎重后行，自己亲率精锐骑兵追击齐军。

孙膑计算道路里程，估计日暮时分庞涓就可到达马陵。马陵道路崎岖狭窄，两旁多山，正是埋设伏兵的绝佳之地！孙膑就派人把一棵大树的树皮剥掉，在树干上写下“庞涓死此树下”六个大字，在道路两旁埋伏下一万名弓弩手，对他们说：“晚上的时候只要看到火光就一起发箭！”

日暮时分，庞涓果然追到了马陵，看到树上写的有字就举起火把想看看清楚。还没来得及看完这六个字，齐军就万箭齐发，魏军大乱。齐军随即伏兵四起，魏军大败！庞涓走投无路，被迫自杀！

李贽（注：明代思想家）曰：哪有十万之师三天内就逃得只剩三万还不知是计呢？

苏曰：孙膑和庞涓本是同学，二人都师从于鬼谷子。庞涓先行发迹，在魏国为将，孙膑赶去投奔。庞涓发现孙膑的才干远在自己之上，为了保住自己的位子，庞涓遂陷害孙膑叛国，导致孙膑被处以膑刑（注：剔除人的膝盖骨）！庞涓之所以没要孙膑的命，是因为他想让孙膑给他写出其祖先孙子所著的《孙子兵法》。没想到孙膑身边一个伺候他的丫鬟因为同情孙膑的遭遇，而将庞涓的阴谋告诉了他。孙膑大惊，只好装疯以活命。后来孙膑在一位出使魏国的齐国使者的帮助下逃到了齐国，并以“田忌赛马”获得齐王的赏识从而进入齐国的决策层。从此这两个昔日的同窗成为水火不相容的死对头！还好老天有眼，让庞涓这个混蛋死在了孙膑的手里！庞涓即使是在临死前仍毫无悔意，恶狠狠地说“遂成竖子之名！”意思是说，让这小子成名了！

东汉元初年间，羌人在西北作乱，屡屡侵犯武都（注：今甘肃省成县西）。当地官员无力应对，朝廷遂任命虞诩为武都太守，负责镇压羌人的叛乱。

羌人知道虞诩要来打他们很不高兴，集结了数千人把他堵在陈仓（注：今陕西省宝鸡市）崤谷，不让他上任！虞诩带的部队很少，于是他就下令暂时停止前进，宣称要向朝廷上书请求援兵，等朝廷的援兵到了再去上任。

羌人不知是计，还以为虞诩真的不敢上任了，于是就分兵四处抄掠。虞诩趁机下令日夜兼程向武都进发。每天都要走一百多里路，而且下令每个士卒都造两个炉灶，第二天加倍建造！羌人看虞诩的部队炉灶越建越多，还以为他的援兵不断到达，始终不敢发起攻击！有人问虞诩：“当初孙膑减灶，如今大人增灶！况且兵法有云：‘每日行军不超过三十里’，如今大人每日行军近二百里，这是为什么？”

虞诩说：“敌众我寡，走得慢了就会被羌人追上。羌人看我炉灶日增，一定会认为是援兵不断到达。我军兵力既强行军又快，羌人必定不敢来追！当初孙膑示弱，如今我军示强，只是因为形势不同呀！”

虞诩到达武都后清点兵力，连同自己带来的部队总共还不到三千人。而集结在附近的羌人则有一万余众，日夜不停围攻武都附近的赤亭城已有数十日！虞诩下令不得发射强弩，只许发射小弩。羌人以为虞诩军中没有强弩，遂集结重兵猛攻赤亭。虞诩随即下令二十张强弩瞄准一人发射，羌人无不应弦而倒！羌人大为震恐，遂收兵回营。虞诩趁机下令出城追杀，把羌人杀得大败！

第二天，虞诩下令所有的部队从东门出城，然后再从北门回城。回城后改换服装再出东门，由北门回城。如此数次，羌人不知道虞诩到底有多少人马，更是人心惶惶。虞诩估计羌人昨日大败，今天又被自己吓得够呛，料定他们会撤退，就在河流的水浅处埋伏下五百余人。羌人果然被虞诩的疑兵之计吓得斗志全无，决定回家歇两天再说，没想到却中了虞诩的埋伏，被五百伏兵杀得大败！

689. 祖逖、檀道济、岳飞

东晋大将祖逖出兵北伐，与后赵大将桃豹对峙于陈川故城，相持四十余日不分胜负。当时两军都缺乏粮草，双方将士都饥肠辘辘无力作战。

祖逖下令用土装满粮袋，又派一千余士卒把这些粮袋源源不断运到军中。然后又故意安排几个士卒挑着真米，装作是掉队的样子坐在路旁休息，专等后赵来抢。

后赵将士果然来抢这几个掉队的士卒，这几个士卒按照祖逖的吩咐，丢下大米就跑。后赵将士已经很久没吃过饱饭了，一看抢来的居然都是白花花的大米，还以为那些粮袋里装的也都是大米呢！想来想去，这要是再和祖逖对峙下去，根本就不用打，饿就把我们饿死了！怎么办呢？只好逃跑了！

南北朝时，刘宋大将檀道济率军北伐，前后三十余战，屡破北魏大军，兵锋直指历城（注：今山东省济南市历城区）！北魏不敢与他正面作战，派出精锐骑兵奔袭檀道济大军的后方，一把火烧掉了檀道济所有的粮草！

檀道济无奈只得撤军，这时有个投降的士卒把檀道济缺粮的秘密告诉了北魏。北魏人一听檀道济没粮了一下子豪气冲天，出动大军追击！檀道济手下的将士听到北魏大军来追的消息都吓得屁滚尿流，这肚里空空如何打仗呢？大军人心惶惶，眼看就要不战自溃了！

檀道济倒是不慌不忙，下令在晚上摆出一副给将士们分粮的样子来。装模作样大声喊道：给李大狗两斛粮食，给王二驴三斛大米，等等！其实分的都是沙子，只是把仅存的一点大米盖在沙子上而已，一直忙活到天亮还没忙完！北魏人一看还以为檀道济的粮食多得很呢，恼恨降卒骗他，一怒之下把那个投降的士卒给砍了！北魏人本来就怕檀道济，以为他没粮了，才壮起胆子来追。如今一看檀道济粮食还多得很，就只敢远远跟在后面，一路把檀道济护送出境！

岳飞奉诏招抚反贼曹成。曹成自己当山大王逍遥自在，当然不愿意受什么招安。岳飞就给宋高宗上奏，"反贼势力大的时候就肆意妄为，走投无路才会受招安！如今不先让曹成吃吃苦头，他是不会受招安的！"

宋高宗表示同意，岳飞就率军征剿曹成。这时官军正好抓住了一个曹成派来的奸细，绑了押在岳飞帐下。岳飞装作没有看到他，走出大帐询问粮草供应的事情。主管粮草的小吏按照事先的安排故意说："粮食已经吃完，又供应不上，如何是好？"

岳飞说："那就只好先撤回茶陵了！"然后才装作回头看到了那个奸细，又装作后悔失言的样子跺足回到大帐。回到帐中后，岳飞密令士卒故意放松看管，让那个奸细逃了回去。

奸细逃走后，岳飞即刻下令全军将士饱餐后出发，直奔曹成大营。曹成听了奸细的汇报以为岳飞食尽打算撤军，还准备第二天追击岳飞呢，万万没有想到岳飞的大军已经杀到了眼前！曹成根本就没有任何防备，全军大溃！岳飞再接再厉，接连攻占曹成的险隘，终于把曹成从一个逍遥自在的山大王打成了一条惶惶不可终日的丧家犬！直到这时，岳飞才说："如今可以招安曹成了！"

690. 贺若弼

隋朝大将贺若弼计划攻占陈国的京口（注：今江苏省镇江市，在长江以南），为了渡过长江，贺若弼出售老马换取陈国人的船只。出于麻痹陈国人的考虑，贺若弼把这些船都藏了起来，故意弄了五六十艘破破烂烂的船停泊在长江旁的河汉里。陈国人看到后都窃笑不已，以为隋朝无船。

贺若弼下令江防部队在换防的时候都要在广陵（注：今江苏省扬州市，与京口隔江而望）集合，旌旗招展，大军连营数十里！陈国人以为隋军要来进攻，急忙发兵加强京口的防御。后来才知道是隋军换防，以后就不再戒备了。

贺若弼还经常率领大队人马在江边打猎，人马喧嗓，时间长了陈国人也就习以为常了。到后来贺若弼率领大军渡过长江，陈国人事先竟毫无察觉！

691. 李光弼、李希烈

平定安史之乱、中兴唐朝的大将李光弼非常善于用人，手下人只要有一点特长他都能做到人尽其用。史思明围攻他所镇守的太原，李光弼诈降。然后派手下三个善于挖掘地道的士卒带人把地道挖到了史思明的大营中。来来回回好几道，几乎把史思明的大营给掏空了，然后用木头支撑地面以防塌陷。

到了约定投降的日子，李光弼派数千将士出城装作是来投降的。史思明手下的将士都跑来看热闹，没想到地面却突然塌陷，一千多人掉到了大坑里，不是被摔死就是被活埋了！叛军顿时大乱，唐军趁机发动攻击，斩杀及俘虏叛军一万多人！

唐朝官员李元平性情狂傲，满口大话，自称善于用兵，天下人没一个他看得上眼的。虽然大家都很讨厌他，但宰相关播却认为他人才难得。当时割据淮西一带的淮西节度使李希烈自称为王，公开造反，成为朝廷的心腹大患。关播力荐李元平出镇与淮西接壤的汝州，对付李希烈。

李元平到任后倒也摆出了一副整治军备的架势来，第一步就是修葺城墙。李希烈得知后就派了数百士卒扮作是工匠，应募去修汝州城墙。这数百人混进汝州后，李希烈就派了数百骑兵直扑汝州，假扮是工匠的淮西士卒立即打开城门，李元平就这样被李希烈活捉了！

苏曰：这个满口大话谁也瞧不上的李元平一遇到李希烈就被活捉！那些成天在网上狂喊乱叫要灭了这个踏平那个的家伙们，扪心自问一下，比李元平如何？

692. 刘鄩、毕再遇

五代时后梁大将刘鄩与晋王李存勖（注：李存勖后来灭掉后梁建立后唐，即后唐庄宗，但当时仍称晋王）对峙于河曲。刘鄩决定不再与李存勖苦斗，而是率领大军直捣李存勖的老窝太原！为了不让李存勖发觉，刘鄩命人把草人绑在驴上，再把旗帜绑在草人身上绕着城墙走。过了好几天李存勖才发觉。

苏曰：刘鄩有勇有谋，号称“一步百计”。他此次偷袭太原的计划要是成功，五代的历史就要改写了。可惜他运气不好，天降大雨道路泥泞难行。再加之李存勖发觉他撤军后，料定他定是偷袭太原派骑兵紧急增援，刘鄩才被迫放弃偷袭太原的计划。后来李存勖灭亡后梁用的也是这一招，派大军偷袭后梁首都汴梁，一举灭亡了后梁，建立后唐。

南宋大将毕再遇有一次与金军作战的时候打算撤军，又担心金军追击就把羊绑起来，把两只前蹄放在大鼓上。晚上的时候悄悄撤军而去，营帐旗帜都保持原样。金人时时听到鼓声，以为宋军还在营中，过了好几天才发觉宋军的大营中早已是空无一人，只有几只羊而已。这时再想去追却已是来不及了！

693. 韩信

汉王刘邦派大将韩信攻打魏国（注：这个魏国是战国时代魏国王室的后裔在秦末所建立的，在楚汉相争时依附于项羽，所以受到汉军的攻击）。魏国在蒲坂（注：今山西省永济市）和临晋（注：今陕西省大荔县东，与蒲坂隔黄河而望）布下重兵以防韩信渡过黄河。

韩信将计就计，在临晋一带虚张声势做出一副要从临晋强渡黄河的样子，然后率领主力绕道夏阳（注：今陕西省韩城市），由夏阳渡过黄河，直扑魏国首都安邑（注：今山西省夏县）！魏军主力全在蒲坂和临晋，安邑城中毫无防备，韩信活捉了魏王魏豹，一举平定了魏国！

韩信平定了魏国后便挥军攻打赵国。赵王歇和成安君陈馀知道后便把赵军主力驻防在井陉口，号称有二十万，以抵御韩信。

赵国的广武君李左车对陈馀说：“韩信乘灭魏之威锐不可当！听闻‘千里馈粮，士有饥色’，井陉道路崎岖狭窄，韩信远道而来粮草辎重一定落在后方。请大人拨给臣三万人马，臣从小路绝其粮道，大人深沟壁垒不要与韩信交战。韩信进不能与大人交战，退则臣又在后方断其归路，粮草不继，野无所掠，不出十日便可斩下韩信的脑袋献与大人！”

陈馀不听。韩信得知李左车的计谋未被陈馀采纳才敢率军直扑井陉。离井陉口还有三十里，韩信下令安营扎寨。半夜的时候韩信检选了两千骑兵，让他们每人手持一面汉军的红色军旗，命令他们从小路接近赵军大营，对他们说："赵军看到我军溃败一定会全军出动追击我军！届时你们就冲入赵军大营，把赵军的旗帜全都拔了，插上我军的旗帜！"

然后韩信下令让将士们先简单吃一点东西，填填肚子，对将士们说："等今天打败了赵军再好好吃一顿！"诸将都不相信，以为韩信是吹牛，但也不敢不答应。韩信又下令派一万士卒先行背水列阵。赵军将士看到韩信居然违背兵法背水列阵都哄笑不已，认为韩信是个傻瓜！

天亮后，韩信下令向赵军发动攻击，赵军大开营门迎战。两军厮杀良久不分胜负。韩信佯装战败，率军退入背水列阵的汉军阵中。赵军以为韩信已经战败，遂全军出动准备彻底歼灭汉军。

汉军背后就是河流，退无可退，所以将士们都殊死作战。赵军久攻不克遂撤军回营，这时才发现大营中已遍插汉军旗帜。赵军将士以为大营已被汉军占领，顿时精神崩溃。汉军趁机前后夹击，赵军大败！赵王歇被活捉，陈馀被斩首！

诸将问韩信："兵法说：'列阵时右边要有山陵做依托，阵地前方和左方要有水泽。'如今大人背水列阵反而取胜，这是为什么呢？"

韩信笑道："我的做法其实兵法中也谈到了，只是你们没有注意罢了！兵法中不是说：'陷之死地而后生，投之亡地而后存吗？'我军的士卒都是新招募来的，没有什么忠心，就好比是驱赶着市井游民去作战。所以一定要把他们置之于死地，逼着他们为了保命而战！如果把他们布置在生地，他们早就逃跑了，哪里还会为我们作战呢？"

冯子曰：东晋大将王镇恶率军讨伐后秦，乘船逆渭河而上直扑后秦首都长安。到了渭桥，王镇恶下令全军将士吃完饭后弃舟登岸，不上岸的一律斩首！将士们上岸后，王镇恶密令解开所有船只的缆绳，渭河水流湍急，船只顺流而下瞬间就不见了踪影！王镇恶此时对将士们说："前面就是长安，此地离家万里之遥，如今船只粮草都已顺流而去！进则功名俱显，退则尸骨无存！"说罢身先士卒杀向后秦大军，将士们没有退路也随王镇恶奋勇冲杀，大破后秦军，灭亡了后秦！

北宋时军校李复作乱，从者有数万人。当地官员命韩世忠征剿李复，但韩世忠所部还不满千人。韩世忠就把士卒分为四队，在后方布满铁蒺藜以断归路，对将士们说："进则胜，退则死！有敢临阵脱逃者，后队格杀勿论！"将士们遂殊死作战奋勇向前，大败叛军，阵斩李复！

齐王田广因轻信郦食其的游说撤去历下守军而被韩信偷袭，丢了首都临淄。田广恼怒至极活烹了郦食其，随后向项羽求救，项羽派大将龙且率领二十万大军增援齐国。

有人劝龙且，“汉军一路杀来连战连胜，锐不可当！齐楚两军将士都在家门口作战，一旦失败将士们就各自逃散回家，所以请大人深沟壁垒不与韩信交战！让齐王派使者招抚齐国沦陷各城，齐国人听到齐王田广还活着而且楚又派大军来救，一定会背叛汉军！汉军远离根据地两千里，齐国人一旦背叛，汉军马上就会断绝粮草供应，大人即可不战而胜！”

龙且却根本就看不起韩信，遂率军迎战韩信，两军夹潍河列阵。韩信晚上派人用布袋装满沙子堵在潍河上游，然后趁水势变浅后领兵涉水攻击龙且，后又佯装战败退走。龙且一看韩信战败了，大喜道：“我就知道韩信是个胆小鬼！”说罢下令追击汉军。

龙且带着少数士卒刚刚渡过潍河，韩信就下令扒开那些布袋。潍河水势大涨，龙且大军的主力无法渡河，只好眼睁睁看着龙且被汉军杀掉！杀掉了龙且水势也变浅了，韩信挥军直扑齐楚联军。联军将士看到主帅被杀早已是心胆俱裂，哪里还有斗志？被韩信杀得惨败！

694. 勾践、柴绍

吴王阖闾（注：这个吴王阖闾就是吴王夫差的老爸）率军讨伐越国，越王勾践领兵抵御。勾践派出敢死队冲击吴军，但吴军训练有素军容齐整，面对越军敢死队的冲击竟岿然不动，阵脚丝毫不乱！

勾践又派出几百个死囚排成三列，把剑架在脖子上，站在吴军阵前大喊：“我等犯了军法，只好以死抵罪！”说罢竟然全部自杀！

吴军将士大惊，目瞪口呆。就在此时越军突然发动攻击，吴军大败！吴王阖闾也受了重伤，回国不久就死了，其子夫差继位，励精图治灭了越国！再后来就是越王勾践卧薪尝胆又灭了吴国！

唐高祖武德年间，游牧在青海一带的吐谷浑侵犯洮州和岷州。朝廷派大将柴绍率军增援，但却被吐谷浑大军包围。吐谷浑居高临下箭如雨下，柴绍大军已成瓮中之鳖。但柴绍却并不惊慌，反倒派人在空地上演奏琵琶，还让两个绝色美女随着琵琶翩翩起舞。吐谷浑人觉得很奇怪，连仗也不打了，放下弓箭来看歌舞表演，一边看还一边品头论足！

柴绍看吐谷浑人都已沉醉在歌舞中了，就派精锐骑兵绕到吐谷浑人的背后发动突然袭击，吐谷浑人大败！

695. 张巡

安史之乱时，叛军大将令狐潮率大军围攻张巡防守的睢阳。历经数月苦战，睢阳城中已经没有箭了。张巡就给草人穿上黑衣，晚上的时候从城头放下。叛军以为唐军来偷袭，争相发箭来射，唐军一下子就得到数十万支箭！

后来唐军又将人从城头放下偷袭叛军，叛军以为是草人，不再防备。唐军趁机发动袭击，大破叛军！

令狐潮被张巡打败后，不甘心失败的叛军又派大将尹子奇率十余万大军来攻睢阳。张巡决定先把叛将尹子奇杀了，但却苦于没人认识他。于是张巡就让人用蒿秆为箭射击敌军，被射中的敌军大喜，以为城中的箭已经用完，便忙不迭跑去报告主帅尹子奇。

就在尹子奇拿着蒿秆得意不已的时候，神箭手南霁云的箭就到了，正中尹子奇的左眼！

696. 裴行俭

唐高宗调露元年，大将裴行俭受命征讨突厥。突厥屡次抄掠唐军运粮的辎重车辆，让裴行俭烦恼不已。裴行俭就安排了三百辆假粮车，每辆车上藏五个壮士，派老弱押运，然后又派精兵尾随其后，专等突厥来抢。

突厥人果然来了，押运粮车的老弱按照裴行俭的吩咐四散逃命。突厥人拉着粮车来到一处水草丰美的地方解鞍牧马，准备埋锅造饭。刚刚打开粮袋，埋伏在车上的壮士即一涌而出，尾随其后的精兵也冲杀上来，内外夹击几乎把突厥人全部杀光！从此突厥人再也不敢来劫唐军的粮车了！

697. 贺若敦

南北朝时的陈朝大将侯瑱率军围攻北周的湘州（注：今湖南省长沙市）。北周派大将贺若敦领兵增援，两军相持于湘州和罗州（注：今湖南省湘阴县）一带。

由于湘州长期都由南朝统治，所以当地百姓都支持陈军，经常用船装着粮食鸡鸭送给陈军。贺若敦很生气，就派士卒假扮当地百姓的模样劳军，不过船里装的可不是鸡鸭而是手持钢刀的彪形大汉！

陈军将士一看又有船来送鸡鸭鱼肉了个个兴高采烈，纷纷跑来迎接，结果船中的伏兵突起，把来迎接的陈军杀了个精光！

贺若敦手下的骑兵不断叛逃，这也让贺若敦很恼火。他就命人牵一匹马上船，然后让一个士卒站在跳板上迎面用鞭子狠狠抽那匹马。就这么折腾了几次，那匹马学乖了，怎么都不肯上船！

贺若敦看后很满意，安排精兵埋伏在江边，然后派人骑着那匹马假装投降。陈军就派船来接应，但那匹马就是不肯上船。陈军将士很奇怪，纷纷下船来牵马，就在此时伏兵四起，把来接应的陈军杀得片甲不留！

陈军吃了两次大亏成天疑神疑鬼提心吊胆的，以后再有百姓来送鸡鸭鱼肉以及来投降的，陈军也不敢接受了！

698. 李光弼

史思明军中有良马千匹，每天都要赶到河边洗澡。李光弼就在军中找来正给小马驹喂奶的母马五百匹，把小马驹留下，让人把母马统统赶到河边去。

河对岸史思明的军马一看来了好多母马不由得纷纷过河来和母马亲热，结果全都被李光弼赶回自己大营中去了！

苏曰：难怪军马都要阉了才行！

699. 程昱

东汉末年黄巾起义，天下大乱。东阿县丞王度趁乱起兵响应黄巾军。城中的官员百姓大惊，纷纷出城逃往山中。王度领兵出城在城外五六里处安营扎寨。

程昱就对县中的大族薛房说：“王度有城却不守，由此观之其志向不过掳掠财物而已！我等何不相率回城固守？”

官员和百姓觉得太危险，都不同意。程昱就对薛房说：“和这些傻瓜没什么好商量的！”然后就悄悄地派人手举旗帜在山上摇晃，程昱随之大喊：“贼兵来了！”说罢就带头往城里逃！官员百姓给吓得屁滚尿流，想都没想就连滚带爬地跟程昱逃回了城里。回到城中后，程昱立即安排守城事宜，王度来攻城却被程昱打得大败！

卷四　武案

学医废人，学将废兵。匪学无获，学之贵精。鉴彼覆车，借其前旌。青山绿水，画本分明。集“武案”

700. 太子晃

北魏太武帝拓跋焘亲率精锐骑兵奔袭柔然（注：**柔然南北朝时游牧在今蒙古草原，经常侵犯占据中原的北魏**），在鹿浑谷遇到了柔然敕连可汗的大军。

太子拓跋晃说：“柔然没有想到我大军突至，应当趁他们还没有防备迅速发动攻击！”

尚书刘洁不同意，“柔然大营中尘土飞扬，其军力必盛！不如等主力到来后再行攻击！”

拓跋晃说：“之所以尘土飞扬是因为柔然惊慌所致！否则军营中怎么会这样？”

拓跋焘心存疑虑，决定暂且按兵不动。柔然果然逃走，北魏追赶不及。后来抓到了柔然的探子，探子招供说：“柔然没有想到北魏大军突至惊骇不已，仓皇北撤。狂逃了六七天，发现北魏大军没有追上来才放下心来！”

拓跋焘懊悔不已。

701. 司马楚之

北魏大将司马楚之镇守边境时，有军士来报说是军中一头驴的耳朵被人割去了。司马楚之说：“这一定是柔然人的探子来我军营中侦查，割一只驴耳朵作为深入我军大营的凭证！柔然大军即刻就到！”说罢下令砍伐柳树设置栅栏，又把水泼在栅栏上。当时北方正是冬季，水泼在栅栏上顿时就结冰了，一座冰城很快完工！冰城刚刚建成，柔然大军就到了，但冰城又坚固又滑，柔然无法攻打，就只好撤军而去了。

闺智部

卷一 贤哲

匪贤则愚，唯哲斯尚，嗟彼迷阳，假途闺教。集“集哲”。

702. 赵威后

齐国派使者出使赵国，由于当时的赵王年纪尚小，所以就由其母赵威后接见齐使。齐使刚一入宫，齐王的书信还没打开，赵威后就问：“今年的收成怎么样啊？齐国的百姓还好吗？齐王还好吗？”

齐使有些不高兴了，“臣奉命出使赵国，太后不先问候齐王，怎么倒先问收成和百姓呢？怎么能先问卑贱的东西而后问尊贵的大王呢？”

赵威后脸色一沉，“不然！假如没有收成，哪里会有百姓？假如没有百姓，怎么会有国君？难道要先问枝节而后问根本吗？”

赵威后进一步说：“齐国有位隐士钟离先生，他还好吗？钟离先生富的时候和大家一起吃，穷的时候也和大家一起吃；富的时候和大家一起穿，穷的时候也和大家一起穿！这是在帮着齐王养活百姓啊，为什么到现在齐王还没有任用他？叶阳子先生还好吗？叶阳子同情孤寡老人，体恤孤儿，救济穷人，帮助需要帮助的人，这是在帮助百姓活下去啊！这样的人为什么不重用？北宫的婴儿子还好吗？这位女子不戴首饰，老了都不肯出嫁在家孝敬父母，是百姓的表率！这样的孝女为什么不褒奖？这两位贤人得不到重用，这样的女子都得不到褒奖，齐国怎么能治理好？陈仲子还没死吗？这个家伙不忠于齐王，也不交好诸侯，连自己的家也治理不好，净做些与国不利的坏事，为什么到现在还没杀他呢？”

703. 刘娥

五胡十六国时，前赵皇帝刘聪的皇后名叫刘娥。刘聪非常宠爱刘娥，专门下诏要为她修建一所宫殿。当时天下大乱，战事不休，前赵的国力本来就不强盛，修建宫殿劳民伤财。廷尉陈元达一再劝谏刘聪，勿为此亡国之举！刘聪大怒，喝令把陈元达推出去斩首。刘娥得知后私下命令刀下留人，然后上书刘聪说道：“廷尉所说事关国家大政，忠臣考虑的不是自己的身家性命！陛下不但不纳谏反而想杀了他，这都是因为臣妾的缘故。拒绝劝谏杀害忠良，自古以来就是亡国的缘由，却往往是因妇人而起。臣妾每每看到史书如此记载无不愤愤而忘食，但却万万没有想到这样的事情也会发生在臣妾身上。让后人看待臣妾就好些臣妾看待古人一样，如此臣妾还有何面目侍奉陛下？臣妾请求以死谢罪，以避免陛下因美色误国！”

刘聪看完后对群臣说：“朕愧对陈元达呀！”把刘娥的奏疏拿给陈元达看，“在朝廷有你这样的忠臣，内宫有刘娥这样的贤妻，朕复何忧？”

苏曰：刘娥是个好女人哪！

704. 李邦彦母

北宋宰相李邦彦的父亲是个银匠，他的同僚常常以此讥笑他。李邦彦自己也觉得银匠老爸很给自己丢人，回家后就告诉了自己的母亲，估计是埋怨母亲当年没嫁个当官的。

李邦彦的母亲却说：“宰相家出了银匠那才丢人呢！银匠家出了宰相这是好事呀，你有什么不好意思的？”

苏曰：在人格上每个人都是平等的！既不应该妄自尊大，也不必妄自菲薄，只要能靠自己养活自己，那就应该充满自信！

705. 柳仲郢婢

唐朝宰相柳仲郢家中的一个婢女因为有过失而被他卖了。后来这个婢女被刺史盖巨源买了，盖巨源非常欣赏这个心灵手巧的婢女，待她很好。有一次盖巨源在大街上看到一个卖绸缎的，就把他叫到家里，一边摊开绸缎厚厚薄薄挑挑拣拣个没完，一边和买绸缎的讨价还价。

那个婢女就侍立在一旁，突然惊叫一声就昏倒在地，好像是中风了。盖巨源一看这个婢女有病就打算把她卖了，于是就把她交给了人贩子。

第二天有人问她怎么了，那个婢女说：“我虽然下贱但也伺候过宰相，死了也就罢了，怎么能伺候一个买卖绸缎的商贩呢？”

四川一带的人听说后都赞叹那个婢女有见识。

苏曰：就算是一个婢女都要挑选自己的主人，要多费思量呢！

706. 崔敬女、络秀

唐朝冀州长史吉懋想为自己的儿子吉顼娶南宫县丞崔敬的女儿。唐朝时的婚姻极重门第出身。崔姓是当时的名门望族，所以虽然崔敬的官比吉懋小，但却仍然看不起吉懋，不同意这门亲事。

但吉懋威胁要收拾崔敬，崔敬无奈最后只得答应。由于事起仓促，崔敬还没来得及把这事告诉自己的老婆郑氏，吉家迎亲的花轿就已经到了。崔敬的老婆郑氏搂着女儿大哭：“没想到你竟嫁给了吉家这个小户！”崔敬的女儿赖在床上，就是不肯上花轿。

崔敬的小女儿对郑氏说：“父亲有难做女儿的就应当杀身去救，就算是去做婢女也不敢推辞，哪里还顾得上什么门第呢？姐姐要是不愿意去，那我去好了！”说罢就登上了花轿，后来吉顼居然做到了宰相！

苏曰：关键就在最后一句，“后来吉顼居然做到了宰相！”不说他二人夫妻感情如何，只强调她丈夫做到了宰相，这是什么逻辑？

东晋安东将军周浚有一次打猎的时候遇到大雨，便急忙到一户姓李的人家躲避。李家的男人都不在，只有小姐李秀在家。李秀带着丫鬟为周浚一行数十人准备饭菜，不但非常精美而且非常安静，以至于周浚根本就不知道饭菜都已经准备好了。

周浚很是惊讶，一定要见见这个能干的小姐。一见之下才发现，这个小姐不但精明能干而且貌若天仙。周浚当时已经成亲，就向李家提出要娶小姐为妾。李秀的父亲和兄长舍不得李秀做妾都不同意，李秀却说：“我们李家是小户人家，父兄为什么舍不得一个女儿？说不定还是好事呢！”

嫁给周浚后，李秀一连生下三个儿子，后来都做了大官。自己的儿子显贵后李秀对他们说：“我当初之所以愿意屈节嫁入周家为妾，就是想光大李家的门庭。

你们要是做不到这一点的话，我活着也没什么意思了！”

儿子们自然满口答应，李家也就成了大户人家。

707. 乐羊子妻

苏曰：秦汉之前的中国官吏选拔制度基本上是世袭，老子死了儿子接着干；从秦朝开始，除了皇帝还是继承，官员们则都是选拔任命的了。西汉的官员选拔途径主要有两条：一是文学；二是吏道。大体来说文学就是考察候选人对儒家经典的掌握程度；吏道就是由小吏逐步升迁。到了东汉对官员的选拔更侧重于品德，即所谓的“孝廉”。孝就是孝敬父母，廉就是廉洁奉公，不贪图钱财。正因为朝廷的鼓励，所以东汉士人对品德也极为重视。史书上记载的各种有关道德的奇闻怪事不断！你要是读《后汉书》的这一段简直有看小报的感觉！《乐羊子妻》一文讲的就是关于东汉士人品德的故事。

东汉士人乐羊子（注：此乐羊子与战国初年魏国大将乐羊不是同一人）在路上捡到了一锭金子，非常高兴，赶紧跑回家告诉媳妇。他媳妇却说：“有志之士不饮盗泉（注：据《孔子家语》记载：孔子口渴，路遇一泉，知其名为盗泉，遂舍之而去）之水，廉洁之士不受嗟来之食！更何况是丢在路上的金子呢？”

乐羊子非常惭愧，就把那锭金子扔了。

乐羊子外出求学，过了一年学业未成就回家看媳妇了！媳妇问他为什么回家，乐羊子说：“在外面时间长了想你了呗！（苏曰：这话听着是没出息，不过却是人之常情。）”

媳妇拿起一把剪刀来到织机旁对乐羊子说：“这匹布从一根根丝线累积成寸，由寸而丈，由丈而匹！可是如今要是在织机上把它剪断了，那就前功尽弃了！学业半途而废与这匹布有什么区别？”

乐羊子大感羞惭，又回去求学，一连七年都没有回家！

在乐羊子外出求学期间，他媳妇勤俭持家奉养婆婆。有一次邻居的鸡误入乐羊子家的菜园，婆婆就把那只鸡抓来炖了。鸡端上餐桌后，乐羊子的媳妇看着那只鸡只是哭泣却不吃。婆婆很奇怪，问她怎么了。媳妇答道：“只怪家里太穷了，吃不上自己家的鸡，所以餐桌上才有别人家的鸡！”

婆婆很是羞愧，就把那只鸡扔了。

708. 孙监生妻

大明嘉靖年间娄东地方有一位姓孙的监生迷上了一个妓女。二人山盟海誓，一个发誓说非你不娶，一个发誓说非君不嫁。孙监生为了这个妓女几乎倾家荡产！

没过多少时间，孙监生的原配夫人死了，孙家家道中落。孙监生无以为生，亲友们就唆使他去告那个妓女，孙监生却不肯。那个妓女听说后，便对孙监生说自己愿意履行诺言嫁给他。

孙监生是个浪荡公子，那个妓女陪嫁过来的嫁妆不久也让他挥霍一空。孙监生一不会种田二不会做工，两口子只靠妓女日夜纺织勉强糊口度日。就这样过了十多年，孙监生也已年近不惑，这时他才突然醒悟开始发奋读书。

快要进京赶考了，孙监生却借不到盘缠，半夜睡不着觉暗自哭泣。妓女看孙监生是真的改过了，便把他领到自己织布的地方，让他把自己埋在地里的一千两白银挖出来。孙监生有了盘缠便进京赶考，金榜题名竟中了进士，外放为县尉，后来屡次升迁做到了按察使。

家里的境况改善后，妓女便劝孙监生告老还乡，两口子过着小康的日子直到终老！

冯子曰：既成就了孙监生，自己也有了个好的归宿，难就难在这十余年的坚忍！

709. 陶侃母

东晋名将陶侃幼时家贫，其母湛氏靠织布挣一些钱让他拿去结交比他优秀的朋友。后来陶侃做了个主管渔政的小吏，知道母亲生活清苦便给母亲送去了一些咸鱼。湛氏很生气，把咸鱼给陶侃退了回去，写信责备他说：“你做了小吏却贪污官家的东西送我，这不但不能帮助我，反而增加了我的忧虑！”

鄱阳名士范逵去洛阳做官，路过陶侃家。时值隆冬，冰天雪地，陶侃家中空无一物，而范逵所带的奴仆车马又非常多，陶侃不知如何接待。湛氏对陶侃说：“你尽管留下范逵做客，我来想办法！”湛氏的头发很长能拖到地面，她剪下自己的头发换了大米，然后把家中的柱子砍去一半做柴烧饭，又把草席剁碎了喂马，把范逵一行招待得非常周到。范逵知道后叹道：“没有这样的母亲哪里会有这样的儿子？”到洛阳后四处称赞陶侃，陶侃从此踏上了仕途。

710. 李畬母

唐朝大臣李畬为官极为清廉。他担任监察御史后，有一次下属把他的禄米（注：实物工资）送回家，他的母亲亲自用斗来量，结果发现多出来三石。

李畬的母亲就问是怎么回事，下属说："给御史发禄米按规矩是不概的（注：中国古代计量粮食的数量不是按重量而是按容积来计算的。在用斗量粮食的时候，要用一个木板把冒尖的部分刮去，这个木板就称为概，这个动作亦称为概）。"

李畬的母亲又问车脚钱是多少，下属又说："御史按规矩是不交车脚钱的。"李畬的母亲大怒，喝令把多出来的三石大米送回去，又给了车脚钱。李畬回来后更狠狠地责备了他一番。李畬这才知道原来官当到御史一级竟然是这样，下令追查主管府库官员的罪行，其他的各位御史无不惭愧！

苏曰：御史就是负责监察的官员，可就这些人竟然堂而皇之接受种种陋规！李畬和他的母亲令人敬仰。

711. 王孙贾母

燕昭王派大将乐毅率军伐齐，齐军连战连败，齐闵王不得已向楚国求援。楚国派淖齿领兵援齐，没想到淖齿却杀掉了齐闵王。齐闵王死后他的一个叫王孙贾的小随从趁乱逃回家里。当时王孙贾只有十五岁，他母亲一看他回来了十分高兴，便问他齐王怎么样了。王孙贾说被淖齿杀了，自己是趁乱逃出来的。他的母亲一听这话十分生气，"你早上出去侍奉大王晚上回家，我每天都倚门而望盼你平安归来；你要是晚上出去没有回家，我就到村口去等你。如今你侍奉大王而大王却被淖齿所杀，你回家来干什么？"

王孙贾被母亲的一番话说得羞愧不已，来到大街上振臂高呼："淖齿杀了我们的大王，有想和我一起杀淖齿为大王报仇的把右肩露出来！"有四百人响应王孙贾的号召，大家突然袭击楚军大营杀掉了淖齿。然后又找到齐闵王的太子田法章把他立为齐王，最终恢复了齐国。

苏曰：状哉王孙贾，年十五而行此大事！西汉初年太尉周勃诛杀吕后党羽也曾高呼："为吕氏右袒，为刘氏左袒！"不知道是不是跟王孙贾学的！

712. 赵括母、柴克宏母

秦赵两军相持于长平（注：今山西省高平）时，赵王中了秦人的反间计，打算改派名将赵奢之子赵括为将取代老将廉颇。赵括自幼熟读兵书，平常谈论起军事来总是滔滔不绝，就连他的父亲名将赵奢也说不过他。但赵奢却并不看好他这个看似聪明的儿子，赵括的母亲就问为什么。赵奢说："战争是关系到国家生死存亡的大事，赵括却只当做是儿戏一般！赵国以后要是不用赵括也就罢了，如果重用赵括毁掉赵军的一定就是他！"

赵括的母亲深深记住了老公的这一番话，得知赵王任命赵括为将后，便对赵王说："不能用赵括为将！"

赵王很是惊讶，"为什么？"

"赵括的父亲生前为将的时候，他亲自去侍候饮食起居的宾客就有数十人，结交的朋友有数百人！大王的赏赐全都散发给将士们，自己分毫不取！一旦受命出征则再也不过问家事！如今赵括为将，将士们没有敢抬头看他的！大王的赏赐也全部拿回家，每天都算计着有哪些良田美宅可以买！父子的志向有天壤之别，所以请大王不要任用赵括为将！"

赵王说："您就不要多虑了，我已经决定了！"

"如果大王一定要用赵括，以后万一赵括辜负了大王的重托，请大王不要连坐妾身。"

赵王答应了，结果赵括指挥的四十五万大军在长平之战中被秦军一举全歼，自己也死于阵中！赵王因为与赵母有言在先，所以也没有降罪于她。

冯子曰：赵母不但知人，其谈论为将之道亦甚高明。

南唐龙武军都虞候柴克宏是名将柴再用的儿子，他之所以能当上这个官主要还是靠他老爸的关系。柴克宏这个人不爱说话，也从来不置产业，虽然是军官却从来口不言兵，只是日夜与一般狐朋狗友喝酒赌博。大家都觉得这家伙没什么出息，绝非将帅之才。

后来吴越国围攻常州，柴克宏自告奋勇愿领兵出征。他母亲也上书南唐皇帝李璟，说柴克宏有其父遗风，才堪大用！如果不能胜任她愿意连坐！

李璟就任命柴克宏为左武卫将军，派他率军出征，结果大破吴越，解了常州之围！

附

长平之战与粮食

长平之战是战国后期的一次决定性的战役，秦国在此战中彻底歼灭了赵国军队主力四十五万人。六国中军力最强的赵国从此一蹶不振，为秦国最后统一天下奠定了基础。

长平之战的起源是秦军攻下了韩国的野王，这样一来上党地区的十七个县就失去了和韩国本土的联系，处于秦国三面包围之中，随时都有被秦国攻占的可能。上党的守将冯亭决定向赵国投降，这是一个阴谋！因为这样一来秦国必然迁怒于赵，而韩国则可获得一丝喘息之机！

面对十七个县的诱惑，赵王果然起了贪心，他对平阳君赵豹说："冯亭打算带着十七个县来投降我，接受他的投降怎么样？"

赵豹倒是没有被这十七个县冲昏头脑，他说："圣人视无故之利为大祸啊！"

赵王的原话是"人怀吾德，何谓无故乎？"那意思就是说，人家是感怀我赵王的恩德才来投奔的，你小子怎么说是无缘无故呢？这么不把我的道德感召力放在眼里啊？

赵豹依然是不屈不挠，秦国已经包围上党，冯亭却投降赵国，这明明是想嫁祸于赵国！那么强大的秦国都得不到上党，咱们弱小的赵国就能得到吗？怎么可以说不是无故之利呢？千万别接受冯亭的投降啊！

赵王一听很是不满意，便又招平原君赵胜和赵禹入见。这两个家伙一听竟有这样的好事，连忙说就算是发动百万大军进攻一年，也不见得就能攻下一座城池来。今天竟有这么大的馅饼掉下来，这可是千载难逢的大好事啊，大王可千万别错过！

这下可算是说到赵王的心坎上了。赵王很满意，说是很好很好，便命令赵胜带领五万军队去接受了冯亭的投降。赵王也知道秦国断不肯善罢甘休，随即又命令廉颇率领二十万大军前去增援。

秦国自商鞅变法后，推行"军功爵制"，士兵的奖赏升迁完全依照士兵所砍的敌人的脑袋数量来计算。一个脑袋赏爵位一级，这便是"首级"一词的来历。大家想想看，这样的军队其战斗力将会如何？就算是廉颇这样的名将也是数战不利，廉颇没有办法，只好固守不出。战争就这样从赵孝成王四年一直拖到了赵孝成王七年，就在这个时候赵孝成王不顾所有人的反对，坚决起用赵括为将取代老将廉颇。

这是为什么呢？难道真的就是因为秦国的反间计，“秦之所恶，独畏马服君赵奢之子赵括为将耳？”赵王没那么傻吧！

廉颇是赵国最优秀的将领，而赵括不过是个夸夸其谈毫无实战经验的毛头小子。把四十五万大军交给他，一个初出茅庐的年轻人？赵王难道疯了吗？他不知道此战乃是国运所系吗？他不知道如果此战失败将会导致什么样的后果吗？其实，他全都知道，正因为赵王全都知道，他才要不顾所有人的反对，坚决起用赵括！并命赵括再率二十万大军增援上党！这样一来，赵军就有四十五万大军云集上党！这四十五万大军可是赵国的全部家底了！

为什么呢？两个字，粮食！

咱们来算算账，四十五万大军每天要吃多少粮食？最少四十五万斤！打仗可是重体力活，再加上士兵始终处于紧张状态，能量消耗极大，一天吃一斤这个数字只少不多！还不算战马的口粮，战马也是要吃粮食的，光吃草的马是没有体力打仗的！一匹战马每天就要吃五斤粮食、七八斤草料！试想一下赵国有多少粮食经得起这样的消耗？

还有更大的一笔账——运输！供应四十五万人马的粮草，该用多少人？多少牛？多少驴？之所以没说马，是因为估计所有的马都去打仗了。估计赵国全国也就四五百万人左右，减去一半妇女不算，男人也就二百多万。再减去老弱残少，国内的青壮年最多剩下五十万左右。这五十万青壮年全都去运粮也还不够！所以当时赵国应该是连妇女都被动员去运粮了！至于牛、驴那就更不用说了，都去拉车！

一辆牛车也就能拉七八百斤粮食，每天能走四五十里地就不错了。要是赶上下雨道路泥泞，连二十里都走不到。但是赶车的人也要吃，拉车的牛也要吃啊！您可别说牛可以吃路边的草，这么多牛驴挤在路上哪里还有草啊！

赵国首都邯郸距离上党有三百六十多里地，牛车来回一趟最少也要十八天。每辆车拉八百斤粮草，赶车的人每天吃一斤，牛每天吃五斤，再加上返程，一辆牛车能够运到上党的粮草最多不超过七百斤！最少有一百斤的粮草都消耗在路途上了！也就是说，每运到上党七斤粮草便有一斤要消耗在路途上，这还不算再由上党转运到前线所消耗的粮草！

这还只是效率最高的牛车的运输成本，如果再算人力运输粮食的成本，那就更是高得无法承受了！陆路运输成本之高确实吓人，据史书记载，汉武帝打匈奴的时候，从琅琊郡（注：今山东诸城）、蕲郡（注：今安徽宿县）往阴山和河套边防区运粮，发送一百九十二石，到目的地就只剩下一石！汉初休养生息七十多年所积累的财富不够汉武帝打匈奴二十年用的！

问题又来了。所有的劳动力牲口不是去打仗了就是去运粮了，地里的庄稼谁来种？明年吃什么？同样的问题也摆在秦王的面前，但是秦王比赵王有底气！因为自从商鞅变法以后，秦国就实行“奖励耕战”的政策，再加上关中平原的富庶，秦王攒的粮食比赵王多！秦王比赵王拖得起！

单纯从军事角度看，赵军当然应该坚守不出。廉颇就是这样认为的，只要坚守不出，秦军就无法歼灭赵军主力，赵国就不会失败。但是，坚守不出赵国也无法取胜啊！战争已经拖了三年了，要是还这么坚守不出，战争什么时候才能结束啊？四十五万大军在前线劳师糜饷，小小的赵国哪里能负担得起啊？作为赵国的最高统治者，赵王不得不从全局来看这场战争！那就是尽快结束战争，让士兵们回家去种地，只有这样明年才会有吃的！否则就算是打赢了也没用，明年大家都饿死了，别说是上党，连赵国都完蛋了！

底气不足的赵孝成王只有两个选择，要么冒险出战还有取胜的希望，要么就这样拖下去明年大家都饿死。他当然不会选择第二条路，事实上出战是他唯一的选择，谁让他攒的粮食比秦王少呢？秦王显然没有什么顾虑，要打就打，反正我打得过你！要拖就拖，我照样也拖得过你！这就是强者的优势，强者不但选择多，而且完全掌握主动；而弱者呢，不但选择的余地小，有时甚至没有选择，完全处于被动！

所以赵孝成王就选择了主张出战的赵括。赵括就在明知不利的情况下出战了，所以赵括就失败了，四十五万赵军就被活埋了。所有的这一切都只是因为两个字——粮食！

713. 陈婴母、王陵母

秦朝末年天下大乱，各地义军蜂起。东阳县（注：今江苏省盱眙县东）的一帮少年也起兵反秦，打算拥立令史陈婴为王。陈婴的母亲就对他说：“突然得到‘王’这样高的名号不是好事！不如你依附于某人，事成之后也可封侯，不失富贵，失败了也容易脱身！”

陈婴听从了母亲的劝告，投奔了当时势力最大的项梁（注：项羽的伯父），成为项梁军中的主力。后来陈婴又投奔刘邦，西汉建立后受封为堂邑侯。

楚汉相争时，占据南阳一带的王陵倒向了刘邦一方。项羽极为恼火，就把王陵的母亲抓到了军中，想逼王陵投降。王陵的母亲就对王陵派来的使者说：“你回去告诉王陵，好好跟着汉王刘邦！刘邦是忠厚长者，将来必得天下，不要因为我的缘故三心二意！”说罢竟拔剑自刎！

714. 严延年母

西汉时的河南太守严延年用法严厉，酷烈好杀，时人称为“屠伯”。他的母亲从家乡东海郡来看他，恰好看到他正在处决囚犯，不觉大惊失色，止步于在城外的亭中不肯入太守府。

严延年来到亭中看望母亲，他的母亲说：“天道神明，冤冤相报！你杀人难道人不杀你？我不想在年老的时候看到正值壮年的儿子被杀！我要回家去了，回去给你准备墓地，等着你被杀的消息！”

说罢就回了东海郡，过了一年多严延年果然被杀，东海郡人无不称赞其母之智！

715. 李新声

李新声是中唐时期的邯郸人，太和年间被张谷纳为家妓，张谷很喜欢她待她很好。当时唐朝藩镇割据，各镇节度使骄横跋扈，根本不把朝廷放在眼里。

李新声的主人张谷便是当时的强藩昭义军节度使刘从谏的幕僚。李新声对张谷说：“朝廷之所以任命刘从谏为节度使，并不是因为刘从谏为国家立下了什么大功，而是因为他父亲忠于朝廷，所以朝廷才勉强同意他袭任节度使一职。但自刘从谏上任以来，新年从不向天子致贺献礼，屡失臣子礼数。数个大藩强镇都已被朝廷剪灭，这些强藩的节度使个个都是英雄豪杰，尚且不能得以善终，更何况是长于深宅大院的刘从谏呢？以不法而得，亦因不法而失！大人不幸做了他的幕僚，如果不能尽早消除他作乱的念头就应该离开他投奔朝廷！大丈夫行事就应当机立断，万不可顾及一饭之恩最终让骨肉受难！”

说罢泪如雨下，但张谷不听。后来朝廷出兵讨伐昭义军，张谷因附逆而被全族屠灭！

716. 娄妃

明朝时宁王朱宸濠图谋造反，娄妃哭着劝他，宁王不听。结果他的造反很快就被朝廷镇压下去。他本人被活捉，用囚车押往北京。一路上朱宸濠与监押官谈起往事痛哭不已，还说："当初商纣王因为听信女人的话而亡国，我则因为不听女人的话而失败，悔恨何及？"

朱宸濠谋反失败后，娄妃也跳江自杀。

717. 侯敏妻

武则天在位期间，酷吏来俊臣受宠，权势熏天。官员们都畏之如虎，纷纷逢迎巴结他。官员侯敏也投到来俊臣门下，他媳妇董氏劝他，"来俊臣是国贼，日子长不了！一旦倒台，他的党羽首先就会受到清算！夫君对他只可敬而远之！"

侯敏觉得媳妇说得很对，从此对来俊臣稍稍疏远。来俊臣很是恼火，就把他贬为涪州武隆县令。侯敏一看来俊臣发火了便有些害怕，想辞官而逃。董氏说："尽管去，别停留！"

侯敏就整装而行，到了涪州拜见上司，结果却把名帖写错了。上司大怒，"连一张名帖都写不好，怎么当县令？"就不让他去赴任。侯敏愁苦不已，不知如何是好。董氏又说："尽管住下来好了，不着急赴任。"

夫妻二人就在涪州住了下来。过了五十多天突然传来消息，说是武隆县城被贼党攻破，县令及一家老小悉数被杀！侯敏吓得要死，暗自庆幸逃过一劫！

后来来俊臣倒台被杀，他的党羽全都被流放岭南。侯敏因为早与来俊臣划清界限，并也受到来俊臣的迫害，竟然又逃过一劫！

苏曰：董氏不可能预见到武隆城破一事，只是她宽慰夫君的那些话，无怨无悔与夫君同甘共苦着实让人感动！

718. 王章妻

西汉末年的大臣王章年轻的时候在长安求学，日子过得非常清苦。有一次王章得了重病，连被子都没有，只能盖牛衣（注：给牛盖的衣物，乱麻编成）取暖。

王章自觉将不久于人世，便哭着与妻子诀别。他妻子怒喝道："当今朝廷贵戚有谁的才学能比得上夫君？如今不过是有病在身一时困顿而已，不但不激励自己反倒像个女人一样哭泣，难道不觉得羞愧吗？"

后来王章做到了京兆尹（**注：大致相当于长安的市长**），想上书弹劾权臣王凤。他妻子劝他，"人当知足，夫君难道忘了当初在牛衣中哭泣的时候了吗？"

王章说："这是国家大事！你们女人懂什么？"奏章呈上之后果然遭到王凤的打击报复，王章一家全都被下狱。王章的小女儿才十二岁，一天夜里突然痛哭，喊道："平时狱吏清点人数总是数到九，今天却只数到八！我父亲性情刚烈，先死的一定是他！"

第二天家人去问，果然。

719. 陈子仲妻、王霸妻

春秋时楚王聘陈子仲为相，陈子仲很高兴，对妻子说："我当了宰相，咱们就可以过上出门有驷马拉车，吃饭满桌山珍海味的日子啦！"

他妻子说："驷马拉车，咱们所坐的也不过容膝之地；满桌山珍海味，吃到嘴里的也不过是一块肉而已！如今就为了这容膝之地和一肉之味就要怀揣楚国之忧，当今天下大乱，我担心夫君性命不保啊！"

陈子仲深以为然，夫妻二人遂连夜逃走，以为人种菜为生。

东汉初年的士人王霸性情清高，不以功名为意，朝廷屡次征召他做官他都不去。他的好友令狐子伯却官运亨通，做了楚国（**注：东汉所分封的诸侯国，其国相相当于郡守**）的国相，他儿子也在官府做事。

有一次，令狐子伯派儿子去给王霸送一封信。令狐子伯的儿子走后，王霸怅然若失，躺在床上不肯起来。妻子问他怎么了，王霸叹道："刚才看到令狐子伯的儿子容光焕发，言谈进退皆恰如其分；再看咱们的儿子，蓬头垢面，没见过世面，看到有客来访就紧张害羞，我有些失落啊！"

妻子说："夫君少年时便修清节，不以富贵为意！如今令狐子伯的富贵哪里比得上夫君高远的志向呢？怎么一下子就忘了平生的夙愿而为儿女的事情羞愧呢？"

王霸一下子从床上跳起来笑道："是这样的！"从此与妻子隐居于山林，终生不曾为官。

720. 僖负羁妻

春秋时晋国公子重耳出国避祸，来到了曹国。曹国国君曹共公听说重耳的肋骨连成一片很是好奇，就趁重耳洗澡时在一旁偷看，重耳知道后大怒。

曹国大夫僖负羁的妻子对僖负羁说："我看重耳的随从都是人才，以后重耳必定能回到晋国做国君！他一旦做了国君肯定会收拾那些对他无礼的诸侯，曹国定会首当其冲！你要尽早为自己打算！"

僖负羁深以为然，便准备了丰盛的食物和一块玉璧献给重耳。重耳留下了食物，却把玉璧还给僖负羁。后来重耳果然回到了晋国做了国君，就是赫赫有名的"春秋五霸"之一的晋文公。

重耳当然没忘了在曹国所受的羞辱，出兵伐曹，活捉了曹共公，在曹国大肆抢掠。重耳当然也没有忘记僖负羁的恩情，下令将士不得进入僖负羁家。

721. 漂母

韩信还没有发迹时穷得连饭都吃不上，经常到别人家混吃混喝，所以大家都很讨厌他。他曾经到南昌亭长家蹭了几个月的饭，亭长的老婆很烦他，在早上就把饭做好吃了。到了吃饭的时候，韩信又来了，亭长的老婆自然就不做饭了。韩信知道人家讨厌自己就走了。

离开了亭长家，韩信就没了饭吃，只好在城外的河边钓鱼。河边有几个老太太在洗衣服，其中一个看韩信饿得厉害，就把自己饭送给他吃。一连送了好几十天，韩信非常感激，对漂母说："我以后定会重重报答您老人家！"

漂母闻听此言大怒，"大丈夫连自己都养活不了！我是可怜你才给你饭吃，难道是指望你的报答吗？"

韩信富贵后送给漂母一千两黄金。

苏曰：韩信厚赠漂母是应该的。不过我以为，还应当厚赠南昌亭长才是！不管怎么说，人家也管了他好几个月的饭呢！哪能因为后来不再管饭，就把以前的恩情忘了呢？有句俗话："一把米是恩人，一斗米是仇人。"说的大概就是这个意思吧。

冯子曰：西晋大臣刘道真年少时家贫，在草泽中打鱼为生。刘道真唱歌很好，听到的人无不驻足。有一个老太太看出他不是寻常人，而且也非常喜欢听他唱歌就杀了一头小猪请他吃。刘道真也不推辞，吃完了也不道谢。老太太看他没吃饱，就又杀了一头小猪，刘道真吃了一半就离去了。

后来刘道真做吏部侍郎的时候，老太太的儿子正做一个小吏，刘道真越级提拔他。老太太的儿子很是奇怪，回去告诉了母亲。母亲才把自己当初杀猪招待刘道真的事情告诉他。

这个老太太不比漂母差，而刘道真的心胸比韩信要宽广多了！

722. 王珪母

辅佐唐太宗成就贞观之治的名臣王珪年轻时与房玄龄、杜如晦常相往来。他的母亲李氏对他说："我儿日后必定大富大贵！只是不知你所交往的都是什么人？你把他们带来为娘看看！"

房玄龄和杜如晦来后，李氏一看大惊，知道这二人的才干更在王珪之上！立即为他们准备酒食，热情招待！他们走后，李氏对王珪说："你有这样的朋友何愁不富贵！"

还有一种说法是王珪家里很穷，客人来后他的妻子剪了头发换钱招待客人。王珪招待客人的时候，他的妻子就在旁偷偷观察来客，一眼就看出年纪最少的一个最是英姿勃发，对王珪说："你们这些人能够成名全都是因为这个人！"

年纪最少的一个，便是日后的唐太宗李世民。

723. 潘炎妻

唐朝大臣潘炎在唐德宗时任翰林学士，极受唐德宗的宠信。京兆尹求见他，看门的却百般刁难不给通报。京兆尹无奈，只好送了看门的三百匹绸缎才见了潘炎一面。

他的夫人听说后对潘炎说："夫君作为人臣，连京兆尹想见你一面都要送给看门的三百匹绸缎！我担心大祸将至啊！"力劝潘炎辞官归乡。

潘炎的儿子潘孟阳被朝廷任命为户部侍郎，夫人十分担忧，"以你的才干竟也做到侍郎？我担心大祸就要临头了！"

潘孟阳再三解释，夫人才说："这样吧，你把同僚们都请到家里来做客，我看看！”同僚们来后，夫人在帘后细细观瞧。宴会结束后，夫人高兴地对潘孟阳说：“他们的才干和你差不多，我不担心了！”又问坐在最末座的那个身穿绿色衣服的是谁。

潘孟阳说：“是一个叫杜黄裳的补阙（注：负责对皇帝进行规谏及举荐人才的小官）。”

夫人说：“此人与众不同，日后定是有名的卿相！”

杜黄裳后来果然做到了宰相。

724. 许允妻

三国时魏国大臣许允的妻子阮氏长得非寻丑陋，洞房之夜许允一看到妻子的尊容转身便想离去。阮氏一把扯住他的衣服不让他走。许允急了，回头问阮氏：“妇女应有四德（注：妇德、妇言、妇容、妇功，此处重点所指的应是妇容），你具备哪几个？”

阮氏说：“新娘子只缺容貌而已！士人应有百项品行，夫君具备多少？”

许允大言不惭，“我统统具备！”

阮氏说：“士人应有百项品行，又以品德为首！夫君好色不好德，怎么说统统具备？”

许允面露愧色，知道这个媳妇不是一般人，便留了下来。

许允后来在吏部做官，提拔的各郡太守很多都是他的同乡。魏明帝大怒，以为许允结党营私，便下令逮捕许允。事起仓促，阮氏连鞋都来不及穿，光着脚跑出来对许允说：“当今天子是明君！只能动之以理，求情是没用的！”

把许允带到后，魏明帝问他为什么要提拔那么多同乡出任各郡太守。许允说：“举荐人才首先要了解人才！正因为他们是臣的同乡，所以臣才了解他们呀！陛下应当审查他们是否称职，如果不称职，臣甘愿伏法！”

魏明帝认为许允说的也有道理，就派人审查许允所提拔的官员，都很称职。魏明帝就放了许允。

后来司马懿父子发动高平陵之变，掌握了魏国的实权，许允卷入曹氏与司马氏的权力斗争而被流放，死于途中。许允被捕的时候，他的门生急匆匆跑来给阮氏报信。阮氏正在织布，神色不变，只说：“早知如此！”门生担心会牵连到许允的儿子，主动提出要把他儿子藏起来。阮氏说：“不关小孩的事！”

司马师派心腹钟会来看许允的儿子，儿子告诉了阮氏。阮氏说："你们都是好孩子，但才干平平！无需多虑，心里想什么就和钟会说什么！钟会不问，你们就不要说。也不要表现得非常悲哀，千万不要过问朝廷的事！"

儿子听了阮氏的话，最终幸免于难。司马师这个人最为猜忌，许允的两个儿子之所以能逃过一劫，全都是靠着阮氏的智慧！

725. 李衡妻

三国时吴国第三位皇帝孙休是孙权的第六个儿子，受封为琅琊王。本来他是不可能继承皇位的，但权臣孙琳废掉了皇帝孙亮，所以才立他为帝。

孙休还在做琅琊王的时候与丹阳太守李衡的关系很差。李衡根本不把他这个藩王放在眼里，屡次因为各种事端冒犯他，孙休也没办法。李衡的夫人习氏屡屡规劝李衡不要这样，但李衡就是不听。

等孙休做了皇帝李衡才傻眼了，吓得不知该如何是好！习氏说："陛下一向重视自己的声誉，如今刚刚登上帝位，正想传自己的美名于天下，不会因为一点点私人的恩怨就杀了夫君的！夫君应当自投监狱，然后上书把自己的过失全都写下来，请求陛下降罪！如此不但能逃过一死，还能得到奖赏呢！"

李衡深以为然，就按习氏说的做了。孙休下诏说："丹阳太守李衡因为往日与朕的嫌隙而自投监狱，大可不必！李衡仍回丹阳任太守，并加威远将军，授以棨戟！"

苏曰：习氏看出孙休刚刚登上帝位，急于传播美名于天下，所以就很配合地让李衡自投监狱，并上书把自己得罪他的事都写下来公之于众。这是给孙休一个展示自己心胸的大好机会啊！所以不但没有被杀头，反而升官了！

726. 庾友妻

东晋官员庾友的媳妇是大将军桓温的侄女。因为权力斗争的缘故，桓温后来决定消灭庾氏家族。桓温派人来逮捕庾友的时候，庾友的媳妇桓氏着急了，连鞋都来不及穿，光着脚去找桓温给自己的夫君求情。

桓温就担心有人会来给庾家求情，所以下令不许任何人进门，桓氏被看门的拦住无法入内。桓氏真的急了，对看门的厉声喝道：“你们是什么东西？竟敢拦住我，不让我见我的伯父？”说罢强行闯入大门，对着桓温哭道：“庾友是个瘸子，走路都要靠人搀扶！您看他这样子哪能做贼？”

桓温笑道：“我本无意杀他，是他多心了！”就放过了庾友。

727. 袁隗妻

东汉末年的大臣袁隗的妻子是大儒马融的女儿，机智而有才辩。马家是豪门，所以陪嫁非常丰厚。在洞房里，袁隗就问马氏：“妇人不过是洒扫而已，给这么多陪嫁干吗？”

马氏说：“父母心疼女儿，我也不敢有违父母之命。如果夫君向往简朴的生活，妾身欣然从命。”

“如果弟弟比兄长先出仕为官，那就要遭到世人的耻笑。你姐姐尚待字闺中，你就先行出嫁，这样不大好吧！”

“妾身的姐姐品行高尚，美貌绝伦，至今尚未遇到能与她匹配的郎君！妾身不如姐姐，所以只好退而求其次，将就一下算了！”

“你父亲是当今大儒，怎么在南郡太守任上被人控告受贿呢？”

“孔子这样的圣人尚且被武叔诋毁；子路这样的贤人还被公伯寮诽谤！我父亲被控受贿自然也在所难免！”

袁隗知道自己说不过媳妇，就再也不说话了。

728. 李夫人

汉武帝的宠妃李夫人得了重病，汉武帝亲自来看她。李夫人却用被子蒙住自己的脸说：“妾患病已久，容貌憔悴，不能见陛下！请陛下照顾好咱们的孩子和我娘家的兄弟！”

汉武帝说：“夫人病重，朕可能再也见不到夫人了！请夫人当面把咱们的孩子和你娘家的兄弟托付给朕！”

“妇人貌不修饰，不见君父。妾身未曾梳妆，不敢面见陛下！”

“夫人只要让朕看一眼，赏赐千金，提拔你兄弟做大官！”

“是不是提拔我兄弟在于陛下，不在于是否见妾身一面！”

汉武帝又说还是想再见李夫人一面，李夫人就把身子转了过去，只是哭泣不再答话。汉武帝很生气，起身离去。

李夫人的姐妹就上来责备她，“夫人怎么就不肯让陛下见您一面呢？当面把兄弟托付给陛下多好！现在陛下都生气了！”

李夫人说：“夫以色事人者，色衰而爱弛，爱弛则恩绝！陛下之所以对我恋恋不舍，是因为留恋我往日的容貌。如今已是憔悴不堪，陛下见了必定会心生厌恶，哪里还肯追念往日恩情照顾我的兄弟？我之所以不肯让陛下见我，就是要让陛下追思我往日的花容月貌，爱屋及乌照顾我的兄弟呀！”

李夫人死后汉武帝果然对她思念不已，十分照顾她的兄弟。

苏曰：夫以色事人者，色衰而爱弛，爱弛则恩绝！

李夫人的哥哥李延年精通音律，因为犯法而被阉割进入宫廷。李延年想把自己的妹妹献给汉武帝，就在酒席宴上唱了一首歌，词曰：

北方有佳人，
绝世而独立，
一顾倾人城，
再顾倾人国。
宁不知倾城与倾国，
佳人难再得。

汉武帝听后便把李夫人召入宫中，极受宠爱。夫人是汉时宫中仅次于皇后的封号，相当于后世的贵妃。李夫人死后汉武帝思念不已，有个名叫少翁的方士自称能招魂，让李夫人与汉武帝一见，但阴阳相隔，只能看到李夫人的身影。

汉武帝晚上坐在帐帷中，烛火摇曳中便看到李夫人的身影翩翩走来，却又徐徐离去。汉武帝悲痛不已，写下一首诗，诗曰：

是邪？非邪？
立而望之，
偏何姗姗其来迟！

相传方士少翁所用的所谓法术就是皮影。

729. 湖州妓

唐朝时有位湖州刺史大宴宾客，席间一位客人给刺史献上一个木瓜。由于木瓜在当时是个稀罕物，所以刺史就让大家传阅观赏。有个宦官来湖州办事，当时也在场。木瓜传到他手中后，这个宦官说：“此物宫中尚未曾有，应当进贡给陛下！”说罢便把木瓜纳入袖中，径自乘船而去了。

刺史担心被皇上降罪，闷闷不乐，也没有心思再继续宴饮。这时一个官妓说：“请大人尽情欢宴！奴家猜这个木瓜明早就会被丢进江中！”

刺史问她为什么，官妓说：“木瓜的皮很脆，众人传递难免手掐受伤，第二天必然坏烂，哪里还能献给陛下呢？”

后来护送那位宦官的随从回来果然说：“那个木瓜腐烂被丢弃在江中了。”刺史长出了一口气，终于放下心来，把那个官妓叫来重重奖赏了一番。

卷二　雄略

士或巾帼，女或弁冕；行不逾阈，谟能致远；睹彼英英，惭余谫谫。集“雄略”。

730. 君王后

秦王派人给齐国的太后君王后献上了一个玉连环，并说：“齐国人很聪明，能解开这个玉连环吗？”

君王后随手抓起铁锤，一下子就把玉连环砸了个粉碎，然后淡淡地对秦国使者说：“解开了！”

苏曰：这个君王后可不一般！当初齐国被燕国大将乐毅打得大败，几乎亡国。齐闵王被楚国大将淖齿所杀，太子田法章只身逃亡，投入莒地（注：今山东省莒县）的一个大户人家，隐名埋姓做了一个奴仆。这个大户人家的小姐却是个有眼光的，一看这个奴仆虽然穿得破破烂烂，但举手投足间总有一股傲气，眉宇间却多有愁思，不像是一般人！于是小姐就常常暗地里送些吃的和衣服给太子，时间长了，两个人竟然私下做了夫妻！

齐国虽然完蛋了，但忠于齐国的一些大臣和莒地的一些人士却一直在图谋恢复齐国，想找到太子作为号召，就到处寻找太子的下落。太子吓得不敢出头，还是小姐以不再同枕共眠为要挟这才让太子勉强出来了。大家一看找到太子了就把太子立为齐王，后来田单赶走了燕国人也承认了太子的齐王地位。太子这才算是正式成为齐国的国君。

这个齐王就是齐襄王。齐襄王还算是有良心的，没忘了落难时小姐的恩情（只是忘了浴血奋战的田单），把小姐立为王后，就是史书所称的君王后，还生了一个儿子，就是齐国的亡国之君齐王建，当然了这都是后话。没想到小姐的老爸却是个认死理的读书人，知道自己的闺女竟然私订终身，还瞒着自己红杏出墙不由得大发雷霆：“女孩子没有明媒正娶就私订终身，不是我家的女儿，玷污了我们家的名声！”居然终生再不相见！但小姐是个明事理的，虽然见不到老爸的面，但女儿的礼数都还是尽到了的。

731. 齐姜、张后

晋国公子重耳出国避祸来到了齐国，齐桓公盛情招待，送给了他二十辆马车，还把一个宗室的女子齐姜嫁给他为妻。

重耳和齐姜夫妻感情很好，在齐国待着不愁吃不愁穿，日子过得很安逸。就这么舒舒服服过了五年，重耳也就不打算再回晋国了。

重耳不打算回晋国了，但跟随他的一班人马却不乐意了。这些人做梦都想回到晋国，把晋国现在的国君干掉，拥立重耳继位，自己好跟着鸡犬升天。眼看着重耳沉醉在温柔乡里，再也没有了争权夺利的壮志激情，这些人是看在眼里急在心里！他们躲在一片桑树林里谋划，打算把重耳灌醉了，把他带出齐国，免得他再继续堕落下去！

没想到齐姜的婢女正在桑林里采摘桑叶，听到了这些人的阴谋诡计，回去就告诉了齐姜。齐姜可真不是一般的女人，竟然立即就把这个婢女给杀掉了！然后劝重耳离开齐国。重耳自然舍不得这个美丽温柔的媳妇，“我现在日子过得这么舒服，不想再想别的事情了！”

齐姜说：“你贵为一国的公子，避祸来此。你的随从都要靠你富贵，你不赶紧回国安抚众心反而留恋一个女子，我都为你感到害臊！况且你不努力奋斗什么时候才能回国继位啊？”

重耳不听。齐姜一看重耳是个没出息的，便不再相劝，与他的随从商议把重耳灌醉，然后趁机把他送出了齐国。

苏曰：齐姜鼓励自己的夫君要做一番大事业，这没错。但是为什么要杀那个婢女？有这必要吗？这是个狠心的女人！

曹操晚年对于有才干的大臣颇多猜忌，司马懿为了避祸便谎称中风卧床不起，不肯出任官职。一天司马懿正在家中晒书，忽然天降大雨，司马懿情急之下便起床去收书，恰好被家中唯一的一个婢女看到了。

司马懿的夫人张氏二话不说就亲手杀了婢女，没有了婢女张夫人便亲自下厨做饭。曹操死后，司马懿凭借自己的才干终于成为魏国的重臣，并掌握了魏国的实权，成为西晋王朝的实际建立者。

732. 刘知远妻

五代时刘知远建立后汉后打算搜刮民财犒赏将士，他的夫人李氏劝他："陛下凭借河东开创大业，如今还没有惠泽百姓就要剥夺百姓赖以为生的财产，这恐怕有违新天子解救百姓于水火的本意呀！请陛下把军中所有的财物都赏赐给将士，虽然不是很多，但将士们也应该没有怨言！"

刘知远听从了夫人的意见，百姓和将士们都很高兴！

733. 李景让母

唐朝大臣李景让的母亲郑氏性情严厉，李景让头发都已斑白但只要小有过失还是免不了其母的一顿棍棒。李景让担任浙西观察使的时候，手下有个牙将违反了他的命令，李景让大怒，竟然活活把这个牙将给打死了。这可就激起了众怒，军中的将士纷纷为之鸣不平，眼看就要发生哗变了！

郑氏得知后立即来到了前衙，坐在大厅上当众责备李景让，"天子任命你为方面大员，难道是让你把自己的喜怒置于国家的法度之上吗？妄杀无罪之人，万一导致一方不宁不但上负朝廷，就算是我又有何面目见李氏列祖列宗于地下？"说罢命令左右脱下李景让的上衣，要鞭打他。将士们一再为他求情，郑氏才作罢，将士们也不再闹了。

冯子曰：郑氏年纪轻轻就守寡，孩子们都很小。家里很穷，郑氏就亲自教孩子们读书。后院的院墙塌了，郑氏发现墙下埋着很多钱。郑氏向天祷告说："我听说不劳而获是祸不是福！如果老天爷可怜我家穷苦，就请保佑我的孩子们都学有所成！这些钱我不敢取用！"说罢就把这些钱埋了起来。

李景让仕途顺利，但他的弟弟李景庄却屡试不中。李景庄每次落榜，郑氏都要责打李景让一顿，但李景让却始终不肯为弟弟走门路，"朝廷取士自有公道，我不能和别人一样给我弟弟打通关节！"

734. 杨敞妻

西汉大将军霍光不满新即位的皇帝刘贺荒淫无道，与车骑将军张安世谋划废掉他。计议已定就派大司农田延年去通知丞相杨敞。杨敞一听说要废立皇帝吓得说不出话来，汗流浃背。田延年起身去上厕所，杨敞的夫人从东厢房转出身来对杨敞说："这是国家大事！大将军都已经下定决心了，只是让大司农来通知你！夫君要是不赶紧表态支持而只是一味犹豫不决，只恐怕大将军首先就要诛杀夫君了！"

田延年如厕归来，夫人和杨敞一起表态坚决支持大将军！

735. 莒城妇

春秋时莒国国君杀了一个百姓，他的妻子因此成为寡妇。这个寡妇就按照城墙的高度编了一条绳子，齐国军队来讨伐莒国的时候，她就把绳子从城墙上放了下去。齐国将士有六十人顺着绳子爬上了城墙，这时绳子却断了，于是爬上城墙的将士和城外的将士便一起鼓噪呐喊。莒国国君以为齐军已经杀入城中，慌忙打开城门逃走。

736. 冼氏

南北朝时高凉（注：今广东省阳江西）地方的冼氏世世代代是当地的首领，其部落有十余万户。冼家有个女儿很有谋略，罗州刺史冯融就把她聘为儿子冯宝的妻子。

冯融死后其子冯宝继任为罗州刺史，冯家虽然世代担任刺史但由于不是本地人，所以政令推行不下去。冼氏嫁过来后约束本族百姓服从官府的号令，亲自参与案件的审理，即使是娘家的亲戚犯了法也绝不宽宥，由此冯宝才得以推行政令。

高州刺史李迁仕派人来邀请冯宝到高州有事相商，冯宝正准备动身出发时，冼氏说："当初朝廷有难下诏让李迁仕率兵勤王，他推脱有病不去。如今他大肆招兵买马铸造兵器却邀请夫君前往，这一定是想扣押夫君为人质，征发夫君的军队造反！夫君不要去，且静观其变！"

数日后李迁仕果然造反，派大将杜平虏进攻南康（注：今江西省南康市）。冼氏对冯宝说："杜平虏与官军相持于南康，高州必定空虚！但如果夫君亲自领兵去攻难免一场苦斗，不如派人出使高州卑辞厚礼对李迁仕说：'我不敢亲自前来，所以派夫人来帮助大人！'李迁仕一定大喜，不做防备。我率千人挑着担子假称是来劳军的接近贼营，破之必矣！"

冯宝深然其计，冼氏果然大破贼军，一路追杀到赣石遇到了朝廷派来镇压李迁仕的大将陈霸先（**注：时为梁朝大将，后来篡梁自立为帝，建立陈朝**）。冼夫人回家后对冯宝说："陈将军非同常人，深得众心！他一定能剿灭贼众，夫君应当帮助他！"

冯宝死后岭南一带大乱，冼夫人安抚各族，数州安定，共奉夫人为"圣母"。

隋朝统一天下后，番州总管赵讷贪婪暴虐，族众不堪其苦纷纷叛乱。冼夫人派人上书朝廷力主安抚百姓，并详陈赵讷的罪状。隋文帝下令逮捕赵讷，并下诏给冼夫人，让她招抚叛乱的百姓。冼夫人自称使者，亲自拿着诏书走遍十余州宣扬隋文帝安抚百姓的圣意，所到之处叛军皆降。冼夫人死后朝廷加谥号为"诚敬夫人"。

737. 白瑾妻

明朝人白瑾的身体不好，他的妻子葛氏悉心照料，并勉励他读书。成化年间，白瑾考中了进士，被朝廷委派为分宜县令。第二年分宜的邻县遭遇饥荒，饥民作乱，听说分宜县衙有库银数千两便来抢劫。

分宜县城并无城墙，贼人一到，官吏们带着家小全都逃跑了。葛氏命家人守住大门，把白瑾藏了起来，然后把库银埋在烂泥塘中。一切准备停当后，葛氏穿上白瑾的官服坐在县衙大堂上，静候贼人到来。

贼人到来后，葛氏假言抚慰，然后把自己的首饰衣物等财物送给贼人。贼人拿了首饰等物便高高兴兴离去了。哪知这些首饰财物都已被葛氏暗中做了记号，后来按照记号搜捕，竟把贼人一网打尽！

冯子曰：白瑾的这身官服真该给他媳妇穿！

苏曰：白瑾，平日里你身体不好，媳妇对你悉心照料，危难时刻还是媳妇出头为你解难！媳妇真是好媳妇，只是这丈夫实在是窝囊！

738. 朱序母

东晋大将朱序镇守襄阳，前秦大将苻丕率兵来攻。朱序的母亲韩氏在战前登城观察敌情时，发现西北角一带的城墙不够坚固，就率领一百余婢女和城中的妇女在西北角又斜筑了一道城墙。

前秦军队攻城的时候，西北角的城墙果然倒塌，东晋军凭借新筑的城墙继续坚守才得以保住襄阳。于是襄阳人就称这一段城墙为“夫人城”。

苏曰：后来襄阳还是被前秦攻破，朱序被俘。在淝水之战中就是这个朱序在阵前大喊：“秦兵败矣！”导致前秦在淝水之战中惨败！

739. 平阳公主

大唐的平阳公主在唐高祖李渊还没有起兵前嫁给了柴绍，与柴绍在长安生活。唐高祖李渊在太原起兵后，柴绍对公主说：“你父亲已经起兵反隋，我想赶去投奔，但恐怕不方便带着你，这可如何是好？”

公主说：“夫君尽管去，我自有办法！”

柴绍走后，公主就来到户县庄园散尽家财招揽亡命之徒，并且派人说动义军领袖何潘仁率领大队人马前来归附，然后攻占周至、武功等地。大军所到之处，军纪严明，秋毫无犯，关中一带远近争相归附！在李渊和李世民渡过黄河前，公主麾下就已经有了七万人马，威震关中！李渊和李世民率大军渡过黄河后，公主亲率精兵数万与李世民在渭河北岸会师。李渊下令柴绍和公主各自设立幕府掌管手下的军队，京师称公主的军队为“娘子军”！

苏曰：有妻如此，柴绍好大的造化！相传平阳公主曾率军驻防娘子关，这便是山西省平定县“娘子关”地名的来历。

740. 李侃妻

大唐建中年间，淮西节度使李希烈造反，攻陷汴州又派兵进攻项城。项城县令李侃打算逃跑，他的夫人说：“贼兵来了你作为县令理当固守！守不住就当以死报国，怎么能逃跑呢？重赏之下必有勇夫，城池一定守得住！”

于是李侃把项城的官吏百姓召集起来，对他们说：“我就是你们的父母官，但任期一到就要离去，不像你们世世代代生活在此地，祖先的坟墓都在此处，应该竭尽全力守城才是！”

大家为李侃的豪气所感动，都流下泪来。李侃又大声宣布：“以瓦石击贼者，赏钱千；以刀矢杀贼者，赏钱万！”招募了数百勇士登城据守，李侃的夫人亲自做饭犒赏将士。敌军攻城时，李侃被流矢射中回到家中休养。刚到家里，夫人登时大怒，“夫君不在，谁人肯拼死守城？死在战场上不比死在床上更好吗？”

于是李侃又回到城墙上指挥将士苦战守城，终于打退了敌军保住了项城。

苏曰：李侃这个官真该给他夫人做！所谓的巾帼英雄、女中豪杰说的不就是李侃夫人吗？我们这些男子汉也要自强呢！

741. 晏恭人

南宋妇人晏氏的丈夫早死，立志不再改嫁，与幼子一起生活。绍定年间，贼盗蜂起四处劫掠，晏氏倚山建堡自守。贼盗来后，晏氏召集庄客佃户对他们说：“你们都靠我家生活，应念主母之恩尽力杀贼！要是打败了，你们尽可以杀了我去向贼人请赏！”说罢散尽家财犒赏众人，庄客佃户无不感奋用命！于是晏氏亲自擂鼓，令丫鬟们鸣金助威，终于打退了贼盗。

百姓们听说晏氏打退了贼盗，纷纷扶老携幼前来投奔。晏氏敞开大门予以收留，又散发粮食赈济穷困。为了收留更多的百姓，晏氏又修建了四个堡垒，五个堡垒互为支援，贼盗无法攻克。战乱期间晏氏救活的百姓数以万计，朝廷得知后封她为恭人（注：宋制，封赠中散大夫以上官员之母与妻为恭人），补授其子为承信郎。

冯子曰：汉文帝曾说：“我要是能得到廉颇、李牧为将，哪里还会担忧匈奴呢？”虽然是这样，但又何必一定要得到廉颇和李牧呢？如果能得到李侃的夫人、晏恭人守城；让邵续的女儿、崔宁的妾为将冲锋陷阵；以刘太妃（注：五代时晋王李克用的妻子）为帅，平阳公主做她的副帅；以邓曼、冼氏为军师；以荀崧的女儿巡守四方，即使是纵横天下又有谁人能敌？

唐朝大历年间，成都尹、西川节度行军司马崔宁入朝奏事，泸州刺史杨子琳趁机率兵袭击成都。崔宁的弟弟崔宽屡战屡败，崔宁的妾任氏身材魁梧英明果断，散家财十万招募勇士，一夜间就得千人！任氏设置将校，亲自率领这支队伍出战，把杨子琳打得大败而逃！

苏曰：如今成都市内有一处风景名胜，名唤“百花潭”，其间有一条小河名唤“浣花溪”。相传任氏居住浣花溪时，为一老僧深远洗衣，当僧衣入水濯洗，水中立时呈现无数莲花，五彩缤纷，为此后人称洗衣处为“百花潭”，称小河为“浣花溪”，称任氏为“浣花夫人”。

西晋大臣荀崧驻守宛城的时候被贼寇杜曾围困，城中兵少粮食又快要吃尽。荀崧无奈打算向平南将军石览求救，但杜曾把宛城围得如同铁桶一般，书信无法送达。正在荀崧计无所出的时候，他的小女儿荀灌率领数十勇士在夜间杀出城去，冲破了贼兵的包围圈。贼兵大惊，紧追不舍，荀灌当时年仅十三岁，面对追兵毫无惧色，且战且走，终于安全来到了石览处。在求得石览的救兵后，荀灌还不放心，又以其父的名义给南中郎将周访写了一封信求援。杜曾听说救兵就要来到便撤围而去了。

苏曰：十三岁的花季少女，手持兵刃跨马上阵杀敌，并且溃围而去！令人愧为男儿！

742. 窦桂娘

唐朝的淮西节度使李希烈骄横跋扈，时降时叛，成为朝廷的心腹大患。李希烈攻占汴州的时候，看上了参军窦良的女儿窦桂娘，强娶为妾。桂娘对父亲说：“不要悲伤，我能杀此贼！”

桂娘听说李希烈手下的大将陈仙奇为人忠勇，便有意结交，时常劝李希烈重用他。后来又听说陈仙奇的夫人也姓窦，桂娘便把陈夫人认作是本家，二人常相往来。

李希烈患病后，桂娘便找了个机会对陈夫人说：“贼势虽大但终必败亡，你想过没有以后怎么办？”陈夫人回家后把这话告诉了陈仙奇，陈仙奇怦然心动，决意归降朝廷，便以重金贿赂医生在药中下毒，毒死了李希烈。

李希烈死后，其子秘不发丧，打算杀尽诸将自立。就在这时有人献上一些鲜桃，桂娘就请求把这些桃子分赏诸将，以示李希烈未死。李希烈的儿子同意了，桂娘就把一块布染成桃子的颜色裹絮夹藏书信于其间。陈夫人看到书信才知道李希烈已经死了。陈仙奇于是率兵攻入李府，杀了李希烈的儿子，以淮西归附朝廷。天子大喜，下诏拜陈仙奇为淮西节度使。

苏曰：仅仅只在两个月后，淮西大将吴少诚又杀陈仙奇，窦桂娘也一同被杀，淮西又再次背叛朝廷。吴少诚死后，吴少阳继任为淮西节度使，继续保持割据状态。吴少阳死后，其子吴元济继任，骄横跋扈，不断攻掠近旁州县，屡败官军成为朝廷的心腹大患。这才有了李愬雪夜取蔡州生擒吴元济的故事！

743. 王翠翘

王翠翘，本是大明嘉靖年间临淄的一个妓女，原名马翘儿，容貌秀丽聪慧异常。最是能唱时新小曲，弹得一手好琵琶。后来用计摆脱了老鸨，徙居江南，这才改名为王翠翘。

倭寇侵犯江南掳走了王翠翘，把他献给了匪首徐海（**注：倭寇虽名为倭寇，其实大多都是中国人**）。徐海对王翠翘一见倾心，极为宠信，对她言听计从。王翠翘也假意顺从，实际上却希望徐海早点儿完蛋，自己能够重新过上自由自在的生活。

当时负责征剿倭寇的明朝总督胡宗宪派了一个姓华的老头来劝降。徐海大怒，把华老头绑起来准备杀掉。王翠翘就劝他：“降与不降全在夫君，与来使何干？”说罢亲手解去绳索，并赠之以金银慰劳他。

这个华老头以前与王翠翘相识，所以王翠翘才会救他。华老头也觉得这个所谓的“王夫人”就是王翠翘，但当时两人都没有说破。华老头回来后对胡宗宪说：“徐海不肯投降，但小人看他所宠信的一个叫‘王夫人’的，似乎有意归顺朝廷，可以作为内应。”

胡宗宪深然其计，派了一个叫罗龙文的再次出使徐海，准备了大量的珠宝献给王翠翘。这个罗龙文在王翠翘做妓女的时候便与王翠翘相识，所以胡宗宪才会派他去。王翠翘便劝徐海：“做强盗终究没有出路，不如投降朝廷。江南一带苦于刀兵已久，夫君投降就能做官，可保你我二人终身富贵！”

徐海听了王翠翘的话便决心投降。胡宗宪随即集结军队，对外声称准备迎降徐海，实际却打算趁徐海不备发动偷袭。徐海听信了王翠翘的话，一心一意打算投降所以毫无防备。官军突然发动袭击，全歼徐海所部，并且将徐海斩首！

凯旋之日，胡宗宪大排筵宴犒赏有功将士，让王翠翘唱歌行酒助兴。胡宗宪为王翠翘的美貌所动，借着酒劲儿调戏王翠翘，王翠翘执意不从，席间大乱。第二天胡宗宪酒醒后非常后悔，但现在如何处置王翠翘却成了一个大问题。胡宗宪本意是想把她杀掉了事，但此次能够平定徐海全是王翠翘的功劳，又于心不忍。但自己席间调戏王翠翘不成，又无法把她留在身边。想来想去决定把她赏给此次随军出征的永顺土司为妾。

在前往永顺的路上过钱塘江的时候，王翠翘叹道：“徐海待我很好，我为国家考虑大义灭亲诱杀了他！杀了倭寇头子却又跟了一个土司，我还有什么脸面活在这世上？”半夜的时候就投江自尽了！

苏曰：可怜！一个女人遇到了一个深爱自己的男人，可这个男人却是倭寇头子！取舍两难哪！王翠翘的故事在中国知道的人可能并不多，但在越南却称得上是家喻户晓。越南诗人阮攸根据王翠翘的故事写成长篇叙事诗《金云翘传》，并被搬上舞台，对越南近代文学的发展产生了深远的影响。

744. 孙翊妻

三国时吴主孙权的弟弟孙翊担任丹阳太守，官员妫览为都督执掌郡兵，戴员担任郡丞掌管郡中日常事务。妫览、戴员以及他们的亲信边鸿，以前都是吴郡太守盛宪的心腹。后来盛宪被孙权所杀，他们才转而投奔孙翊，但心中却对孙氏兄弟不满，一心想为盛宪报仇。于是妫览和戴员就指使边鸿趁孙翊送客时刺杀了他，边鸿随即逃入山中。

孙翊的妻子徐氏立即悬赏追捕边鸿，把边鸿杀了。这时妫览和戴员已暗中投降了曹操，曹操的扬州刺史刘馥已率兵进至历阳准备接应妫览。所以妫览有恃无恐大摇大摆进入孙翊的府邸，把孙翊的丫鬟婢女统统霸占，还想打徐氏的主意！

徐氏担心如果不从就会被杀，于是假意说道：“请待到月底为亡夫设祭后我换下丧服方可！”妫览信以为真，便不再强逼。

徐氏就秘密派人与孙翊的旧部孙高、傅婴等人联络，相约一同斩杀妫览、戴员，为孙翊报仇。到了月底，徐氏祭奠了孙翊的亡灵后便换下了丧服，熏香沐浴，与妫览谈笑风生。妫览事先已暗自观察过徐氏的房间，没发现有什么破绽便不再防备，一心只想成其美事！徐氏这时才让孙高、傅婴和婢女们进入房间，妫览刚一进来徐氏便大呼杀贼。孙高、傅婴跳出来便杀了妫览，孙翊的旧部顺势也杀了戴员。徐氏又穿上丧服，斩下妫览、戴员的人头祭奠孙翊。全军将士无不震骇，都被徐氏的果断所震慑，无人敢为妫览、戴员报仇，东吴也保住了丹阳。

745. 申屠希光

北宋靖康年间有位名叫申屠希光的女子貌美如花而且擅长作诗。嫁给秀才董昌后生活虽然非常清苦，但夫妻二人的感情却很好，希光以苦为乐，生活得其乐融融。

当地有个名叫方六一的土豪贪图希光的美貌，便唆使人诬陷董昌犯下重罪，竟然要把董家满门抄斩！这时方六一又假装好人，假意为董家奔走，结果只将董昌一人处斩，妻子儿女都免于连坐。方六一自恃对希光有恩，便强行给她下了聘礼，要纳她为妾。

希光知道这一切都是方六一捣的鬼，便假意应允，把孩子送到董昌的朋友家寄养。然后怀揣匕首来到方家，好言谢过方六一，请求安葬董昌后再成亲。方六一大喜，便派人安葬了董昌。希光假意满心欢喜浓妆艳抹进入洞房，方六一刚一上床希光便将他刺死，随即又把他的两个随从杀死。到了晚上诈称方六一得了急病，挨个召唤方家人前来探视，然后一个一个把方家人全部杀死！

杀光了方家人后，希光斩下方六一的头放在一个布袋中，来到董昌的坟墓祭奠亡夫。天亮后，希光把当地的村民召集起来，告诉了他们事情的原委，最后说："我要去地下跟从我的夫君去了！"然后自缢而亡。

746. 襄阳妇

五代时的后梁末年天下大乱，盗贼蜂起。有个人自恃武艺高强，独自与媳妇骑驴来到强人出没的芒砀泽，还大声高呼："我早听说此地多豪杰，难道就没有一个人出来与我一决高下吗？"

话音未落便有五六个盗贼从草丛中蹿出，趁其不备一下子就杀了他。他媳妇站在一旁毫无惧色，还假装高兴地大叫，"好啊！今天才算是洗雪了我的耻辱！我本是良家妇女，被这个混蛋抢来此地，如今他有这下场谁说天地间没有神明呢？"

盗贼信以为真，便没有杀她，带着她和抢来的行李赶着驴子一路南行来到了一个村子外休息。这个妇人看到村庄大门口放着一些兵器，知道是附近的士兵来此巡逻，便径直走入村中。盗贼看她不慌不忙，以为她是进村要吃的，也就没有多想。进村后这个妇人找到军官，向他哭诉自己的不幸遭遇，军官悄悄集结士卒把盗贼包围起来。除了一个侥幸逃脱外，其余的盗贼全都被抓，后来被斩首于市中。这个妇人回到家乡襄阳，万念俱灰，出家为尼终老其身。

747. 吕母

在王莽所建立的新朝琅琊郡海曲县（注：今山东省日照市西）有一位吕母，她的儿子是县衙的小吏，因为犯了小罪被县令杀了。吕母愤愤不平，决心为儿子报仇!

吕母家资丰厚，她就买来好酒和刀剑衣服。有少年来买酒的便有意多给他一些，有衣服破旧的便送给他新衣服穿。如此数年吕母家财散尽，诸位少年过意不去，一起来到吕母家中，打算把钱还给吕母。吕母哭着说：“我之所以厚待诸君并非求利！只是因为县令冤杀了我的儿子，诸君要是同情我的话请为我报仇！”

诸位少年同情吕母，纷纷许诺，并辗转招引同伴，共集结了数千亡命之徒。吕母自称将军，领着这些人攻破了海曲县城活捉了县令。县衙的小吏纷纷为县令求情，吕母说：“我儿子罪不至死，却被县令冤杀，你们求什么情？”说罢就一刀砍了县令，割下县令的人头在儿子的坟前祭奠，然后率领队伍投奔了赤眉军。

冯子曰：世间有吕母这样奇妇人，酷吏们或许会稍稍收敛一些。

附

乱世中一个明经的故事

隋末唐初之际，天下大乱。到底有多乱呢？在当时的中华大地上，不算唐高祖李渊和隋炀帝杨广，自称皇帝的农民起义军领袖就有三个；自立为王的有八个；其余或自称为“公”，或“总管”，或“将军”，或者就是什么名号都没有的草头王，总共有三十六个！这还都是些势力比较大，能在史书上留下姓名的，至于那些几百上千啸聚山林，或三五十人打家劫舍的更是多如牛毛，数不胜数！这些人“其兴也勃焉，其亡也忽焉”！或兴或灭好似流星划过夜空！一个地方今天你去了明天他来了，反复拉锯争夺！

当时盘踞在北海郡一带的农民起义军领袖綦公顺率领三万人马攻打北海郡郡城，就是现在山东省的青州市，很快就攻破了城郭。在中国古代，比较重要的城市往往都筑有两道城墙，外城就称为“郭”。“郭”姓部分的起源及东郭、南郭这两姓氏皆与此有关。住在城郭的就姓郭，住在城郭东边的就姓“东郭”，住在城郭南边的就姓“南郭”。

綦公顺这个家伙比较骄傲，刚刚取得了一点点胜利就翘尾巴了。他攻破了外城估摸着很快就能攻陷内城，所以便放松了攻势毫不戒备。

外城已被攻破，内城岌岌可危，北海郡城中一班往日里作威作福颐指气使的官员们全都傻了眼，个个吓得屁滚尿流。眼看大家都要完蛋了，这时候却出了一个小小的明经刘兰成，这个小小的明经恰似黑暗中的萤火。

先说说什么叫明经。秦汉之前的中国官吏选拔制度基本上是世袭，老子死了儿子接着干；魏晋南北朝实行的是“九品中正制”，就是按照家世、道德、才能把人分为九等，然后按等级选拔官吏。只要是世家大族的子弟基本都能捞个官来当当，至于平民子弟任凭道德多高多能干长得多帅都没用！正所谓“上品无寒门，下品无世族”！这个制度选拔出来的官吏不但没什么才干，而且对于皇帝来说还很不好使唤。这些纨绔子弟根本不用任何努力就能当官，当了官只要没有大错就不会被免职，哪里谈得到“才干”二字呢？他们当官靠的是自己的出身并不是皇帝的任命，所以也不大把皇帝放在眼里。魏晋南北朝时期，皇帝的权力比明清时代皇帝的权力小多了，“九品中正制”是一个重要的原因。但随着科举制的推行，皇帝们的权力变得越来越大。科举制下官吏的选拔靠的是考试，考上之后再由皇帝任命。皇帝直接掌握官员的任免，权力自然大多了。

科举制度起源于隋朝，一代雄主隋文帝先是逼着自己的外孙北周静帝把皇帝的位子让给自己，然后又攻灭陈国，结束了魏晋南北朝以来三百多年的分裂局面。这样的铁腕人物自然不肯让什么“九品中正制”来束缚自己的手脚，他创立了科举制。隋朝的科举制与我们所熟知的明清科举有很大的不同，没有“八股文”这个东西。隋朝的科举制分为“明经”和“进士”两科。“明经”科的考试比较简单，主要是考察考生对儒家经典的记忆，只要能把儒家经典背个滚瓜烂熟绝对就能被录取；“进士”科的考试就很难了，考试内容主要是要求考生按照儒家经典的理论来对时局或国家大事提出自己的看法，有点活学活用儒家经典的意思。

两者相比不难看出明经科要好考得多，所以当时有“三十老明经，五十少进士”的说法。意思就是说三十岁考上明经已经太晚了，而五十岁考上进士还算是早的。自然的，大家也都看不起明经科出身的官员。

不过话说回来，学历是一回事，本事却是另一回事了！这不，当北海郡城中的芸芸众生，包括哪些进士出身的官员们正在慌乱之际，明经刘兰成跳出来了！刘兰成临危不乱，他仔细观察敌军，敏锐发现敌军放松了戒备，正忙着掳掠财货大吃大喝。刘兰成果断出击，率领城中的壮士百余人突然杀出。城中的守军为刘兰成的勇气所鼓舞也跟着一起冲了出来。綦公顺完全没有防备，被刘兰成打了个大败，溃逃而去，北海郡城转危为安！

刘兰成成了北海郡城的大救星！于是，城里的军队壮丁分为六队，让刘兰成也担任了一个队长，掌管全城六分之一的人马。

有个叫宋书佐的混蛋妒忌得几乎发狂，上蹿下跳！宋书佐对官员们意味深长地说道：“刘兰成深得民心，这可对你们不利呀！不如把他杀掉！”官员们一听恍然大悟，是呀，如今刘兰成这小子立下如此大功，相较之下，好像比俺们还要强哩！一个小小的明经，凭什么呀你？不过这刘兰成好像也没犯什么大错，就这么杀了似乎也说不过去！于是，郡里一致通过免去刘兰成的兵权。

刘兰成就这样被免去了兵权，不难想象，他的职务被宋书佐顶替了！刘兰成虽然只是个小小的明经，但他知道自己的这条小命迟早要被宋书佐给拿了去！万般无奈之下，刘兰成只好冒死去投奔才刚刚被他打得屁滚尿流的綦公顺了！

綦公顺虽说只是个土匪头子，手下的小喽啰也都是些热衷于打家劫舍的流氓无赖，但心胸却比城里的那帮官员们开阔多了！一看到昨天的死敌刘兰成前来投奔竟开心得狂喊乱叫，二话不说就要拜刘兰成当老大！这帮土匪无赖没有那么多花花肠子，他们只知道刘兰成本事大，跟着他能打胜仗，打了胜仗就有银子！至于刘兰成是明经还是进士，那都无所谓！人家的本事是明摆着的嘛！躺倒在战场上的兄弟们的尸首、脸上的刀疤、插在屁股上的箭，都是冷冰冰活生生的证据！

面对众喽啰，刘兰成固辞不就。大小土匪无奈就给他安了个长史的名号，凡是与军事有关的事情都听刘兰成的。在土匪窝里待了五十多天，刘兰成决定活动活动筋骨，带了一百五十个健壮的小喽啰就去攻打北海郡城了。离城四十里地，刘兰成留下十个小喽啰，命令他们多多割草，把割来的草堆成一百多个大草垛；离城二十里，他又留下二十个小喽啰，让他们每个人都手持一面大旗；离城五六里地，他又留下三十个小喽啰埋伏在险要之处；刘兰成亲自带领十个小喽啰趁着天黑，潜伏在离城只有一里地的地方。剩下的八十多人命令他们自己找个合适的地方躲起来，约定只要一听到鼓声就一起出动抄掠人畜，抢完就跑，同时点燃那一百多个大草垛。

第二天早上，城里的人都出来放牛放羊上山砍柴。到中午的时候，刘兰成率领十个小喽啰直抵城门，守军一看土匪来了连忙击鼓报警。一听到鼓声埋伏在各处的那八十个小喽啰一起出动抄掠人畜，连人带牲口一共抢了一千多，抢了就跑。刘兰成估摸着抄掠的同伙已经撤了，才不慌不忙慢慢退走。城里的守军一看刘兰成退了便杀出城来，但大家都知道刘兰成的本事，怕他有埋伏，所以并不敢追击。又看到前面烟尘四起，旗帜飞扬，疑心更重，最后这些官兵们一合计，竟然回城了，目送刘兰成大摇大摆回去了！

没过多少时间，郡里官员得知刘兰成此次前来并没有带多少人马，懊恼得顿足捶胸，后悔没有追击刘兰成。过了一个月，刘兰成打算攻占北海郡城。他带了二十个小喽啰直抵城门，城里的人一看，好家伙，上次让你跑了，这次可不能放过你了！大家一起出动来捉刘兰成，刘兰成转身就逃，大伙儿拼命地追！还没追出十里地呢，綦公顺率领的大军便迎头拦住了追兵。追兵吓得屁滚尿流，连滚带爬逃回了城里。刘兰成率领大军把郡城团团围住，劝说大家投降。城里的人被刚才的一幕吓得魂飞魄散。他们知道，他们之所以能够逃回城里，完全是因为刘兰成手下留情！否则大家早就被綦公顺的大军团团围住杀个鸡犬不留了！大家也知道抵抗绝对没有好下场，更何况也根本打不过刘兰成，所以很快就投降了！

刘兰成以一个起义者的身份回到了北海郡城！大家猜猜他会怎么做呢？刘兰成的境界确实高！他甚至在战争中都不忍心杀害那些前来追杀他的同乡。綦公顺率领的大军完全可以把那些追兵杀个片甲不留的，但是他没有。他只是用事实来告诉他的同乡们，不要做无谓的抵抗了。刘兰成入城之后，严格约束部下不得侵害百姓。史书上对于刘兰成进城后的描写就是很简单的四个字“内外安堵”。但就是这简简单单的四个字，就意味着全城几十万百姓可以在那个天下大乱的时节太太平平过日子。在那个视人命如草芥，动辄屠城肆意奸淫掳掠的年代，这四个字就意味着一切！甚至包括生命！北海郡城的百姓应该感谢刘兰成，是他在那个乱世中给他们带来了安全与秩序！对于忘恩负义的官员，刘兰成仍然以礼相待，没有一句怨言，也没有得势后的猖狂。至于那个宋书佐，史书记载“亦礼之如旧”，也就是说仍然按照过去的礼节相待，并送了他一笔钱让他走了！在土匪想让他当老大的时候，他却“固辞不就”！这就是乱世中一个明经的故事。

748. 李寄

西汉初年，在如今的福建浙江一带有个东越国。国中有一座大山，名唤庸岭。庸岭中有一条大蛇，长七八丈，身围一丈，每年都要吃一个十二三岁的童女，否则就要为害地方。当地官吏无可奈何（苏曰：只是无能怕死），只好找婢女生的女孩或罪犯的女儿养在官府，到了八月祭祀大蛇的时候送给大蛇去吃（苏曰：可怜！可怜！）。大蛇夜里就会出来把女孩吃掉，年年如此，已经吃掉九个女孩了！

又到了祭祀大蛇的时候，官府还没有找到合适的童女。当地百姓有个叫李诞的家中有六个女儿，没有儿子。他最小的女儿名叫李寄，想应募去做童女。李诞夫妻当然不同意。李寄说："父亲母亲就不要留我了。家中有六个女儿，却没有一个儿子，我这个女儿有也只当没有吧！既不能帮助父母，也不能供养双亲，只是白吃白喝而已，活着又有什么意思？还不如早早死了！如今把我卖了去做童女，还能换一点钱供养父母岂不善哉？"

父母哪里肯听李寄的这些胡言乱语，执意不肯。但李寄去意已决，偷偷跑去应募，只求官府为她准备一把宝剑和一条捕蛇犬。到了祭祀大蛇的那一天，李寄独自一人带着宝剑和捕蛇犬来到蛇庙中，把事先准备好的用蜂蜜拌的米饼放在蛇洞口。到了半夜，大蛇出洞，头有谷仓那么大，眼睛就好像两面大镜子！

大蛇闻到米饼的香味就先大吃起来，李寄就放开捕蛇犬。趁大蛇与犬相斗的时候，李寄抽出宝剑从后边猛砍！大蛇疼痛难忍，一下子从洞中跃出，在庭院中挣扎了一阵便死了。李寄走进大蛇的洞穴，看到先前被大蛇吃掉的那九个童女的骸骨，将其一一搬到洞外，悲痛说道："只因为你们胆小懦弱才被大蛇吃掉，真是太可怜了！"

然后李寄就慢慢步行回家了。东越王听说了李寄的故事，深感李寄非同一般，就把她聘为王后，提拔他父亲做了县令。他母亲和姐姐也都有赏赐！从此东越再也没有妖邪怪物了！

苏曰：记住李寄的那句话，"只因为你们胆小懦弱才被大蛇吃掉，真是太可怜了！"无论什么时候，我们都不要害怕，都要勇敢！

749. 红拂女

隋朝末年李靖（**注：唐朝开国名将**）去拜见权臣杨素。杨素根本没把当时还名不见经传的李靖放在眼里，坐在床上接见李靖。李靖有些恼怒，向杨素长揖道："天下大乱，英雄豪杰并起。大人作为朝廷重臣应当延揽豪杰之士，不应该这么傲慢对待宾客！"

杨素有些惊讶，觉得这个年轻人不一般，便向李靖谢罪道歉。当时很多杨素的姬妾也在场，其中有一个手执红拂的长得最漂亮，一直盯着李靖看。李靖走后，红拂便走下台阶对一个小吏说："赶快去问那个刚走的客人住在何处？"

李靖对小吏说清后，小吏便回来转告了红拂女。李靖回到客栈，五更天的时候忽然听到有人轻声敲门。打开门后，看到一个身穿紫衣头戴纱帽的女子站在门外。问她是谁，那女子说："杨素家手持红拂的姬妾！"

李靖请她进来，那女子进屋后脱去外衣和纱帽倒头便拜。李靖大吃一惊，忙问她的来意。红拂女说："妾侍奉杨素已久，见过的人多了，但都不如你，所以前来投奔公子！"

李靖问她："杨素这个人怎么样？"

"不过行尸走肉而已，公子不必担心！姬妾们都知道他不过等死而已，所以逃走的很多，杨素也不大追！妾计划得很周全，公子不必过虑！"

李靖又问她姓什么，红拂女说姓张。又问她排行第几，说是排行老大。李靖仔细看她，冰肌玉骨，言谈举止简直就是仙女下凡！李靖没想到自己竟有如此艳福，又高兴又害怕，又开门看确实无人跟踪才放下心来。

过了几天，听到风声杨素正在寻找红拂女，李靖心不自安，就带着红拂女去太原投奔好友李世民。走到灵石的时候，俩人在客栈中住下。红拂女长发拖地，站在窗前梳头，李靖在屋外刷马。这时一个身材中等的客人骑着一头瘸腿驴来到了客栈。客人留着络腮胡子，胡子还是红色的。络腮胡子看到红拂女竟径自走进李靖的房间，把随身带的皮囊放在一边，取了一个枕头便躺在床上直勾勾盯着红拂女梳头。

李靖大怒，便要发作。红拂女看了看络腮胡子，知道此人非同一般，便摇手示意李靖暂且忍耐。然后匆匆梳妆完向前施礼，问络腮胡子贵姓，络腮胡子躺在床上说："姓张。"

红拂女说："妾也姓张，如此说来就是您的妹妹了！"说罢倒头便拜，又问络腮胡子排行第几，络腮胡子说排行第三。络腮胡子又问红拂女排行第几，红拂女答道："排行老大。"

络腮胡子很高兴，"今天有幸遇到妹妹！"红拂女便对李靖说："李郎，快过来见过三兄！"李靖便进屋施礼，三人遂围坐一团坐下。

络腮胡子问锅中煮的是什么肉，李靖说："是羊肉，应该已经熟了。"络腮胡子说他饿了，李靖就出去买了几张大饼。络腮胡子也不客气，从腰间抽出匕首切羊肉就和李靖红拂女一块儿吃，吃了一会儿又要酒喝。李靖取来酒后，络腮胡子便打开皮囊，里面装的竟是一个人头还有一副心肝！络腮胡子把头扔进皮囊，取出心肝用匕首切开请李靖和红拂女一起吃！边吃边说："此乃天下负心之人，我找了他十年了，现在才找到！"又对李靖说："我看李郎不过一介贫士，怎么能得到如此佳人？"

李靖不敢隐瞒，将事情的原委如实告之。络腮胡子听后说："嗯！我就知道这样的女子你是追不到的，如今有什么打算？"

李靖说："打算去太原。"

"望气的术士说太原有奇气，我也要去太原！"李靖就说太原守将李渊的儿子李世民是自己的好友，自己此去太原正是打算投奔他。络腮胡子就与李靖相约在汾阳桥会面，说罢便骑驴走了。到了约定的日子，络腮胡子果然来了，李靖就带他去见李世民。见过李世民后，络腮胡子怅然若失，叹道："李世民是真天子！"

随后他邀请李靖和红拂女到家中做客，并且让自己的妻子也出来作陪。宴席上都是山珍海味。酒席宴罢，络腮胡子把所有的财产都送给了李靖，文簿账册和钥匙摆了整整二十床！对李靖说："赠予李郎辅佐真命天子建功立业！"说罢和妻子上马便走，只有一个奴仆跟随，数步之后便不见踪影！

李靖辅佐李世民建立大唐，成为大唐开国名将，受封为卫国公。

苏曰：本故事与历史不符。李渊与李世民在太原起兵时，李靖已是马邑（注：今山西省朔州市）郡丞。他察觉到李渊父子就要起兵反隋，不但没有赶去投奔，反而要赶奔隋炀帝所在的江都（注：今江苏省扬州市）去告密。走到长安因道路不通才没去成。李渊攻克长安后恼恨他揭发自己，要砍李靖的脑袋！后来是因为李世民爱惜他的才干，为他求情才留下他一条命！不过李靖确实能打，在唐朝统一天下的战争中先破萧梁，又破辅公祏，彻底平定江南！唐朝立国后，又大破突厥、吐谷浑，凭着战功被封为卫国公！李靖不但用兵如神，而且还有很深的军事理论造诣。他曾总结自己的用兵经验写下数本兵书，可惜只有一本《唐太宗李卫公问对》流传下来！

750. 沈襄妾

大明嘉靖年间，奸相严嵩专权。沈襄因为其父得罪了严嵩而受到牵连被判流放。一路上，押解的官差对沈襄百般虐待，一心想把他整死。沈襄打算逃走但却顾忌与他随行的小妾会受到牵连，所以犹豫不决。小妾看出沈襄再不走必死无疑，就对他说："相公是沈家长子，延续沈家血脉全靠相公！相公只管放心去，不要管我！"

于是沈襄就对押送的官差说："城中有我家的故旧，欠我家一大笔银子，我去把银子要回来！"官差贪图银子，又有小妾为质，所以就让沈襄去了。过了很久，还不见沈襄回来，官差着急了，亲自去城中寻找。沈家故旧却说："沈公子没有来过！"

官差大惊，忙问小妾是怎么回事。小妾却一把抓住他的衣襟当街大哭，"我夫妇患难与共，不离不弃。如今我相公一去不返，肯定是你们受了严嵩的指使，害了我相公的性命！"

大街上顿时观者如堵，当地官员也怀疑是官差害了沈襄。再说丢失了罪犯也是重罪，于是当地官员严令他立即找出沈襄！官差哪里找得到？结果被打得皮开肉绽！官差受不了酷刑拷打，哀求小妾说："你相公确实是跑了，求你就别冤枉我了！"小妾当然不会改口，官差实在没有办法，只好逃跑了！

过了很久，严嵩倒台，沈襄的冤案才得以平反。夫妻终于得以团聚！

751. 崔简妻

唐高祖李渊的儿子李元婴被封为滕王。这个李元婴极其荒淫，下属官员的媳妇只要长得好看的，没有不被他奸淫的！每次都是诈称王妃召见，一进王宫就被他强奸！

官员崔简的媳妇也长得不错，被滕王看中了，派人请她入宫。崔简顿时如五雷轰顶，媳妇这一去是什么下场，他是清清楚楚的。但如果不去，立马就要大祸临头了！就在崔简两难之际，崔简的媳妇郑氏却说："夫君不要为难，妾身自有办法！”说罢就跟随来人进了王宫。

刚一进宫，滕王就冲上来欲行非礼，郑氏大叫：“大王怎么会如此无礼？定是府中的家奴！”说罢就用鞋狠敲滕王的脑袋，把滕王敲得满脸是血（苏曰：难道是高跟鞋？）！郑氏还不肯罢休，又用手去抓滕王的脸，把滕王的脸抓得全是血口子！

王妃听到动静不对赶忙出来看个究竟，郑氏趁机就出宫回家了。滕王满脸伤痕没脸出来料理政事，十多天都躲在王宫不敢出来见人！崔简吓得要死，每天守在王宫门口向滕王请罪。滕王见了他更觉羞愧，也不说什么，只是让他赶紧走！各位官员的夫人听说了郑氏的故事无不感到羞愧！

752. 蓝姐

南宋绍兴年间有个富户大宴宾客，晚间宴席散后富户大醉。这时一群贼盗闯了进来，把富户的儿子和婢女全都绑起来勒索钱财。婢女们大呼：“财物库房的钥匙在蓝姐手里！”

蓝姐随口便说：“钥匙是在我手里，你们不要伤害别人！我领你们去取钱！”说罢就拿出钥匙，取了桌上了的蜡烛领着贼盗去取财物。贼盗把富户家的金银器皿和首饰一扫而空！

到了半夜富户才酒醒，知道家里来了盗贼，蓝姐悄悄告诉富户：“这些贼盗全都穿着白色的衣服，我趁他们取财物的时候，把烛蜡滴在他们的背上。请主人转告官府，这些贼盗一个都跑不掉！”

后来官府按照这个线索抓捕，果然把这群贼盗一网打尽！

753. 新妇

一户人家娶了媳妇，就在新婚之夜有个小偷打洞潜入房中行窃。没想到这个小偷运气实在是不好。洞口旁边立着一根大木头，小偷刚刚从洞口钻出便碰倒了木头，一下子就把小偷给砸死了！

新郎听到动静便出来查看，没想到竟然是邻居死在家中！新郎大惊失色，害怕到了官府说不清楚，自己反而因此获罪。新娘倒是不慌不忙，腾空了一只大箱子，把小偷的尸体装在箱子里抬到邻居家门口，敲了敲门便离开了。

邻居媳妇开门一看门口放着一只大箱子，以为是丈夫偷来的财物便搬到家里去了。过了几天不见丈夫回来才打开箱子，一看竟然是丈夫的尸体，不由大吃一惊！但也不知道是谁杀的，况且自己的丈夫又是出去做贼，哪里敢声张？只好偷偷把丈夫埋葬，自己也惧祸逃往异乡去了。

754. 辽阳妇

明朝时有几个女真人到辽东的一户人家抢劫。这户人家的男子都不在家，屋中只有三四个妇女。女真人不知虚实，不敢贸然入内，只在院中发弓引箭恐吓。

这几个女子倒不惊慌，向女真人射箭还击。射了几箭女真人仍未退走，但家中已没有箭了。一个妇女便假意大叫：“取箭来！”然后拿了一堆麻秆扔在地上。

女真人大惊，“她们的箭竟然这么多，看来不好对付！”说罢便逃走了。

冯子曰：妇女引弓发箭都能退贼，看来贼盗也不是不害怕！只是我们过于胆怯，才让贼盗屡屡得逞！

755. 李成梁夫人

女真人崛起之后，经常抢劫辽东一带。辽东的百姓苦于女真人的掳掠，只好挖深井以掩藏财物。有一次女真人又来抢劫，一户人家把财物藏在井中，留下一个女孩也躲在井中看守财物，剩下的都出门躲避去了。

两个女真人进屋后发现井中有人，便用绳子吊着一个放下井去。发现女孩子后非常高兴，在井中大叫同伴让他先把女孩子吊上去。女孩子吊上来之后，那个家伙又站在井边想把财物也吊上来。这时那个女孩子从他后面用力一推，把他推入井中，然后用一块大石头压在井口，骑上他们的马就跑了。

过了几天女真人退走了，父母和女孩子都回到了家里。女孩子把事情告诉了父母，父亲便叫了几个壮汉把井中的女真人杀了，砍下他们的脑袋到官府去领赏。后来担任辽东左都督的李成梁当时还只是个小军官，听说了这件事便向这个女孩子求亲，二人结为夫妇。后来这个女孩子被朝廷封为一品夫人。

756. 黄善聪

黄善聪是明朝应天府（注：今江苏省南京市）人，十二岁的时候母亲去世，姐姐也都出嫁了，跟着父亲生活。她父亲是个贩卖线香的小商人，四处游走，带着一个女孩子很不方便。于是就让她穿上男孩子的衣服，带着她往来于庐州凤阳一带做生意。

过了几年，她父亲也去世了。黄善聪无依无靠，就假扮男子给自己取了个假名叫张胜，继续做贩卖线香的生意。

她有个同行叫李英，也是应天府人氏，不知道她是女的，便约她同行。两人同吃同住一年有余，黄善聪总是推说自己有病，睡觉的时候从不解衣脱袜，上厕所也只在夜间去，所以李英竟然毫无察觉。

一次俩人一起回到应天府，二人各自回家。黄善聪就径直来到姐姐家，她姐姐一脸的狐疑，“我没有弟弟呀！”

黄善聪就把事情的原委一五一十说了。没想到她姐姐却大怒，“男女同居一室，你这样简直是有辱我黄家的门风！”说罢竟把黄善聪赶了出去！（苏曰：这个姐姐怎么就没有想到妹妹孤苦无依这一年多是怎么活的？）

黄善聪哭道：“要是我这清白的身子有所玷污宁愿一死！”正好姐姐家的邻居就是一个接生婆，姐姐就把接生婆叫来查验黄善聪，一看果然还是处女！姐妹这才抱头痛哭！姐姐亲手为黄善聪脱下男子的衣装，换做女儿打扮。（苏曰：这才像是姐姐！）

过了几天，李英来到黄善聪的姐姐家叫黄善聪一起去做生意。黄善聪一身女子的装扮出来相见，李英大吃一惊，忙问是怎么回事。黄善聪这才把事情的原委告诉了李英。李英听后怅然若失，神情落寞缓步回家。回到家后把黄善聪的事情告诉了母亲，李母也很惊讶，嗟叹不已。李英尚未娶妻，李母认为黄善聪是个好姑娘，就为李英向黄善聪求亲。

黄善聪不从，“我要是答应了李家的亲事，难保别人不会说三道四！”两家的亲友都来相劝，但黄善聪只是哭，执意不从。

黄善聪女扮男装的事情很快就在应天府传开了，后来连官府都知道黄善聪和李英的事情了。当地官员亲自出面为李英向黄善聪求亲，二人终于喜结连理！

757. 练氏

五代时期闽国的高州刺史名叫章仔钧，他的夫人练氏胆识过人。章仔钧有一次率军出征，帐下两个将军延误了军期，依律当斩。练氏爱惜这二人的才干，便置办一桌酒席并找来了几个美女作陪，请章仔钧喝酒。章仔钧非常高兴，喝得酩酊大醉。练氏便放了这两个将军，让他们逃去投奔南唐了。

后来南唐出兵讨伐闽国，攻克了建州（注：今福建省建瓯市）。当时章仔钧已经去世，只剩下练氏和几个孩子住在建州。南唐领军的大将正是当初被练氏放走的那两个将军。这二人得知练氏住在建州便派人送来了一份厚礼，并带来了一面白旗，交代夫人说："我们就要屠城了，请夫人在家中树起白旗，我们约束士卒不来侵扰！"

练氏请来人把礼物带回去，"感谢你们还记得以前的情谊，只求你们不要屠城！如果非屠城不可，我宁愿和全城的百姓一起死，不愿意独活！"

两位将军听了练氏的话就没有屠城，建州的百姓因此逃过一劫！

758. 陈觉妻

南唐大臣陈觉还没有发迹的时候，曾做过宋齐丘的门客。后来宋齐丘做了宰相便提拔他担任兵部侍郎。为了加强与陈觉的友谊，宋齐丘决定送给陈觉三个年轻貌美的婢女。

但陈觉的夫人却是个妒妇，怕陈觉喜欢上别的女人，家里竟连一个丫鬟婢女都没有，做饭都是亲自下厨！看到宋齐丘送来三个美女，陈夫人也没说什么，反倒是礼遇有加，把她们好像公婆一样看待。有人问她为什么，她说："这是宋令公喜欢的女人，我看到她们就好像看到了宋令公，怎么敢不尊敬？"

这三个婢女哪里消受得了这份礼遇？没过几天就主动提出要回到宋府，宋齐丘也只好一笑了之。

冯子曰：近年有个进士丧偶后迷恋上了一个妓女，续弦后仍借口种种理由夜不归宿，在妓女家里鬼混。新夫人知道他肯定在外面有别的女人但却不动声色，悄悄地打听到那个妓女的住处。等他再次前往的时候，在五更天大集车轿，带着一大堆仆人丫鬟前去接他回家。进士羞愧不已，从此再也不敢与那个妓女来往。

杂智部

卷一　狡黠

英雄欺人，盗亦有道；智日以深，奸日以老。象物为备，禹鼎在兹；庶几不若，莫或逢之。集“狡黠”。

759. 荀伯玉

南北朝时，刘宋的皇帝宋明帝听说民间传闻大将萧道成有异象，将来必为天子，便起了疑心。下诏把时任南兖州刺史的萧道成征调回朝，改任黄门侍郎。萧道成知道一旦回朝必是凶多吉少，但却没有办法留下。这时他的参军荀伯玉给他出了个主意，派骑兵入侵北魏。北魏果然派出大队人马在边境一带集结，宋明帝担心北魏打过来，只好下诏让萧道成继续留任。

760. 高欢

北魏官员高欢想消灭权臣尔朱兆。既然想消灭的是个大人物，那第一步自然就是延揽人心了，大家同仇敌忾才好办事嘛！为了达到同仇敌忾的目的，高欢先假传尔朱兆的命令把六镇将士全部分配给尔朱兆的族人当奴隶，六镇将士自然愤愤不平。然后高欢又伪造兵符，征发六镇一万余将士出征。

就在将士们要出发的时候，高欢让孙腾、尉景假意为将士们求情，让将士们多留五天。第二次出发的时候，高欢又来了这一招儿。第三次出发的时候，高欢亲自把将士们送到郊外，拉着将士们的手哭着和他们道别。将士们无缘无故就被发配去当奴隶，本来心中就愁苦不已，如今又莫名其妙被派去送死，悲苦涌上心头，遂和高欢一起痛哭，声动天地！

高欢看时机成熟，火上浇油道：“我和你们都是异乡之客，本来就是一家人，万万没有想到你们竟落个如此下场！如今出征是死路一条，不去也是死路一条，做了尔朱氏的奴隶更是生不如死！你们可怎么办呀！”

将士们高声齐呼，“他 × 的！只有造反一条活路了！”

高欢心中大喜，嘴上却说：“造反可不是闹着玩的，须推一人为主！”

将士们纷纷表示愿意拥立高欢为主，高欢顺势道：“要是没有军纪就算是百万之众也不过是乌合之众！如今可与以前不一样了，以后不许欺负汉人（注：六镇将士大多为鲜卑人），不得违反军令，否则我就要被天下人耻笑了！”

将士们立即下拜，“唯将军之命是从！”高欢大喜，第二天大肆犒赏将士，随即出兵攻占了邺城。从此高欢靠着这支队伍起家，消灭了尔朱兆，灭亡了北魏，最后建立了北齐。

761. 潘崇

楚成王立商臣为太子，但后来又想废掉商臣改立公子职。商臣隐隐约约看出了一些苗头，但又不知道楚成王的确切意思，就去找自己的师傅潘崇，“怎么才能知道大王的心思呢？”

潘崇想了想说:“你可以宴请大王的宠妃江芊,然后在酒席宴上故意调戏她！”

江芊果然大怒，骂道：“你竟敢调戏我！你狂什么狂？难怪大王想把你废了改立公子职！”

商臣这下可算是摸清楚成王的意思了。

苏曰：知道楚成王打算废掉自己以后，商臣可没有坐以待毙，而是发动政变，把自己的老爸楚成王给干掉了！商臣继位，就是楚穆王。

762. 曹操

曹操有一次打仗时粮草不够了，他就召见负责粮草的官员问他该怎么办。负责粮草的官吏说：“只有用小斛给将士们发粮了！”

曹操说：“好！就这么办！”

但将士们也不是傻瓜，以前发的粮食够吃十天，现在不到八天就吃光了，不是自己的口粮被人克扣了又是什么？过了一阵子军中大哗，都说曹操欺骗大家，克扣军粮！曹操就对负责粮草的官员说：“我想借你一样东西消除众怨！”

“什么东西？主公尽管说！”

“便是你的脑袋！”说罢下令把负责粮草的官员斩首，然后宣布：“负责粮草的官员克扣军粮中饱私囊，我已将他斩首示众！”

将士们一看克扣自己粮食的混蛋已经被斩首了自然也就不闹了。

曹操的疑心病颇重，老是害怕别人暗杀自己。他曾对左右的侍从说：“我睡觉的时候，你们千万不要接近我！我会在梦中杀人，我自己也不知道，你们千万小心！”一天，曹操假装睡着了，一个侍从过来帮他盖被子。曹操跳起来就把这个侍从给杀了，然后倒头便睡。睡醒后故作惊讶问道：“谁这么大胆竟敢杀了我的侍从？”

从此曹操睡觉的时候再也没人敢接近。

曹操还装神弄鬼，说只要有人想暗杀他，他就会心动。他对一个素来亲近的侍从说：“你悄悄地怀揣利刃来我身旁，我必说我心动，抓你绑赴刑场。咱们这只是演戏，你千万不要说出去！我保证你不会被砍头，事成之后还重重有赏！”

这个侍从就相信了，按照曹操吩咐的去做，一直到死都没把真相说出来！大家都以为曹操真的有特异功能，就连那些真的打算暗杀他的人都不敢轻举妄动了！

763. 田婴、刘瑾

齐国大臣田婴想独揽大权。一天上朝的时候，田婴满脸忠贞地对齐王说：“国家大事大王应该亲自过问才是啊！”

齐王说：“嗯！田大人想得可真是周到，寡人也觉得成天打猎挺无聊的，正想换种生活方式呢！”

田婴马上就搬来一大堆账目表格和奏章来，什么鸡毛蒜皮的事都有！齐王一看堆积如山的账目和奏章就觉得头皮发麻。再看账目表格，密密麻麻的全是数字，齐王的头立马就大了！“爱卿哪！你平时处理的就是这些事情啊？”

“正是！”

“爱卿！”齐王都有些感动了，“辛苦了！”

“为大王效劳！”

“我看还是劳烦爱卿继续处理吧！”

就这样，齐国的大权被田婴牢牢抓在了手里！

明朝大太监刘瑾想专权，就把各种好玩的东西献给明武宗。等明武宗玩得正高兴的时候，便把大臣们的奏章搬出来请明武宗批阅。

明武宗正在兴头上哪有兴致批阅奏章，顺口便说："朕养活你是干吗的？这些破事儿还来麻烦朕？赶快拿走！"

如此再三，朝中大事就全都由刘瑾做主了！

764. 赵高、李林甫

赵高为了独揽大权，隔绝秦二世与大臣们的联系，居然对秦二世胡说什么陛下还年轻，如果在众臣面前显露出弱点就会被天下耻笑。所以请陛下在宫中处理政事，由臣等辅佐即可。秦二世是个傻瓜，竟然就相信了赵高的这一套胡言乱语，从此久居深宫，不再上朝理事。

当时陈胜吴广已经在大泽乡起义，各地义军蜂起，大秦已是风雨飘摇朝不保夕了。宰相李斯日夜忧虑，但却连皇上的面都见不到。李斯是赵高独揽大权的最后一个障碍。赵高知道李斯忧心国事便对他说："天下群盗蜂起，陛下却仍然征发民夫修建阿房宫，我想进谏但却人微言轻，大人为什么不劝劝陛下呢？"

李斯叹道："怎奈陛下久居深宫，我根本就见不到陛下呀！"

"这样吧，我要是看陛下有空了，就派人来通报大人！"

于是赵高就趁秦二世玩得最开心的时候派人去通报李斯，说陛下有空了。李斯赶忙入宫奏事，如此三番五次秦二世自然大怒，"李斯这个混蛋简直是拿朕寻开心！朕闲得无聊的时候不来，偏偏玩得兴起的时候就来奏事！分明是看朕年轻看不起朕！"

赵高趁机火上浇油，结果李斯被逮捕，最后以谋反罪被腰斩并夷三族！

苏曰：李斯被逮捕后，赵高指使狱吏对李斯严刑拷打，李斯被迫承认谋反。但按照秦朝的法律，要对罪犯进行复审。为了防止李斯翻供，赵高派自己的宾客假扮复审官员提审李斯，李斯果然翻供，结果招来一顿更狠的毒打！如此三番五次，李斯再也不敢翻供。后来秦二世派人去复审李斯，李斯也不敢翻供，一口承认自己的谋反罪名。秦二世遂下令把李斯腰斩，并夷李斯三族。

唐玄宗在位后期，长期把持朝政的宰相李林甫为人极为阴险狡诈，时人称其"口有蜜，腹有剑"，成语口蜜腹剑就是由此而来。为了排挤另一个大臣李适之，李林甫故意对李适之说："华山有金矿，如开采则大有益于国家，皇上还不知道呢！"

李适之就把华山有金矿的事情禀告唐玄宗。唐玄宗就征求宰相李林甫的意见，李林甫说：“这个事情臣早就知道了。但华山是陛下龙脉所系，王气所在，不宜动土，所以臣一直没敢说！”

唐玄宗听后深感李林甫有大局观，为自己考虑得长远，而李适之简直就是个鼠目寸光的钱串子，从此开始疏远李适之。

大臣严挺之早年因与宰相李元纮不和而被贬为绛州刺史。但唐玄宗知道严挺之的才干，一直想重新起用他。有一次唐玄宗对李林甫说：“严挺之在哪儿呢？这个人才堪大用！”李林甫一看有人要威胁到他的相位了，便找来严挺之的弟弟严损之，和他套近乎，还答应给严损之弄个肥差。严损之听得心里热乎乎的，这时李林甫说：“陛下其实很看重令兄的，不如让令兄假称有病回到京师，只要见到了陛下自然就会被重用！”

严挺之不知是计果然上书唐玄宗，自称有病请求回京师疗养。李林甫趁势说严挺之年龄大了而且有病，还是给他个闲差让他安心养老吧。唐玄宗嗟叹良久，给了严挺之一个员外詹事的闲差。此时严挺之才知道自己中了李林甫的奸计，但也无可奈何，最后郁郁而终。

有一次唐玄宗在勤政楼大宴群臣，宴席散后兵部侍郎卢绚骑着马缓缓离去。卢绚这个人极有风度，而且为人含蓄清雅，唐玄宗看到卢绚远去的背影不住赞叹。

第二天李林甫就把卢绚的儿子找来了，对他说：“令尊素有威望，陛下想让他出任交州或广州的方面大员！要是令尊不想去的话就赶紧给陛下上书，说令尊年纪大了不堪政事烦劳！”

当时的交州和广州那简直就是野地无人烟，卢绚当然不想去，赶紧上书说自己年纪大了身体不好。李林甫顺势就把他贬为华州刺史，从此卢绚再也没能升迁。

苏曰：口有蜜大多腹有剑啊！

765. 石显

汉元帝在位期间，宦官石显专权。他担心有人会在汉元帝面前说自己的坏话，就趁一次外出办事的时候对汉元帝说：“这次臣可能回来得比较晚，怕宫门已经关闭，请陛下允许臣传陛下的旨意开门。”

汉元帝就答应了。石显故意回来得很晚，口称有皇上的旨意下令开门。第二天果然有人上书弹劾石显矫诏开宫门。汉元帝看到奏章后笑着拿给石显，石显哭着说："陛下宠爱小臣，他们嫉妒臣想陷害臣哪！"

汉元帝信以为真，从此更加宠信石显。

766. 严嵩

明朝的伊王朱典楧（注：明太祖朱元璋规定所有宗室子弟必须用带有"金木水火土"五行的字取名，结果宗室繁衍，这些字根本就不够用，没办法就只好造了一些字为宗室子弟取名）为人极为残暴，屡屡被群臣弹劾。朱典楧没办法就只好送给权臣严嵩十万两银子，才算是躲过一劫。严嵩倒台后朱典楧心疼那十万两银子，竟派了十几个士卒到严嵩家去追讨！

严嵩历经宦海沉浮，什么样的事情没经过？什么样的人没见过？可像朱典楧这么不要脸的还真是没见过！当时的严嵩已是一介平民，对着十几个上门要钱的彪形大汉是客客气气，对他们说："伊王说是给了老夫十万两银子，其实只付了一半，老夫又花了一半。如今只剩下两万两，你们先拿回去交差吧！"

严嵩被罢官时，嘉靖帝曾赏赐给他两万两印有皇家印识的银子。严嵩就把这两万两银子给了他们。这些士卒刚一走严嵩就跑去报官，"有江洋大盗来我家抢了两万两银子！刚走不远，赶快去追！"

官府立即派兵去追，抓到了那些士卒一查验，银子果如严嵩所说都有印识，就把这些士卒当作盗贼全部下狱处死！

767. 阳虎

苏曰：自周平王迁都洛阳后，周王朝就进入了"礼崩乐坏"的春秋战国时代。由于周王室衰微，各国诸侯根本就不把这个名义上的"天下共主"——周天子放在眼里。而各诸侯国的卿大夫们也是上行下效，逐渐把诸侯们架空，自己掌握了诸侯国的实权。当时鲁国的实权就把持在号称"三桓"的孟氏、叔孙氏和季氏手中。但这三家的实权却又逐渐落入其家臣之手，尤其是季氏的家臣阳虎，居然以一个卿大夫家臣的身份掌握了鲁国的实权！为了进一步巩固自己的地位，阳虎还发动政变企图除掉孟氏。但阳虎运气不好，政变失败，只好逃亡国外去了！

阳虎政变失败后，鲁国人关闭首都曲阜的城门，把阳虎重重包围起来要杀了他。阳虎拼死逃到了城门，守门的小吏说："现在全国都在抓你，但我愿意放你一条生路！"说罢打开城门，放他出城去了。

阳虎赶忙逃出城去，但刚出城却又回来刺了小吏一戈。小吏大怒，"我与你非亲非故，救你一命你反倒刺我一戈！"阳虎来不及答话，飞奔逃命去了！

鲁国国君听说阳虎跑了不由大怒，把那个城门所有的官吏统统治罪。只有那个受伤的小吏因为英勇作战而受到厚赏！

768. 丁谓、曹翰

北宋大臣丁谓被贬到崖州（**注：今海南省，当时是名副其实的蛮荒之地，只有被认为是罪大恶极的罪犯才会被流放到这里**）后，他的家人还留在洛阳。丁谓就给家人写了一封信请人转交给家里，并叮嘱送信人说："一定要在洛阳太守刘烨会见宾客的时候把信当面交给他！"丁谓以前是朝廷的重臣，官居宰相，如今犯了错误被贬到崖州去当一个小小的司户参军（**注：管理税务，但只是挂名，没有实权**），他的家信当然不能直接交给家人，而是要交给地方官审查后视情况再做决定。

刘烨当众接到了丁谓的信，当然不敢隐瞒。但丁谓以前可是宰相，自己哪敢审查他的信件？马上就交给了宋仁宗。丁谓当然知道刘烨没有资格审查自己的信，他就是要让皇上看这封信！宋仁宗打开了这封前宰相写给家人的信，只见信中都是自我批评，充满了反思和自省，一再感谢皇上对自己的厚恩，还再三告诫家人不要埋怨皇上！

宋仁宗阅后不由被丁谓深刻反省错误的诚意所打动，下诏给他换了个好点儿的地方，调到雷州（**注：今广东省雷州市**）去了。

北宋开国名将曹翰因罪被贬往汝州，宋太宗对他很不放心，派了个宦官来看他是不是心中有怨。哪知曹翰一见这个宦官就大声叫穷，"家里人口太多，现在的俸禄还不够吃饭的！我这里有一包旧衣服抵押给你，借我一万钱过活吧！"

宦官忙说："大人想借钱好说，哪里还用抵押呢？"

曹翰连说不可，硬塞给宦官一个包裹。宦官哪敢留下包裹？回京后赶紧把包裹交给宋太宗。宋太宗打开一看，里面是一幅画——《下江南图》。画的是当年曹翰亲率大军征讨江南，浴血奋战的场景。宋太宗想起曹翰的功劳，恻隐之心油然而生，下诏把曹翰召回朝廷。

769. 秦桧

秦桧当权的时候，四方进贡的物品最好的都送给他，其次才献给皇上。有一天，秦桧的老婆王夫人进宫拜见显仁太后（注：宋高宗的生母）。闲谈的时候，显仁太后说起这些日子进贡的鲻鱼（注：鲻鱼大者不过两尺，小的才数寸，肉味鲜美）一条大的也没有。

王夫人顺口说道："我家有大的，献一百条给太后！"

回家后王夫人就把这事告诉了秦桧，秦桧脸色大变，埋怨王夫人说错了话。第二天秦桧让王夫人献了一百条大个儿的腌青鱼给显仁太后。显仁太后拍手笑道："我说这个王夫人土吧，真是没见过世面！鲻鱼和青鱼能一样吗？宫里都没有的东西，你家怎么会有？"

官员程厚是秦桧的党羽。程厚担任太子中书舍人的时候，有一天秦桧派人把他请进内房，房中什么都没有，只在书案上放了一篇名为《圣人以日星为纪》的文章，是秦桧的孙子秦埙写的。文章写得非常漂亮，程厚闲来无事就反复读那篇文章。其间不断有仆人端茶送饭，但秦桧就是一直没露面，到了晚上程厚告辞回家也没见到秦桧。程厚回去后一直惴惴不安，不知道秦桧是什么意思。

过了几天，朝廷突然任命程厚为科考的主考官，程厚这时才恍然大悟，就以"圣人以日星为纪"为考题。秦桧的孙子秦埙毫无悬念地考中了状元！

770. 邹老头

明朝时的苏州有个姓邹的老头，最是狡猾奸邪。当地有个名叫王大狗的富豪杀了仇家李二驴，没想到事情做得不秘，竟被当地官员拿获关在狱中。

王大狗吓得要死，拿出一百两金子请邹老头给想想办法。邹老头拿了金子便来到南京，有意结交了南京主管刑狱的徐三蛋。俩人熟了后邹老头便拿出金子献给徐三蛋，说王大狗是他的亲戚，因为杀人被关在苏州狱中，请徐大人帮帮忙。

徐三蛋拿了邹老头的金子自然不好推脱，便说："不是我不肯帮忙，只是苏州的事情不归我管，这可如何是好？"

邹老头笑道："这个不难！大人昨天不是抓了二十多个海盗吗？我已经打听过了，其中就有两个是苏州人。大人只要让这两个海盗承认李二驴是他们杀的就行了！他们反正是死路一条也不在乎多杀这一个人！如此我家的亲戚可就有救了！"

徐三蛋看着黄澄澄的金子，自然是满口答应。邹老头赶回苏州找到这两个海盗的媳妇，答应给她们一大笔钱，让她们去劝说自己的老公承认杀了李二驴。两个海盗自然满口应承。

审问的时候徐三蛋故意问这两个海盗："你们在苏州杀过人吗？"

这两个海盗马上按照邹老头交代的，承认在某年某月某日到李二驴家抢劫，杀了李二驴。徐三蛋立即就按海盗的供词结案，邹老头拿到徐三蛋的判词后，立即赶回苏州让王大狗的儿子击鼓鸣冤。苏州的官员看到徐三蛋的判词就放了王大狗。王大狗逃过一劫，高高兴兴回到家里，哪知一开门竟看到李二驴前来索命，被活活吓死在自家门口！

苏曰：李二驴的鬼魂要真能显灵也该将邹老头一并带走！

771. 狡讼师

苏曰：中国古代非常讲究孝道，子女如果被父母控为不孝可是一项重罪，严重的话是可以杀头的。

浙江有个人痛打自己年过七十的老父（苏曰：禽兽儿子！），竟然把父亲的牙齿都打掉了。父亲气不过，拿着被打掉的牙到官府去告儿子不孝。

儿子吓坏了，忙找讼师（注：大致类似于现在的律师）商量该怎么办，并答应如果逃过这一劫给讼师一百两银子！（苏曰：有这么许多银子不好好孝敬父亲！）

讼师知道不孝是重罪，摇头说："不好办！不好办！"儿子苦苦哀求，讼师被缠得没有办法，只好让儿子先把银子留下，给他三天时间想办法。第二天讼师突然来找儿子，"我想出办法了！你让仆人退下，附耳过来我讲给你听！"

儿子大喜，忙让旁人退下，把耳朵贴了过去。哪知讼师张口便把儿子的耳朵活生生咬下半个来！儿子疼得大叫，讼师忙说："别叫！我这是在救你！你把这半个耳朵藏好，审问的时候再拿出来！"

审问的时候，儿子把这半个耳朵拿出来，说是父亲的牙齿之所以会掉是因为他咬儿子的耳朵所致，并不是儿子打落的。官员也认为儿子不可能自己把耳朵咬下来，儿子说得有理，就把儿子放了。

772. 土豪张

明朝时的北京城外有个姓张的土豪，是当地的恶霸，地痞流氓都依附于他为非作歹。张土豪觉得仅仅拥有地痞流氓还不够，还要把乞丐也收纳进来。

于是他就在空地上建了几间房子，免费给乞丐居住，时不时还接济乞丐们一下。北京城的乞丐无不对他感恩戴德。过了一段日子张土豪觉得已经把乞丐们笼络住了，便指使他们去索债。欠债的受不了一大群乞丐天天堵在家门口不走，没有不马上交钱还债的！

张土豪又开始插手房产。凡是有建造房屋以及房屋买卖的，张土豪都要横插一手，作为中介从中抽利。假如对方不肯，张土豪就指使乞丐天天去捣乱。然后又暗地派人告诉主家，只有张土豪才能搞定这些乞丐。张土豪一到这些乞丐顿作鸟兽散，主家也就只好掏钱了。

张土豪因为一个小过节而记恨一个开当铺的安徽人。他派人拿着几件衣物去当铺抵押，装作急等钱用。让当铺不必开票，说是晚上就来赎，拿了银子便走。这几件衣服中有一件龙袍，百姓私藏龙袍可是要杀头的！张土豪立即派人到官府告发，官府不敢怠慢，立即派人来查，果然有一件龙袍。安徽人说是客人抵押的，但却拿不出票据。官府便以私藏龙袍的罪名把安徽人枷号而死了！

第二年张土豪因为犯法而被下狱，安徽人的儿子立即到官府为父亲鸣冤，并且揭发张土豪的种种不法行径。然后又花钱四处打点，最后竟把张土豪也弄成枷号而死！后来有人去看那枷上的纸条，这副枷竟是去年枷号安徽人所用的。

773. 皦生光

大明万历年间的监生皦生光为人阴险狡诈，往往诱人钻入圈套，然后敲诈勒索。有个官员想巴结一个权贵，一心想弄一对好玉杯作为礼物。有一次就和皦生光谈到了此事，没过三天皦生光竟然就拿来了一对上好的玉杯，“这是从一个公公家弄来的，市价一百两银子，给你算五十两。”这个官员非常高兴，马上就把玉杯买下了。

过了几天，东厂的军官押着两个人吵吵嚷嚷来到了这个官员的家里。官员大惊，一看被押着的两个人，一个就是皦生光，另一个是个太监。皦生光皱着眉头说：“上次卖给大人的玉杯是这个太监从宫里偷出来的，如今事发，请大人赶紧把玉杯交出来方可保平安！”

那对玉杯官员已经送给了权贵，如今哪里还拿得出？情急之下官员就问皦生光如今该怎么办。皦生光面露难色，过了很久才说：“那就只好花钱买平安了！送给某某公公多少多少银子，送给某某衙门多少多少银子，或许可以逃过一劫。”

官员无奈，只好按皦生光说的去办，前前后后总共花了一千两银子。后来这个官员知道这是皦生光设的圈套，却也无可奈何。

774. 永嘉船夫

有个小贩与富豪王二猫在买卖生姜的时候发生争执，王二猫大怒，一拳打在小贩的心窝上。小贩当即昏厥过去，王二猫吓坏了，赶忙将小贩扶起来抢救。过了很久小贩才苏醒过来，王二猫很过意不去，请小贩吃了顿饭，还送了他几匹绸缎。

小贩回家的时候在渡口乘船，船夫看他拿着几匹绸缎感到很奇怪，就问他绸缎是从哪里来的。小贩便把自己被王二猫打了一拳的事情说了，并说：“差点儿就做了异乡之鬼！”这时正好一具尸体从江中漂过，船夫灵机一动，就出钱把小贩的绸缎买了下来，并请小贩把篮子也一并给他。

小贩走后，船夫就把那具尸体捞了起来，然后直奔王二猫家做出一副慌张的样子说：“午后有个小贩坐我的船，说是差点儿被你打死，央求我去告官，然后那个小贩就死了！有绸缎和竹篮为证！”

王二猫一家都被吓得屁滚尿流，赶忙拿出两百贯钱送给船夫，求他找个深山老林把尸体埋了！后来这个事情又被王家的一个仆人知道了，敲诈王二猫不成就告到了官府，官府把王二猫抓去严刑拷打。王二猫哪里吃得了这样的苦头？没多久就死在了狱中。

好在那个小贩也是重情义的，虽然被王二猫打了一拳差点死了，但王二猫诚意道歉还送了自己几匹绸缎，便把王二猫认作了朋友。第二年小贩又来贩卖生姜，便带了一些土特产来王二猫家拜访。谈起把绸缎卖给船夫的事情，王家人才知道事情的真相，把仆人抓起来报官鸣冤。官府查明实情后把船夫逮捕，连同仆人一同处死。

苏曰：遇事万万不可惊慌，弄明白再说！

775. 孙三

南宋时的临安城北门外西巷有个卖熟肉的老头，名叫孙三。他每次外出卖肉的时候都要反复叮嘱他老婆："好好照看猫儿，整个京城中都没有这样的品种，千万别让外人看到！要是让别人偷了去可就要了我的老命了！我年老无子，这只猫儿就是我儿子！"

孙三每天都这么说，日子久了邻居们就都很好奇，很想看看那只猫，但孙三的老婆看得很紧，始终没有机会。有一天那只猫突然拖着绳索跑出了门，孙三的老婆赶紧把猫抱回，邻居们终于看到了传说中的那只猫。那只猫全身毛色干红，就连尾巴和爪子上的毛也是干红色，一根杂毛都没有！看到的人无不惊异，街头巷尾传言四起，都说这只猫品种珍稀，世所罕见！

孙三回来后知道猫儿跑出了门，大骂老婆没有照看好猫儿，狠狠把老婆毒打了一顿！于是传言再起，孙三有只好猫的消息传遍了临安的大街小巷。有个宦官想把这只猫买下来献给皇上，于是就带着厚礼去见孙三，只求见见那只猫。孙三坚决不肯，宦官再三请求，孙三才答应给他看看。宦官一见到那只猫顿时爱不释手，竟然以三百贯的高价把那只猫买去了！

临别时孙三痛哭流涕，又埋怨都是老婆没把猫看好才惹来这么多事情，又把老婆毒打了一顿！

宦官得到那只猫后极为高兴，一心想调教好后献给皇上。但没过几天就发现那只猫的颜色逐渐暗淡，半个月后竟然变成了一只白猫！宦官大惊，赶忙去找孙三，哪里还找得到？

原来孙三是把一只普通的白猫染成干红色，以前对老婆的叮嘱和毒打不过是做戏而已！

776. 铁牛道人

南宋绍兴年间有个道士手持一只铁牛沿街乞讨，自称"铁牛道人"。数月后突然来到一家当铺要用铁牛当一笔钱。当铺老板就问他："这铁牛有什么用处？"

那道士说："能拉金子！"

老板一听能拉金子，马上就说想把铁牛买下来。道士坚决不肯，说来说去，道士答应把铁牛租给老板一晚上。道士再三叮嘱一定要把铁牛放在密室中，天亮了才能去看。

第二天早上老板去看那铁牛，竟真的拉出几粒瓜子大小的金子！这时道士来了，要把铁牛取走。老板哪里肯依？请道士把铁牛卖给他。道士自然不肯，老板再三苦苦哀求，道士才答应。双方商定就按铁牛一年所拉金子的价钱把铁牛卖给老板。

老板喜极欲狂，把铁牛像祖宗似的供在密室。刚开始几天铁牛还照常拉金子，但随后就不拉了！这时家中的一个婢女突然得了重病，老板怕她死在家里，就让她丈夫把她赎回家去了。从此以后铁牛就再也没拉过金子！

老板一直想不明白是怎么回事，后来有人告诉他："道士先买通了那个婢女，以前铁牛拉的金子都是那个婢女偷偷放的！"这时老板才恍然大悟，忙去找那婢女，哪里还找得到？

苏曰：有句话叫"利令智昏"，可谓不虚！老板也不想想，铁牛要真是能拉金子道士还会沿街乞讨？

777. 京邸假宦官

大明嘉靖年间，有个候补官员在京师等候任命，等了很久，把所带的盘缠都花光了才终于等到缺额。但这时他已是囊空如洗，没盘缠去上任了。候补官员很是苦恼，与一位友人闲聊时便谈到此事。过了几天那友人来说："有个公公答应借你五百两银子！"候补官员一想上任后还要打点上司，五百两还是不够，便问能不能多借一些。

友人说："按规矩凡是借钱的都要送礼给放贷的。你只要送一份厚礼，公公又喜欢奉承，只要哄得他高兴，不愁借不到银子！"

候补官员早就没钱了，七拼八凑准备了价值一百两银子的礼物和友人一起去见太监。只见那太监的府邸极为豪华壮丽，就连仆人都穿着绸缎的衣服，两旁的走廊上堆满了米袋，而且米袋上都写着"御用"的字样。

过了很久太监才出来，那太监极为肥胖，要两个小童用头顶着才能走得动。看到候补官员带来的厚礼，太监喜形于色，答应借八百两银子。这时一个管家模样的人说："天色已晚，明天再取银子吧！"

太监点头同意了，候补官员非常高兴，友人又在一旁叮嘱："明天早点儿来，我就在这儿等你！"

第二天早上，候补官员一去才发现整个府邸已是空无一人。推门进去院中都是灰土，那些米袋也都不见了！找到宅子的主人，主人说："昨天有个公公说是要租我的宅子半天，我也不认识那个公公！"再找那友人，早就跑了！

778. 京师骗子

明朝时的北京有个骗子穿得极为华丽来到马市，给了卖板凳的小贩一文钱，对他说："我骑马的时候你就把板凳放在一旁，我好上马。"小贩答应了。骗子就对卖马的说："我先试试你的马怎么样再商量价钱。"

这时卖板凳的小贩立即把板凳放在马身边，马主人以为这个小贩是骗子的仆人便答应了。骗子跳上马便走，过了一会儿马主人不见骗子回来，一问那卖板凳的小贩才知道上当了，立即上马去追！

骗子知道马主人立即就会追来，于是就把马牵到绸缎店，对店老板说："我是某某公公的仆人，想借用绸缎若干匹，以马为抵押。"

店主人自然没有疑心，就把绸缎给他了。过了一会儿马主人追来了，与绸缎店的老板争马，双方各执一词，一直闹到官府。官府也无法判决，只好各打五十大板，让绸缎店的老板出了一半马价给马主人。

779. 骗驴妇

有三个妇人雇驴代步，驴主人也骑驴随行。走到半路一个妇人说是要方便方便，对那两个妇人说："你们慢点儿走，等着我！"

说罢就请驴主人搀扶自己下驴，然后就和驴主人打情骂俏。方便完后那妇人说自己心口疼，不能走快。驴主人一路和她调笑也不好勉强，就去追那两个妇人。走了一段没追到，就坐在路边等后面的妇人，哪知那妇人早已调转驴头跑了。驴主人一天之内就丢了三头驴。

780. 朱化凡

明朝时的吴江有个叫朱化凡的盲人善于占卜算命，家境小康。有一天来了两个人请朱化凡到船中给自己的主人算命。朱化凡说天色已晚，明天早上再去。来人说不可，“主人性急，而且所要占卜的事情十分紧急等不到明天了！”坚请朱化凡走一趟，朱化凡推辞不过只好随他二人来到了一艘船上。

坐定后船上的人对朱化凡说：“其实我们都是盗贼，让你来不是算命的而是想请你入伙和我们一起去抢一个大户！”

朱化凡吓坏了，“我是个瞎子，没什么用处啊！”

“不需要你做什么！你只要坐在那里用木棒敲击桌案，大喊‘快取宝来’即可！得了钱财也有你的一份，要不然就把你砍作数段，扔到江里去喂鱼！”

朱化凡无奈只得应命。夜半时分盗贼带着他来到一户人家，朱化凡按照盗贼交代的不停用木棒敲击桌案，并大喊：“快取宝来！”盗贼拿了钱财都已经走了，朱化凡还大叫不止。那户人家听到他不停叫喊还以为盗贼没走，也不敢出来。过了很久听到没有别的动静了，才小心翼翼出来，听朱化凡的声音好像很熟悉，就大着胆子走上前来，这才发现是朱化凡！而被抢的正是朱化凡家！

781. 窃磬贼

乡间有个老婆婆家中有一个古铜磬。一个小偷用布包着一块石头来到老婆婆家门口。有人问他是干什么的，小偷说：“卖铜磬的！”然后就径直走进老婆婆家，看到院中无人便把石头扔了，抱起铜磬走进屋中问道：“想买铜磬吗？”

老婆婆说：“家里有！”小偷便抱起古铜磬大摇大摆走了，竟然无人察觉。

782. 假跛书生、假断脚偷

有个金匠在集市上打造金银首饰，来了一个衣冠楚楚的读书人。这个读书人瘸了一条腿，一瘸一拐来到金匠的店里自言自语：“混蛋县令，就因为这么点小事就把我打成这样！看我以后怎么收拾你！”说罢从衣袖中拿出一副膏药，在炉火旁烘烤，看样子是打算敷在伤口上。

谁知道等那膏药溶化后，书生却突然把膏药猛地一下糊在金匠的脸上！金匠被烫得大叫，连忙用手去抹。那书生趁机拿了金子转身就跑了！

一家米店来了一个跛脚的家伙，此人挺着大肚子，盘着两条腿坐在一袋米上。然后把一袋米偷偷夹在胯下，又一瘸一拐走了。米店老板清点库存，发现少了一袋米，才想起是那瘸子偷走的。他的大肚子肯定也是假的，只是为了遮盖胯下的米而已。

783. 断脚盗

有个跛脚的小偷和另外两个小偷一起去一个大户人家偷东西。他们把跛脚小偷从屋顶用绳子放下去，然后把财物装在一个大箱子里吊上去。吊了三回，跛脚小偷就想："这两个混蛋不会把我扔下不管吧！"想到这里他就自己躲在大箱子里，让那两个小偷把他吊了上去。箱子上来后，这两个小偷果然说："东西拿得差不多了，那小子上来还要分他一份，不如咱哥俩跑吧！"

说罢二人一阵奸笑，拿着箱子和财物就走了。其中一个边走边说："瘸子还说自己是什么鼓上蚤再世，没想到却让咱们兄弟给卖了！"

另一个哈哈大笑，"想必现在他正和那家的主人一起喝茶吃酒呢！"

过了一会儿，这两个小偷走累了，坐在路边休息。这时瘸腿小偷估计天快亮了，又听到路边有人说话，便一下子从箱中跳了出来，大喊道："有强盗！有强盗！"

那两个小偷被吓坏了，撒腿就跑。于是瘸腿小偷就拿了财物高高兴兴回家去了。

784. 京都道人

北宋的时候有个道士来到东京汴梁，自称因为服用仙丹三百多岁了看着却好像十八九岁的年纪。一时间汴梁城中的官员百姓都拿着银子来找他买仙丹，来向他求道的人就更多了，搞得他家门口好像菜市场一般热闹。

一次有几位官员来拜访他，道士设宴招待。相谈正欢时看门的前来通报，"少爷从乡下来看老爷了！"

道士顿时大怒，"不见！"

有人就说："令郎来一趟也不容易，还是见见吧！"

道士皱着眉头想了好一会儿，才说："那就让他进来吧！"

过了一会儿，一个满头银发的老头驼着背拄着拐杖，颤颤巍巍走了进来，看到道士便下拜。道士很不耐烦地让他退下了。老头儿走后，道士对来客们说："我这个儿子极为愚蠢呆板，就是不肯服用仙丹！还没到一百岁呢，就衰老成这个样子！我嫌带着他丢人，所以就把他放在乡下。”

此事传出后，汴梁人更把这个道士奉如神明！后来有认识这个道士的人说：“其实那个老头是道士的老爸！”

785. 丹客

有个人每天都带着一大群仆人丫鬟在西湖上饮酒作乐，还有如花似玉的美妾在旁伺候，所用的器皿不是金的就是银的，远远看去恍如神仙美眷。有个富翁羡慕得不得了，便大着胆子上船去问：“不知员外是从哪里弄到这么多金银的？”

那人随口答道：“我能让金子生金子。”

富翁高兴坏了，说尽好话把那人和他的小妾请到自己家，拿出两千两金子让他施展法术生金子。那人也不推辞，就开始炼丹了。练了有十来天突然来了一个长胡子，对那人说：“先生的母亲突然去世，请先生赶紧回去料理后事！”

那人顿时跺足大哭，对富翁说：“事出无奈，就麻烦你和我的小妾一同炼丹吧！我过几日就回来！”富翁对那人的法术深信不疑，又垂涎小妾的美色，便让那人走了。其实那人走的时候已把富翁交给他的两千两金子偷偷带走了，但事情还没有结束。

富翁对小妾的美色垂涎已久，那人一走富翁便去勾引小妾。哪知小妾竟也是个水性杨花的货色，三两下俩人就打得火热了。过了几天那人竟回来了（苏曰：好大的胆子！），打开炼丹炉一看便说：“哎呀！完了！一定是你们不洁玷污了仙气！金子没炼成！”说罢便厉声喝问富翁是怎么回事。

富翁大惊，只好把自己和小妾的丑事说了。那人大怒，斥骂富翁禽兽不如，还要揍小妾。富翁一看事情闹大了，便赶忙又拿出一大笔银子谢罪。那人才怏怏不乐而去。

其实所谓的小妾不过是那人雇来的一个妓女。

明朝嘉靖年间，松江有个监生迷信炼丹之术，结果被一个道士骗了一大笔银子。监生恼羞成怒，发誓一定要找到道士！说来也巧，竟然就在苏州碰到了！

那道士看到监生，还没等他说话便把他拉进酒馆请他饮酒谢罪，然后对他说：“我们这些人骗到钱随手就花了，实在没钱还你！不过小道在东山又骗了一个财主，您就假扮我的师父，咱俩一块骗他！从他那儿弄到钱了，马上就还您的银子如何？”

监生想想也是，就算是把他关进大牢自己的银子也弄不回来，就答应了。于是道士就把他的头发剪掉，假扮成一个和尚，俩人一块儿来见东山的财主。

那财主也是读过书的，与监生一谈居然十分投机。于是对他俩深信不疑，拿出金银让那道士炼，自己每日与监生坐而论道。过了几天那道士找了个机会，又带着金银跑了。财主大怒，抓住监生送到了官府。监生在大堂上号哭自明，总算是被开释回家。亲友看他没了头发都偷偷笑话他。

昆山有个财主被一个炼丹的道士骗取了一大笔银子很是恼怒，贴出告示重金悬赏提供道士线索的人。过了几天有人来报，说是看到道士和一群人在酒馆喝酒。财主便马上和那人去那间酒馆，果然看到道士正在喝酒。财主便把赏银给了那人，那人拿了赏银转身就走了。

财主刚进酒馆，那道士便欣然起身相迎。财主刚想说话，道士给他使了个眼色，悄悄对他说："别说话！你的银子都在，先坐下来喝酒，过一会儿就还你！"

财主想这一大群人呢，还怕你们都跑了不成？便坐下来喝酒，正喝得高兴的时候，道士起身去上厕所，然后又跑了！财主大怒，抓住同桌的问道士在哪里。同桌的客人说："我们初次饮酒，并不相识！"财主这才明白，原来这次骗局是来骗他的赏银的！

786. 谲僧

有个和尚长相十分奇特，自称能够辟谷不食。有位徽商不信，把他放在一只木筏上停在河流中间，过了半个多月竟与常人无异。此事传开后当地人无不将其奉为神明，称和尚为"活佛"，争相布施。那和尚说："你们不用布施给我。我是某座寺院的头陀，因为大雄宝殿毁坏所以特来化缘。望各位施主能去寺院布施，作无量功德。"说罢拿出一个册子，让在场的各位写下自己的名字及布施的多少。然后和大家约定于某月某日在寺中再会。

到了约定的日子，大家一起来到寺中。寺中的僧众却说大雄宝殿确实是毁坏了，但寺中并无大家所说的头陀，而且也没有派人出去化缘。大家和僧众都很惊讶，不知是怎么回事。这时有人突然发现护法神塑像的面貌与那和尚一模一样，更令人不可思议的是护法神怀中还有一个册子，就是和尚拿的那一本！打开一看，众人的名字还都在上面！

大家惊诧之余才想明白，原来自己是遇到神了！神来向自己化缘了！还有啥说的，倾囊而出呗！布施之后，大家还相互告诫出去可千万别说，有伤功德呢！

很久以后才偶尔得知，当初建寺的时候工匠们看这个僧人长相奇特就按照他的面貌来塑造护法神。之所以能够半个多月不进食，是因为他在佛珠中暗藏了牛肉干。

有个和尚看到一头牛每天都在草地吃草便把盐放在自己头顶上。牛喜欢吃盐，便伸舌来舔。时间长了便形成了条件反射，这头牛一见了这个和尚便来舔他的脑袋（注：成语“舐犊情深”专指父亲对子女之爱）。

于是和尚就来到这头牛的主人家，哭着对牛主人说：“你家的牛是我父亲转世投胎，我父亲托梦给我了！我想把我父亲赎回去！”

牛主人十分惊讶，便把牛牵了出来。那牛一见了和尚便来舔他的脑袋，牛主人便信以为真，把牛送给了和尚。（苏曰：这个牛主人真是淳朴善良！骗子最可恨之处不在于骗了多少钱财，而是毁坏了社会的淳朴和善良！）

和尚骗了牛回来就把牛杀了，把牛肉切成一块一块炖熟后藏在一根竹杖中，然后宣称能够辟谷不食。后来有位姓孟的知县发现他虽然自称不吃东西，但却照样大便，问他是怎么回事。和尚无言以对，骗局才被识破。

787. 白铁余

唐高宗在位时期，绥州（注：今陕西省绥德县）人白铁余把一个铜佛埋在一个人迹罕至的山谷中。等草长出来之后，白铁余就宣称此地出现佛光，集结了数百人斋戒做法，准备挖出圣佛。一开始白铁余故意在别处挖，自然挖不到。他就说是因为众人心不诚！如何心诚呢？布施即可！于是众人纷纷布施，一直等到布施的钱财大概有了一百余万钱，白铁余才在埋佛像的地点开挖，当然一下子就挖了出来！

当地百姓听说挖出了圣佛，纷纷赶来观看。白铁余就用绫罗绸缎把佛像重重包裹，百姓布施一次去掉一层。数百里内的百姓都抛家舍业赶来礼佛，白铁余趁机率领他们作乱，自称光明圣皇帝。结果被官军镇压，白铁余本人也被杀。

788. 马太守

晋朝时兴古郡有位马太守，有个穷亲戚来投奔他，求他给找个发财的路子。

马太守就让他住在外面，诈称是神人道士，能够妙手回春药到病除。然后又派能说会道的手下四处宣扬他能让瞎子目光如炬、瘸子健步如飞。

于是四方百姓都来登门求医问药，马太守的手下又告诫病人："就算是没有马上治愈，有人问起也要说治好了！只有这样病才能好！要是告诉别人病没看好那就真的看不好了！心诚则灵！"

有人问起新来的道士医术如何，看过病的病人都说是神医，自己的病已经看好了，没人敢说没看好！于是来求医问药的人就更多了，不过十天半个月那人就成了巨富！

苏曰：这些病人先是自己被骗，然后又去骗别人！所谓的"心诚则灵"，为什么不是"灵则心诚"？

789. 假皇帝

唐懿宗经常微服私访，不过他老人家可不是为了察看民间疾苦而是游览寺院道观。有一伙骗子听说江淮进贡的一千余匹绸缎寄放在大安国寺，便挑了一个长相与唐懿宗比较像的同伙，穿上唐懿宗微服私访时常穿的衣服，然后用龙脑熏蒸，带着两三个仆人来到了大安国寺。

这时有两个骗子假扮成乞丐向假唐懿宗要钱，假唐懿宗就给了他们一些钱把他们打发走了。这两个乞丐走后没多久又来了一大群乞丐，缠住假唐懿宗要钱。

假唐懿宗装作没钱了，问寺中的主持，"寺院中有什么东西可以借我一用？"

主持还没来得及答话，一个仆人便给他使了个眼色。主持看这人的穿戴不同寻常，本来就疑心他是皇上，又看到仆人给他使眼色便更加肯定了，于是慌忙答道："寺中有寄存的绸缎一千匹，唯命是听！"

假唐懿宗就把那一千匹绸缎全都施舍了给那群乞丐！临走时一个仆人对主持说："你明天早上到宫门来找我，我带你去见皇上，定会重重有赏！"

可怜的主持这一个月中每天都去宫门苦苦守候，可就是不见那个仆人！直到这时他才恍然大悟，原来皇上是假的，仆人是假的，乞丐也是假的！只有那一千匹绸缎是真的！真的没有了！

790. 南京道士

明朝万历年间南京城中有个做皮毛生意的山西商人。有一天他的店里来了两个人，其中一个还是道士。他俩拿出一大锭银子作为定金，要求定一大批货，规格要求很特别，说好货物备齐后就来提货。

从此这俩人就以催货为名天天到店里来，一到店里就指天画地窃窃私语。山西人很是奇怪，就问是怎么回事。他俩故作神秘，避而不答。山西人一再追问，他俩才让山西人来到一个僻静的地方说："我家道长最善于望气！从前秦始皇出游时看到江南有天子气就埋下千万金子以镇压，所以南京又叫金陵！（苏曰：胡扯！）但从来都无人知道埋金的具体所在！前几日夜间我家道长看到你家有宝气升腾，知道你家地下埋有大量金子！经过这几天细细查看，可以肯定就在你家第三间房下！如果咱们做法祷告再把这些金子挖出来那就富可敌国了！"

山西人都快高兴疯了，约定今晚就动手挖金子！到了晚上那人和道士带了几十个伙计来到山西人的家中，一番做法祷告之后便开始挖掘。但挖地五尺还是不见金子的踪影，家里却被折腾得一片狼藉。

这时天已大亮，看门的突然来报说是有官员来访。山西人大惊，慌忙出来迎接。那官见面就说："听说当年秦始皇埋下的金子被年兄挖出来了，下官特来道贺！只是如今朝廷困窘，边防部队的军饷还无从着落，还望年兄捐助几万两以稍解国家之急！下官定会奏明皇上，封年兄个万户侯不在话下！"

山西人一听要他捐助几万两银子顿时吓得浑身发抖，苦苦哀求说并没有挖出金子！那官员并不答话而是径直走进了第三间房子，指着刚挖的大坑问山西人这该如何解释？山西人无言以对，道士跪倒在地说："金子是挖出了一些，但并没有那么多！"

山西人无法辩解，只好拿出三千两银子交给官员，就连那俩人订货的银子也还了！经过这一番折腾，山西人赔得倾家荡产，连皮毛生意也做不下去了！

冯子曰：《太平广记》记载：有姓薛的兄弟俩住在洛阳的伊阙，有个道士来到他家讨一杯水喝。这个道士颇有仙风道骨，薛氏兄弟就与他攀谈起来。过了一会儿道士突然对他们说："此处向东南五百步有五棵松树，是不是你家的田地？"

"正是。"

这个道士让他俩屏退众人，悄悄说："那五棵松树下埋有黄金百两，宝剑两口！腰挎那宝剑便可位极人臣，小道也想留一口以降妖除魔！"

薛氏兄弟听得如痴如醉，道士便择吉日开始做法。先用香灰绕着松树周围三百尺画了个圈。然后又建了十座祭坛，所有的器皿都用黄金制成，各色绸缎也用去不少，共计花了薛氏兄弟几千两银子。道士又对薛氏兄弟说："小道可以点石成金，故而视金银如粪土！有一个箱子先暂存你处！"说罢令人抬来一个箱子。那箱子锁得十分牢固，而且异常沉重。

到了晚上道士说他要开始做法了，闲杂人等一律回避，法事一完就来相报。薛氏兄弟等到天明也没见有人来报便去查看，只见地上到处都是牛马的蹄印和车轮的辙痕，器皿和绸缎全都不见了！至于那个箱子嘛，里面全都是铁，能不沉吗？

这件事与上一件事很相像。

791. 文科

江南有个叫文科的人，虽出身衣冠士族但却生性险恶，最喜欢设下圈套骗人入局然后敲诈勒索。他有一院房子卖给了一个徽商，徽商把房子重新整修了一番，文科却执意要以原价赎回，徽商自然不肯。

文科就让自己的仆人夫妇去徽商家为奴。徽商并不知情，就把他们夫妇留了下来。过了两个月仆人夫妇潜逃回文科家，然后文科又派了几个仆人去徽商家闹事，"我家有仆人夫妇逃走了，听说就在你家，赶快交出来！"

徽商说："确实有夫妇二人来我家为仆，但我并不知道他俩是从你家逃出来的！他俩昨天已经不辞而别了。"

那几个仆人说："我们昨天才打听到他俩在你家，怎么今天就不见了？肯定是你把他二人藏起来了！敢让我等搜一搜吗？"

徽商自觉问心无愧，就让家小集中在一间小屋里，让文科的仆人去搜。文科的仆人在酒窖里看到有一处土松动便假装起了疑心，用锄来挖，结果竟挖出一条人腿来！这群仆人顿时大喊："好呀，原来是你害死了他俩！要不然这条人腿是从哪里来的？我等要去报官！"

徽商万万没有想到竟从自己家中挖出一条人腿来！顿时吓得六神无主，只好请人去求文科，想私了算了！文科说："私了可以！但要把那院房子还我！"

徽商没有办法，只好把那院房子还给了文科，自己一家老小搬走了。其实酒窖里的人腿就是那仆人夫妇埋下的。

文科有一次做一桩买卖的公证人（苏曰：请这样的恶人做公证人，真是瞎了眼！）。主家正与文科清点财物的时候，来了一个乞丐向文科要钱。文科顺手给了他两个铜板，那乞丐嫌少，纠缠文科还想多要些。文科大怒，从主家的财物中取出一锭大元宝扔到乞丐的篮子里，喝道："你难道想要这个不成？"

乞丐吓坏了，"老爷不愿意给就算了，何必发怒呢？"说罢就把那锭大元宝放在桌子上走了。后来这桩买卖没做成，主家重新清点财物的时候才发现那锭大元宝竟是假的！原来那个乞丐正是文科一伙的，就在大元宝一掷一还间已被调包了！

冯子曰：苏州是个热闹的去处，骗子很多。万历年间有徽商叔侄俩为争夺一块坟地打官司，一连打了好几年都没有判决。侄子就想找关系请巡抚大人过问一下。

有一天侄子家附近突然来了一个贵公子，穿戴极为华丽，带着一大群仆人，说是巡抚的侄子。侄子大喜，赶忙去拜见，并请公子赏光饮酒。公子慨然应允，酒席中侄子就谈到自己的官司，公子满口答应请巡抚帮忙。

侄子大喜，立即送上厚礼。到了约定的日子，俩人一起来到巡抚衙门。公子拿了侄子的诉状就和一群人径直进去了，侄子满心欢喜在外面等待。到了中午巡抚衙门的大门都关了还不见公子出来，侄子估计应该是巡抚大人留侄子吃饭，但又不敢确定就问旁边当值的差役。差役都说不知道。

一直到了晚上公子才又和一群人出来，公子一身的酒气，得意扬扬对侄子说："巡抚大人热情招待，我也不好推辞，让您久等了！这事已经办成了！"来到侄子家后，公子从衣袖中拿出诉状，判决侄子胜诉，巡抚大人的官印赫然其上。侄子大喜，又请公子大吃了一顿，然后按照事先说好的报酬给了公子一大笔银子。

第二天侄子拿着盖有巡抚官印的诉状交给驿卒，让驿卒把诉状转交苏州太守。驿卒看诉状上盖有巡抚的官印就收下了。谁知侄子刚走公子就来了，对驿卒说那官印是假的。驿卒大惊，赶忙来找侄子问那诉状上的官印是怎么回事？侄子哪敢说，赶忙来找公子。那公子正在寓所等他来呢！侄子一来公子便喝问侄子怎么敢伪造官印，还说要拉着侄子去报官！侄子吓坏了，自己伪造官印可是有驿卒为证的！

万般无奈，侄子只好又拿出几十两银子送给公子。公子这才罢休，放侄子走了。后来侄子才知道这个所谓的公子根本就是个骗子！那天他之所以能轻易混入巡抚大人的衙门，是因为那天正是巡抚接见举子的日子。他混在众举子中进入衙门，然后找了个偏僻的角落藏了起来，用随身携带的假印盖在了诉状上。然后又吃一种用烧酒制成的糕点，所以闻起来一身酒气，到了晚上又跟着下班的衙役幕僚等人混了出来。

792. 猾吏

包公坐镇开封府的时候严厉整饬吏治，特别注意防范小吏弄权。有个奸民犯法按照律法应被判打板子，奸民吃不了这个苦头，给负责打板子的小吏送了一大笔钱，请他给想想办法。

小吏说："到时候你尽管大声喊冤，我替你分担几十大板好了！"

到了大堂上包公果然判打奸民一百大板！奸民不停喊冤，那个小吏呵斥他道："你就老老实实挨板子吧！喊什么喊？再喊也没用！"

包公大怒，在这堂堂的公堂之上罪犯喊冤自有他包大人处置，哪有小吏说话的份？一个小吏怎敢如此擅权？包公下令把判给奸民的一百大板分七十大板送给小吏受用！包公万万没有想到小吏早已摸透了他的秉性，他这样做恰恰中了小吏的奸计！

冯子曰：号称铁面无私的包青天尚且如此，更何况是他人呢？

793. 袁术诸妾

三国时袁术新娶了个小妾。这个小妾出身高贵而且天姿国色，一下就把袁术给迷住了，也就冷落了别的小妾。

为了对付这个共同的敌人，袁术的小妾们空前一致团结起来，终于想出了了一条狠毒的计策。她们对新来的小妾说："如今天下大乱，将军以国事为忧！你如果面露愁容再掉几滴眼泪表示与将军同忧，将军不但会更喜欢你而且还会更敬重你！"

新来的小妾哪里知道其中就里，还以为这是姐姐们教她的固宠妙计呢！以后每次见了袁术总是面露愁容，还挤出几滴眼泪来，表示愿意与袁术分忧。袁术果然对她越发怜爱！

过了一段日子，袁术的小妾合伙把她勒死然后扔到厕所里去了，然后对袁术说此女因忧郁自杀了。袁术只是哀叹不已，厚礼葬之，却从不曾怀疑她真正的死因。

794. 达奚盈盈

达奚盈盈是大唐天宝年间一个高官的小妾，姿艳冠绝一时！不过这个达奚盈盈生性风流，哪会喜欢那个糟老头子？暗中把一个年轻英俊的御林军军官藏在府中，日日寻欢。

这个军官的父亲也是高官，再加上他御林军军官的身份，他的失踪就引起朝野震动。唐玄宗亲自下诏在京师搜查，找遍了整个长安城也没找到。问他父亲他最后一次出门的情况，父亲说："他说某大人得病了，去探望病情。"

唐玄宗随即下诏搜查这个高官的府邸。这下达奚盈盈知道再也藏不住自己的情郎了，便对那军官说："你别害怕！出去后千万不要说你在我家！皇上如果问起你去哪儿了，你就说你也不知道！只知道那里的人都是怎样怎样装扮，房间的帘幕帷帐是怎样怎样，吃的都是什么什么东西！然后说事不由己，皇上绝不会怪罪于你的！"

那个军官就偷偷跑出来投案自首，唐玄宗大怒，问他到哪里去了。那个军官就按达奚盈盈交代的回答。唐玄宗听后笑而不语，挥手让他退下了，竟真的没有责罚他！

过了几天杨贵妃的姐姐虢国夫人入宫拜见唐玄宗，唐玄宗开玩笑说："怎么把小伙子藏那么久不放人家出来？"

虢国夫人只是大笑。

苏曰：这个虢国夫人是杨贵妃的姐姐，自然是貌若天仙！她年轻守寡，生性放荡，达奚盈盈教军官所说的都是她家的情况。唐玄宗还以为这个军官是被虢国夫人藏在她的府上，自然不好追究。而虢国夫人私藏小伙子在府上也是常事，两相误会就让达奚盈盈和她的情郎逃过了一劫！

虢国夫人天生丽质，别的女人拜见唐玄宗总是浓妆艳抹，只有她随意浅妆就入宫面圣了。诗人杜甫曾有诗云：

虢国夫人承主恩，平明骑马入宫门。
却嫌脂粉污颜色，淡扫蛾眉朝至尊。

卷二　小慧

熠熠隙光，分于全曜。萤火难嘘，囊之亦照。我怀海若，取喻行潦，集“小慧”。

795. 周主

战国时的周君把一个玉簪藏在一个百姓的房顶上，然后假装说丢了，让官吏们去找。官吏们找了三天三夜也找不到（苏曰：当然找不到！）。周君就让他们去那个百姓的房顶上去找，当然一下子就找到了！然后周君大发雷霆，“我就知道你们办事靠不住！”

官吏们吓得战战兢兢，以为周君有神明相助能够诸事周知！

苏曰：小把戏！小聪明！

796. 宋太宰

春秋战国时宋国的太宰（注：宰相）派人到市场上去查看，回来后问他：“在市场上看到什么了？”

“没看到什么特别的。”

“不用说什么特别的，就说你看到什么了。”

“市场的南门外有很多牛车，挤得人都走不动。”

“不要告诉别人我问你的话！”

然后太宰把管理市场的官吏找来责问道：“南门外怎么有那么多牛屎？”

管理市场的小吏吓坏了，太宰怎么知道的？还这么快！从此见了太宰无不战战兢兢如履薄冰。

797. 子之

燕国的宰相子之假意说：“怎么一匹白马跑出城去了？”左右的人都说没看见，

只有一个人跑到城门口看了看然后回来说："确实有一匹白马刚才跑出去了！"

子之从此知道这家伙不老实，是个马屁精。

798. 王后死了

苏曰：在中国古代的宫廷中皇后的地位是不言而喻的，因为根据皇位继承制度，只有皇帝的正妻——也就是皇后生的儿子才有皇位继承权！皇后生的儿子称为"嫡子"，嫡子中的老大就是嫡长子。只要不出大的意外，嫡长子就会被立为太子，正式成为皇位的继承人！这就叫"子以母贵"！所以皇后的人选直接关系到国家以后的走向，也关系到一大群官员未来的荣辱升迁甚至是生死存亡！

也正因为如此，所以在确定皇后人选的时候，整个国家都会被卷入其中！一旦自己支持的候选人在夺后中失败了，那自己的官基本就算是当到头了，搞不好连命都保不住！

齐威王的王后死了，身为齐国宰相的孟尝君田文可就犯愁了。齐威王后宫佳丽三千，他最宠爱的嫔妃有七个！他对这七个美女是一视同仁，雨露均沾。田文也不知道他到底最喜欢哪一个，打算立哪一个为王后。

王后的人选直接关系到田文以后的前途，田文成天为齐王老婆的事情愁的是吃不下睡不着。经过一番苦思冥想后，田文终于在一个风雨交加的夜晚想出了一个妙招！

田文献给齐王七对耳环，其中有一对是最为精美的。第二天田文找了个理由进后宫去拜见齐威王，看到最精美的耳环戴在一个妃子的耳朵上。田文这下可明白了，立即就劝齐威王立那个妃子为王后！

799. 江西术士

南唐赵王李德诚镇守江西的时候，有个算卦的自称世人贵贱他一见便可分晓。李德诚就让自己的夫人和几个婢女穿上同样的衣服，一样的打扮，然后请那个算卦的分辨哪个是他的夫人。

那个算卦的抬起头说道："夫人头上有朵黄云！"

那些婢女不由抬头去看，算卦的马上就指着婢女们所看的那人说："这位便是夫人！"

800. 江虨

东晋大臣诸葛恢的女儿守寡，立誓绝不改嫁。诸葛恢心疼女儿，给她找了个好人家，便是名士江虨。但这个女儿性情刚烈，诸葛恢担心要是硬把她抬上花轿可能会闹出人命来，于是就骗她说要搬家。然后全家人都来到江虨家里，说这就是新家。随后趁女儿不注意全家人都溜了，就唯独把女儿留在了江虨家中。

等女儿察觉到事情不对已经出不了门了。江虨来看她，此女也只是一味哭骂。江虨也不生气，任由她骂。过了几天此女也觉得没意思，也就不骂了，但还是不理江虨。江虨得寸进尺，晚上就睡在对面的床上。又过了几天，江虨看此女对自己有了些许好感，便在睡觉的时候假装做噩梦，不停大喊大叫。此女着急了但又不方便自己去叫，便急急喊来婢女，“快去叫醒江郎！”江虨一下子就从床上跳起来，“我又不是你的夫君，做噩梦关你何事？既然你喊人来叫醒我，那就是与我相干！既然相干怎么连句话都不说？”

此女默不作声，从此接受了江虨，婚后俩人相亲相爱。

801. 孙绰

东晋大臣王坦之有个弟弟小名唤作阿智，性情乖张恶习极多，所以一大把年纪了还是找不到媳妇。和王坦之同朝为臣的孙绰有个女儿叫阿恒，性情孤僻刁蛮，也一直嫁不出去。

孙绰便来找王坦之，说是想见见阿智。见过后孙绰故意说：“我觉得阿智挺好啊！看来传言都是胡说八道！我有一个女儿想许配给阿智，只是我家出身寒门，怕是高攀不起！”

王坦之一听竟然有人想把女儿嫁给阿智，高兴得眼珠子差点儿掉出来！怕孙绰反悔赶忙就拉他去见自己的父亲王述，当着孙绰的面对父亲说：“孙大人想把女儿嫁给咱家的阿智！”

王述又惊又喜，赶忙答应。两家都怕对方反悔，所以婚事很快就定下来了。成婚之后王述和王坦之父子才悲哀地发现阿恒之顽劣刁蛮远远超过阿智！这个孙绰真是嫁祸于人！

802. 张幼于

明朝的时候，按照惯例举子们进京赶考的时候，县令都要在郊外设宴饯行。有一次为举子们饯行所用的酒都是酸的，举子们很生气喧闹不止。张幼于让大家不要喧哗，满满斟了一大杯酸酒向县令敬酒。

县令一喝才发现酒是酸的，把负责酒食的小吏狠狠责骂了一番，下令立即换上美酒。

803. 俞羡章

明朝的时候江南一带经济发达，人们有经济能力进行文化消费，所以印书的利润很大。但最让印书人头疼的是盗版非常猖獗。有个叫俞羡章的书商打算出版一本新书《唐类函》。为了防止盗版他先向官府报了假案，说是《唐类函》已经印好了数千册，在途中被盗贼抢去，请求官府缉拿！然后还四处张贴告示悬赏捉拿盗贼，因此《唐类函》出版后再也无人敢盗版翻印！

804. 孟陀

东汉末年皇帝昏庸宦官专权，尤其是宦官张让极受汉灵帝的宠信。这个昏庸的汉灵帝竟然常说："张常侍是我父。"（苏曰：一个堂堂的皇帝竟然称一个宦官为父，东汉怎能不亡？）

张让权势滔天，来他家求见他的人简直就如过江之鲫！但一个叫孟陀的财主却倾囊结交张让的管家。管家看孟陀对一个家奴出手竟如此阔绰十分感激，就问有什么事自己可以帮忙的？

孟陀说："别的也没有什么，只是希望在人多的时候你能对我一拜！"

过了几天孟陀来求见张让，当时来求见张让的公卿将相挤满了张让的大门，孟陀被堵在外面根本不能靠近。这时管家率领众家奴赶到孟陀近前，向着孟陀深深一拜，然后把孟陀请上车一同进入张府。

看到这一幕的公卿将相们无不大惊，从此对孟陀另眼相看，争着给他送钱！不过旬日之间孟陀就身家巨万了！

805. 窦公

大唐时的长安城中有位窦公非常善于做生意。长安城中有一块空地与一个大宦官的府邸相邻。窦公知道宦官想要那块地，就花了五六十万钱把那块地买了下来，然后低价卖给了宦官。宦官很高兴，窦公趁机说自己要去江淮一带做生意，怕路上不安全，请他给当地的官员写两三封介绍信。

宦官欣然从命，窦公拿着宦官的介绍信一路顺风顺水，一趟就赚了三百万钱。有了这笔钱窦公就把长安城东一块蓄积污水的洼地用很便宜的价格买了下来。然后在洼地中央立起一面铜锣，宣称说有谁能砸到那面铜锣就给一个蒸饼。附近的小孩都拿砖头瓦砾来砸那面铜锣，没多久那块洼地就被填了十之七八。然后窦公就用好土把洼地彻底填平，在上面开了一家店铺，专门招待来长安做生意的波斯商人，每天获利一千钱！

806. 窦义

唐朝人窦义只有十五岁，他的姑姑都嫁给朝中的大臣，伯父是工部尚书，有一所庙院。窦义的姑父从外地当官回来，带了十多双当地特产的丝鞋送给侄儿外甥，别人都争着去拿只有窦义不去。最后剩下一双不好的没人要，窦义向姑父作揖后带到市场上卖了，挣了半斤铜钱。窦义舍不得花，悄悄攒了起来。

五月初长安城中到处都是榆荚，窦义收集了一斛，然后对伯父说想借住在庙院读书，伯父同意了。窦义就拿出自己积攒的铜钱让铁匠打造了两把锋利的铁铲，在庙院中的空地开沟种树。每条沟宽五寸，深五寸，长二十余步，共开了四十五条沟。窦义撒下榆荚后亲自挑水灌溉，那年夏天的雨水也多，到了秋天小榆树就已经长到有一尺来高了。

到了第二年这些小榆树已长到三尺多高，窦义就按照每棵树三寸的间距留下枝叶茂盛又高又直的，然后把多余的小树全部砍掉。当时正值秋雨霏霏，城中的薪柴价格大涨，窦义就把砍下的小树当作柴火卖掉，挣了不少钱。

窦义悉心照料剩下的小树，每日挑水灌溉，到了第三年的秋天这些榆树中大的已经有鸡蛋那么粗了！窦义从中挑选又长又直的，砍下去卖，又挣了不少钱。

又过了五年，窦义所栽下的榆树已全部成材了。他砍了一千余棵可以做椽子的拿去卖，挣了三四万钱，还剩下一千余棵粗得足以做车的大树！

这时窦义的手头宽裕多了，他就买来一些麻布雇人缝成小口袋。到冬天的时候，他把这些小口袋交给附近的小孩，让他们去拾槐树籽。每天给小孩三个烧饼十五个铜钱，不过一个月就拾了满满两车。然后他又买来很多新鞋，让小孩们去拾破麻鞋，每三双破麻鞋换一双新鞋。附近的人家都来送破麻鞋，每天就能收一千多双！

这些营生把窦义前一阵子积攒的钱基本都花光了。窦义就把剩下的树全都卖了，然后雇人把收来的破麻鞋洗净晾干，再把这些麻鞋碾碎，用筛子筛后再加入槐树籽和油靛，让人捣烂捏成长三尺、直径三寸的东西，称为“法烛”，一共制成一万余根。

到了六月长安大雨连绵不绝，城外运柴的车辆无法入城，薪柴的价格大涨。窦义就拿出法烛来卖，每条售价一百文。法烛烧火比薪柴更好，所以长安城中的百姓争相购买，窦义又挣了一大笔钱。

长安西市有一块十余亩的洼地，蓄满了污水，当地人都称其为“小海池”。窦义就找到这块地的主人提出要买这块地。地主人也不知道该要多少钱，窦义就给了他三万钱把这块地买了下来。然后在这块地周围开设了几家卖煎饼和团子的铺子，在洼地中央立起一块幡，随后召集附近的小孩让他们用砖头瓦砾砸幡，砸中就给一块煎饼或一个团子。附近的小孩呼朋唤友都来挣煎饼团子，不到一个月就把洼地填平了！窦义就在上面建了二十间店面，由于地处长安最热闹繁华的西市所以生意特别好，每天都能挣好几千钱！这些店铺一直到明朝都还在，当地人称“窦家店”！

苏曰：窦义的姑姑嫁的都是朝中的大臣，伯父又是工部尚书，想来也是富家子弟。但他没有利用父辈的权势，而是靠着自己的智慧和勤劳一步一步积累财富，最终获得成功！

807. 石鞑子

苏州一带有个姓石的人，因为长得很像胡人，所以大家都叫他石鞑子。石鞑子为人放浪不羁，喜欢拿人开涮。

有一次他外出游玩，有些困倦了便来到一家客店，看中了一个阁楼颇为整洁安静，但这个阁楼却已被一个和尚先住进去了。石鞑子上楼看了看，那个和尚已经睡着了。阁楼对面有个美貌的少妇正在临窗绣花，她的丈夫正在楼下的院中舞枪弄棒。

石鞑子心生一计，穿上和尚的袈裟，戴上和尚的帽子打开窗户冲少妇“乖宝宝小心肝”一阵乱叫，还直夸她身材好！少妇大怒，转身便去喊自己的丈夫。石鞑子便溜到了楼下，不一会儿只见那个体健如牛的丈夫怒气冲冲蹿上了和尚住的阁楼，抓住和尚便是一顿痛打。可怜和尚还不知道是怎么回事便被打得哭爹叫妈。丈夫打完了便扬长而去，和尚再也不敢住下去，慌慌张张退了房间便走了。石鞑子如愿以偿，住进了那间阁楼。

苏曰：这个石鞑子真是可恶！

808. 黠童子

有一个小童子骑马出外游玩，他所骑是一匹劣马跑得很慢，这时正好一个人从后面骑马过来，童子看那人骑的是一匹好马便假装哭了起来。那人就问：“你哭什么？”

“我的马跑得太快了，我怕我控制不住掉下来摔死！”

那人顿起贪念，以为童子年少可欺便提出和他换马。童子答应了，跨上他的马扬鞭绝尘而去。那人一骑上童子的马就觉得不对，赶忙挥鞭去追，只是哪里还追得上！

苏曰：这小小童子真是狡黠！不过也怪那人贪心！损失一匹好马也算是对他的一个教训！

809. 黠竖子

唐伯虎小的时候就极为聪明。他家附近有一个李园，里面的李子又大又甜，附近的人就经常去偷。李园主人不堪其扰，便在园墙下挖了许多陷阱，在陷阱中堆满了屎尿！

唐伯虎也经常和小伙伴去偷李子吃，不过对于李园中的陷阱却一无所知。这次又和两个小伙伴来偷李子。当他还像往常一样从园墙上跳下的时候，正好掉在了陷阱里，屎尿一直漫到他的衣领！唐伯虎不动声色，对墙外的小伙伴喊：“主人不在！快来！李子好多呀！”

于是一个小伙伴也掉进了陷阱！还没等他喊出声，唐伯虎一把捂住他的嘴巴，又喊："快来呀！还等什么？"

不消说，那个也掉进了陷阱里！那两个小孩站在屎尿中大骂唐伯虎是个混蛋。唐伯虎却不以为然，笑嘻嘻地说："假如你俩不沾上一身屎尿以后还不知道要嘲笑我到什么时候呢！现在好了，大家都一样，谁也别笑谁！"

冯子曰：小人拖人下浑水用的都是这一招！让你无话可说，有话也不敢说！相传这是唐伯虎小时候的故事，我看不一定。

810. 某秀才

有位将军在营中举行摔跤比赛，一个摔跤手身材魁梧力气又大，连战连胜把别的选手纷纷摔倒在地。这时一个文弱的秀才说他能摔倒这个家伙，说罢举起左手的一个手指轻轻一挥那家伙竟一下子倒地不起了！

将军大惊，以为秀才有神相助，连忙跪下问他是怎么回事。那秀才笑道："这家伙对酱过敏！我刚才到厨房给手指上沾了一些酱，他自然倒地不起了！"

811. 定远弓箭手

濠州定远县有个弓箭手善于用矛，当地有个小偷也精于此道，总是想找弓箭手一试高低。有一次弓箭手到一个村子办事，正好那个小偷在村中饮酒，于是俩人就各手执一条长矛一决高下！村中百姓纷纷赶来看热闹，围得水泄不通！

俩人斗了数百回合不分胜负。弓箭手忽然一个箭步跳出圈外，拱手对小偷说："我的上司马上就来了！你敢与我在上司面前一决高下吗？"

小偷说："敢！"话音未落弓箭手突然跃起一矛刺中了他的胸膛！原来这是弓箭手设下的一个圈套，趁小偷说话的时候注意力稍有分散突然发动袭击！

有个人在路上遇到劫匪，俩人拔刀相斗。那个劫匪事先含了一口水在嘴里，相斗的时候劫匪突然把水喷在那人的脸上。那人一愣，劫匪趁势一刀刺来，那人来不及防护，被刺穿了胸膛！

后来有位壮士知道了劫匪的这一伎俩，趁他喷水的时候一刀刺去，反把劫匪刺了个透心凉！

812. 种氏

北宋时定居于忻州、代州一带的种氏子弟世代习武，而且讲究出奇制胜。当地百姓请种氏族人相助，“有只斑斓猛虎这几天夜间总是在村中的麦场上转悠。”

种氏子弟顿时来了精神，摩拳擦掌要去打虎。其中一位却说：“哪里用得着这么麻烦？且看我用胶擒虎，就像粘一只麻雀！”

大家都笑话他吹牛，那人却说：“我要是成功了你们就出五千钱请我喝酒，要是不成我请你们，如何？”

大家都同意了。第二天早晨那人让村中的百姓把胶涂在麦秆上，密密麻麻铺满了整个麦场，然后又在麦场上拴了一只羊作为诱饵。

到了晚上那只老虎果然来了，看到那只羊便猛扑上去把羊吃了。吃完后在地上打了几个滚，估计是餐后运动帮助消化。打了几个滚之后，老虎发现自己全身沾满了麦秆，极不舒服，于是上蹿下跳伏地大吼想甩掉这些烦人的麦秆，但那些麦秆涂满了胶，哪里甩脱得下？偏偏虎性刚烈，甩不下绝不肯罢休！只见那老虎大吼一声，猛然跳起竟达丈余，落地后却一动不动了！众人壮着胆子上前一看，那老虎竟然被活活气死了！

813. 王守仁

著名哲学家王守仁小时候母亲就去世了，他的后妈对他非常不好，经常虐待他。当时王守仁的父亲在京师为官顾不上家里，王守仁才仅仅十二岁就决定发挥自己的聪明才智让后妈回心转意！

后妈笃信佛教（*苏曰：虐待继子善心何在？烧香拜佛又有何用？*），王守仁就在晚上把五个祭盘放在后妈的门口，后妈起床后看到五个祭盘放在门口心中大惊。王守仁看着好像有效果，就又搞了一回。虽然把后妈吓得够呛，但并没有让她醒悟过来这是佛祖对她虐待继子生气了，照样对王守仁打骂不休。

王守仁一计不成又生一计，到野外找打鸟的猎人买了一只怪鸟藏在后妈的被子里。后妈收拾被子的时候，怪鸟一声怪叫直上云霄，把后妈吓个半死！古代人迷信，后妈于是就找来巫婆询问。王守仁给了巫婆一笔钱，巫婆就说：“这是王公子的亲妈恨你虐待他儿子，向上天哭诉，老天爷派遣阴兵收你的魂魄了！那只怪鸟就是你的魂魄！”

后妈顿时吓得魂飞魄散，对着王守仁下拜磕头，哭着说以后再也不敢了！王守仁也连忙下拜，对着后妈放声大哭（苏曰：是想亲妈了吧！可怜，可怜！）。从此以后，后妈幡然醒悟，对王守仁关爱有加，宛若己出！（苏曰：如此还算是个好女人！）

苏曰：有一种妖魔化后妈的现象，好像后妈都是心黑手毒的冷血动物。就连成年人受到不公正待遇都会发牢骚，“我是后娘养的啊！”

小时候听过一首名叫《小白菜》的民谣，歌词是：

小白菜呀地里黄呀，
三两岁呀没了娘呀。
跟着爹爹还好过呀，
就怕爹爹娶后娘呀。

娶了后娘三年半呀，
生个弟弟比我强呀。
弟弟吃面我喝汤呀，
端起碗来泪汪汪呀。
亲娘想我谁知道呀，
我思亲娘在梦中呀。
亲娘呀亲娘呀。

如今离婚率很高，后妈继父也很多，希望能善待你们的孩子，虽然他们不是你们亲生的，但只要好好待他们，不是亲生又有什么妨碍呢？

814. 京城士人

唐朝时的长安城中有个读书人的媳妇是个泼妇，对自己的夫君颐指气使，竟用一根长绳系在夫君的脚上，一有召唤便牵那绳索。（苏曰：如此确是可恶！）

读书人不堪其苦，便找巫婆商量计策。巫婆给他出了个主意，趁媳妇睡觉的时候偷偷溜下床，然后把那根绳子系在一只羊的腿上。

媳妇醒来看夫君不在便牵那绳索，没想到竟牵来一只羊！媳妇大惊失色，忙找巫婆来问。巫婆说："这都是你夫君家的列祖列宗恨你虐待他们的子孙，所以把你的夫君变成了一只羊！你要是真心悔过，就去祷告吧！"

媳妇抱着羊痛哭失声，赌咒发誓一定悔过绝不再犯！巫婆就让他们全家斋戒七日，然后全部到列祖列宗的牌位前祷告，读书人这才慢慢走出来。

媳妇一见自己的夫君回来了，哭着上前问道："夫君多日做羊受罪了吧！"（苏曰：还是爱他的！）

读书人装出一副可怜相，"唉！吃了草消化不了，现在肚子还疼！"

媳妇哭得更加悲伤了。以后媳妇再要撒泼，读书人马上就趴在地上学羊叫，媳妇便大惊失色，连声说再也不敢了！

苏曰：看来媳妇还是爱自己的夫君的，只是方法不对！爱，也是要讲究方式方法的！

815. 敖陶孙

南宋权臣韩侂胄把忠臣赵汝愚迫害致死，引起了有志之士的不满。太学生敖陶孙在一家酒楼饮酒的时候诗兴大发，在壁板上写下了一首讽刺韩侂胄的诗。才刚刚放下笔，还没喝两杯酒呢，那壁板就被人抬走了。

敖陶孙大惊，知道肯定是有人告密了，便急忙脱下长袍端着酒具下楼。在楼梯上就遇到了衙门的公差，公差以为他是酒保劈头就问："敖陶孙在楼上吗？"

敖陶孙顺口答道："正喝酒呢！"随后匆匆下楼，逃往福建去了。一直等到韩侂胄倒台了，敖陶孙才敢露面参加科举考试，竟一举得中状元！

816. 俞澹

北宋人俞澹为人诙谐机智，通晓音律，和王安石的私交颇好。有一天俞澹突然对王安石说："我想出家当和尚，但苦于没钱买度牒。（注：僧人身份的证明文件。在古代僧人享有免征赋税、免服徭役和兵役等特权，所以很多人都想获取度牒以逃避税役。）"

王安石欣然同意给他出钱买度牒，并约好了日子送他出家。但过了约定的日期，还不见俞澹有所动静，王安石就去问他怎么回事。

俞澹慢条斯理地说："我想来想去这和尚也不好当啊！就把买度牒的钱送去酒馆抵债了！"

王安石听后大笑。

817. 王姓官员

宋朝一个姓王的官员到浙江任职，刚一到任当地官员便送来几百贯钱，说是本地一向如此，叫"下马常例"。

王姓官员一向清廉自守，见状大怒，不但不要这些钱还说要禀告上司，惩处这些公然行贿的官员！当地的官员吓坏了，一再申明这确实是本地的惯例，并不是行贿。王姓官员沉思片刻便令人取来一个柜子把这些钱全都放在柜子里。然后当众贴上封条，把柜子抬到大堂之上，对官员们说："以后你们定当勤于职守！但有过失我就连同此事一并治罪！"

从此官员们战战兢兢生怕犯错，各项工作都开展得非常顺利。任期到后王姓官员调往别处，临上船的时候有官员问他那个柜子如何处置。王姓官员说："既然这是本地的惯例，那就应该有收据。"说罢写下收据，列明柜中一共有多少钱物，然后把那柜子抬上船走了。

冯子曰：既不矫情也不贪婪，于人于己都方便！

818. 无赖书生

唐朝的时候，有个和尚有几粒舍利子放在琉璃瓶中，日夜供奉香火。善男信女虔诚礼佛，每天都布施给和尚不少财物。有个无赖的读书人装作一脸的虔诚来到和尚的住处，请和尚把舍利子拿出来给他瞻仰瞻仰。

和尚不知是计，便从瓶中倒出舍利子拿给读书人观瞧，谁知读书人竟一下子把舍利子吞进了肚里！和尚大惊失色，不知如何是好！那读书人却笑嘻嘻地说："赶快拿钱来！我吃泻药把舍利子拉出来还你！"

和尚没有办法，只好给了读书人二百贯钱。读书人拿了钱便吃巴豆把舍利子拉了出来。和尚高高兴兴把舍利子洗干净，小心翼翼藏在瓶中。